Paul Quincy

Harte Männer – Schwere See

Roman

Ullstein

Besuchen Sie uns im Internet:
www.ullstein-taschenbuch.de

Umwelthinweis:
Dieses Buch wurde auf chlor- und säurefreiem Papier gedruckt.

Originalausgabe im Ullstein Taschenbuch
1. Auflage Juli 2008

Umschlaggestaltung:
HildenDesign, München / Buch und Werbung, Berlin
Titelabbildung: Accornero, Franco via Schlück GmbH
Satz: Pinkuin Satz und Datentechnik, Berlin
Gesetzt aus der Sabon
Druck und Bindearbeiten: CPI – Ebner & Spiegel, Ulm
Printed in Germany
ISBN 978-3-548-26893-4

Prolog

Westlich der Appalachen, Mai bis Juli 1754

Im April und Mai machte sich eine Truppe von einhundertsechzig Mann unter dem Kommando eines erst zweiundzwanzigjährigen Oberstleutnants von Alexandria in Virginia auf den Weg nach Westen über die unwegsamen Bergpfade der Blue Ridge Mountains, um die bedrohten Siedler in der Ohioregion gegen die aus dem Norden vordringenden Franzosen zu schützen. Am Zusammenfluss von Alleghenny und Monongahela hatte die Ohio Company bereits mit dem Bau eines Forts begonnen, das der Schutztruppe als Basis dienen sollte. Nach der mühsamen Überquerung der Appalachen erfuhr der Kommandeur von den Spähern seines indianischen Verbündeten, des Häuptlings der Seneca-Irokesen, Tanacharison, den die Briten Half-King nannten, dass eine Streitmacht von eintausend Franzosen das halbfertige Fort in ihren Besitz gebracht und es in Fort Duquesne umbenannt hatte. Aufgrund der für ihn sehr unvorteilhaften Kräfteverteilung beschloss der Anführer der Virginiatruppen, etwa 65 Kilometer von Fort Duquesne entfernt an dem von ihm so bezeichneten Platz Great Meadows ein behelfsmäßiges Fort zu errichten, das er treffend Fort Necessity nannte, und auf Verstärkung zu warten.

Am Morgen des 28. Mai entdeckten Späher in einer engen,

bewaldeten Schlucht eine kleine französische Patrouille von zweiunddreißig Soldaten, die dort ihr Lager aufgeschlagen hatte. Eine gemischte Truppe von vierzig Männern, die aus Virginia-Milizionären und Indianern bestand, umzingelte die ahnungslosen Franzosen und überwältigte sie nach einem kurzen Feuergefecht. Den Angriff leiteten der Oberstleutnant und der Häuptling persönlich. In dem schriftlichen Bericht des jungen Offiziers an seinen Vorgesetzten Robert Dinwiddie, den Gouverneur von Virginia, las sich das so: »In dem fünfzehn Minuten andauernden Gefecht töteten wir zehn Gegner, verwundeten einen und machten einundzwanzig Gefangene; unter den Getöteten befand sich Monsieur De Jumonville, der Kommandeur.«

Die Wirklichkeit hatte anders ausgesehen. Die überraschten Franzosen hatten sich sofort nach den ersten Schüssen ergeben, da sie die Hoffnungslosigkeit ihrer Lage einsahen. Ihr Kommandeur Joseph Coulon de Villiers, Sieur de Jumonville, versuchte den gegnerischen Anführern zu erklären, dass er im Auftrag Seiner Majestät Ludwigs XV. in einer Friedensmission zu den Engländern unterwegs war. Während Häuptling Half-King fließend französisch sprach und daher sehr schnell begriff, worum es ging, versuchte der mit einer eher rudimentären Bildung gesegnete Weiße noch hinter den Sinn der Worte zu kommen. Es lag nicht im Interesse des Indianers, dass es zwischen den Bleichgesichtern zu einer Einigung kam, daher ergriff er die Initiative. Mit den Worten: »Du bist noch nicht tot, mein Vater!«*, hieb er seinen Tomahawk in Jumonvilles Kopf und spaltete dessen Hirnschale, dann riss er ihm mit den Händen das Gehirn heraus. Seine Krieger fielen daraufhin über die verwundeten französischen Soldaten

* *Seine Exzellenz George Washington*, Joseph J. Ellis, C.H. Beck, München 2005, S. 28

her, von denen sie einen enthaupteten, seinen Kopf auf eine Stange steckten und alle skalpierten.

Der befehlshabende Miliz-Offizier musste dieses Massaker untätig mit ansehen, er scheint dieses grausige Erlebnis aber erstaunlich problemlos verarbeitet zu haben, denn in einem Brief an seinen Bruder prahlt er: »Ich hörte die Kugeln pfeifen, und glaube mir, dieser Ton hatte etwas Reizvolles.« König Georg III., dem diese Worte hinterbracht wurden, hat wohl zu Recht festgestellt: »Er würde so etwas nicht sagen, wenn er Gelegenheit gehabt hätte, viele davon zu hören.«*

Am 18. Juni musste der Oberstleutnant der Virginia-Miliz auf Drängen von Häuptling Half-King, der als diplomatischer Vertreter des Irokesenbundes fungierte, auf einer Versammlung von Kriegern der Sechs Nationen Fragen nach den Absichten der Briten in der Ohioregion beantworten. Er log das Blaue vom Himmel herunter. Sinngemäß erklärte er: »Der einzige Zweck der englischen Militäraktion ist es, eure Rechte zu wahren, ... das ganze Land für euch sicher zu machen. Unser einziges Ziel ist es, alle Gebiete zurückzugewinnen, die euch die Franzosen entrissen haben.«** Die Indianer scheinen ihm nicht recht geglaubt zu haben, denn Half-King führte seine Krieger in die Wälder. Möglich ist aber auch, dass sich die Rothäute aufgrund des klaren Kräfteverhältnisses zuungunsten der Engländer aus dem Bündnis zurückzogen.

Allerdings schien sich die Lage für die Milizionäre kurz darauf zu verbessern, denn es traf Verstärkung unter dem Kommando von Hauptmann James McKay in Fort Necessity ein. Erstaunlicherweise hatten die beiden Offiziere aber

---

* S. 28 ebenda und »Diaries«, Bd. I., S. 198, zum Zitat Georgs III. siehe Anmerkung der Herausgeber, »Diaries«, Bd. I, S. 197

** ebenda S. 29

nichts Wichtigeres zu tun, als sich erbittert darüber zu streiten, ob der Rang eines Hauptmanns in der regulären englischen Armee höher wäre als der eines Oberstleutnants in der Miliz. Hier zeigte sich ein Charakterzug des Amerikaners, der bei ihm sein Leben lang sehr ausgeprägt bleiben sollte: der Drang nach Titeln und öffentlicher Anerkennung. Der Streit dauerte nur kurz, denn Anfang Juli marschierten 1100 Franzosen und Indianer unter dem Kommando von Louis Coulon de Villiers, dem Bruder des ermordeten de Jumonville, vor Fort Necessity auf. Am 3. Juli erfolgte der Angriff bei strömendem Regen. Der junge Oberstleutnant hatte vor den Palisaden lediglich einen Streifen von fünfzig Metern um das Fort roden lassen, so weit konnten sich die Gegner folglich in guter Deckung nähern. Das neunstündige Feuergefecht war ein Gemetzel. Der Regen überflutete die Schützenstellungen vor und im Fort. Ein großer Teil des Pulvers der Verteidiger wurde unbrauchbar. Bis zur Abenddämmerung war nahezu ein Drittel der Engländer gefallen oder verwundet. Die anderen waren demoralisiert und machten sich entmutigt und voller Angst vor den zu erwartenden Gräueltaten durch die mit den Franzosen verbündeten Rothäute über die Rumvorräte her. Sie nahmen wohl nicht ganz zu Unrecht an, dass die Franzosen nach Rache für ihre gemeuchelten Kameraden dürsteten und deshalb die Indianer nach der Eroberung des Forts gewähren lassen würden. Aber erstaunlicherweise boten die Franzosen den Briten eine ehrenvolle Kapitulation an.

Wieder erwies sich der Oberstleutnant später als geschickter Jongleur mit Worten, als er sich an die Bearbeitung der Fakten für seinen Bericht machte. Er behauptete, dem Feind seien bei der heldenhaften Verteidigung des Forts schwere Verluste – etwa dreihundert Tote und Verwundete – zugefügt worden, daher sei der Gegner bereit gewesen, den Engländern großzügige Kapitulationsbedingungen zu gewähren. Tatsächlich durften die Engländer das Fort mit ihren Waffen und Fahnen verlassen. Als Gegenleistung mussten sie lediglich versprechen, sich ein Jahr aus der Ohioregion zurückzuziehen. Das großzügige Entgegenkommen der Franzosen dürfte seinen Grund wohl darin gehabt haben, dass die indianischen Hilfstruppen dem Befehlshaber de Villiers mitgeteilt hatten, sie wollten sich am nächsten Tag zurückziehen. Aber das konnte der Milizkommandeur nicht wissen!

Die wenig schmeichelhafte Wahrheit – abweichend von den im Bericht aufgestellten Behauptungen – war, dass die Engländer einhundert Mann verloren hatten, die Franzosen dagegen nur fünf. Die Anlage des Forts in einer Senke, die auf drei Seiten von bewaldeten Hügeln umgeben war, und die Vorbereitungen der Verteidiger müssen äußerst mangelhaft gewesen sein, denn bei einer nach den Regeln der Kunst angelegten Befestigung hat der Angreifer immer den schlechteren Stand, gerade und besonders bei ungünstigem Wetter. Zudem muss die Moral der Truppe denkbar schlecht gewesen sein.

Besonders peinlich für die Briten war, dass in den Kapitulationsbedingungen ganz explizit von der »Ermordung des Monsieur de Jumonville«* die Rede war, damit wurde durch die Unterschrift des Kommandierenden Oberstleutnants de facto anerkannt, dass die Briten für den Ausbruch des *French and Indian War,* oder des Siebenjährigen Krieges, wie er in Europa genannt wurde, verantwortlich waren. Die Franzosen zögerten nicht, diese Tatsache diplomatisch weidlich auszuschlachten.

Der Name des unseligen Oberstleutnants ohne militärische Ausbildung, Kampferfahrung und Fortune, der aber

---

* ebenda, S. 31

über eine erstaunliche Begabung verfügte, die Wahrheit zu korrigieren, war George Washington.

Horatio Sharpe, der Gouverneur von Maryland, veröffentlichte einen Bericht, in dem er die Schlacht von Fort Necessity schlicht als Debakel bezeichnete und Washington als eine gefährliche Mischung aus Unerfahrenheit und Ungestüm charakterisierte. Noch weniger diplomatisch drückte sich General Duquesne, der Oberkommandierende der Franzosen in Amerika, aus: »Es gibt nichts Unwürdigeres und Niedrigeres, ja Schwärzeres als die Gesinnung und die Denkweise dieses Washington.«*

Dass die Indianer Washington nicht recht trauten, mag auch in dessen Familiengeschichte begründet sein. Half-King erläuterte Washington, sein indianischer Name sei *Conotocarius,* was »Verschlinger von Dörfern« bedeutete. Diesen Namen habe er seinem Urgroßvater John Washington zu verdanken, der die Indianer zwar nicht mit nackter Gewalt, aber schon vor hundert Jahren mit Hilfe von juristischen Tricks um ihr Land betrogen habe.

Nordböhmen, 9. April 1757

Die beiden Panduren saßen ab, hielten ihren Pferden die Hände vor die Nüstern und bewegten sich vorsichtig durch das Unterholz zum Waldrand. Von dort hatten sie einen guten Blick auf das lang gestreckte Tal. An einer Schleife des Bachs, der mit einer starken Strömung vom gegenüberliegenden Hügel herabrauschte, lag ein einfaches bäuerliches Anwesen. Kein prächtiges Rittergut, sondern nur ein kleines Wohnhaus, ein

---

* ebenda S. 32 und Anmerkungen der Herausgeber, »Diaries« Bd. I, S. 172

Kuhstall, mehrere Verschläge für Hühner und anderes Federvieh, eine windschiefe Scheune, ein Misthaufen und ein paar eingezäunte Koppeln. Von Menschen oder Vieh war nichts zu sehen oder zu hören, lediglich eine schwarze Katze mit weißem Brustlatz lag auf einem Holzstapel und sonnte sich. Die Fensterläden waren zugeklappt, die Türen und Tore verschlossen. Eine kleine Pforte an der Seite des Stalls bewegte sich von Zeit zu Zeit leise knarrend im Wind hin und her, und hier und da fehlte auf den Dächern schon eine Schindel. Wahrscheinlich waren die Bewohner mit ihrem Vieh in die Wälder geflohen, denn es herrschten unsichere Zeiten. Die Kaiserin Maria Theresia und der König von Preußen führten wieder einmal Krieg gegeneinander. Einen langen, blutigen Krieg, der das Gesicht Europas verändern würde und der als der »Siebenjährige Krieg« in die Geschichte eingehen sollte. Russland und Frankreich waren auf Seiten Habsburgs mit von der Partie, die Reichsfürsten hielten es mit der einen oder anderen Partei, und England zahlte Subsidien an Preußen. Es war keine gute Zeit für die kleinen Leute, und für Bauern im Kriegsgebiet schon gar nicht.

Auf dem staubigen Weg, der sich von oben zwischen den Hügeln aus dem dichten Wald herunterschlängelte, näherten sich knarrend ein halbes Dutzend Furagewagen dem Anwesen. Es waren schwere Ungetüme mit großen Rädern, in denen gewiss die sehnlich erwartete Verpflegung für eine Einheit der preußischen Armee transportiert wurde. Vor den Wagen marschierte ein Zug Infanterie und ein weiterer bildete die Nachhut. Den verschlissenen Uniformen und der nachlässigen Marschordnung nach handelte es sich um Traintruppen und nicht um die kampferprobte reguläre Infanterie des preußischen Königs. Auf der Höhe des Hofes bog die Kolonne von der Straße zum Seitenweg ab und schwenkte auf den Platz zwischen den Gebäuden ein.

Die beiden Panduren blickten sich an und grinsten breit. Das war genau das, worauf sie gewartet hatten. Leichte Beute und zugleich eine willkommene Aufbesserung der Mahlzeiten. Lautlos zogen sie sich wieder in den Wald zurück, führten die Pferde noch eine Weile am Zügel, dann saßen sie auf und ritten, so schnell es die unwegsamen Verhältnisse zuließen, zu ihren wartenden Kameraden und machten ihrem Rittmeister Meldung. Sie zeichneten ihm die Lage des Gehöfts, den Bach und den Verlauf der Straße mit einem Zweig in den Sand. Der Offizier studierte die Skizze aufmerksam, dann blickte er prüfend zur Sonne hinauf und schüttelte den Kopf.

»Nein, heute wird das nichts mehr! Aber morgen in aller Herrgottsfrühe werden wir den Fritzen das Fell über die Ohren ziehen! Gut gemacht, Kerls!« Er rief seine Leutnants herbei und besprach mit ihnen den Angriffsplan für den nächsten Morgen.

Im Schein des hoch am Himmel stehenden abnehmenden Mondes wurde das Lager abgebrochen. Eine kleine Vorhut verschwand auf dem hügelaufwärts führenden Weg im Wald. Der Rest der Eskadron saß gemächlich auf und machte sich zehn Minuten später auf den Weg. Die Reiter folgten dem schmalen Pfad, bis sie auf die Straße trafen, die ins benachbarte Tal mit dem Gehöft hinabführte. Unter dem Dach des dichten Waldes war es stockfinster. Schließlich kam der Befehl zum Halten.

Der Rittmeister stakste mit einem seiner Leutnants mit dem für Kavalleristen typisch o-beinigen Gang nach vorne zu der Stelle, wo die Straße den Wald verließ. Ein Wachtmeister löste sich aus der Finsternis und grüßte lässig.

»Alles ruhig da unten bei den Fritzen, Herr Baron. Sie schlafen den Schlaf der Gerechten.«

»Dann wollen wir dafür sorgen, dass daraus der ewige Schlaf der Toten wird, nicht wahr, Ambroz!«

Im Mondlicht konnte der Rittmeister sehen, dass der Unteroffizier spöttisch grinste. Er ähnelte einem zähnefletschenden Wolf, der im Begriff stand, sich auf seine Beute zu stürzen. Der Offizier nickte ihm zu, nahm sein Teleskop und zog es zur vollen Länge aus, dann musterte er das ruhig vor ihnen liegende Gehöft am Bach. Auf den Wiesen lag eine dünne Decke aus Nebel, und über den Bach und die Brücke zog er in dicken weißen Schwaden. Die Wagen waren in zwei Reihen schräg zu beiden Seiten des Stichwegs abgestellt, die schweren Kaltblüter befanden sich auf der Koppel hinter der Scheune und dem Stall. Vor dem Wohnhaus glimmte ein heruntergebranntes Wachfeuer, um das einige dunkle Gestalten in Decken gehüllt lagen. Ein Wachposten saß auf einer Bank vor dem Haus. Er stützte sich schwer auf seine Muskete, und sein Dreispitz war ihm auf den Hinterkopf gerutscht. Neben ihm lag zusammengerollt die schwarzweiße Katze.

Energisch schob der Rittmeister sein Fernrohr zusammen, was in der Stille des frühen Morgen laut wie ein Schuss klang. Der Leutnant, der Wachtmeister und die Reiter in der Nähe zuckten erschrocken zusammen.

»Alles wie besprochen, meine Herren! Die Züge Nummer eins und zwei greifen das Gehöft über den Weg an, der Zug Nummer drei sichert nach links hügelaufwärts und schneidet alle Fluchtwege diesseits des Baches ab. Zug Nummer vier überquert die Brücke und vollendet die Umfassung. Sollte es den Fritzen gelingen, den Bach zu überqueren, jagen wir sie ins reißende Wasser zurück. Kein Vögelchen soll uns davonflattern!«

»Jawohl, Herr Rittmeister!«

Herr von Kárdoly nickte zufrieden, klemmte sich das Fernrohr unter den Arm und zog dann seine große goldene Taschenuhr an der schweren Kette aus der Tasche. Er klappte sie auf, hielt das Zifferblatt ins Mondlicht, nickte wieder und klappte sie mit einem Schnapplaut zu.

»In zwanzig Minuten wird es hell genug für den Angriff sein, meine Herren! Büchsenlicht!«

Tatsächlich begannen sich im Osten die bewaldeten Hügel schwarz gegen den grauen Morgenhimmel abzuzeichnen. Der Rittmeister stolzierte zu seinem Ross zurück, streichelte ihm beruhigend über die Nüstern und kraulte es zwischen den Ohren. Dann klopfte er ihm auf die Mähne, angelte mit dem linken Fuß nach dem Steigbügel und schwang sich elegant in den Sattel. Er griff in die Brusttasche seines Uniformrocks, zog eine silberne Taschenflasche heraus und schraubte sie langsam auf. Mit einem zufriedenen Seufzer roch er an der Öffnung, hob sie zum Mund und genehmigte sich einen langen Zug. Dabei hüpfte sein Adamsapfel drei- oder viermal auf und ab, und er hielt sich die freie linke Hand dezent vor den Mund, weil er sich mit einem kleinen Aufstoßen erleichtern musste. Eine Duftwolke nach Obstbrand breitete sich aus.

»Mirabellenschnaps?«, vermutete der Leutnant neben ihm, der das Bukett mit Kennermiene eingesogen hatte.

Herr von Kárdoly reichte ihm mit einem gutmütigen Lächeln die Flasche. »Wasser, mein Lieber, allerdings Kirschwasser, Leutnant Milosovisz, ein wahres Lebenselixier an einem kühlen Morgen wie diesem.«

Der Leutnant gönnte sich wohlerzogen einen nicht allzu großen Schluck, wischte sich mit dem Handrücken über den Mund und schnalzte dann anerkennend mit der Zunge. »Kompliment, Herr Rittmeister, wirklich ein ausgezeichnetes Tröpfchen – eine gute Grundlage für die schwere Arbeit des heutigen Tages …«

Inzwischen war es so hell geworden, dass man alle Einzelheiten im Tal gut unterscheiden konnte. Der Rittmeister machte seinen Offizieren ein Zeichen. Die dreißig Reiter des Ersten Zuges setzten sich in drei Reihen zu zehn Gliedern in Bewegung, der Zweite Zug folgte. Zuerst ging es im Schritt vorwärts, dann fielen die Pferde in einen leichten Trab. Der Dritte Zug verließ den Wald, dann der Vierte. Den Abschluss machten Rittmeister von Kárdoly, gefolgt von seinem Adjutanten, dem Kornett mit der Standarte, dem Trompeter und einem halben Dutzend handverlesener, erfahrener Kempen.

Als die Spitze des Ersten Zuges in den ausgefahrenen Weg zum Gehöft einbog, gaben die Reiter den Pferden die Zügel frei. Die Katze, die ihren Schlafplatz verlassen hatte und im Mondschein über den Hof patrouilliert war, verschwand bei den ersten Geräuschen mit ein paar langen Sätzen in der Scheune. Der Dritte Zug verließ die Straße vor dem Abzweig und trabte in einer Linie parallel zur Zufahrt über den noch unbestellten Acker, und die Panduren hatten ihre schweren gekrümmten Säbel gezogen und ließen sie über ihren Köpfen kreisen. Als die Tete die ersten beiden Wagen erreicht hatte, polterten die Reiter in vollem Galopp auf den Hof, und die bis dahin pastorale Idylle verwandelte sich schlagartig in ein Inferno aus gleißenden Flammenblitzen und krachendem Donner. Das Scheunentor wurde wie von Geisterhand aufgerissen, und das widerwärtige schwarze Maul einer neunpfündigen Feldschlange ragte plötzlich in den Hof. Es spuckte einen langen roten Feuerstrahl und eine beißende Pulverwolke aus und schleuderte gehacktes Blei in die dicht gedrängte Menge der heranstürmenden leichten Kavallerie. Fensterläden flogen auf, und auch in den schweren hölzernen Seitenteilen der Wagen öffneten sich Schießscharten, aus denen Musketenläufe und die kurzen Rohre von Blunderbüchsen ragten. Sogar aus den Löchern im Dach wurde das Feuer eröffnet, Handgranaten explodierten krachend, und das Musketenfeuer war so schnell und präzise, wie man es bei den

Preußen erwarten konnte – und bei ihren Gegnern fürchtete. Es dauerte nur wenige Minuten, da hatten sich der Erste und Zweite Zug in ein blutiges, schreiendes Durcheinander aus zuckenden menschlichen Leibern und angstvoll wiehernden Pferden mit wild um sich schlagenden Hufen verwandelt. Der Wachposten auf der Bank geriet durch die Erschütterungen ins Rutschen und glitt von der Bank; der Hut fiel ihm herunter, und sein Kopf aus Stroh und die ausgestopfte Uniform plumpsten dumpf aufs Pflaster. Der Vierte Zug, der über die Brücke auf die andere Seite des Bachs vorstoßen sollte, war kaum besser dran. Der erste Gaul war in voller Karriere auf die hölzerne Brücke gedonnert, hatte in letzter Sekunde die dort aufgetürmten Spanischen Reiter entdeckt und war erschrocken in der Hinterhand nach unten eingeknickt, um mit allen vier Hufen zu bremsen. Sein Reiter hingegen wollte das Hindernis überspringen und hieb ihm die Sporen in die Flanken, doch das brachte ihm einen Freiflug über das Brückengeländer in den rauschenden, gurgelnden Bach ein, da sein Pferd voller Panik mit allen vieren gleichzeitig in die Luft sprang und wild nach hinten auskeilte. Die nachfolgenden Reiter kollidierten mit dem störrischen Zossen, behinderten sich gegenseitig, ballten sich zu einem disziplinlosen Haufen steigender und wild ausschlagender Pferde zusammen, in dem die Kartätschen und Bleikugeln aus den Musketen und Blunderbüchsen reiche Ernte hielten, denn ein Fehlschuss war praktisch unmöglich. Es war ein Bild des Grauens, die Reiter versuchten ihre Pferde unter Kontrolle zu halten, aber die vor Angst halb wahnsinnigen Tiere hatten die Ohren nach hinten gelegt, von ihren rollenden Augen war fast nur noch das Weiße zu sehen, Schaum tropfte aus ihren aufgerissenen Mäulern, und aus den Nüstern stießen sie dampfende Wolken aus. Rechts vom Weg war ein Entkommen nicht möglich, da sich dort ein undurchdringliches, fast mannshohes Wildrosengestrüpp das Ufer entlang bis zum Waldrand erstreckte. Einige Reiter drängten in Todesangst ihre Pferde von der aufgeschütteten Brückenrampe nach links hinunter ans Bachufer und trieben die verängstigten Tiere ins reißende Wasser. Sobald sie das steil ansteigende gegenüberliegende Ufer erreichten, erkannten sie, dass sie jetzt erst recht in der Falle saßen, denn hier ragte das Ufer mehr als drei Meter senkrecht in die Höhe. Für die Pferde gab es da keine Aufstiegsmöglichkeit, keinen schmalen Uferstreifen, auf den sie ihre Hufe hätten setzen können. Aufgeschreckte Uferschwalben und Eisvögel kamen aus den Löchern ihrer Nester in der Steilwand geschossen und umschwirrten laut protestierend die Störenfriede. Tote Reiter, von den Rücken ihrer Gäule geschossen, trieben den Bach hinunter und verkeilten sich zwischen Felsbrocken. Einige reiterlose Pferde suchten sich vorsichtig wieder ihren Weg zurück durch den Bach und blieben auf der anderen Seite mit hängenden Köpfen und pumpenden Flanken verstört stehen, andere wurden von der reißenden Strömung mitgerissen.

Rittmeister von Kárdoly hielt mit seinen Begleitern völlig konsterniert auf der Straße am Abzweig an. Bis dahin reichte auch der dornige Verhau rechts der Straße. So hatte er sich das nicht vorgestellt. Siedendheiß wurde ihm klar, dass ihm bei der Beurteilung der örtlichen Gegebenheiten zwei kapitale Fehler unterlaufen waren. Zum einen hatte er die taktische Bedeutung des Steilufers nicht erkannt, und zum anderen war ihm das unauffällige Grün der dichten Rosenbüsche, die noch besser als Spanische Reiter ein Abweichen nach rechts vom Weg unmöglich machten, völlig entgangen. Dass ihm die Sperrung der Brücke nicht aufgefallen war, mochte man bei den herrschenden Sichtverhältnissen als lässliche Sünde bezeichnen, doch das Ergebnis war: Die beiden ersten Züge waren aufgerieben, und im Vierten Zug war jede Ordnung verloren gegangen. Aber da war ja noch der Dritte. Die Kavalleristen waren in einer Reihe hintereinander über das Feld galoppiert, hatten dann auf ein Zeichen ihres Leutnants hin einen Schwenk von neunzig Grad durchgeführt und gerade zum Flankenangriff auf den Hof angesetzt, als sie ihrerseits auf der linken Flanke von einer Reiterschar überflügelt wurden, die laut brüllend mit geschwungenen Säbeln aus dem Wald hervorbrach. Unter dem gezielten Feuer aus den Gebäuden und dem Schwung des hügelabwärts vorgetragenen Flankenangriffs verließ sie der Mut. Wer noch konnte, riss seinen Schinder auf der Hinterhand herum und preschte in voller Karriere zum Weg zurück.

Kárdoly rief mit sich überschlagender Stimme: »Trompeter! Rückzugssignal! Kommen Sie, Milosovisz, es wird Zeit, diesen Ball zu verlassen, das Orchester spielt nach preußischen Noten, und der Gevatter Tod schwingt den Taktstock!«

Aber Leutnant Milosovisz würde keinen Ball mehr verlassen, er würde auch niemals wieder einen besuchen, und echte preußische Nachschubeinheiten würde er auch nie wieder überfallen. Eine Kugel hatte ihn unter dem linken Auge getroffen und ihm den halben Hinterkopf weggerissen; er war ohne einen Ton aus dem Sattel in den Straßenstaub gefallen. Der Kornett hielt mit der rechten Faust den Schaft der Standarte umklammert, und sein Gesicht war zu einer bleichen angstvollen Fratze verzerrt. Er war erst sechzehn Jahre alt. Die Kugel traf ihn in die schmale Brust, der Aufprall riss ihn kurz hoch, sodass er ganz aufrecht saß, dann schwankte er, als wolle er hintenüber fallen. Mit großer Willensanstrengung richtete er sich wieder gerade auf, die schwindenden Kräfte ließen ihn aber gleich wieder nach vorne einknicken. Die Standarte begann zu wanken. Ein Reiter mit vernarbtem Gesicht wand sie ihm aus den widerstrebenden Fingern: »Gib sie mir, Jungchen!« Unbemerkt hatte sich ihnen eine zweite

Abteilung preußischer Husaren von hinten genähert, die sich auf dieser Seite der Straße im Wald versteckt gehalten hatte und am Saum des Rosengestrüpps entlang zur Straße hinabgaloppierte. Die langen Reiterpistolen spuckten Feuer und Blei. Das hektische Trompetensignal zum Retirieren brach mit einem schrillen Misston jäh ab, der Trompeter spuckte Blut und klappte auf dem Sattel nach vorne zusammen, der Kornett und der alte Haudegen mit der Standarte fielen fast gleichzeitig von ihren Pferden. Rittmeister von Kárdoly, der sein Pferd bereits gewendet hatte, verspürte einen heftigen Schlag gegen die linke Brustseite, der ihn aus dem Sattel warf. Er stürzte in den Staub der von Nachtfrösten hart gefrorenen Straße, mitten hinein in die dampfenden Pferdeäpfel und Blutlachen. Um ihn herum stampften Pferdehufe, über ihm knirschte das Leder der Sättel und des Zaumzeugs, klingelten Metallteile, schlugen hell die Säbel aneinander, waren unterdrückte Flüche und manchmal auch ein letztes »Maria, hilf!« zu hören. Vorsichtig schob Kárdoly seine rechte Hand auf die linke Brustseite. Sein Waffenrock war über dem Herzen nass. Dann musste es wohl sein, er würde sterben! Eine große Ruhe überkam ihn. Wie ein unbeteiligter Beobachter registrierte er, dass sich die Infanterie aus den Gehöften und Wagen in kleinen Gruppen jede Deckung ausnützend heranarbeitete. Sie nahm den verkeilten Resten der Reiterei jeden Bewegungsspielraum. Während eine Abteilung feuerte, sprang eine andere weiter vor. Er sah die langen Bajonette im Licht der ersten Sonnenstrahlen blitzen und konstatierte fachkundig für sich: »Das sind keine Linieninfanteristen und erst recht keine Traintruppen! Es müssen Jäger oder Angehörige eines Freibataillons sein! Die Burschen haben uns eine klassische Falle gestellt, und ich Oberdepp bin wie ein heuriger Hase hineingetappt!«

Kavallerie, die in die Enge getrieben wird, kann keine

Durchschlagskraft entwickeln – sie ist hilflos. Einige wenige Reiter des Dritten und Vierten Zuges waren entkommen, aber die meisten Panduren waren zwischen dem Gehöft, den angreifenden Husaren, den Bajonetten der Infanterie, dem Bach mit seinem Steilufer und dem dichten Rosengebüsch zusammengepfercht worden. Diejenigen, die nicht tot oder verwundet waren, wurden aus den Sätteln geschossen oder von den langen Bajonetten durchbohrt. Nur wer rechtzeitig die Waffen wegwarf, wurde gefangen genommen. Rittmeister von Kárdoly fühlte sich zwar seltsam leicht und sah sich selbst wie einen Engel über den Dingen schweben, aber andererseits hatte er den Eindruck, doch noch sehr lebendig zu sein. Er spürte die Schmerzen, die sein Sturz verursachte, und roch sehr deutlich den beißenden Gestank von Salpeter, Blut, Pferdekot – und Alkohol. Staunend blickte er seine feuchte Hand an. Sie war nicht, wie er erwartet hatte, blutig rot, sondern nur schmutzig vom Dreck der Straße – und sie duftete nach hochprozentigem Schnaps. Die Kugel hatte seinen silbernen Flakon in der Brusttasche getroffen, und der hatte ihm das Leben gerettet. »Da schau her, mein Lieber, da soll mir doch noch mal so ein Pharisäer unter die Augen kommen und mir eine Predigt halten, dass Saufen ungesund ist …«, murmelte er und schüttelte verwirrt den Kopf. Schwankend richtete er sich auf und blickte gleich darauf in die kalten Augen eines preußischen Husarenwachtmeisters, der mit der Spitze seines Säbels auf seinen Hals zielte.

Er hob die Hände. »Ich ergebe mich, Kerl! Bringe er mich zu seinem Kommandierenden Offizier.«

Der Husar schwieg und musterte ihn scharf, dann deutete er mit der Klingenspitze auf die Uhrkette und machte mit dem Zeigefinger der linken Hand eine fordernde Bewegung. Kárdoly knurrte vor sich hin, löste aber die Kette von seinem Rock und überreichte sie dem Mann samt Uhr. Dessen Miene wurde etwas milder, aber dann zeigte er auf die Ringe an der Hand des Rittmeisters. Auch diese wechselten den Besitzer. Mit Kennerblick musterte der Unteroffizier die Geschmeide, und sie verschwanden in seiner großen Rocktasche, anschließend rieb er den Daumen und Zeigerfinger der linken Hand aneinander. Kárdoly zögerte, aber nach einem prüfenden Blick in die Augen seines Kontrahenten seufzte er und übergab ihm seine Geldkatze. Jetzt schien der Mann zufrieden. Er beugte sich vor, rümpfte die Nase und spottete mit tiefer, heiserer Stimme: »Verdammt will ich sein, ich habe ja schon so manchen Habsburger Knödelfresser einkassiert, und manch einer hat auch gewaltig gestunken, weil er sich vor Angst in die Hosen geschissen hatte, aber das einer wie eine ganze Destille müffelt, das gab es noch nie!«

»Ich werde mich über dich beschweren, Kerl! Zum Kommandierenden Offizier, sofort!« Kárdoly lief vor Zorn rot an.

Der Wachtmeister deutete mit der Waffe auf einen Offizier. »Gemach. Gemach, Freundchen. Da hinten steht unser Hauptmann René de l'Homme de Courbière*, das ist ein Feuerfresser, aber der hat zu tun, fürchte ich!« Er grinste spöttisch und zeigte dann mit dem Kopf auf einen großen, kräftigen Leutnant, der die Durchsuchung der Gefangenen beaufsichtigte. »Besser du bewegst deinen Hintern dort hinüber, Freundchen. Der Steuben wird dir schon beibringen, dass mit den Husaren vom Freikorps des Generals Johann von Mayr nicht gut Kirschen essen ist!«

⚓

---

* De Courbière hat es bei den Preußen bis zum General gebracht und war einer der wenigen Festungskommandanten, der 1806 nach der Niederlage von Jena und Auerstedt seine Festung Graudenz fast ein Jahr gegen die napoleonischen Truppen hielt.

Prinz Heinrich von Preußen deutete mit einer huldvollen Handbewegung auf einen Stuhl, der auf der anderen Seite seines Feldschreibtisches stand. Seine Uniform war elegant geschnitten und untadelig sauber, der Schwarze Adlerorden prangte auf seiner linken Brustseite. Der Oberkommandierende der Westarmee, die über Sachsen nach Böhmen eingefallen war, stellte zweifellos eine beeindruckende Persönlichkeit dar. Eine Zeltwand war weit zur Seite geschlagen, und der General blickte nachdenklich über das Lager zu den nicht weit entfernten grünen Hügeln hinüber. Er legte den Bericht zur Seite und musterte dann den jungen Offizier durchdringend. Ihm schien zu gefallen, was er sah.

»Nehmen Sie doch Platz, mein lieber Steuben. Ihr Bericht, wie dieser Teufelskerl Courbière und Sie der Königin von Ungarn – wie sich mein omnipotenter Herr Bruder ganz zweifellos auszudrücken belieben würde – eine fast vollständige Pandureneskadron weggefangen haben, hat mir sehr imponiert. Ihr Hauptmann und der General haben Sie über den grünen Klee gelobt. Chapeau, mon cher! Ich werde den Report an meinen Bruder mit einer entsprechend anerkennenden Beurteilung weiterleiten und ihm vorschlagen, Sie demnächst in das Quartiermeisterkorps und seine Klasse für Kriegskunst aufzunehmen.«

Von Steuben verbeugte sich stumm. Was der Prinz da eben gesagt hatte, verschlug ihm den Atem, denn diese Klasse bestand nur aus einem Dutzend junger Offiziere und hatte nur einen Lehrer: den König!

Der Prinz sah ihn nochmals scharf an, dann lächelte er freundlich und schien dadurch mit einem Schlag um Jahre jünger zu werden. »Wissen Sie, von Steuben, manchmal ist man als Kommandierender General sehr allein«, dann machte er eine Pause, fast vermeinte man seinen unausgesprochenen Gedanken zu hören: Und als preußischer Prinz, der mit so einem Bruder geschlagen ist, sowieso! Er fuhr fort: »Da tut es gut, wenn man mal mit jemand reden kann, der nicht zum alltäglichen Umgang gehört. Ich bin sicher, ich kann mich auf Ihre Diskretion verlassen, mein Lieber.« Das war keine Frage, sondern eine Feststellung, in der unterschwellig auch eine Drohung mitschwang. »Wissen Sie, *mon cher ami*, mein verehrter Herr Bruder, der Liebling der Götter, Fridericus Rex, ist unbestreitbar mit vielen Talenten gesegnet. Er ist durchaus in der Lage, Schwächen in einem System durch streng logisches Denken aufzudecken, aber es mangelt ihm dann am konsequenten Willen, die Ursachen dieser Schwächen zu beseitigen, vielleicht weil er ahnt, dass er dann die Büchse der Pandora öffnen würde. So hat er beispielsweise richtig erkannt, dass unser System des Kampfes in der Linie zusammen mit der äußerst anfälligen Versorgung der Armee aus Magazinen im Hinterland gegen Angriffe leichter beweglicher Einheiten völlig ungeeignet ist. Auf die Dauer ist bei immer größeren Heeren die klassische Feldschlacht kaum noch praktikabel. Konsequenterweise hat er, um den ersten Mangel abzustellen, Husarenregimenter und Freibataillone aufstellen lassen. Aber im Grunde sind ihm diese Verbände herzlich zuwider. Und warum? Weil sie unabhängig operieren, weil sie sich von ihm auf dem Schachbrett seiner taktischen Spielereien nicht wie tote Figuren herumschieben lassen.

Was die zweite Unzulänglichkeit angeht, so müssen die Soldaten der Linieninfanterie mehr Angst vor ihren eigenen Offizieren haben als vor dem Feind, sonst würden sie nicht angreifen. Wenn Sie mit einem Bataillon regulärer Infanterie durch einen Wald marschieren, kommen im schlimmsten Fall am anderen Ende nur zwei Kompanien wieder heraus, die anderen Kerls sind desertiert. Für die übliche Feldschlacht braucht man übersichtliche freie Flächen, sonst kann man die Schlachtordnung in der Linie überhaupt nicht einnehmen und keine überraschenden taktischen Varianten versuchen. Der Feldherr muss die gesamte Linie vom linken bis zum rechten Flügel übersehen können, sonst entgleiten ihm die Zügel der Gefechtsführung. Die Einheiten für den Kleinen Krieg dagegen bewegen sich frei durch das Gelände und schlagen eigenverantwortlich da zu, wo sie im Vorteil sind. Und jetzt zu dem Dilemma, in dem mein Herr Bruder steckt!« Der Prinz hob dozierend einen Zeigefinger. »Der Unterschied liegt in der Einstellung der Männer, Steuben. Wer nur aus Angst vor dem Korporalsstock in den Kampf zieht, wird immer darauf sinnen, zu desertieren. Wer aus eigenem Antrieb, aus innerer Überzeugung kämpft, ist tausendmal gefährlicher und wirkungsvoller als der am besten gedrillte preußische Grenadier. Aber um das zu erreichen, müsste der König das System«, der Prinz stockte, fuhr dann aber entschlossen fort, »revolutionieren! Er müsste die Privilegien des Adels ein Stück weit beschneiden, die Bauern emanzipieren sowie die Handwerker und Kaufleute in den Städten an der politischen Macht teilhaben lassen, damit sie für ihr Stückchen eigenes Land, für ihre unabhängige Existenz, für das eigene Wohl und das ihrer Familie kämpfen, den Staat als den ihren annehmen – und das geht nicht in seinen konservativen Monarchenschädel von Gottes Gnaden. Früher oder später wird Preußen daran zugrunde gehen, es sei denn, dass ein Nachfolger das Ruder rechtzeitig herumreißt.« Der Prinz schwieg, blickte melancholisch in die Ferne und schüttelte griesgrämig den Kopf. »Mein lieber Bruder hat ja bis heute noch nicht gemerkt – jedenfalls gibt er es nicht zu –, dass es inzwischen die bürgerlichen Truppenoffiziere sind, die ihm die Schlachten vorne in der Linie gewinnen. Er wird nach der siegreichen Beendigung des Krieges«, der Prinz lächelte wieder ziemlich bitter, als hegte er gewisse Zweifel an einem günstigen Ausgang des Krieges, »diese lästigen Emporkömmlinge aus minderer Zucht wieder aus seinem geliebten blaublütigen Offizierskorps schassen. O ja, er kann sehr hochmütig in seinem Urteil sein, unser Philosoph auf dem Thron. Wir stehen am Beginn einer neuen Ära, und der König, sensibel, wie er ist, spürt das auch in seinem Innersten, denn wenn er am Schreibtisch sitzt, sieht er schon Eos, die Rosenfingrige, die Morgenröte der Aufklärung, als Vorbotin großer politischer Umwälzungen heraufziehen. In seinen Schriften gibt er sich als moderner aufgeklärter Herrscher, aber in der täglichen politischen Praxis bleibt er der sture absolute Potentat einer fast untergegangenen Zeit. Um den *Antimachiavell* schreiben zu können, musste er *Il Principe* von Machiavelli ausgiebig studieren, und nach dessen Anweisungen richtet er seine Politik aus! Ja, mein lieber Herr Bruder ist sehr janusköpfig.« Heinrich lächelte ironisch. »Wie Sie natürlich wissen, mon cher«, wieder dieser abschätzende, aber durchaus wohlwollende Blick auf Steubens jugendlich kräftige Gestalt, »ist Machiavellis *Fürst* nichts anderes als eine perfekte Anleitung für jeden potenziellen Herrscher, der nach Erfolg und Macht strebt und beides auch behalten möchte. Es wird ganz deutlich herausgearbeitet, dass ihm jedes Mittel recht sein muss, um sein Land in Ruhe und Frieden zu führen. Im Idealfall kann er bei der Bevölkerung und seinen Nachbarn sogar als barmherzig gelten, weil er das Eigentum seiner Untertanen schont, und wenn er denn Blut vergießen muss, dafür immer einen triftigen Grund anführen kann. Klappt es mit der Barmherzigkeit nicht, aus welchem Grund auch immer, dann muss er notabene im Ruf stehen, despotisch zu sein. Alles ist besser, als verachtet zu werden. Warum, fragen Sie? Weil die Menschen leider üblicherweise falsch, feige, wankelmütig und undankbar sind. In diesem Punkt sind sich der Signore Machiavelli und mein hochwohlmögender Herr Bruder völlig einig. Je älter er wird, desto stärker prägt sich bei ihm dieser misanthropische Zug aus. Nur wenn das Volk und damit auch das Heer ihn fürchten, werden sie sich dreimal überlegen, ihn im Stich zu lassen, wenn die Dinge mal nicht so gut laufen, weil sie sich seiner grausamen Rache gewiss sein können.« Der Prinz lächelte spöttisch. »Das empfiehlt Machiavelli seinem Fürsten – Fridericus Rex ist damit natürlich nicht gemeint! Aber genug davon! Die nächste Aufgabe Ihrer Einheit wird sehr interessant und gefährlich sein!« Er klopfte auf ein dickes Bündel Befehle, das auf seinem Schreibtisch lag. »Ihr Kommandeur wird von mir selbstverständlich persönlich informiert, aber ich kann Ihnen schon verraten – das bleibt natürlich erst einmal unter uns –, dass das Korps auf Weisung des Königs einen Entlastungsangriff tief nach Franken hinein unternehmen wird, um die dortigen Fürsten und Reichsstädte daran zu hindern, sich hier mit ihren Truppen zu zeigen.« Der Prinz seufzte. »Wenn ich so könnte, wie ich wollte, dann wäre ich mit dabei, aber ...« Er erhob sich. »Ich wünsche Ihnen weiter viel Erfolg, und denken Sie daran, wer früh stirbt, kann nicht mehr befördert werden, mein lieber Steuben, und das würde ich persönlich sehr bedauern, da Sie doch ein so schneidiger Kerl sind!« Er musterte ihn mit einem leicht verschleierten, sehnsüchtigen Blick.

Leutnant von Steuben war aufgesprungen und salutierte, dann machte er zackig kehrt und verließ das Zelt. Das war ein überaus interessantes Gespräch gewesen, das ihm noch lange Stoff für intensives Nachdenken geben würde.

⚓

Oberstleutnant Washington und Leutnant von Steuben, zwei Teilnehmer am Siebenjährigen Krieg, wie sie aufgrund ihrer Herkunft, der Ausbildung und den in den ersten Kriegsjahren gemachten Erfahrungen unterschiedlicher kaum sein könnten. Nun ja, was den Umgang mit der Wahrheit angeht, da war auch Steuben manchmal etwas großzügig. Schon sein Großvater hatte sich das »von« unberechtigt zugelegt. Aber immerhin war er mit einer verarmten Gräfin verheiratet und wollte seinen Kindern durch das Adelsprädikat einen besseren Start ins Leben ermöglichen. Steuben hat dann später einen entsprechenden Stammbaum frei erfunden. Auf diesen Nachweis der uralten Blaublütigkeit hin erhielt er vom Markgrafen von Baden den exklusiven Hausorden der Treue und den Titel eines Barons. Die preußische Armee hatte er nach dem Krieg aufgrund von Intrigen des Grafen Wilhelm von Anhalt als Hauptmann verlassen müssen, auch in diesem Punkt korrigierte er die Wahrheit in seinem Sinne, indem er sich ohne falsche Bescheidenheit zum Oberst der Armee des Markgrafen von Baden ernannte, aber mit dieser Prahlerei rannte er in Paris bei Benjamin Franklin offene Türen ein. Dieser wirklich ehrenwerte Gentleman beförderte ihn mit den Worten »Ich weiß, dass man eine gute Ware in einer guten Verpackung liefern muss ...*« in seinem Empfehlungsschreiben an den Kongress kurzerhand zum Generalleutnant der preußischen Armee!

Wie kommen nun Steuben und Washington zusammen, damit sie sich zur Erreichung des gemeinsamen Ziels, der Erlangung der Unabhängigkeit der Vereinigten Staaten, ergänzen können? Dazu musste der Mantel des Schicksals schon gewaltig rauschend einige Falten schlagen und sich so achtbarer Herren wie Mister P.P. Burdetts, eines leidenschaftli-

---

* Franz Fabian, *Steuben*, Vision Verlag GmbH Berlin, 1. Auflage 1996

chen Gegners der Amerikapolitik der britischen Regierung, Benjamin Franklins, des amerikanischen Geschäftsträgers in Frankreich, Vergennes, des französischen Außenministers, sowie St. Germaines, des französischen Kriegsministers, bedienen. Nicht vergessen darf man in dieser Aufzählung die wahrscheinlich entscheidende Rolle eines berufsmäßigen Strippenziehers im Hintergrund, einer buntschillernden Gestalt mit dem Namen Caron de Beaumarchais; eines Uhrmachers, Glücksritters, Literaten und Geheimagenten. Aber wo sich jemand im Hintergrund tummelt, um den britischen Interessen zu schaden, da sind auch die ehrenwerten Gentlemen von *Hermes Shipping Agencies* in London mit ihren diversen Tochtergesellschaften in der ganzen Welt nicht weit. Denn um nach Amerika zu kommen, muss man den Atlantik überqueren – und wie heißt es doch so richtig? *Britannia rules the Waves!* Wo Seewasser ist, gibt es auch Haie, und wo Agenten sich tummeln, liegt die *Shark* mit ihrem jungen, wagemutigen Kommandanten Leutnant Turner wachsam auf der Lauer.

Kapitel 1

English Harbour, August 1777

William Turner ließ sich nach vorne in die Leere fallen. Er stürzte kopfüber in freiem Fall durch die Luft. Schon näherte er sich der metallisch schimmernden Oberfläche. Er riss die Arme nach vorne und tauchte halbwegs elegant in das grüne Wasser der Bucht ein. Er bog den Rücken durch und schoss der Oberfläche entgegen. Laut schnaufend und prustend tauchte er auf, holte tief Luft, um dann mit kräftigen Schwimmstößen das Heck der *Shark* zu umrunden. Nachdem er zehn Minuten zügig hin und her geschwommen war, legte er sich auf den Rücken, ließ sich entspannt treiben und blickte in den blauen Morgenhimmel. Er liebte dieses morgendliche Ritual. Seit sein Bursche und Bootssteuerer Tom ihn das Schwimmen gelehrt hatte, ließ er keinen Morgen verstreichen, ohne sich eine halbe Stunde im Wasser zu tummeln – jedenfalls wenn er an Bord war. Er hatte damit ein Versprechen eingelöst, das er sich selbst gegeben hatte, als er in dem Piratennest Puerto Santo in Gefangenschaft geraten war, weil er Tom nicht mutig ins Hafenwasser hinterhergesprungen war. Und auch seine Flucht von der Piratenbrigg *Medusa*, auf der die schöne, begehrenswerte Janine Bondie das Kommando innehatte, wäre beinahe daran gescheitert, dass er nicht schwimmen konnte. Thomas Brown, der ehemalige Sklave von der Insel Guadeloupe, hatte sich als ein überaus begabter Lehrmeister entpuppt. Er hatte ihm die Angst vor dem nassen Element genommen und dafür gesorgt, dass er sich darin bald so sicher wie ein Seehund bewegen konnte. Nun ja, wenn er ehrlich war, dann waren seine Schwimm- und Tauchkünste im Vergleich mit denen der Schwarzen von den Inseln, den ehemaligen Trappern und den beiden Shawnees aus den Kolonien doch noch sehr bescheiden. Sie verhielten sich zu denen dieser Männer wie das zielstrebige Paddeln eines Pointers, der eine von seinem Herrn erlegte Ente aus einem See holt, zu den eleganten Bewegungen einer Robbe, die mit spielerischer Leichtigkeit einen Beutefisch fängt. Aber Tom hatte nicht mit Lob gespart: »Sehr gut, Käptum, Zur!«

Er hatte abgewehrt: »Tom, du brauchst mir keinen Honig um den Bart zu schmieren. Ich weiß, dass ich mich nie so perfekt und lautlos im Wasser bewegen werde wie ihr.«

»Wir haben das schließlich auch schon als kleine Steppkes gelernt, Zur, kaum, dass wir laufen konnten. Wir mussten nach Muscheln tauchen und Fische harpunieren, um den Speiseplan der Familie aufzubessern. Wir hatten einen Frühstart, würde ich meinen, Käptum, Zur.«

»Nun gut, wenn du das so siehst.«

Es war kurios, denn auch William war seit seiner frühesten Jugend auf dem Fischerboot seines Vaters mit hinaus auf den Ärmelkanal gefahren. Aber dort an Bord hätte niemand auch nur im Entferntesten daran gedacht, dass ein Fischer schwimmen können sollte. Wer über Bord fiel, hatte nicht genug aufgepasst, und im Falle eines Schiffbruchs im Sturm hätte die Fähigkeit, sich über Wasser halten zu können, das Leiden nur verlängert. Die Fischer liebten das meist graue, kalte Meer nicht; sie sahen es nicht als ihren Freund an, sondern begegneten ihm mit einer Mischung aus Ehrfurcht und Respekt oder gar Angst – einige hassten es.

So hatte auch Turners Versuch, die Nichtschwimmer seiner Besatzung mit einer Prämie davon zu überzeugen, ebenfalls Schwimmunterricht zu nehmen, nur einen sehr mäßigen Erfolg gehabt. Zum einen waren die Kerle durch das verdiente Prisengeld wohl schon zu wohlhabend, zum anderen saßen vermutlich die alten Vorurteile bei den meisten einfach zu tief.

William Turner waren derartige Gefühle keineswegs fremd, denn auch er hatte die Hinterbacken mächtig zusammenpressen müssen, als er zum ersten Mal auf der Püttingplattform stand und Tom ihn von unten aus dem Wasser aufforderte, hinunterzuspringen. Wäre da nicht die Angst vor der mordsmäßigen Blamage gewesen, hätte er liebend gern auf der Stelle kehrtgemacht und wäre leise vor sich hin summend unauffällig in seiner Kabine verschwunden. Um ihm die Angst vor dem Wasser zu nehmen, hatte sich Tom vom Zimmermann ein etwa zwei Meter langes Stück einer beschädigten Marssegelrah zurechtsägen und die Schnittflächen glätten lassen. An der Spiere hatte er ein gutes halbes Dutzend Palsteks befestigt. An den beiden »Nocken« hatte er dann noch jeweils zwei kleine Fässchen angelascht, damit die runde Spiere im Wasser nicht rollen konnte. Nachdem Turner ungeschickt ins Wasser geklatscht war, hatte Tom sofort seinen hustenden, schnaufenden, um sich schlagenden und Wasser spuckenden Kommandanten gepackt und zur Spiere gezogen. William hatte sich in die Schlaufen gehängt und zuerst hektisch mit den Beinen gestrampelt. Tom hatte ihn beruhigt: »Ganz ruhig, Käptum, nur die Beine langsam bewegen, als ob Sie einen Niedergang hinauflaufen wollen.« Williams Kopf war dadurch immer gut über der Wasseroberfläche geblieben, und er hatte problemlos atmen können. Das hatte ihm die Sicherheit gegeben, nicht länger überhastet zu hecheln. »Jetzt hängen Sie die Arme über die Rah, Zur, und bewegen die Beine nicht mehr!« William hatte gespürt, wie seine Beine und sein Unterkörper langsam nach oben angehoben wurden. Es war unfasslich, das Wasser zog ihn nicht in die Tiefe, sondern trug ihn, hob ihn an die Oberfläche. Was hatten ihm die dummen Leute zu Hause nur für einen Blödsinn erzählt!

Am nächsten Morgen hatte er zum ersten Mal auf dem Rücken im Wasser gelegen und entspannt in den Himmel über sich geblickt, die Hände immer noch in den Schlaufen an dem Rundholz. Zwei Tage später hatte die Spiere keine stabilisierenden Fässer mehr gehabt, und bald war sie nur noch eine Art Rückversicherung in Reichweite gewesen, so wie die Scharfschützen auf dem Achterdeck, die Ausguck nach verdächtigen Rückenfinnen hielten.

William Turner döste entspannt vor sich hin. Anders als vermutet, hatte ihn Mister Smith, der hiesige Resident des Geheimdienstes, nicht nach ein paar Tagen Aufenthalt zwecks Proviantierung und Auffüllung der Vorräte wieder hinaus auf See gejagt, sondern dafür gesorgt, dass die *Shark* in der Werft einer gründlichen Überholung unterzogen wurde. Dabei wurde auch das Unterwasserschiff von Bewuchs befreit und mit einem Gemisch aus Teer, Pech und Arsenik gepönt. Sie würde wieder so schnell wie ihr Namensvetter durch die Wellen schießen. Auch die örtlichen Verbände, die die Kräfte beim Abschuss der Karronaden und Langrohrgeschütze aufnahmen, wurden gründlich untersucht, aber lediglich die Befestigungen für die beiden von seinem Ersten Leutnant auf einer Prise »gefundenen« Sechspfünder am Heck hatten verstärkt werden müssen. Turner spürte die warmen Sonnenstrahlen auf seinem Bauch und grunzte wohlig. Wenn er es recht bedachte, hatte er mit der Kommandierung auf die *Shark* wirklich ein Glückslos gezogen. Vom bettelarmen Leutnant ohne Einfluss und Gönner, der lediglich für seinen Widerspruchsgeist – der allerdings seinen Ursprung in großem fachlichem Können hatte – und für seine Neigung zu harten Getränken und schönen Frauen bekannt und berüchtigt war, hatte er es zum Kommandanten einer schmucken Kriegsslup mit Schonertakelung gebracht. Er segelte direkt unter den Befehlen der Admiralität oder, besser gesagt, denen des Geheimdienstes Seiner Britannischen Majestät – folglich war er unabhängig von den örtlichen Admiralen. Er seufzte. Nun ja, was den Alkoholkonsum anging, so hatte er sich von der Quantität auf die Qualität verlagert. Seine Missionen waren zu gefährlich, um sie mit benebeltem Kopf durchführen zu können. Er liebte sein Schiff und achtete seine Männer, daher wollte er sie keinem unnötigen Risiko aussetzen – von der Angst um sein eigenes Fell gar nicht zu reden, Draufgänger hin oder her. Im letzten Jahr hatte er viel Glück beim Aufbringen von Prisen gehabt, sodass er sich inzwischen durchaus als wohlhabend bezeichnen konnte, ganz zu schweigen davon, dass er das Herz der unanständig reichen Pflanzerswitwe Elizabeth Parker erobert hatte, die ihm erst kürzlich eine Rumdestillationsanlage zum Geburtstag geschenkt hatte. Turner musste an den alten Spruch aller Offiziere der Navy denken: »Kameraden, genießt den Krieg, der Friede wird fürchterlich!« Da war viel Wahres dran. Nur im Krieg konnte man ohne Adelstitel oder ererbte Reichtümer in der Hinterhand Karriere machen und Prisengeld verdienen, denn im Frieden wurde ein Großteil der Schiffe aufgelegt und deren Offiziere wurden auf den Strand gespült, wo diejenigen, die aus armen Familien stammten, von ihrem Halbsold ein kärgliches Dasein fristeten. Neben den finanziellen Problemen nagte auch die erzwungene Untätigkeit am Selbstbewusstsein der stolzen Herren Offiziere. Nun, wie es so aussah, konnte dieser Krieg noch lange dauern. Die Rebellen in den aufständischen Kolonien gewannen zwar Scharmützel, aber keine große Feldschlacht. Allerdings gelang es auch General Howe nicht, die Kontinentalarmee unter Washington entscheidend zu schlagen. Gegen die Einheiten der örtlichen Milizen zogen die regulären britischen Einheiten ohnehin stets den Kürzeren: Wer vermochte schon das Wunder zu vollbringen, Wasser mit einem Sieb in einen Eimer zu schöpfen?

Was lag heute an? Er hatte am Nachmittag ein Treffen im Stadthaus von Elizabeth mit dem Geschäftsführer seiner Rumfabrik. Abraham Goldman war ein ernster junger Mann, der von seinem Vater in allen Bereichen der kaufmännischen Geschäfte hervorragend geschult worden war. Elizabeth hatte William zu seiner großen Überraschung die an eine ihrer Zuckerrohrplantagen angeschlossene neu errichtete Rumfabrik geschenkt, und dabei hegte sie den listigen Hintergedanken, ihn langsam an das Leben an Land zu gewöhnen. Aber bis es so weit war, brauchte er einen zuverlässigen Geschäftsführer, der sich kompetent um alle kaufmännischen Angelegenheiten kümmerte. Da traf es sich gut, dass der alte Salomon Goldman, der diese Funktion für Elizabeths Besitzungen wahrnahm, einen vielversprechenden Sohn hatte.

Im Anschluss an die Besprechung würde er mit Elizabeth ein Stündchen promenieren gehen, danach würden sie ausgiebig dinieren und dann … Es war besser, er malte sich das »Danach« nicht näher aus, sonst mochte es passieren, dass plötzlich ein neuer kleiner Leuchtturm aus dem Wasser ragen würde. Er hielt es wie seine Matrosen und sprang immer nackt ins Wasser. Gemächlich schwamm er zur Jakobsleiter hinüber, die von der Plattform der Rüsteisen des Großmasts hinab ins Wasser hing. Dadurch betrat er das Schiff nicht durch den offiziellen Eingang, die Relingspforte, und ersparte der Wache das Seitepfeifen für den Kommandanten. Er musste bei der Vorstellung, wie er würdevoll, aber splitterfasernackt unter dem Zwitschern der Bootsmannspfeifen das Deck betrat, breit grinsen; irgendwie entbehrte dieser Gedanke nicht einer gewissen Komik. Er zog sich von der Plattform über die Verschanzung, spülte sich mit ein paar Kellen aus der bereitstehenden Süßwasserpütz das Salz ab, wickelte sich ein Handtuch um die Hüften und verschwand in seiner Kabine.

Drinnen erwartete ihn Tom schon mit dem heißen Rasierwasser und dem sahnig geschlagenen, nach Sandelholz duftendem Seifenschaum. Das war noch ein weiteres Versprechen, das er eingelöst hatte. Weil ihn Janine Bondie in Puerto Santo sofort an seinem Bart erkannt hatte, zumindest hatte sie das behauptet, hatte er sich von Tom die Wangen glatt rasieren lassen, nur um den Mund herum und am Kinn prangte jetzt noch seine rötlichbraune Bartzierde. Um ehrlich zu sein, musste man allerdings auch hinzufügen, dass Elizabeth ständig genörgelt hatte, dass sich seine krause Bartfräse mit der weißen gepuderten Kurzhaarperücke, die er bei offiziellen Anlässen gezwungenermaßen aufsetzte, nicht vertrug. Da er nicht zugeben mochte, dass sie damit richtig lag, entschuldigte er den Kahlschlag vor sich selbst mit der Enttarnung durch Janine. Wenn er es recht bedachte, so hatten sie durch seine Gefangennahme immerhin eine zwar ziemlich kurze, aber doch auch sehr schöne Liebesnacht miteinander verbracht. Wenn er jetzt mit den Fingern über seine glatte Wange strich, wurde er automatisch an Janine erinnert. Das erzählte er indes seiner eifersüchtigen Elizabeth nicht. Manchmal hatte er allerdings das vage Gefühl, dass Elizabeth etwas von dieser Affäre ahnte.

Am Nachmittag ließ er sich an Land pullen. Elizabeths Kutsche wartete schon am Kai. In ihrem Stadthaus mit dem hinreißenden Blick über den Hafen traf er mit Abi Goldman zusammen. Der junge Mann, der geschäftsmäßig in einem schlichten dunkelgrauen Anzug mit Weste aus leichtem

Leinenstoff, einem weißen Hemd ohne Rüschen, das aber als Verzierung ein Jabot aus Batist aufwies, bekleidet war und einen Kneifer auf der Nase balancierte, hatte eine Aufstellung vorbereitet, welche Kosten auf William zukommen würden, bis er das erste Mal mit Erlösen aus dem Rumverkauf rechnen konnte. Glücklicherweise hatte William während der Einsätze in der Karibik und vor der Küste Nordamerikas ein erhebliches Vermögen durch Prisengelder angesammelt, sodass sich für ihn die Übereignung der Rumfabrik nicht als Danaergeschenk entpuppte.

»Ich werde den Vertreter von Coutts Bank in Saint John's anweisen, Ihnen monatlich den notwendigen Betrag auszuzahlen, Mister Goldman.«

»Nu, mein Vater hat mir mitgeteilt, dass das nicht nötig ist, da die entstehenden Kosten und Aufwendungen zunächst über das Konto der Paradise-Plantage von Mistress Parker laufen werden. Sobald der Verkauf des Rums angelaufen ist, haben Sie die Möglichkeit, Ihre Verbindlichkeiten in Raten zu tilgen. Ahem«, er räusperte sich umständlich, »mein Vater hat betont, dass der Kredit, nu ja, wie soll ich es ausdrücken, zinslos ist, Sir.« Abi Goldman sah einigermaßen verblüfft, fast ein wenig indigniert aus, etwa so, als hätte er gerade ein obszönes Wort in aller Öffentlichkeit laut aussprechen müssen.

»Nein, Mister Goldman, das möchte ich nicht. Ich übernehme alle Kosten vom Tag der notariellen Überschreibung an, ist das klar, Sir?«

»Völlig klar, Mister Turner, eine sehr honette Einstellung! Nu, in diesem Fall schlage ich vor, dass Sie dann ein Konto bei der Bank Goldmann & Söhne eröffnen, denn dann lassen sich die Transaktionen schnell und bargeldlos tätigen. Außerdem haben gerade Sie in Ihrem, ääh, Gewerbe zusätzlich den Vorteil, überall in der Welt auf die Dienste unserer Bank oder der uns freundschaftlich verbundenen Institute zurückgreifen zu können.«

»Ich dachte immer, dass Coutts in London weltweit eine erste Adresse wäre, Mister Goldman?«

Der junge Mann sah ihn mit seinen braunen, etwas verschleierten Augen prüfend an, dann lächelte er: »Nu, der Herr, der Gerechte, weiß es, was ist schon Coutts gegen das dicht geknüpfte Bankennetz meiner Glaubensbrüder, Sir. Coutts finden Sie nur dort, wo die britische Flagge weht, uns unter fast jeder Flagge. Da wir nirgendwo als völlig gleichgestellte Bürger anerkannt werden, ist es geradezu überlebenswichtig, dass wir untereinander eng zusammenhalten.« Er lächelte wieder und sah ein wenig traurig, aber auch spöttisch drein. »Da wir nicht dazugehören, interessiert uns die Politik auch nur am Rande, nämlich nur, inwieweit sie unsere Geschäfte befördert oder stört – oder gar unsere physische Existenz bedroht. Aber da kennen wir uns aus!« Jetzt war der Spott mit den Händen zu greifen. »Nu, die Regierungen benutzen uns nur als nützliche Idioten, die ihre kostspieligen Kriege finanzieren, aber wir haben viele Informationen, um unsere Investitionen zu schützen. Wir kennen viele Fakten, die selbst einem gewissen Mister Smith von *Hermes Worldwide Enterprises* in der Green Lane Nr. 10 unbekannt sind, Sir. Sie sehen, ich vertraue Ihnen, also vertrauen Sie auch mir.«

William Turner sah zwar nicht ein, warum er dem Mann vertrauen sollte, nur weil der wusste, dass Smith ein professioneller Agent der britischen Regierung war, aber die Offenheit von Abi Goldman hatte ihn beeindruckt.

»Warum vertrauen Sie mir, Mister Goldman, schließlich bin ich ein Offizier des Königs und, wie Sie ganz sicher wissen, habe ich enge Kontakte zur Firma des Mister Smith.« Jetzt war es an der Reihe von Turner, ironisch zu grinsen.

»Nu, werd ich mich informiert haben, Sir. Sie stammen

aus einfachen Verhältnissen, wenn ich das so sagen darf, ist ja kein Schand'. Man hat Ihnen dieses Kommando gegeben, weil Sie über keinen Einfluss verfügen, daher hätte man Sie bei einem Scheitern mit einem lässigen Schnippen des kleinen Fingers in der Versenkung verschwinden lassen können, zumal Sie sich einige einflussreiche Gegner gemacht haben.« Abi Goldman grinste zum ersten Mal richtig fröhlich. »So gehört Konteradmiral Sir Samuel Blake wohl eher nicht zu Ihren größten Bewunderern! Und sicherlich erinnern Sie sich noch an einen gewissen Leutnant Will Cordinghouse auf H.M. Fregatte *Ajax*.« Turner lief ein eiskalter Schauer den Rücken hinunter, der junge Mann wusste viel, sehr viel über ihn. Er rieb sich heftig den Hinterkopf. Unbeeindruckt fuhr Goldman fort: »Ich könnte Ihnen noch ein paar weitere Namen aus Ihrer Zeit als Midshipman und Wachoffizier aufzählen, aber geschenkt! Sie sind persönlich mutig und verfügen über großes fachliches Wissen – und Sie hatten bisher Glück. Am wichtigsten für meinen Vater und mich ist, dass Sie – wie sagt man in Ihren maritimen Kreisen? – ein glückliches Schiff kommandieren, auf dem Engländer, Schotten, Iren, Loyalisten, Yankees, Schwarze aller Schattierungen und neuerdings sogar zwei Indianer in Eintracht miteinander arbeiten und kämpfen. Nu, ich weiß, dass der Vergleich gewaltig hinkt, aber hab ich mich immer gefragt, wie es Noah geschafft hat, dass die Leoparden friedlich neben den Täubchen gelegen haben.«

»Wahrscheinlich befand sich zwischen ihnen ein massives Querschott!«, brummte Turner etwas verlegen, wie immer, wenn er gelobt wurde. Der Mann hatte ja recht, er hatte sich selbst auch schon gefragt, warum es auf der *Shark* so wenige Streitigkeiten zwischen den doch sehr verschiedenartigen Gruppen gab. Zwar hatte es zwischen den Loyalisten und den neu in den Dienst gepressten Yankees zuerst ein paar

Reibereien gegeben, aber bevor es zu ernsthaften Streitigkeiten gekommen war, hatte Doc MacKinnon im Sinne der vorausschauenden Gesundheitsvorsorge, wie er es genannt hatte, zusammen mit dem Exrebellen Steuermannsmaat Carl Carter und dem Yankeehasser Bootsmann »Horseshoe« Baxter ein Komitee gegründet, das im Lazarett tagte. Viele der Amerikaner hatten erzählt, dass sie eigentlich nur bei dem Aufstand mitgemacht hätten, weil die Nachbarn auch dabei waren oder weil sie den Hetzreden von Sam Adams und den anderer Rechtsverdreher Glauben geschenkt hätten oder weil man ihnen großartige Versprechungen auf eigenes Land gemacht hatte. Jedenfalls hatten die Yankees versichert, dass kein Blut von unschuldigen königstreuen Kolonisten an ihren Händen klebte, Entsprechendes beteuerten auch die Loyalisten. Zwar war MacKinnon sehr skeptisch gewesen, was die Tragfähigkeit dieser Brücke anging, da er viele traurige Geschichten über die Schicksale der Männer aus der Stammbesatzung der *Shark* kannte, aber die Männer hatten sich die Hände gegeben, und man war seitdem gut miteinander ausgekommen – man musste sich ja nicht lieben, nur achten, dafür bildete das berufliche Können der Yankees eine gute Basis. Offiziell hatte Turner natürlich von diesem Komitee nichts gewusst. Jetzt räusperte er sich ausgiebig: »Ahem, und was meine Männer angeht, Mister Goldman, so sind die Jungs wahrscheinlich alle weitläufig mit Ihrem Volk verwandt! Die Kerle haben alle schon eine große Summe Prisengeld gescheffelt und wissen genau, dass sie das nur ausgeben können, wenn sie auf Gedeih und Verderb zusammenhalten!«

»Nu, wenn Sie das sagen, Sir.«

»Da wir das geklärt haben, Mister Goldman, zurück zum Geschäft.« William nahm einen Schluck Kaffee und strich sich mit der Hand über den Hinterkopf, das war auch so eine

Marotte. Sie war ihm nach einem Schlag mit einem Sandsack auf den Kopf in Puerto Santo erhalten geblieben. »Eröffnen Sie für mich ein Konto bei Ihrer Bank. Ich nehme doch an, dass Sie hinter dem ›& Sohn‹ stecken?«

»Nu, möcht ich dabei sein mit ein paar wenigen Prozenten, Sir. Welche Vollmachten wollen Sie mir für das Konto erteilen, Mister Turner?« Der Mann konnte sich offensichtlich nicht dazu durchringen, ihn mit seinem militärischen Rang anzureden.

»Sie dürfen davon alle erforderlichen Ausgaben für die Fabrik bestreiten. Für Einzahlungen benötigen Sie ja wohl keine Vollmacht! Was sonst noch?«

»Nu, es könnte sein, dass sich Ihr Geschäft bald positiv entwickelt, dann wären gewinnbringende Investitionen möglich, Sir! Sobald Frankreich und Spanien in den Krieg eintreten, wird die britische Flotte in diesen Gewässern verstärkt werden müssen – und die Flotte braucht Rum, guten Rum und viel guten Rum! Zu einem, nu ja, warum soll ich erklären, was versteht sich von selbst, guten Preis! Das durstige Kamel bestimmt den Preis des Wassers in der Wüste.«

»Ist der bevorstehende Kriegseintritt unserer alten Widersacher eine der Informationen, die über den Synagogendepeschendienst verbreitet wird, Sir?«

»Nu, man redet so dies und das, aber letztendlich ist der Krieg zwischen Frankreich und England unausweichlich. Da General Howe es im letzten Jahr, als er die Gelegenheit dazu hatte, versäumt hat, General Washington vernichtend bei New York zu schlagen und die Reste seiner schwer mitgenommenen Truppenteile gefangen zu nehmen, ist der Krieg für England so gut wie verloren. Eine neue Armee hätten die Aufständischen nicht aufstellen können, dafür ist die Bevölkerung in sich zu zerstritten. Wie John Adams richtig festgestellt hat, ist nur ein Drittel der Amerikaner für den Aufstand, das sind zum überwiegenden Teil die Wohlhabenden, ein zweites Drittel ist strikt dagegen, ist also königstreu, und dem letzten Drittel ist er egal, da diese Leute völlig zu Recht der Meinung sind, dass es ihnen gleichgültig sein kann, an wen sie ihre Abgaben zahlen, die gehen immer an die hohen Herren über ihnen.

Da Washington aber mit seinen zerlumpten Resttruppen entwischen und dank seiner Übermacht und der überlegenen Artillerie die verschlafenen Hessen Weihnachten bei Trenton in ihren Betten überraschen und sie vernichtend schlagen konnte, spricht jetzt alles für die Rebellen: das weite, unwegsame Hinterland, die unzureichende Anzahl der britischen Soldaten mit ihren nicht sonderlich motivierten hessischen Hilfstruppen. Dazu kommt die unter diesen Bedingungen kaum anwendbare Linientaktik der Briten …«

Turner unterbrach ihn hitzig: »Aber Howe wird in absehbarer Zeit Philadelphia, die Hauptstadt der Rebellen, besetzen und General Bourgoyne wird in einem kühnen Sichelschnitt die Neuenglandstaaten von den anderen Kolonien abtrennen, Sir!«

Goldman lächelte nachsichtig. »Nu ja, wenn Sie das sagen, Sir, wer bin ich, dass ich Ihnen könnt widersprechen? Philadelphia möchte fallen, das ist richtig! Aber warum? Weil die Armee von der Marine unterstützt werden kann. Aber Bourgoyne? Eher wird ein Taubstummer den Gesang der Nachtigall täuschend ähnlich imitieren, als dass dieser unglückselige Mann erfolgreich durch das Tal des Hudson River New York erreicht. Sobald er geschlagen ist, wird Frankreich die Zeit für gekommen halten, auch offiziell in den Krieg einzutreten, um sich für die Niederlage und die Landverluste im Siebenjährigen Krieg zu revanchieren. Wahrscheinlich wird dann auch Spanien der Versuchung nicht widerstehen können, sich den verlorenen Teil von Florida zurückzuholen. Gegen die Flotten dieser beiden großen Seemächte wird die Royal Navy mehr zu tun bekommen, als ihr lieb sein wird, mit Verlaub gesagt, Sir! Wie soll dann noch der Nachschub für die, äh, Rebellen wirksam unterbunden werden? Sie wissen besser als ich, wie lang die Küste ist und wie viele versteckte Landeplätze sie hat. Bis jetzt konnten einzeln manövrierende Fregatten und kleine Einheiten wie die *Shark* sehr wirkungsvoll eingesetzt werden, aber lassen Sie demnächst feindliche Fregatten zu zweit oder zu dritt vor der Küste kreuzen, dann wird es ungemütlich!«

Turner grunzte unwillig. »Achten Sie auf Ihre Worte, Sir! Sie marschieren knapp am Rande einer Anklage wegen Hochverrats entlang!« Er stand auf, schob polternd seinen Stuhl zurück und stampfte zu dem Schrank mit den Spirituosen hinüber. Er goss sich einen Cognac ein, blickte fragend zu Goldman hinüber und deutete mit der Flasche fragend auf ein Glas. Abi Goldman nickte wieder jungenhaft fröhlich.

»Der Genuss von Alkohol ist uns durch die Religion nicht generell untersagt, Mister Turner. In unserer Familie trinken wir gerne ein Gläschen, besonders wenn es sich um einen so vorzüglichen Tropfen handelt, wie man ihn bei Madam Parker zu bekommen pflegt. In Maßen genossen, stellt er eine ganz ausgezeichnete Medizin zur Anregung des Denkvermögens dar – pflegt mein weiser Vater zu sagen.«

Turner grinste, immerhin hatte diese kühl kalkulierende Denkmaschine auch menschliche Züge, das war beruhigend. Er verdrängte das bedrohliche Szenario, das Abi Goldman entworfen hatte. Wenn alles tatsächlich so kommen sollte, dann konnte er sich zu gegebener Zeit immer noch über die Konsequenzen den Kopf zerbrechen. Aber ein Gedanke, der ihm schon seit einiger Zeit durch den Kopf ging, drängte sich jetzt in den Vordergrund.

»Mister Goldman, ich denke schon seit längerem darüber

nach, ob ich nicht meine Sklaven in der Fabrik freilassen und ihnen stattdessen Arbeitsverträge anbieten sollte.«

Wenn es sein Ziel gewesen war, Abi Goldman in fassungsloses Erstaunen zu versetzen, dann war ihm das in der Tat gelungen. Es hätte nicht viel gefehlt, und dem jungen Mann wäre ungläubig der Unterkiefer heruntergeklappt, aber er fasste sich schnell wieder, nippte schweigend an seinem Cognac, rieb mit dem Zeigefinger der rechten Hand intensiv den rechten Nasenflügel. Dann schloss er die Augen und begann schnell mit dem Oberkörper vor und zurück zu wippen. Nach einigen Minuten scharfen Nachdenkens lehnte er sich entspannt zurück und erwiderte: »Wie sind Sie auf diese Idee gekommen, Sir?«

»Ich habe festgestellt, dass die ehemaligen schwarzen Sklaven bei mir an Bord genauso gute Seeleute und im Gefecht genauso mutig und tapfer sind wie die weißen Jantjes. Nun gut, sie haben ein paar Eigenheiten, aber auf der *Shark* werden alle gleich behandelt. Warum sollte das an Land anders sein?«

»Ein nobler Gedanke, Sir, in der Tat ein Zeichen edler Gesinnung, im Prinzip sehr edel, aber leider, ahem, nu, was soll ich sagen, nicht klug.« Er hob abwehrend eine Hand, weil er sah, dass Turner entrüstet aufbegehren wollte. »Was passiert, Sir, wenn Sie ein Huhn aus der Masse der anderen herausfangen wollen? Nu, der ganze Hühnerhof gerät in helle Aufregung! Sie geben Ihren Sklaven die Freiheit, gut, sehr schön. Aber was ist mit den anderen, die auf der Paradise-Plantage von Mistress Parker auf den Feldern und in der Zucker- und Melasseherstellung schuften? Was ist mit den Sklaven auf den anderen beiden großen Plantagen der Lady? Und was ist mit den vielen hundert Sklaven auf den Besitzungen der anderen Pflanzer? Wollen Sie einen Sklavenaufstand inszenieren, Sir?«

»Nein, natürlich nicht. Aber ich dachte, mit einem festen Arbeitsvertrag, einem Wohnrecht in den Hütten und der Verpflegung durch die Fabrik würde sich eigentlich gar nicht so viel ändern.«

»Sie dachten an eine Sklaverei der Extraklasse! Die Sklaven tragen keinen Ring mehr um den Hals, aber einen Vertrag in der Tasche, der sie genauso an ihren Arbeitsplatz fesselt wie vorher das Eisen. Steht in dem Vertrag, dass Sie die Konstabler mit Hunden auf den Mann hetzen können, wenn er unerlaubt der Arbeit fernbleibt? Steht da drin, dass Sie ihn bei Renitenz oder Faulheit auspeitschen lassen dürfen?« Goldman blickte ihn scharf an. »Daran haben Sie nicht gedacht?« Abi Goldman schüttelte missbilligend den Kopf. »Aber ganz gewiss enthält er doch einen Passus, dass der Arbeiter seinen Lohn erst bei Ablauf seines Vertrags ausbezahlt bekommt, abzüglich aller Auslagen für seine medizinische Versorgung, die eventuellen Kosten für die Bluthunde und das Kopfgeld für seine Wiederergreifung, nicht wahr? So ein verkorkster Gedanke muss einem erst mal einfallen, Sir. Nu, ich nehme an, dass Sie es wirklich gut gemeint haben und sich der Perfidie nicht bewusst waren, die in Ihrem neuen Ausbeutungsmodell steckt.« Goldman schüttelte konsterniert den Kopf. »Sie kennen doch die Präambel der amerikanischen Unabhängigkeitserklärung?«

Turner, der gekränkt hatte auffahren wollen, nickte verwundert. Er wusste nicht, was dieses Rebellenpamphlet mit ihrem Problem zu tun haben sollte. Aber Goldman ließ sich nicht beirren.

»Darin heißt es doch so schön, dass alle Menschen gleich erschaffen wurden und dass sie von ihrem Schöpfer mit gewissen unveräußerlichen Rechten begabt worden sind. Richtig?«

»Ja, Leben, Freiheit und das Streben nach Glück sind demnach von Gott gegebene Menschenrechte.«

»Nu, ist das wirklich so? Im Englischen ist der Begriff *Men* leider mehrdeutig, er kann Menschen oder Männer bedeuten. Wie dürfen wir ihn hier nun verstehen, Sir?«

»Es geht um die Rechte aller Menschen – sagen die Yankees!«

»Sollte ich mich da so täuschen, nu ja, mag sein. Dann müssten diese Rechte aber auch für Schwarze, gleichgültig ob Sklaven oder Freigelassene, Indianer und selbst Frauen gelten – das sollen sie aber ganz eindeutig nicht, und das ist von den Verfassungsvätern auch nicht gewollt. Diese Rechte sollen grundsätzlich nur für weiße Männer mit einem gewissen finanziellen Hintergrund gelten. Für besonders perfide halte ich, dass man das Wort Glück verwendet hat, wo man doch eigentlich, nu, bleiben wir bescheiden, einen gewissen Wohlstand gemeint hat. Für die schwarzen Sklaven wird sich also nach dem Sieg der Yankees nichts ändern und für die armen Weißen auch nicht, von den Frauen wollen wir gar nicht reden.

Und damit sind wir bei Ihrem famosen Arbeitsvertrag für freigelassene Sklaven. Vergessen Sie ihn! Man kann Freiheit nicht in kleinen Dosen verabreichen, Sir, denn diese Medizin macht süchtig …«

Mit hängenden Schultern schlich Turner zum Weinschrank hinüber und holte die Cognacflasche an den Tisch. Er schenkte nach, dabei brummte und knurrte er undeutlich vor sich hin. Er wusste nicht so recht, ob er diesen wortgewandten Kerl wegen seiner frechen Unterstellungen einfach am Schlafittchen packen und hochkant aus dem Haus werfen oder ob er ihn für seinen Mut und den Scharfsinn seiner Ausführungen bewundern sollte. Schließlich quetschte er zwischen zusammengebissenen Zähnen heraus: »Ich glaube, ich muss mich wohl bei Ihnen bedanken. Sie haben mich durch Ihr ehrliches Urteil vor einer schlimmen Eselei bewahrt, Sir, ich hätte damit wirklich viel Unruhe erregen können.« Er vermied es, auf den Vorwurf, an ungerechte Arbeitsverträge nach dem Muster der Heuerverträge bei der Navy gedacht zu haben, einzugehen. »Aber es muss doch eine Lösung geben, die Sklavenhaltung kann doch in unseren aufgeklärten Zeiten kein ewiger Zustand sein.«

»Die Gefangenschaft meines Volkes in Ägypten währte vierhundertunddreißig Jahre, die in Babylon das Augenzwinkern von siebzig Jahren, unsere Vertreibung aus dem Gelobten Land dauert nun schon über eintausendsechshundertsechzig Jahre an.

Über den graduellen Unterschied zwischen der Leibeigenschaft oder völligen Abhängigkeit der Bauern in Europa von den Großgrundbesitzern wollen wir nicht diskutieren. Aber Sie haben natürlich recht, die Sklaverei in ihrer klassischen Form ist nicht mehr zeitgemäß. Daher wohl auch Ihr Unbehagen, wenn Sie an die Plantagenarbeiter denken, andererseits gehen Sie über die Lebensbedingungen der Seeleute bei der Navy einfach hinweg. Aber bedenken Sie, als Moses mit den Gesetzestafeln vom brennenden Dornbusch auf dem Berg Sinai zu seinem Volk zurückkehrte, da war allen klar, dass diese Gesetze nur für das Zusammenleben der Angehörigen des auserwählten Volkes bestimmt waren. Es war also beispielsweise verboten, dass ein Jude einen anderen tötete; die Philister dagegen durften gemeuchelt werden, denn wie sonst hätte das Volk Israel im Gelobten Land Fuß fassen können? Erst allmählich, besonders durch den Einfluss des Rabbi Isa und des abtrünnigen Pharisäers Saulus, der sich später Paulus nannte, sind diese Gesetze in Europa Allgemeingut geworden.

Die Sklaverei – und mit ihr früher oder später dann auch die Leibeigenschaft und Gutsuntertänigkeit – wird enden, wenn es dem, der ewig ist, gefällt. Vielleicht werden sogar die

Menschenrechte aus der amerikanischen Unabhängigkeitserklärung im Laufe der Zeit auch ihrem eigentlichen Sinn nach allgemein anerkannt und im täglichen Leben zur Selbstverständlichkeit – zumindest zuerst einmal bei den zivilisierten Völkern Europas.« Er trank sein Glas leer, lächelte wieder melancholisch und schaute Turner tiefsinnig über den Rand seines auf die Nasenspitze gerutschten Kneifers an. »Und für uns Juden in der Diaspora bleibt es bei unserem hoffnungsvollen Abschiedsgruß: Nächstes Jahr in Jerusalem!«

Kapitel 2

An Bord der Le Flamand,
September bis November 1777

Baron Steuben blickte aus dem Fenster der großen, eleganten Kutsche, die sich langsam in den engen Gassen Marseilles durch das Gewühl der eiligen Passanten und Müßiggänger zum Hafen hinunterschob. Das farbige mediterrane Leben vor den Häusern, verbunden mit dem lauten Palaver und den ausladenden Gesten der Einheimischen, war für ihn eine fremde Welt. Der Kutscher knallte mit der Peitsche und fluchte lauthals, aber das störte die bunte Menschenmenge keineswegs. Einige Männer in blau-weiß oder rot-weiß gestreiften Hemden und verwegen um den Kopf geknoteten Tüchern beschimpften ihn in einem Dialekt, den Steuben, obwohl er fließend Französisch sprach, nicht verstand, dazu bedachten sie den livrierten Kutscher mit obszönen Gesten. Als dieser mit der Peitsche nach einem der Kerle schlug, wäre es beinahe zu einem Handgemenge gekommen. Als aber der zweite Mann auf dem Bock zwei lange Reiterpistolen unter einer Decke hervorzog und sie spielerisch auf die erbosten Männer richtete, verdrückten sich diese in den Schatten der Häuser und tauchten in den kaum drei Fuß breiten Gässchen unter, die von der Straße zum Hafen abzweigten. Steuben zog den Kopf zurück und wandte sich lachend an seine Mitreisenden: »Messieurs, ist es die heiße Sonne, die die Menschen hier so leicht aufbrausend macht?«

Sein Adjutant, Louis de Pontiere, schmunzelte, dann zuckte er mit den Achseln, machte eine wegwerfende Handbewegung und meinte philosophisch: »Ah, *mon général*, daran ist eher der Absinth schuld! Diese Leute hier sind eigentlich gar keine Franzosen, Sie hören ja, was für ein fürchterliches Gestammel sie hier als Sprache ausgeben: Okzitanisch, pah!«

Der junge Pierre Etienne Duponceau, der als Steubens Ordonnanzoffizier fungierte, lachte laut auf. »Das ist wieder typisch für Sie, de Pontiere, Sie sind kein bisschen romantisch! Immerhin war Okzitanisch die Sprache der Troubadoure. Mit ihren süßen Liedern und wohlgesetzten Worten brachten diese edlen Herren die Herzen der stolzen, liebreizenden Edelfräuleins zum Schmelzen.«

»Das mag Ihnen mit Ihren siebzehn Jahren imponieren, *mon cher*, in meinen Ohren ist und bleibt es ein fürchterliches Gestammel!«

Der vierte Mann der kleinen Reisegesellschaft hatte bei der Diskussion sein Gesicht verzogen, als hätte er auf eine Zitrone gebissen. »Messieurs! Ich bitte Sie, sich daran zu erinnern, was wir gestern Abend nochmals ausgiebig besprochen haben!« Er verbeugte sich leicht in Richtung von Steuben. »Unser verehrter Mitreisender heißt Monsieur Frank, er hat keinen Adelstitel und auch keinen militärischen Rang – ist das klar? Er ist auf dem Weg nach Martinique mit Depeschen für den dortigen Gouverneur!«

Die beiden Offiziere nickten beschämt. Monsieur de Francy war ein Neffe von Pierre Augustin Caron de Beaumarchais und nahm als Supercargo der Reederei Rodrigue Hortalez & Cie. an der Reise teil – und vermutlich zugleich als Geheimagent der französischen Regierung. Er wusste sehr genau, welche Schwierigkeiten ihnen erwachsen konnten, wenn die Engländer Verdacht schöpften und das Schiff gezielt jagten, daher konnte er sehr energisch werden, wenn es um die Geheimhaltung der Identität des Passagiers und des eigentlichen Bestimmungshafens ging.

Steuben kraulte dem italienischen Windspiel Asor, das sich neben ihm zusammengerollt hatte, den schlanken Kopf, als die Kutsche mit einem Ruck zum Stehen kam. Asor setzte sich auf, spitzte die Ohren und sprang erwartungsvoll auf den Boden. Gleich darauf wurde der Wagenschlag aufgerissen, und der deutsche Diener Steubens, Carl Vogel, klappte den Tritt herunter, damit sein Herr aussteigen konnte. Die anstrengende Reise in der Kutsche, die am 10. September in Paris begonnen hatte, war endlich zu Ende.

Steuben sprang auf den Kai in die warme, tiefstehende Septembersonne und blickte sich neugierig um. Überall entlang dem Hafenbecken herrschte lebhafte Geschäftigkeit. Längsseits an der Kaimauer liegende Schiffe wurden beladen oder gelöscht. Waren wurden mit Karren oder von schwitzenden Trägern zwischen den Lagerhäusern und Schiffen hin- und hertransportiert. Eine lange Reihe Mulis trottete aneinandergebunden mit hoch aufgetürmten Ballen schwerbeladen in Richtung einer der Hauptstraßen davon. Fluchende Fuhrleute bahnten sich unter lautem Peitschenknallen mit ihren schweren Wagen den Weg zu ihren Zielen. Nur im Schatten der Arkaden ging es gemächlich zu. Dort betrieben einige kleine Trinkstuben ihr Geschäft, und allerlei Volk hatte sich dort auf ein Gläschen Roten niedergelassen. Aber Steuben stieg der verlockende Duft von frisch gerösteten Kaffeebohnen in die Nase, suchend sah er sich um.

»Monsieur Frank«, Steuben zuckte zusammen, als ihn de Francy so unvermittelt von der Seite ansprach, »ich werde mich erkundigen, wo unser Schiff liegt. Vielleicht erfrischen

Sie sich während der Wartezeit zusammen mit den anderen Herren so lange mit einem Mokka im *Demi-lune* dort drüben an der Ecke. Man bekommt dort übrigens auch ganz ausgezeichnetes Gebäck *à la turc* – sehr süß und sehr fettig!«

»Das werden wir versuchen, vielen Dank für die Empfehlung.«

Die drei Offiziere in Zivil schlenderten gemächlich zu der bezeichneten Ecke hinüber und ließen sich auf der Terrasse unter dem kunstvoll gemalten Schild, auf dem ein Halbmond neben dem Kopf eines Mohren mit einem großen Turban prangte, an einem freien Tisch nieder. Sie bestellten Mokka und Gebäck und ließen das Panorama des Hafens auf sich wirken. Asor bekam eine Schüssel mit Wasser, über das er sich gierig schlabbernd hermachte. Am Nebentisch saßen zwei offensichtlich einheimische Händler und diskutierten laut, aber unverständlich. Nach Lautstärke und Tonfall hatte es den Anschein, als ob sie sich jeden Augenblick an die Kehle gehen würden. Aber niemand außer den Neuankömmlingen schenkte den Streithähnen auch nur eine Sekunde Aufmerksamkeit. De Pontiere beugte sich vor und flüsterte Steuben zu: »Schauen Sie mal, was bei denen auf dem Tisch steht! Die Herren gönnen sich ihren ersten Absinth – es ist *l'heure verte*!«

Steuben blickte hinüber, aber was er sah, schien ihm harmlos genug zu sein. Eine große Kanne mit Wasser stand in der Mitte des Tisches, daneben befand sich noch eine kleine Karaffe, die halbvoll mit einer leuchtend grünen Flüssigkeit war. Das Getränk in den Gläsern der Männer wies dagegen eine milchiggrüne Färbung auf.

»Was ist an diesem Getränk so Außergewöhnliches, Monsieur de Pontiere?«

»Nun, *mon gén…*, ääh, Monsieur Frank, das Zeug hat einen mörderisch hohen Alkoholgehalt! Daher die Verdünnung mit Wasser, aber man kann sich trotzdem damit schnell um den Verstand und in den körperlichen Verfall saufen, obwohl die Ingredienzien, wie Wermut, Anis, Fenchel und Minze, eher darauf schließen lassen, dass es sich um Medizin handelt.« De Pontiere lächelte ironisch. »Übrigens wurde dieses höllische Gesöff ursprünglich tatsächlich als Heilelixier in einer der schönsten Provinzen Ihres Heimatlandes verwendet, bevor es seinen Weg nach Frankreich fand!«

Steuben blickte seinen Adjutanten sehr skeptisch an. »Mit diesen Ingredienzien? Treiben Sie keinen Schabernack mit mir, de Pontiere!«

»Aber nein, Monsieur, ich schwöre!« Er hob scherzhaft die Schwurhand. »Aber das Val-de-Travers liegt in Neuenburg, und das wiederum ist ein Teil Preußens.«

»In den selbst unsere reisewütigen Könige noch nie einen Fuß gesetzt haben. Wahrscheinlich sehr zur Freude der Bewohner, die wahrhaftig nach dem Motto leben können: Hoch lebe der König, und Berlin ist weit! Woher wissen Sie so gut über diese Spirituose Bescheid, de Pontiere?«

»Die Marine hat mal erwogen, Absinth präventiv in den heißen Gegenden als Medizin gegen die tropischen Fieber einzusetzen. Aber als man Näheres über die Nebenwirkungen erfuhr, verwarf man diesen Plan wieder.«

In diesem Augenblick ließ sich de Francy in einen Korbsessel neben ihnen fallen, wischte sich mit einem stark parfümierten Spitzentaschentuch über das schwitzende Gesicht, griff nach einem Glas Wasser und trank es durstig aus.

»Unser Schiff liegt bereits draußen auf der Reede. Es ist bereit zum Auslaufen, also sollten wir nicht zögern, an Bord zu gehen, Messieurs.«

Bald darauf näherten sich zwei Boote der vor Anker liegenden *Le Flamand*. Für ein seemännisch geschultes Auge machte das Vollschiff keineswegs den Eindruck eines Handelsschiffs, denn dafür waren seine Linien zu elegant und seine Masten zu hoch. Alles in allem ähnelte es viel mehr einer großen Fregatte der Flotte Seiner Bourbonischen Majestät. Und so war es auch. *Le Flamand* hieß eigentlich *L'Heureux*, und die stolze Fregatte der königlich französischen Marine war nur für diese Reise zum Frachter zweckentfremdet worden. In ihren Laderäumen beförderte sie über einhundert Tonnen Schießpulver und Schwefel, dazu Kanonen, Mörser, Infanteriemusketen, Karabiner, Sprengkugeln und was man noch so benötigte, um andere Menschen umzubringen. Eine im wahrsten Sinne explosive Ladung, denn die Briten würden alles daransetzen, zu verhindern, dass die Yankee-Rebellen diese Waffen in die Hände bekamen.

Nachdem die Passagiere etwas ungeschickt an der Bordwand hochgeklettert und die Relingspforte passiert hatten, wurden sie dort ohne Zeremoniell vom Kommandanten des Schiffes, *Capitaine de vaisseau* Landais, begrüßt.

»Willkommen an Bord, Messieurs. Ich fühle mich geehrt, einen so wichtigen Mann, der Depeschen der Regierung des Königs für den Gouverneur von Martinique mit sich führt, bei mir an Bord begrüßen zu dürfen. Monsieur Frank, ich werde Ihnen persönlich Ihre Unterkunft zeigen, die anderen Herren werden von meinem Ersten Leutnant eingewiesen.« Er hob den Kopf und blickte prüfend nach oben zum Wimpel am Masttop, dann schaute er zur Küste hinüber und nickte. »Der Wind ist günstig, wir sollten sofort mit dem Ankerhieven beginnen, dann sind wir mit dem Einbruch der Dunkelheit schon frei vom Land.«

Ein Seemann, der an der holenden Part einer Talje zog, mit der das Gepäck der Passagiere an Bord gehievt wurde, hatte bei der Erwähnung des Namens Frank spöttisch vor sich hin gegrinst. Was sollte diese kindische Vorstellung? Normalerweise hätte der Alte niemals auf dem offenen Deck, wo alle Jantjes neugierig die Ohren spitzten, etwas über den Passagier und sein Reiseziel Martinique verlauten lassen. Der Matrose, dessen Namen Henri Lézard war, wusste es besser. Er war kräftig gebaut, hatte wache Augen, denen nichts zu entgehen schien, unterschied sich aber sonst in keiner Weise von seinen Kameraden. Jetzt holte er mit aller Kraft die Leine weg, um eine schwere Reisekiste in die Höhe zu hieven. Vorne auf der Back begannen die Palle der Ankerwinsch zu klappern. Die Toppgasten schwärmten in den Wanten nach oben auf, um sich auf den Rahen zu verteilen.

Kapitän Landais führte Steuben nach achtern in die Staatskabine. Der Schiffszimmermann hatte sie mit einem provisorischen Längsschott geteilt. In der so entstandenen Kabine an Backbord würde Steuben während der Überfahrt wohnen. Wie er feststellte, machte alles einen recht gemütlichen, wohnlichen Eindruck. Sein Diener Carl brachte die ersten Gepäckstücke herein. Als Asor ihn intensiv beschnüffelte, runzelte Kapitän Landais missbilligend die Stirn, verkniff sich aber jede Bemerkung, denn in seinen Befehlen war ihm unmissverständlich aufgetragen worden, alles zu tun, damit sich sein Passagier an Bord wohlfühlte. »Wenn Sie mich entschuldigen wollen, Monsieur, meine Pflicht ruft mich an Deck.«

»Aber bitte, Herr Kapitän, lassen Sie sich durch mich nicht stören.«

Steuben warf sich in einen gemütlichen Sessel, strich Asor über den Kopf und blickte sich um. Leise murmelte er vor sich hin: »Also hier werde ich die nächsten Wochen verbringen ... Um ehrlich zu sein, ich hatte es mir spartanischer vorgestellt.« Er lachte glucksend. »Ich werde morgen mal kontrollieren, wie es die beiden Leutnants getroffen haben, von Carl will ich lieber gar nicht reden.«

Am Abend des 26. September 1777 verließ die getarnte

Fregatte *La Flamand* mit 38 Kanonen und vollgestopft mit Kriegsmaterial und geheimnisvollen Passagieren die Reede von Marseille.

⚓

Die *Flamand* kam während der ersten Tage nur langsam voran. Hatte sie zuerst noch ein günstiger, wenn auch mäßiger WNW-Wind, der nördlich an den Pyrenäen vorbeiwehte, vorwärtsgebracht, so wurde der Wind, je weiter sie nach Süden kamen, immer launischer. Den Passagieren war es nicht unlieb, denn so hatten sie Zeit, sich an das Bordleben und die Bewegungen des Schiffes zu gewöhnen. Allerdings hatte Steuben keinen sehr liebenswürdigen Gesprächspartner bei den gemeinsamen Mahlzeiten, da dem Kommandanten ihr zögerliches Vorankommen die Laune verdarb. Bei Steubens Spaziergängen an Deck ließ sich Kapitän Landais kaum zu einer Unterhaltung herab, aber der Erste Leutnant, Victor de Gallaud, erklärte ihm die blauen, im Dunst kaum sichtbaren Umrisse des Landes. Sie passierten Barcelona an der Steuerbordseite, ließen die Balearen an Backbord liegen, sahen in der Ferne die Klippen des Cabo de Palos, hinter dem der große spanische Kriegshafen Cartagena drohend seine Befestigungen auftürmte. Schließlich, nach fünf Tagen, näherten sie sich dem berüchtigten Cabo de Gata.

Kapitän Landais war schon seit Stunden an Deck und musterte mit sorgenvoll zusammengekniffenen Augen den Himmel und die lange Dünung, die immer höher werdend aus Südwesten heranrollte.

»Monsieur de Gallaud, lassen Sie bitte das Schiff sturmfest machen. Ich denke, dass wir einen auf die Mütze bekommen werden, noch bevor wir das Kap erreichen!«

Bald schralte der Wind und frischte kräftig auf. Sie mussten abfallen und die Bramsegel bergen, bald darauf auch die schon gerefften großen Arbeitssegel. Schließlich standen nur noch die gerefften Marssegel, das Vorstengestagsegel und der gereffte Besan. Mit Südkurs ging es in rauschender Fahrt in Richtung Afrika.

»Bis zur Barbareskenküste sind es nur knapp einhundert Seemeilen, Monsieur Frank«, erklärte der Erste Offizier dem Passagier, der sich an der Vorkante des Achterdecks an die Reling klammerte und so sein Gleichgewicht zu halten versuchte. »Länger als acht bis neun Stunden dürfen wir bei unserer jetzigen Fahrt aus Gründen der Sicherheit nicht auf diesem Kurs bleiben!«

»Sie werden das schon meistern«, stöhnte Steuben und schluckte schwer. Kalter Schweiß trat ihm auf die Stirn, dann wankte er unter Deck, wo er sich in seine Hängekoje warf und auf das Abendessen verzichtete. Zwei Tage kreuzten sie mit minimalem Luvgewinn nach Westen auf. Unter Deck wurde alles feucht und kalt. Die Landratten brachten Neptun reichlich ihre Opfer dar, selbst Asor, das Windspiel, fühlte sich hundeelend. Aber auch die alten Muschelrücken konnten, da das Kombüsenfeuer gelöscht war, den frugalen Mahlzeiten aus Schiffszwieback, kaltem fettigem Fleisch, wässeriger Grütze, schimmeligem Brot mit ranziger Butter und saurem Wein nicht viel abgewinnen. Aber so schnell er gekommen war, so schnell verzog sich der Sturm dann auch wieder. Allerdings rollten sie noch zwei ganze Wachen mit schlagenden Segeln, quietschenden Spieren und klappernden Blöcken bei Flaute in der nur langsam abnehmenden Dünung, ehe eine frische Brise über die Zacken der Sierra hinaus aufs Meer wehte, sie erreichte und die schlaffen Segel wieder laut knallend füllte. Das Schiff legte sich nach Backbord über und schob sich zuerst langsam, aber bald mit schäumender Bugwelle die langgestreckten flachen Dünungswellen hinauf, die sich immer weiter abschwächten und schließlich verschwanden. Am 9. Oktober tauchten gegen Mittag an beiden Seiten des Bugs hohe Berge aus dem leichten Dunst vor ihnen auf.

»Die Säulen des Herkules«, erklärte Kapitän Landais den staunenden Passagieren. »Oder vulgo: An Backbord sehen Sie die Ausläufer des Großen Atlas und an Steuerbord, dieser seltsam geformte Berg, das ist der berühmte Felsen von Gibraltar.« Landais verzog angewidert das Gesicht. »Da sitzen unsere guten Bekannten von der anderen Seite des Ärmelkanals und kontrollieren nach Belieben den Schiffsverkehr, der die Meerenge passieren muss. Die Spanier, diese *crétins*, schaffen es nicht, sie von diesem Felsen, der wie ein schmerzender Stachel in ihrem Fleisch sitzt, zu vertreiben, es ist eine Schande!«

»Gewiss, Herr Kapitän«, stimmte ihm Steuben zu, »aber ich denke, solange die britische Garnison ungestört über See mit Nachschub versorgt werden kann, dürfte jeder Belagerer sehr große Schwierigkeiten haben, dieses Bollwerk zu erstürmen.«

»Da haben Sie wohl recht, mein lieber Monsieur Frank«, seufzte Landais. »Aber heute werden wir mit wehender Flagge, mit stolz erhobenem Haupt bei ihnen vorbeisegeln. Sie werden es nicht wagen, uns hier anzuhalten, um uns zu durchsuchen.«

»Sind Sie sicher, Herr Kapitän?«

»Absolut, wir könnten schließlich überallhin unterwegs sein – und wir haben Frieden. Außerdem müssten sie uns erst einmal einholen. Aber zur Sicherheit habe ich Ihre Uniformen an einem sicheren Platz verstecken lassen, man weiß nie, was im Laufe der Reise noch so passiert.«

Diese Worte von Kapitän Landais waren prophetisch, allerdings hätte er sich nicht träumen lassen, auf welch dramatische Weise sie sich schon bald bewahrheiten sollten.

⚓

Nachdem sie ohne Zwischenfall die Straße von Gibraltar passiert hatten und mit einem mäßigen Wind auf südwestlichen Kursen in Richtung Madeira segelten, hatte sich die Laune von Kapitän Landais deutlich verbessert. Er entpuppte sich sogar als ein charmanter Unterhalter, der unzählige Geschichten über seine Weltumsegelung mit Kapitän Bougainville zu erzählen wusste. Da auch Steuben viel Abenteuerliches aus seiner Zeit im Dienst Friedrichs des Großen und Interessantes von seinen Auslandsreisen als Hofmarschall des Fürsten von Hohenzollern-Hechingen zu berichten wusste, vergingen die Abende in der Staatskabine bei Wein und Tabakrauchen wie im Nu.

»Da ich recht gut Russisch spreche, hatte Seine Majestät geruht, mich als Attaché zusammen mit dem preußischen Gesandten, Baron von Goltz, an den Hof von Petersburg zu schicken, um dort einen Friedensvertrag auszuhandeln. Ja, gucken Sie nur, mein lieber Duponceau, nur weil ich, im Gegensatz zu Ihnen, kein Wort Englisch spreche, heißt das nicht, dass ich nicht eine gewisse Begabung für Sprachen hätte!«

»Oh, Monsieur, das habe ich doch nie bezweifelt, so ist doch beispielsweise Ihr Französisch vorzüglich, aber dass Sie auch Russisch sprechen, ist mir neu. Das soll doch eine sehr komplizierte Sprache sein, habe ich gehört.«

»Schwerer ist es, mit den Eigenarten der Russen klarzukommen. Sie können sich keine großherzigeren und liebenswürdigeren Leute vorstellen, aber es gibt wohl auch keine, die teuflischer intrigieren und völlig mitleidlos und brutal einen Menschen zu blutigen Fetzen peitschen können. Die europäische Tünche deckt die für uns so fremdartige asiatische Fratze mit ihrer anderen Denkungsart oft nur unzureichend zu.«

»Ähnliches kann man in der Tat bei vielen Völkern im Osten erleben – aber auch bei den Indianern Amerikas. Diese wilden Völker verstehen überhaupt nicht, warum uns solche brutalen Exzesse widerlich sind«, bestätigte Kapitän Landais. »Wie hat Ihnen St. Petersburg gefallen, Monsieur, man hört atemberaubende Geschichten über die prunkvolle Architektur der Schlösser, die Pracht ihrer Einrichtung, von den glanzvollen, rauschenden Festen bei Hofe gar nicht ...«

Landais brach ab, denn draußen waren plötzlich laute Stimmen zu hören. Die Tür flog auf, und ein junger Mann rief aufgeregt: »*Au feu, au feu, capitaine*! Feuer! Der Erste Leutnant bittet Sie, äh ...«, der Junge verdrehte vor Schreck die Augen, weil er vor Aufregung fast die notwendige Höflichkeitsfloskel vergessen hätte, »... höflichst, äh, an Deck zu kommen!«

Landais sprang auf, sein Stuhl fiel polternd um. »Ich komme sofort! Wo brennt es?«

Der Junge, bei dem es sich offensichtlich um einen Offiziersaspiranten handelte, verzog erschrocken das kindliche Gesicht, als ob man ihn mit dem Finger im Marmeladentopf erwischt hätte. »Das weiß ich nicht, *mon capitaine*!«

Der Kommandant schnaufte gereizt, warf sich den Uniformrock über und stürmte mit langen Schritten aus der Tür. Steuben, de Pontiere und Duponceau folgten ihm langsam.

Oben an Deck hielten sie sich im Hintergrund und sahen zu, wie der Kapitän heftig auf dem dunklen Achterdeck neben dem Kompasshaus mit seinen Offizieren und einigen weiteren Männern diskutierte. Der Erste Offizier löste sich zusammen mit zwei der Männer aus der Gruppe und eilte über den Laufgang nach vorne. Auf dem Vorschiff verschwanden sie in einem Niedergang.

Der Kapitän brüllte durch ein Sprachrohr über das Deck: »Wache! Klar zum Trimmen der Segel auf achterlichen Wind!« Dann wandte er sich zum Ruder um: »Rudergänger! Vor den Wind gehen! Heute noch, wenn ich bitten darf!«

Das Schiff fing langsam an, den Bug vom Wind wegzudrehen, die schweren Rahen wurden mit Hilfe der Brassen mittschiffs geholt, die Segel eingestellt, aber dem Kapitän schien das nicht schnell genug zu gehen, er griff wieder zur Flüstertüte: »Die Bootsmannsmaaten! Macht den faulen Halunken mit den Tampen Feuer unter dem Hintern!«

Dumpfes Klatschen, zorniges Knurren oder erschrockenes Japsen ließen ihn wissen, dass seinem Befehl Folge geleistet wurde. Die Bootsmannsmaaten waren nicht zimperlich beim Austeilen der Schläge. Schließlich hatte das Schiff vor den Wind gedreht, an Deck war kaum noch ein Luftzug zu spüren, und einige Segel am Fock- und Großmast killten unruhig oder fielen sogar völlig ein, weil sie von den achteren Segeln abgedeckt wurden.

Den Kapitän hielt es nicht länger auf dem Achterdeck. »Monsieur de Bellac, Sie haben das Deck! Ich gehe kurz nach vorne, um mir selbst ein Bild von dem Brand zu machen!«

»*Oui bien, capitaine*!«, bestätigte der Zweite Leutnant.

Steuben blickte seine beiden Leutnants mit schief gelegtem Kopf und spöttisch verzogenem Mund an, als wäre das alles ein riesengroßer Spaß. »Es ist doch immer wieder ein erhebendes Gefühl, auf einem Pulverfass zu sitzen, an dem die Lunte glimmt! Was hat der Kapitän gesagt, wie viele Tonnen Schießpulver hat das Schiff geladen?«

»Fünfundachtzig Tonnen«, krächzte Duponceau, der entgegen seiner Gewohnheit ein sehr ernstes, beklommenes Gesicht machte.

»Und dazu kommen noch etliche Tonnen Pulver für die achtunddreißig Geschütze des Schiffes«, ergänzte Steuben fröhlich.

»Da bei den achtunddreißig Kanonen in der Breitseite nicht die Jagdgeschütze auf dem Vorschiff und die kleinen Drehbassen mitgezählt sind, muss man für diese Waffen in der Rechnung noch eine gewisse Menge Pulver zugeben. Auch die zweiundzwanzig Tonnen Schwefel sollten wir nicht vergessen«, ließ sich trocken de Pontiere vernehmen.

»Sehr gut bemerkt, *mon cher*, sehr scharfsinnig. Ich glaube, die Menge an Explosivstoffen wird in jedem Fall für eine Himmelfahrt Erster Klasse ausreichen!«

Landais kam über den Laufgang zurück. Sein Gesicht zeigte Rußspuren. Steuben trat auf ihn zu.

»Herr Kapitän, können wir in irgendeiner Form behilflich sein?«

»Nein, Monsieur, aber vielen Dank für das Angebot.«

»Wo brennt es denn?«

»Im Vorschiff in der Vorratslast haben Segel und Tauwerk Feuer gefangen. Die Deckwaschpumpe wird jeden Augenblick mit der Arbeit beginnen, dann werden wir mit Eimerketten das Feuer schnell löschen. Es besteht kein Grund zur Beunruhigung, Monsieur!«

»Ich bin keineswegs beunruhigt, Herr Kapitän, aber ich hätte gerne geholfen.«

»Am besten helfen Sie uns, wenn Sie mit Ihren Offizieren unter Deck gehen, damit wir hier unsere Arbeit machen können!«, fauchte Landais schmallippig.

»*Eh bien*! Aber wenn ich Sie wäre, dann würde ich mich fragen, was diese dunklen Schatten da an den Booten zu suchen haben, *mon cher*!«

Landais fuhr herum und brüllte wie ein gereizter Stier los: »Weg da von den Booten! Bootsmannsmaat, stellen Sie die

Namen der Kerle fest und melden Sie sie morgen zur Bestrafung. Vierdutzend sind ihnen sicher, *parbleu*!«

Die dunklen Gestalten, die sich an den Laschings der Boote zu schaffen gemacht hatten, verschmolzen mit den Schatten der Nacht.

Unter Deck begann die Pumpe zu klappern. Steuben meinte aus dem vorderen Niedergang Rauch aufsteigen zu sehen. Aber wahrscheinlich war das nur Einbildung.

Es wurde eine lange Nacht. Von Zeit zu Zeit tauchten ein oder zwei Dutzend Männer aus dem Niedergang auf. Sie waren über und über mit schwarzem Ruß bedeckt, rissen sich ihre Halstücher von den Mündern und Nasen weg, husteten heftig, rieben sich die roten, brennenden Augen, spuckten schwarzen, rußigen Schleim aus und brachen erschöpft auf dem Deck zusammen. Schiffsjungen versorgten sie mit Wasser, das sie durstig hinuntergossen, danach wuschen sie sich die Augen aus und schnaubten sich die Nasen frei. Nach einer kurzen Erholungspause und ein paar Bissen Brot banden sie sich wieder die frisch angefeuchteten Tücher vor das Gesicht und folgten ihrem Vormann erneut in die verqualmte Enge des Unterdecks. Dort war es fast völlig dunkel, da nur die Gefechtslaternen brannten. Sie passierten das Wohndeck, hier arbeiteten die schwächeren und älteren Männer sowie die Pulveräffchen an der Pumpe und in der Eimerkette. Die kräftigen Seeleute stiegen weiter hinunter in die Enge der Vorratsräume. Dort reihten sie sich wieder in die Kette der Männer ein, die die gefüllten Pützen zum Brandherd mannten. Beißende Rauchschwaden zogen durch den finsteren Gang. Immer wenn eine keuchende, nach Luft japsende Gruppe an ihnen vorbei nach achtern zum Niedergang stolperte, rückten die Männer weiter nach vorne, bis sie schließlich selbst ganz vorne an dem von Äxten niedergelegten Schott standen und die schwelenden Segel mit Wasser überschütteten, bis ihnen beinahe die Sinne schwanden und ihr Vormann ihnen den Befehl zum Rückzug gab. Es war nicht die Hölle, aber ein guter Vorgeschmack darauf allemal.

Landais stand unbeweglich vorne an der Reling des Achterdecks. Er hatte beide Hände fest um das Teakholz geklammert und schien auf die Geräusche zu lauschen, die aus dem Bauch seines Schiffes bis auf das Deck drangen. Die Sonne würde in zwei Stunden aufgehen. Schließlich strömte eine nicht enden wollende Prozession von Seeleuten auf das Deck und ließ sich dort erschöpft zu Boden fallen. Auch der Erste Leutnant, Victor de Gallaud, kam schwankend nach achtern getorkelt. Er salutierte vor dem Kapitän und meldete mit heiserer Stimme: »Das Feuer ist gelöscht, Herr Kapitän!«

Landais grüßte und sah ihn dann lange an. »Gut gemacht, *mon brave*, ich danke Ihnen! Sorgen Sie dafür, dass die Männer etwas Gutes zum Beißen bekommen, danach wollen wir aus diesem Kohlentender wieder ein Schiff machen. Aber als Erstes müssen wir wieder anluven, um auf den alten Kurs zu kommen. Deckswache! Klar zum Trimmen der Brassen und Schoten! Rudergänger! Anluven! Gehen Sie wieder auf den alten Kurs!«

»Verstanden, *capitaine*, anluven und auf den alten Kurs gehen!«

⚓

Auf der Mittelwache so gegen sechs Glasen drückten sich der Matrose Henri Lézard und der Quartermaster Emile Vautour in eine dunkle windgeschützte Ecke, von der aus sie jede Annäherung eines Kameraden rechtzeitig bemerken konnten.

»*Merde alors*, Henri, was hat bei dir da nicht geklappt?«

»Es war alles gut vorbereitet, Putzlappen schön in Leinöl

getränkt, eine Prise Schießpulver und eine langsam brennende Lunte aus dem Vorrat unseres Gönners, die auch gezündet hat. Aber der Alarm kam zu schnell, und unsere *copains* haben beim Löschen gekämpft wie die Löwen!«

»Ja, das haben sie tatsächlich. Vielleicht hätten wir im Wohndeck vorher durchsickern lassen sollen, dass wir mit den Booten in wenigen Stunden in Madeira gewesen wären. Ich halte meine Ohren auf dem Achterdeck immer weit offen, sobald sich die Offiziere und der Segelmeister über so etwas unterhalten.«

»*Oui*, das wäre sicher hilfreich gewesen, dann hätten die Kumpels nicht so eine verdammte Angst gehabt, mitten auf dem Atlantik einsam auf einer Bombe zu sitzen. Schließlich sind wir beide ja auch nicht lebensmüde, nicht wahr, *mon vieux*!«

»*C'est vrai*, schließlich wollen wir die versprochenen Goldstücke in Ruhe als angesehene Gentlemen ausgeben, *n'est-ce pas*?«

»Das ist so wahr, als der Teufel stinkt!«, kicherte Lézard und musste an den prallen Beutel voller blanker Louisdor denken, den ihm jener unauffällige Mann in einem Hinterzimmer gezeigt hatte. Der hatte ihn eines schönen Abends in einer dunklen Gasse von Marseille angesprochen und auf einen Krug Wein eingeladen. Der Fremde mit dem Dutzendgesicht und der schlichten Kleidung hatte ihm sehr genau erklärt, was er tun musste, um sich den Inhalt des Beutels zu verdienen. Sechs der goldenen Münzen hatte er nach Abschluss ihres Handels gleich behalten dürfen. Er hatte sie in den Saum seiner Weste eingenäht. Das geheime Erkennungswort, mit dem er seinen Lohn bei der Firma *Hermes Furtrading Company* in New York einfordern konnte, hatte er sich unauslöschlich eingeprägt, denn schließlich war es eintausend Pfund Sterling wert.

Die beiden Seeleute stammten aus dem ehemaligen Akadien, einem Gebiet an der Ostküste Kanadas, das die Franzosen nach dem Siebenjährigen Krieg 1763 im Frieden von Paris zur Gänze an die Briten verloren hatten. Das Zusammenleben mit den neu einwandernden amerikanischen Kolonisten, die streng genommen eigentlich Briten waren, gestaltete sich keineswegs immer konfliktfrei. Häufig waren religiöse Streitigkeiten zwischen den katholischen Franzosen und den oft sektiererisch fanatischen Protestanten der äußere Anlass für die Fehde, in Wirklichkeit aber spielten Neid und Habsucht eine große Rolle, weil die schon länger Ansässigen das bessere Land besaßen. Ihre Felder schienen fruchtbarer, die Wiesen saftiger, das Vieh fetter und das Wasser ihrer Quellen süßer zu sein. Die Familien der beiden Seeleute waren von den Amerikanern vertrieben und ausgeraubt worden, dabei war auch Blut geflossen. Lézards Frau und ihr gemeinsames neugeborenes Kind waren während der Flucht vor den ehemaligen Nachbarn an Kälte und Erschöpfung gestorben. Vautours Geschichte war ähnlich. Ein anderer Ort, andere Spitzbuben, aber das gleiche Elend und Leid. So war es dem englischen Agenten nicht schwer gefallen, ihre Rachsucht zu wecken. Die beiden Seeleute sahen tatsächlich nicht ein, warum sie die Yankee-Rebellen, die ihnen und ihren Lieben so viel Schreckliches angetan hatten, unter dem Einsatz ihres Lebens mit Waffen und Munition versorgen sollten. Sicher spielte das Gold dabei auch eine gewichtige Rolle, aber waren die Bande zum Mutterland erst endgültig zerschnitten, würden dann die Amerikaner in ihrer unersättlichen Gier nach jungfräulichem Land, dessen Schätze man rücksichtslos ausbeuten konnte, ihre habgierigen Klauen nicht auch nach der fast menschenleeren kanadischen Provinz Quebec ausstrecken, wo sich die Familien von Lézard und Vautour eine neue Existenz aufgebaut hatten? Der Geheimagent hatte nur zu bereitwillig ihre Ängste geschürt.

»Wir sollten heute geschickt den Hinweis auf die Nähe von Madeira unter die Männer bringen, denn wir müssen schnell handeln. Es ist ja nichts Ungewöhnliches, dass so ein Feuer wieder aufflammt, nicht wahr!«

Sein Kumpel Henri grinste breit in der Dunkelheit. »Nein, das ist wahrhaftig nichts Neues! Lass mich nur machen! Allerdings müssen wir abwarten, bis der Erste Leutnant keine Feuerwache mehr aufstellt.«

»Richtig! Aber ganz so eilig ist es auch nicht, denn durch den Kurs vor dem Wind sind wir einerseits ein gutes Stück nach Südosten zurückgesegelt, dadurch werden wir Madeira sogar in einem geringeren Abstand passieren.« Der Quartermaster hatte in der Tat seine Ohren offengehalten, wenn der Segelmeister und die Offiziere die Schiffsposition bestimmten.

»Wenn wir schon dabei sind, unseren Kumpels einen Floh ins Ohr zu setzen, dann könnte es nichts schaden, wenn wir besonders bei den Gepressten Stimmung gegen die Yankees machen. Es wäre sehr nützlich, wenn wir sie auf unserer Seite hätten.«

»Das dürfte nicht schwer sein. Die meisten von denen wären ganz bestimmt lieber auf ihrem Fischerboot oder ihrem Acker. Ich verstehe die Kerle ohnehin nicht, die freiwillig nach Amerika fahren, um ohne Sold oder für einen Hungerlohn in der Armee der Rebellen zu kämpfen. Nun gut, es sind zumeist Städter oder Adlige, und die haben sowieso einen Knall, aber warum tun die so etwas?«

»Weil wir den letzten Krieg gegen die Briten verloren haben – sagen sie! Ich könnte darüber nachdenken, wenn uns die Amerikaner versprechen würden, uns Akadien zurückzugeben!«, seufzte Henri Lézard, »aber das bleibt ein

Traum, und meine Frau und mein Kind bekomme ich auch nie wieder zurück.«

⚓

Der nächste Feueralarm wurde am übernächsten Tag kurz nach dem Beginn der Morgenwache gegeben. Obwohl der Erste Leutnant sicher gewesen war, dass man den Brandherd völlig gelöscht hatte, war das Feuer dort erneut aufgeflammt.

Wieder machten sich die Männer verbissen an die Arbeit, um ihr Schiff zu retten, und auch diesmal gelang es ihnen nach einigen mühseligen Stunden, das Feuer unter Kontrolle zu bringen und ein Übergreifen auf den Laderaum zu verhindern. Aber danach war diesmal die Stimmung anders. Beim ersten Mal waren die Matrosen stolz auf die von ihnen vollbrachte Leistung gewesen und hatten bei einer extra Ration Wein mit ihren Heldentaten geprahlt. Diesmal saßen viele in Grüppchen an Deck zusammen und murrten gedämpft vor sich hin. Selbstverständlich verstummten sie sofort, sobald sich ihnen ein Vorgesetzter näherte, aber die Bootsmannsmaaten, Deckoffiziere und Offiziere spürten den Umschwung durchaus. Die feindseligen Blicke und das plötzliche Schweigen, wenn sie sich näherten, konnten ihnen nicht verborgen bleiben. Kaum waren sie weitergegangen, begann das Getuschel erneut, und die Blicke, die man ihnen hinterherwarf, waren wie vergiftete Dolche.

»Wofür quälen wir uns hier eigentlich ab? Etwa für die paar lächerlichen Sous, die uns der König zahlt? Was ich hier in einem Monat verdiene, bringt mir zu Hause ein guter Fang an einem Tag!«

»Seine Gesundheit ruiniert man sich bei dieser Schinderei!

So wie ich jetzt belle, kann ich meinem Hofhund Konkurrenz machen! Und wofür das Ganze? Damit *les américains* ihre eigenen Brüder aus dem Land werfen können – versteht ihr das, *mes amis*?«

»Ach, das verstehst du mit deinem kleinen Bauernverstand nicht. Es geht um die Menschenrechte, mein Lieber. Dass alle Menschen gleich geboren sind und alle dieselben Rechte haben!«

»O je, schon wieder dieser Spinner! Geh doch nach achtern, du Idiot, und mach das bitte dem Alten klar!«

»Das ist eine gute Idee! Er wird es dir schriftlich geben, allerdings wird er es dir mit der neunschwänzigen Katze auf deinen Rücken schreiben lassen!«

»Kleingeistige Ignoranten! Wie der große Rousseau richtig konstatiert hat …«

»Hör auf, so geschwollen herumzulabern, sonst treibe ich dir mit meiner stinkenden Fischerfaust die Zähne in den Hals, aus dem du uns mit so schönen Fremdworten beglückst!«

Ein alter Matrose mit wettergegerbtem Gesicht räusperte sich umständlich und bleckte seine wenigen gelben Hauer. »Ahem, ihr jungen Kerls solltet die alten Überlieferungen nicht vergessen!« Er sah sich verschwörerisch im Kreis seiner Zuhörer um. »Auf diesem Schiff stimmt etwas nicht, das könnt ihr mir glauben. Hier bahnt sich etwas Fürchterliches an!«

Die anderen rückten näher heran und beugten sich neugierig vor. Einer zischte nervös: »Was bedrückt dich denn, *mon vieux*? Wir wissen alle, dass du schon auf den Meeren zu Hause warst, als wir noch in der Wiege gelegen haben.«

Der Alte wackelte griesgrämig mit dem Kopf, leckte sich die trockenen Lippen, dann presste er mit zitternder Stimme hervor: »Ich habe ihn gesehen!« Anschließend schwieg er.

»Wen hast du gesehen?«, bedrängten ihn die anderen im Chor.

Der alte Matrose aus Dünkirchen ließ sich bitten, er schien mit seinen alterstrüben Augen in unendliche Fernen zu blicken, so, als würde er dort tatsächlich etwas sehen, was den anderen verborgen blieb. Schließlich schob er den Priem mit der Zunge in die andere Backe und flüsterte dumpf: »Was ich gesehen habe? Ihn! Den Klabautermann …«

»So ein alberner Aberglauben!«, mischte sich der Kenner von Rousseaus Werken ein, der Teufel mochte wissen, was diesen belesenen Mann als einfachen Matrosen an Bord verschlagen hatte. Als er die drohenden Blicke der anderen Männer sah, schwieg er verkniffen.

»Was bedeutet das, Alter?«

»Er hat seinen Seesack geschnürt, und was er damit ankündigt, wisst ihr alle. Er will abmustern!«

»Na und?«, fragte einer gespannt.

»*Eh bien*, soll er doch!«, meinte betont forsch ein anderer achselzuckend.

»Vorsicht, meine Jungchen! Wenn er weg ist, geht das Schiff unter!«

Atemloses Entsetzen breitete sich aus. Die Männer schwiegen verstört. Ein junger Toppsgast wurde unter der Sonnenbräune blass, wodurch sein Gesicht eine krankhaft fahlgelbe Färbung annahm. Eine Stimme flüsterte: »Der Himmel sei uns gnädig!« Viele bekreuzigten sich, und alle blickten böse in Richtung des Achterschiffs.

Nein, die Stimmung unter den einfachen Seeleuten war nicht gut. Aber auch achtern, im Salon des Kapitäns, wurde lebhaft diskutiert.

»Messieurs, es ist nicht ungewöhnlich, dass so ein Brand nochmals aufflammt«, argumentierte Kapitän Landais, aber so ganz schien er seinen Worten selbst nicht zu glauben.

»Sicher haben Sie recht, Herr Kapitän. Nur ein Selbstmörder oder ein Verrückter würde auf einem Schiff Feuer legen«, unterstützte ihn Steuben.

»Besonders bei einer so heiklen Ladung«, warf Duponceau lautstark ein. Aber es klang ein wenig wie das Pfeifen eines ängstlichen Jungen, der sich im dunklen Wald selbst Mut macht.

»Was wäre denn die Konsequenz gewesen, wenn man das Feuer nicht unter Kontrolle bekommen hätte, Herr Kapitän?«, erkundigte sich Steuben. »Wäre das unausweichlich unser Ende gewesen?«

Der Kapitän blickte ihn nachdenklich an, dann schüttelte er den Kopf. »*Non*, Monsieur, ein großer Teil der Mannschaft hätte sich in die Boote retten können, für die anderen hätten wir Flöße bauen müssen. Madeira liegt nicht allzu weit entfernt im Süden von uns – bis dahin hätten wir es allemal geschafft.«

»So, so ...« Steuben nickte bedächtig vor sich hin. »Und das weiß auch die Besatzung?«

»An Bord eines Schiffes gibt es so gut wie keine Geheimnisse, das scheint ein Naturgesetz zu sein. Aber jetzt ist der Spuk ein für allemal vorbei, meine Herren! Lassen Sie uns darauf unsere Gläser erheben!«

Sie hoben ihre Gläser, prosteten sich zu und schlürften den recht trinkbaren Bordeaux aus den Vorräten des Kommandanten. Besorgt überschlug Kapitän Landais die Zeit bis zum Erreichen ihres Zielhafens. Während der letzten Tage würde der Wein knapp werden. Dieser Steuben konnte saufen wie ein Loch. Landais sinnierte säuerlich, wenn sich dessen militärische Fähigkeiten auch nur annähernd mit seinen Trinkgewohnheiten messen konnten, dann konnten sich die Amerikaner durchaus auf ein Schlachtengenie, auf eine Mischung aus Cäsar und Alexander freuen. Kapitän Landais wusste zu diesem Zeitpunkt noch nicht, dass ein knapper Weinvorrat wahrlich seine geringste Sorge sein konnte. Andere, größere Herausforderungen und Gefahren lagen noch im grauen Nebel der Zukunft verborgen.

Das Schiff suchte auf einem südwestlichen Generalkurs bei schwachen, häufig die Richtung wechselnden Winden den Passat. Landais hatte gehofft, ihn noch nördlich von Madeira zu finden, war aber enttäuscht worden. Sie kamen nur langsam voran, aber die Wache war die ganze Zeit mit dem Trimmen der Segel beschäftigt. Die Männer murrten aufsässig. So mancher zusätzliche Pull an einer Schot, der früher selbstverständlich gewesen wäre, unterblieb demonstrativ. Der Bootsmann und seine Maaten mussten von ihren aufmunternden Hieben mit den Tauenden reichlich Gebrauch machen. Dabei blieb es nicht aus, dass so mancher Schlag auch den Falschen traf, was die Stimmung im Zwischendeck nicht verbesserte. Es gab Streit und Prügeleien. Auspeitschungen waren die Folge. Auch als sie die Breiten erreichten, in denen man normalerweise sicher mit dem Nordostpassat rechnen konnte, erwarteten sie dort nur flaue, wechselnde Winde. Die Schinderei an den Brassen und Schoten hielt also unverändert an. Dazu kam der schweißtreibende Drill an den Geschützen und die ständigen ermüdenden Routinearbeiten im Rigg und am Rumpf. Ihr einziger Trost war, dass der Strom ihr Fortkommen beschleunigte. Das Trinkwasser fing an zu faulen, der Schiffszwieback war voller Maden; frisch gefangene, fette Ratten erzielten Höchstpreise. Erst nachdem sie fluchend und ächzend runde zweitausend Seemeilen zurückgelegt hatten und etwa auf der Breite der Großen Antillen standen, stabilisierte sich der Wind und wehte endlich beständig aus Nordost. Um britischen Kreuzern aus dem Weg zu gehen, hatte Landais eine möglichst weit nördlich gelegene Route gewählt, aber er hatte in der Wetterlotterie eine

Niete gezogen. Inzwischen war bereits der Monat November angebrochen.

Jetzt ließ der Kommandant den Kurs nach Westnordwesten ändern. Auch dem letzten gutgläubigen Pulveräffchen wurde klar, dass es nichts mit den Freuden der tropischen Inseln Martinique oder Guadeloupe werden würde, stattdessen würden sie die Kälte, die Stürme und die dichten Nebel vor der nordamerikanischen Küste erwarten. Als sie sich Kuba und den Bahamas näherten, wobei sie die Inseln aus Angst vor britischen Kreuzern unter der Kimm liegen lassen wollten, brach das Feuer zum dritten Mal aus. Die Seeleute mussten mit Gewalt von den Booten weggetrieben und unter Deck zum Löschen geprügelt werden. Dort unten kämpften sie um ihr Leben, deshalb löschten sie, wenn auch widerwillig, den Brand. Nachdem das geschehen war, ließ der Kapitän den gesamten Inhalt des Lagerraums an Deck schaffen. Alles, was angebrannt oder auch nur angesengt war, flog über Bord. Plötzlich tauchte der Bootsmann aus dem Niedergang auf und brachte dem Ersten Leutnant eine stark verformte, halb geschmolzene Zinnbüchse mit einem verkohlten hölzernen Bodenstück, wie sie für das Verschießen von Kartätschen benutzt wurde. Keinesfalls hatte ein solcher Behälter in diesem Raum etwas zu suchen. Monsieur Victor de Gallaud ging unter Deck und präsentierte ihn seinem Kommandanten in der Abgeschiedenheit der Staatskabine. Sie sahen sich ernst an, weil ihnen klar war, welchen Schluss sie daraus ziehen mussten.

Landais konnte sich kaum beherrschen, innerlich schäumte er vor Wut. Aber was sollte er tun? Nüchtern bemerkte er: »Es dürfte ein ziemlich vergebliches Unterfangen sein, herauszufinden, wer bei einem Übungsschießen so einen Kanister zur Seite geschafft hat. Die Bleikugeln darin sind bei den Matrosen recht beliebt, weil man mit ihnen schöne, handliche

Totschläger herstellen kann, wenn man sie in Segeltuchbeutel füllt. Stopft man in die leere Büchse mit Leinöl verschmutzte Putzbaumwolle, so ist es nur eine Frage der Zeit, wann es zur Selbstentzündung kommt! Eine Prise Schießpulver dazu wirkt Wunder! Es ist ein wahres Mysterium, dass die Überreste der Büchse bei dem niedrigen Schmelzpunkt von Zinn erhalten geblieben sind. Sie muss in einer Ecke gelegen haben, in der sich das Löschwasser gestaut hat. Kein Wunder, dass wir nach den anderen Bränden keine Hinweise auf Brandstiftung gefunden haben!« Landais schlug mit der Faust auf den Tisch und brüllte wie ein gereizter Stier los: »*Merde alors*, wir haben einen gefährlichen Saboteur an Bord, einen Brandstifter, der bereit ist, über Leichen zu gehen, aber ich wette eine Jahresheuer gegen die Flatulenzen unseres magenkranken Zahlmeisters, dass wir dieses Schwein nicht dingfest machen können. Die Kerle im Zwischendeck stecken doch alle unter einer Decke!«

»Außerdem kann es auch gut sein, dass selbst die Matrosen nicht wissen, wer das Feuer gelegt hat, Herr Kapitän«, gab de Gallaud zu bedenken. »Aber sogar wenn der eine oder andere einen Verdacht haben sollte, wird er schweigen. Sie wissen, wie schlecht zur Zeit die Stimmung unter dem Schiffsvolk ist.«

»Wer mir den geringsten Anlass bietet, den lasse ich aufknüpfen, so wahr mir Gott helfe! Und sei es auch nur, um den anderen zu zeigen, wer hier der Herr über Leben und Tod ist!«

Der Erste nickte pflichtschuldig, verzog aber säuerlich das Gesicht. ›Das könnte der Tropfen sein, der das Fass zum Überlaufen bringt‹, dachte er besorgt.

»Wir werden den renitenten Halunken die Wein- und Branntweinration kürzen, oder besser noch, die Schweinehunde für ein paar Tage sogar völlig trockenlegen, Monsieur

Gallaud! Geben Sie das heute Mittag bekannt.« Der Kapitän blickte finster drein, dann hellte sich seine sorgenvolle Miene etwas auf. »Verkünden Sie außerdem, dass es sofort wieder die vollen Rationen geben wird – und eine zusätzliche noch obendrauf, wenn uns der Name des Verbrechers mitgeteilt wird! Das kann auch anonym geschehen.«

De Gallaud wiegte sorgenvoll den Kopf. »Jawohl, Herr Kapitän, wird gemacht. Hoffen wir das Beste.«

Als Steuben am Nachmittag auf dem Achterdeck frische Luft schnappte und sich wie immer auf ein Schwätzchen zum Wachoffizier de Bellac gesellte, stellte er fest, dass der junge Mann tief in düstere Gedanken versunken war.

»Was ist los mit Ihnen, mein lieber Monsieur de Bellac? Was für eine Laus ist Ihnen über die Leber gekrochen?«

»Oh, Monsieur Frank, es wird Ärger geben. Ganz sicher werden sich die *matelos* den Alkoholentzug nicht gefallen lassen. Die Stimmung unter den Seeleuten war vorher schon explosiv, aber mit dieser Anordnung hat der Kommandant die Lunte an der Sprengladung angezündet! Ich werde mit geladenen Pistolen und griffbereitem Degen nach dem Abendessen in meine Koje steigen, Monsieur, so viel ist sicher!«, murmelte de Bellac düster und klopfte an den Degen, der an seiner Hüfte hing.

»So schlimm sieht es aus, mein Freund?«

»Schlimmer, Monsieur! Schlimmer! Ein großer Teil der Besatzung sieht nicht ein, warum sie ihre Haut in einem Konflikt zu Markte tragen soll, der sie nicht betrifft. Für ihre Heimat würden sie sofort bereitwillig in den Kampf ziehen, aber für Pen-syl-va-nia, pah! Und die gepressten Männer haben ohnehin nur ein Ziel, sie wollen nach Hause, und das mit heilen Knochen.«

»Das Problem kenne ich von der Armee zur Genüge«, bestätigte Steuben, »die zwangsweise rekrutierten Kerls sind immer unzuverlässig. Sie rechnen also ernsthaft mit einer Meuterei, de Bellac?«

»Natürlich bin ich nicht sicher – wie könnte ich das auch sein – aber die Wahrscheinlichkeit ist hoch, sehr hoch, Monsieur Frank«, bestätigte ihm der junge Offizier bedrückt und zuckte nach bester mediterraner Art gottergeben mit den Schultern.

⚓

Dasselbe Thema wurde auch im Mannschaftslogis besprochen, dort allerdings nur in kleinen und kleinsten Gruppen und im Flüsterton, denn jede größere Ansammlung von Matrosen wurde sofort misstrauisch von den Deckoffizieren beäugt. Besonders der Profoss mit seinen Helfern versuchte, verdächtige Gruppen zu überraschen und Zeuge von aufrührerischen Worten zu werden, damit er die Männer verhaften konnte. Aber die Seeleute waren vorsichtig und wachsam. Kaum sichtbare graue Schatten flüsterten konspirativ in abgelegenen, dunklen Ecken, wo sie von aufgestellten Wachen beim Herannahen einer Gefahr rechtzeitig gewarnt werden konnten.

»Das dürfen wir uns nicht gefallen lassen, Jungs!«

»Du hast gut reden, aber was sollen wir denn machen? Sie haben die besseren Waffen, wir nur unsere Takelmesser.«

»*Eh bien*, wir müssen die Achterdecksgäste überraschen!«

»Ha, ha, du Schlauberger, wie willst du das denn anstellen?«

»Wir müssen uns zwei oder drei Tage still verhalten. Am besten, wir zeigen uns reumütig und duckmäuserisch, um sie einzulullen. Die Zeit arbeitet für uns!«

»Das müsste ich wissen, verdammt, ich vermisse meine tröstliche Brandweinration schon heute schmerzlich!«

»Das geht mir doch genauso. Aber wenn wir schon heute Nacht zuschlagen, laufen wir ins offene Messer. Die hohen Herren achtern sind zur Zeit so nervös wie ein Bienenschwarm, an dessen Waben sich ein Bär zu schaffen macht.«

»Das ist wohl wahr, man hat das Gefühl, sie schrecken vor ihrem eigenen Schatten zurück!«

»Außerdem müsst ihr bedenken, *mes amis*, bald segeln wir im Golfstrom parallel zur amerikanischen Küste.«

»Wie aufregend! Darauf wäre ich gar nicht gekommen. Was ist daran so interessant?«

»*Ta gueule!* Sobald wir das Schiff übernommen haben, halten wir uns im Strom unter Land. Von den kleinen Kaperschonern der Yankees haben wir nichts zu befürchten, die pusten wir notfalls aus dem Wasser. Aber die Fregatten der Royal Navy dürften neugierig werden! Wenn wir denen das Schiff mit dieser Ladung übergeben, sollte für jeden von uns eine fette Belohnung drin sein! Und die Roastbeefs sorgen dafür, dass wir sicher in einen Hafen kommen, schließlich können wir ganz bestimmt davon ausgehen, dass uns die Offiziere dabei nicht helfen werden!«

Irgendwo schienen sich ein paar Ratten in die Haare geraten zu sein, denn man hörte aufgeregtes Pfeifen. Die Männer zuckten zusammen und verschwanden lautlos auf verschiedenen Wegen. Als der Profoss mit seiner Laterne und dem vorgestreckten blanken Säbel in die dunkle Ecke leuchtete, war sie leer und verwaist. Er schob seinen Dreispitz nach vorne in die Stirn, kratzte sich enttäuscht den Hinterkopf und fluchte halblaut vor sich hin.

»Blinder Alarm!«, knurrte er und gab seinen Maaten das Zeichen zum Rückzug.

⚓

Während der nächsten drei Tage geschah nichts oder so gut wie nichts. Die Matrosen gaben sich friedlich, sie taten beinahe willig ihre Arbeit, nun ja, vielleicht etwas langsamer als üblich, aber ohne zu murren. Zwei-, dreimal kreuzten sie den Kurs eines spanischen Schiffes, bei dem einen handelte es sich um eine große, wenn auch recht alte Fregatte. Man begrüßte einander förmlich. Nachdem das Schiff in den Golfstrom eingelaufen war, wurde der Kurs nach Norden geändert. Der einzige erwähnenswerte Zwischenfall einen Tag zuvor war das Verschwinden des Matrosen Pablo, den alle nur *le Gitane* genannt hatten. Er war am Morgen bei der Musterung zur Morgenwache einfach nicht mehr auffindbar gewesen. Auch eine gründliche Durchsuchung des Schiffes und eine Befragung seiner Messekameraden brachte keine Klarheit über sein Schicksal. Nun war der Zigeuner ein ziemlich verschlossener Typ gewesen, der sich von den anderen Männern nach Möglichkeit abseits hielt – soweit das auf einem Kriegsschiff durchführbar war. Da die Nachforschungen im Sande verliefen, wurde sein Verschwinden im Logbuch festgehalten und seine privaten Effekten unter seinen Kameraden versteigert. Der Erlös, der seiner Ehefrau zugute kommen sollte, war kläglich.

Während der Abendwache bei sechs Glasen hockten wieder einmal Lézard und Vautour in einer versteckten Ecke zusammen und unterhielten sich flüsternd.

Vautour zischte verhalten: »Weißt du, was mit dem *Gitane* passiert ist, Henri?«

Lézard wusste es nur zu gut. Die Bilder der gestrigen Nacht erschienen wieder plastisch vor seinen Augen. Beim Aufschießen einer Schot hatte sich Pablo neben ihn gedrängt und ihm leise ins Ohr geflüstert: »Was es dem Alten wohl wert ist, wenn man ihm erzählt, wer die Kartätschenbüchse hat verschwinden lassen, Lézard?«

Henri war für einen Augenblick stocksteif stehen geblieben, dann hatte er das Seil weiter mit zitternden Händen aufgeschossen. »Du willst mich doch wohl nicht etwa achtern verpfeifen, oder?«

»Warum nicht? In diesen harten Zeiten ist sich jeder selbst der Nächste!«

»Was willst du, du, du ...«

Der Zigeuner lachte lautlos. »Hüte deine Zunge, Henri, *mon cher*! Ich reagiere auf Beleidigungen sehr impulsiv!« Er schnalzte mit der Zunge. »Was ich will? Fragen wir mal so, was hast du denn zu bieten, mein Freund?«

Der Québécois atmete erleichtert durch. Solange es auf Erpressung hinauslief, war noch nicht alles verloren. »Ich könnte dir einen Louisdor abgeben, wenn du mir versprichst, dein Wissen für dich zu behalten.«

»Ahh, die Silberlinge des Judas sind aus Gold, nobel, nobel!« Pablo verstummte, denn ein Bootsmannsmaat kam aus der Dunkelheit herangeschlendert und musterte sie misstrauisch, soweit das im Licht der Sterne möglich war.

»Haut ran, ihr Schweinebacken, wie lange braucht ihr denn, um die Schot aufzuschießen!« Er holte drohend mit seinem Starter aus.

»Wir sind sofort fertig, *tout de suite*!«, antwortete der Zigeuner devot und verbeugte sich. Als der Maat weitergegangen war, beugte er sich wieder zum Ohr von Lézard herunter und zischte gefährlich leise: »Ich lasse mich von dir nicht mit Brosamen abspeisen, mein Lieber, drei Louisdor, nicht einen Sous weniger! Bedenke, es geht um deinen Hals!«

Lézard stieß pfeifend den Atem aus. »Drei Louisdor? Bist du wahnsinnig? Wo soll ich die herbekommen?« Er hätte wetten können, dass der Zigeuner grinste.

»Wenn ich es mir so recht überlege, dann komme ich zu der Überzeugung, dass mir das ganz fürchterlich egal ist, *mon vieux*. Morgen früh auf der Morgenwache übergibst du mir das Gold, oder aber …« Sehr mit sich zufrieden schlenderte Pablo davon und verschwand in der Finsternis. Es war eine mondlose Nacht, und häufig wurden die Sterne von tiefziehenden Wolken verdeckt.

In Lézards Kopf überschlugen sich die Gedanken. Sollte er dem Mann das Geld geben oder ihm vielleicht anbieten, ihn an den versprochenen tausend Pfund zu beteiligen? Aber was war, wenn die Meuterei keinen Erfolg hatte? Es gab nur einen sicheren Ausweg aus dieser Falle, der Kerl musste weg! Er beendete die Arbeit und machte sich auf die Suche nach dem *Gitane*. Er hatte ihn bald gefunden, Pablo hatte sich wie immer allein abseits von den anderen Matrosen in eine Ecke gekauert und wartete auf das Ende der Wache. Henri drückte sich in einigen Metern Entfernung in die schützende Dunkelheit der Finknetze. Er wusste von der Gewohnheit des Provenzalen, gegen Ende der Wache, wenn der W. O. nochmals den Stand aller Segel kontrollierte, den dann fälligen Trimmarbeiten möglichst aus dem Weg zu gehen, indem er rechtzeitig auf dem Abtritt verschwand. Auch heute blieb er seiner Gewohnheit treu. Henri Lézard folgte ihm wie ein Schatten. Pablo stieg vorne hinunter auf die Galion. Zu dieser Zeit befand sich hier niemand, und wenn nicht zufällig jemand über die vordere Verschanzung der Back blicken würde, war hier der einsamste Ort auf dem Oberdeck. Ein Platz, so recht nach dem Geschmack des Einzelgängers Pablo, aber unter den gegebenen Umständen kam diese Abgeschiedenheit jetzt auch Henri Lézard sehr gelegen. Er drückte sich oben eng an die Verschanzung und beobachtete scharf sein Opfer. Pablo öffnete seinen Gurt, ließ die Hosen fallen und setzte sich seufzend auf das Loch in der Leeplanke. Zufrieden ächzend begann er sich zu erleichtern. Mit einem Satz, der einem Panther Ehre gemacht hätte, schnellte Lézard auf die Galion hinunter und war mit einem zweiten Sprung über dem völlig überraschten Zigeuner, der nur einen halbherzigen Versuch unternahm, aufzuspringen. Er presste ihn mit dem rechten Knie gegen das Brett, griff in seine langen Haare, riss den Kopf nach hinten und schnitt dem hilflosen Mann die Kehle durch. Das alles dauerte kaum länger als einen Wimpernschlag. Anschließend hängte er den Toten mit dem Oberkörper über die Verschanzung, zog ihm die Hose völlig aus, knotete ein Hosenbein an dessen Bein fest und hievte die Leiche über die Seite. Vorsichtig fierte er die Hose weg, bis die Hände des toten Pablo die Wasseroberfläche erreicht hatten. Als er losließ, verschwand *le Gitane* nahezu lautlos in der Bugwelle. Henri wischte sich den kalten Schweiß von der Stirn und atmete tief durch, dann kletterte er zurück auf das erhöhte Vorschiff und schlenderte nach achtern. Da kam auch schon vom Achterdeck das Kommando zum Trimmen der Segel. Der Wachposten an der Heckreling hatte den treibenden Leichnam nicht bemerkt. Bei der Musterung am Ende der Wache hatte ein Spaßvogel, als der Name des Zigeuners verlesen wurde, halblaut gerufen: »Der sortiert noch Kupferbolzen auf der Galion!« Der Bootsmannsmaat hatte undeutlich etwas vor sich hin gemurmelt, hatte dann aber den nächsten Namen aufgerufen. Alles in allem war es gut für Henri gelaufen, trotzdem hatte er während der folgenden Freiwache nicht gut geschlafen. Und jetzt fragte ihm sein Kumpel Löcher in den Bauch, verdammt. Sollte er ihm reinen Wein einschenken? Er musste einfach dem inneren Drang nachgeben und jemand von dem schrecklichen Erlebnis erzählen.

»Diesem üblen Burschen musste ich das Licht ausblasen! Es ist mir wahrlich nicht leicht gefallen, aber es musste sein. Er wollte mich beim Alten verpfeifen! Er hat sich daran erinnert, dass ich mir als Geschützführer diesen Kartätschenbehälter unter den Nagel gerissen habe. Er hat ja üblicherweise die Zähne außer zum Essen nicht auseinanderbekommen, aber blind war er nicht – und offensichtlich auch nicht vergesslich, dieser Mistkerl! Er meinte, der Kapitän würde sicher ein paar Louisdor springen lassen, wenn er ihm stecken würde, wer die Büchse geklaut hat.« Lézard schnaufte wütend. »Nun, mir war sein Schweigen einen sauberen Schnitt mit dem Messer wert. Er war so überrascht, dass er keinen Piep mehr herausbekommen hat. Er ist fast ohne Geräusch von uns gegangen. Na ja, und anscheinend hat niemand davon etwas mitbekommen.«

Emile Vautour nickte schweigend in der Dunkelheit vor sich hin, dann seufzte er bedächtig: »Es war wohl nötig. Wollte dieses Schwein doch einen Kameraden verraten, es ist nicht zu glauben!«

»Noch schlimmer, *mon ami*, er wollte mich erpressen! Du weißt, wie so etwas endet, du wirst so einen Blutsauger bis ans Ende deiner Tage nicht mehr los und lebst ständig in der Angst, dass er sich verplappert.« Lézard bekreuzigte sich und blickte seinen Kumpel halb wütend, halb schuldbewusst an, als erwartete er von ihm die Absolution.

Vautour konnte die Miene seines Gegenübers nicht erkennen, klopfte ihm aber beruhigend auf die Schulter und flüsterte mit rauer Stimme: »Schon recht, Henri. Ich glaube, man kann es als eine Art Selbstverteidigung bezeichnen, was du getan hast.«

Kapitel 3

English Harbour und auf See,
Ende Oktober, November 1777

»Nun, Sir, jetzt ist Ihre Schonzeit wieder vorbei, hi, hi, hi!« Mister Smith von der *Hermes Shipping Agencies*, der Tarnfirma des Geheimdienstes auf Antigua, rieb sich zufrieden die Hände. »Sie haben wohl gedacht, ich hätte Sie vergessen und Sie könnten bis zum siegreichen Friedensschluss hier faul auf der Bärenhaut liegen und sich mit Ihrer zugegebenermaßen sehr charmanten und äußerst attraktiven, äääh, Gespielin vergnügen, hi, hi, hi. Nichts da! Die Pflicht ruft, Sir! Ich habe die Nachricht erhalten, dass sich dieser General Steuben, auf den Sie mich nach Ihrem letzten Unternehmen aufmerksam gemacht haben, am 26. September in Marseille auf einer französischen Fregatte mit achtundzwanzig Kanonen eingeschifft hat, die bis obenhin mit Kriegsmaterial für die Rebellen vollgestopft ist. Bei dem Schiff handelt es sich um die Fregatte *L'Heureux*, der man aber für diesen Einsatz den Namen *Le Flamand* gegeben hat. Wahrscheinlich hoffen die Messieurs in Paris, dass wir sie deshalb für ein harmloses Handelsschiff halten. Das Schiff ist nach Portsmouth in New Hampshire unterwegs. Die Befehlshaber der Flotten in New York und Halifax sind informiert und angewiesen, die *Flamand* abzufangen. Aber wie ich die Herren Admiräle kenne, werden sie auf diesem Ohr taub sein und sich tausendundeinen Einwand einfallen lassen, dass sie für derartige Mätzchen keine freien Kapazitäten zur Verfügung haben. Dabei scheint dieser Steuben wirklich ein gefährlicher Mann zu sein. Er verfügt über große praktische Gefechtserfahrung – übrigens auch im Kleinen Krieg – und über eine exzellente theoretische Stabsausbildung. Halten Sie ihn auf, Sir! Gemäß Ihren Abrechnungen steht Ihnen das Gold noch immer fast vollständig zu Gebot, das Ihnen die Zentrale in London für derartige Zwecke anvertraut hat, also versuchen Sie ihn damit zu bestechen. Wie wir wissen, ist der gute General notorisch klamm bei Kasse. Sie können ihm jede Summe bieten – nun ja, fast jede. Ich verlasse mich da ganz auf Ihren gesunden Menschenverstand.« Smith musterte ihn mit diesem verschleierten Blick, bei dem Turner nie genau wusste, was er bedeuten sollte. Machte sich der Agentenführer über ihn lustig, oder hielt er ihn für einigermaßen beschränkt? »Außerdem können Sie ihm ein Offizierspatent als regulärer – nun sagen wir mal – Oberst in britischen Diensten versprechen. Versuchen Sie es auch mit einem Generalsrang bei den Landstreitkräften der Ostindischen Kompanie. Sie können ihm das Leben in Indien als *Sahib* und die damit verbundenen Privilegien in bunten, schillernden Farben ausmalen.« Wieder dieser abwägende Blick, der auch nicht frei von Misstrauen war, wahrscheinlich weil Smith spürte, dass Turner bei bestimmten Aktionen des Geheimdienstes durchaus Skrupel verspürte. Der Agentenführer räusperte sich, sein Blick wurde kalt und hart. »Ahem, Leutnant Turner, falls Ihre guten Argumente nicht fruchten sollten, muss – ich wiederhole *muss* – dieser Mann daran gehindert werden, zu Washingtons Kontinentalarmee zu stoßen! Haben Sie mich verstanden, Sir!«

»Vollkommen! Ihre Wort waren laut und deutlich zu vernehmen, Sir!«

Smith brauste auf. »Hüten Sie sich davor, mich zu verspotten, Leutnant! Was wir hier machen, ist weit, sehr weit davon entfernt, ein Spiel zu sein. Wenn ein stumpfsinniger Kommisskopp von einem General aufgrund des Zusammentreffens einer ganzen Reihe von glücklichen Zufällen ein kleines Scharmützel gewinnt, sind die Gazetten voll von seinem Ruhm. Wenn wir durch eine Bestechung einen Krieg gewinnen oder durch das dezente Eliminieren einer Schlüsselfigur einen anderen verhindern, interessiert das keinen Mauseschwanz. Dieser Washington mag kein begnadeter Schlachtenlenker sein, aber er hat drei Eigenschaften, die man bei Generälen selten vereint findet: Er hat, erstens, die Gabe, auch das blutigste Gefecht lebend zu überstehen, dazu kommt zweitens ein sicheres Gespür für fähige Leute – und er hört auch auf deren Rat.« Smith hielt inne, es sah beinahe so aus, als würde er so etwas wie Bewunderung für den Yankee-General verspüren. »Das ist wahrlich eine Fähigkeit, die unter Kommandierenden Generälen so verbreitet ist wie die Abstinenz unter französischen Winzern! Drittens ist er ein begnadeter Organisator, der sich um jede Einzelheit selber kümmert. Bedenken Sie nun, wenn ihm dieser Baron Steuben seine ziemlich disziplinlosen Soldaten nach preußischem Vorbild auf Vordermann bringt, dann bekommen unsere Generäle ein weiteres ernsthaftes Problem, Sir!«

»Aye, aye, Sir!«, beeilte sich Turner ihm zuzustimmen. »Ich verstehe die Wichtigkeit meiner Aufgabe vollkommen, Sir!«

Anscheinend etwas besänftigt sah Smith ihn an und nahm einen großen Schluck aus seinem leicht beschlagenen Glas mit zartgelbem kühlem Wein. Er hob es nachdenklich prüfend gegen das Licht, und Turner sah, dass die Farbe ein wenig ins Grünliche tendierte. Turner tippte auf einen Sauvignon Blanc aus dem Südwesten Frankreichs und nippte ohne

Begeisterung an seiner Zitronenlimonade, die ihm der riesenhafte schwarze Butler Loftus wie selbstverständlich serviert hatte. Als William sich dafür bei ihm bedankte, hatten sie sich mit wissendem Lächeln zugenickt, denn schließlich hatte Loftus vor einigen Monaten William in einer ganz in der Nähe liegenden dunklen Gasse das Leben gerettet.

Turner dachte laut nach: »Wenn das Schiff am 26. September Marseille verlassen hat – merkwürdiger Zufall, dass General Howe gerade an genau diesem Tag Philadelphia erobert hat –, wann wird es dann vor der Küste von New Hampshire stehen? Das muss ich an Bord zusammen mit meinem Segelmeister berechnen. Augenblicklich ist nicht die günstigste Zeit, um den Atlantik zu überqueren, wenn man an der Ostküste so weit nach Norden bestimmt ist.«

»Das können Sie gerne tun, Sir, aber ich gebe Ihnen hiermit den Befehl, umgehend auszulaufen, sobald Sie Ihre Wasser- und Feuerholzvorräte nochmals ergänzt haben, Herr Leutnant! Ihre schriftliche Order wird Ihnen an Bord gebracht werden! Konteradmiral Sir Samuel Blake wird über das Büro des Gouverneurs von mir benachrichtigt, hi, hi, hi. Er wird froh sein, Sie nicht empfangen zu müssen. Wie man hört, hat Ihr Anblick keinen günstigen Einfluss auf seine Gesundheit, hi, hi, hi.« Smith wurde schlagartig wieder ernst und fauchte kalt und schneidend: »Und kommen Sie mir nicht ohne eine Erfolgsmeldung unter die Augen. Steuben muss für uns arbeiten – oder aber für niemanden!«

Vor Turners Augen tanzten rote Sterne. Er musste sich sehr zusammenreißen, um nicht wütend loszubrüllen. Er schluckte. Langsam und leise, aber jedes Wort betonend, erwiderte er: »Sir, ich bin dazu erzogen worden, Befehlen zu gehorchen, aber ich möchte zwei Dinge im Vorhinein klarstellen: Zum einen dürfte es verflucht schwer werden, in dieser dunklen Jahreszeit die Fregatte vor dem Einlaufen in den Hafen überhaupt zu finden, es sei denn, mir helfen bei der Blockade mindestens zwei oder drei Fregatten oder Sloops, was Sie selbst schon für sehr unwahrscheinlich erachtet haben. Aber selbst wenn es mir durch einen glücklichen Zufall gelingen sollte, die Nadel im Heuhaufen ausfindig zu machen, muss ich das weitaus größere und stärkere Schiff zunächst niederkämpfen, um mit dem gesuchten Gentleman reden zu können, und das ist weit, sehr weit davon entfernt, ein Spiel zu sein, Sir.« Er hob abwehrend eine Hand, als er sah, dass Smith rot anlief und ihn zornig unterbrechen wollte. »Ich weiß, was Sie sagen wollen, Sir! Ich solle gefälligst meine Pflicht tun. Das werde ich selbstverständlich machen, aber eins kann ich nicht: Ich kann Ihnen den Erfolg nicht garantieren! Bei der Versenkung der Fregatte *La Danseuse* hatte ich eine Menge Glück, aber Fortuna ist bekanntlich eine sehr launische Dame.«

Smith stieß zischend den Atem aus und starrte Turner aus zusammengekniffenen Augen an. Auch er schien kurz vor der Explosion zu stehen. Aber dann räusperte er sich, rieb sich die Nase, trank sein Glas aus und meinte dann plötzlich wieder freundlich lächelnd: »Schon gut, mein lieber Leutnant, ich weiß ja, dass Sie alles daransetzen werden, um Erfolg zu haben. Ich fürchte, ich habe mich aus alter schlechter Gewohnheit ein wenig zu barsch ausgedrückt, aber bei vielen Leuten muss ich einfach Druck machen, damit sie sich gehörig anstrengen. Entschuldigen Sie bitte, dass ich so ungehobelt war.«

Turner musterte ihn finster, entschied sich dann aber für eine gute Miene zum bösen Spiel. Es wäre sehr unklug gewesen, sich diesen mächtigen Mann zum Feind zu machen. Außerdem konnte er sich vorstellen, dass auch Smith unter gehörigem Druck seiner Vorgesetzten stand. »Schon vergessen, Sir. Übrigens, Sir, dieser Preuße spricht doch sicher unsere Sprache, oder wie soll ich mich mit ihm verständigen?«

Smith blickte ihn überrascht an. »Es ist doch wohl davon auszugehen, dass er Englisch kann, wie sonst sollte er beim Exerzieren der Yankees klarkommen, wo es auf die präzise Formulierung der Befehle ankommt?«

Turner blickte ihn skeptisch an, dann zuckte er fatalistisch mit den Achseln und meinte nur: »Das wäre sein Problem, das meine ist, wie mache ich ihm unsere Angebote schmackhaft, wenn wir uns nicht verständigen können …« Er erhob sich, verabschiedete sich von Smith und stieg die Treppe ins Erdgeschoss hinunter, wo ihn Loftus schon an der Ausgangstür erwartete. Der große Mann öffnete die schwere Tür, blickte misstrauisch die enge Green Lane einmal hinauf und hinunter, dann lächelte er ihn mit blitzenden weißen Zähnen an, kniff verschwörerisch ein Auge zusammen und brummte in seinem tiefen Bass: »Viel Glück, Sir, und sorgen Sie dafür, dass Ihnen an Land und auf fremden Decks immer ein zuverlässiger Schatten folgt, ich kann nicht überall sein.«

»Danke, Loftus, ich werde es mir merken.« Die Tür schloss sich hinter ihm, und er lief die Gasse zum Hafen hinunter, dabei passierte er die Stelle, an der ihm die beiden Mordbuben aufgelauert hatten. Wenn ihn Loftus nicht mit einem meisterlichen Messerwurf gerettet hätte, dann wäre es mit William Turner damals vorbei gewesen, so erinnerte ihn nur noch eine lange weiße Narbe auf dem linken Unterarm an den Überfall. Unten am Kai setzte er sich auf ein Glas Wein in dasselbe Lokal, in dem er auch gesessen hatte, als ihm Elizabeth Parker zum ersten Mal begegnet war. Wie lange war das her? Noch keine anderthalb Jahre, aber ihm kam es wie eine Ewigkeit vor. Er seufzte. Nun, die Übernahme des Wassers und des Feuerholzes für die Kombüse würde sich über den morgigen Tag hinziehen, aber in der Abenddämmerung würde sich die *Shark* auf den Weg nach Norden machen. Folglich blieben ihm nur dieser Abend und diese

Nacht, um sich von Elizabeth zu verabschieden. Es würde eine leidenschaftliche Nacht werden. Aber sie würde mit Tränen enden, das wusste er schon jetzt, obwohl Elizabeth sich jedes Mal heroisch bemühte, ihre Gefühle unter Kontrolle zu halten. Wenn er ehrlich war, dann musste er zugeben, dass es auch ihm immer schwerer fiel, das Haus über der pittoresken Bucht zu verlassen und mit seinem Schiff in eine ungewisse Zukunft zu segeln. Dieses unbestimmte Gefühl des Verlusts hatte er früher nicht gekannt, wenn er an Bord gegangen war, um wieder in See zu stechen, im Gegenteil, früher war er immer eher erleichtert gewesen, dass er den Staub des Landes von seinen Schuhen schütteln konnte und das Parfum seiner zurückbleibenden Eroberung von der frischen Seebrise aus seinem Haar geweht wurde. Aber jetzt musste er zuerst an Bord und die notwendigen Anordnungen geben. Er zahlte, ging zum Bootsanleger hinunter und mietete sich ein Boot, das ihn zur *Shark* hinausruderte. Der Bootsführer hatte ein saures Gesicht gezogen, als er ihm den Schiffsnamen genannt hatte, denn die *Shark* ankerte wie immer so weit wie möglich vom Land entfernt, um zu jeder Tages- und Nachtzeit möglichst unbemerkt davonsegeln zu können. Eine funkelnde Münze hatte die beiden schwarzen Ruderer jedoch schnell wieder breit grinsen lassen.

Im Übrigen kam an diesem Abend und in dieser Nacht alles so, wie es William schon vorher geahnt hatte. Elizabeth und er hatten ausgiebig und exzellent gespeist, dabei hatten sie eine heitere, ungezwungene Konversation gepflegt, die allerdings manchmal bei einem Unbeteiligten den Eindruck erweckt hätte, etwas gekünstelt zu sein. Sie hatten beide mehr getrunken als üblich. Später, oben im Schlafzimmer, hatten sie sich stürmisch und wild geliebt, bis sie erschöpft eingeschlafen waren.

Einmal war William wach geworden. Er hatte gehört, dass

Elizabeth leise neben ihm weinte, er hatte sie in den Arm genommen und tröstend sein Gesicht in ihre Haarmähne gewühlt. Eng umschlungen – trotz der schwülen Wärme im Raum – waren sie wieder eingeschlafen.

⚓

Die als Schoner getakelte Kriegsslup *Shark* spulte dank ihres effektiven Riggs und des frisch gesäuberten Unterwasserschiffs die Meilen wie aufgezogen herunter. Ihr Kommandant tat alles, damit die Besatzung ihn heimlich als Leuteschinder, Sklavenantreiber und widerlichen Kotzbrocken beschimpfte. Unter so aufmunternden Sprüchen, wie »Schlaft nicht ein, ihr alten Säcke, das hier ist kein Trauerzug!« oder »Etwas mehr Bewegung, ihr Mumien, ich höre eure morschen Knochen bis hier achtern klappern!« jagte er sie nach der langen Hafenzeit durch das volle Programm der Segelmanöver, bis jeder Mann wieder im Schlaf jeden einzelnen Handgriff beherrschte. Dann ging es mit dem Geschützdrill und den Übungen an den Handwaffen weiter. Die Männer schwitzten den in der Hafenzeit reichlich genossenen Rum aus und verloren schnell den Speck, den sie sich durch die Zusatzverpflegung angefressen hatten. Die Bumboote hatten ein gutes Geschäft gemacht, denn arm waren an Bord der *Shark* nur die unverbesserlichen Spieler, die nicht aufgehört hatten, ihr Geld auf Fortuna zu setzen, nachdem ihre Glückssträhne längst vorbei war.

Turner selbst tat auch etwas für seine Kondition, er übte jeden Vormittag eine reichliche halbe Stunde mit seinem Ersten Offizier James Dechamp fechten, wenn er schon auf seine morgendlichen Schwimmübungen verzichten musste. Es war immer wieder erstaunlich, wie sich der sonst etwas linkisch wirkende Mann aus altem normannischem Adel verwandelte, wenn er eine Waffe in der Hand hielt. Seine Fechttechnik war der von William weit überlegen. Kein Wunder, denn höchstwahrscheinlich hatte sein Vater, der Earl of Sandhurst, ein kleines Vermögen für die Fechtlehrer des Sohnes ausgegeben. Turner glich das durch unsaubere Tricks aus, die man nicht auf der Planche, sondern nur beim Kampf auf Leben und Tod lernt.

Am Nachmittag des dritten Tages meldete der Ausguck ein Fahrzeug an Steuerbord voraus. Es handelte sich um einen Kutter, dem Schnitt der Segel nach aus den Kolonien, der zwar auch gute Fahrt machte, aber die größere *Shark* holte stetig Kabellänge um Kabellänge auf.

Turner wanderte wie ein gereizter, hungriger Tiger auf dem Achterdeck hin und her. Natürlich verfolgte er gespannt, wie schnell sie sich dem anderen Schiff näherten, aber andererseits blickte er immer wieder missmutig auf die Sonne, die sich schnell dem Horizont näherte, sie schien ihm wie eine überreife Apfelsine auf die Kimm herunterzufallen. Wenn die da drüben keinen Fehler machten, dann würden sie den flüchtenden Kutter nicht mehr vor der Dunkelheit einholen. Heute Nacht war Neumond, daher konnte er sich eine Verfolgung nach Einbruch der Dunkelheit schenken. Wahrscheinlich würde dann der Kutter bald seinen Kurs ändern und sie ins Leere laufen lassen. Auf gut Glück konnte Turner nicht manövrieren, dafür brannte ihm die Zeit zu sehr unter den Nägeln.

»Noch gut zweieinhalb Meilen, Sir«, meldete Paul Lennon, der alte Segelmeister, und schüttelte seine unter dem Dreispitz hervorquellende weiße Mähne, nachdem er den Höhenwinkel am Sextanten abgelesen und aus einer Tabelle den Abstand herausgenommen hatte. Der erfahrene Nautiker wusste, dass sie das Rennen verloren hatten.

»Man muss auch mal verlieren können«, brummte Turner widerwillig, aber alle auf dem Achterdeck wussten, dass das eine Charakterübung war, die ihr Kommandant für seine Person gar nicht schätzte. »Vielleicht bricht dem Kerl da vorne noch eine überbeanspruchte Leine«, meinte er hoffnungsvoll.

»Ja, oder uns wachsen Flügel«, flüsterte naseweis Midshipman George Starke seinem Kumpel Midshipman Arnold Armstrong zu. Er schrumpfte auf die Größe eines Zwerges zusammen, als ihn der eisige Blick des Kommandanten fixierte, der seine vorlaute Bemerkung gehört hatte.

»Mister Starke, ab in den Vortop. Ich werde es Sie wissen lassen, wenn ich Sie wieder hier auf dem Achterdeck zu sehen wünsche!«

»Aye, aye, Sir!« Starke trabte fort zu den Wanten des Schonermasts und machte sich an den Aufstieg. »Verdammt«, dachte er, »warum kann ich bloß mein vorlautes Maul nicht halten? Der Alte lässt mich, so sauer, wie der ist, bestimmt bis zum Beginn der Nachtwache im Top sitzen, was bedeutet, dass ich kein Abendessen bekomme. Verflucht, und mir hängt der Magen jetzt schon in den Kniekehlen. Und kühl wird es da oben auch werden, sobald die Sonne untergegangen ist.« Oben auf der Saling neben dem Matrosen des Ausgucks hatte er eine vorzügliche Aussicht auf das von der tiefstehenden Abendsonne angestrahlte fliehende Schiff, aber das tröstete ihn keineswegs.

Es kam, wie sie es vorausgesehen hatten, bald nach Einbruch der Dunkelheit verloren sie den Kontakt zu dem Kutter. Düster blickte Turner über die schwarze See, ballte die rechte Faust und schüttelte sie wütend in die Richtung, in der ihr Widersacher vermutlich verschwunden war. »Man sieht sich im Leben immer zweimal!«, brüllte er gegen den Wind. Wütend stampfte er mit den Füßen aufs Deck, was fast so aussah wie ein indianischer Kriegstanz. Danach fühlte er sich besser. Zum Ersten Leutnant gewandt, meinte er schon fast wieder beschwingt: »Lassen Sie diesem frechen Welpen Starke bis acht Glasen oben im Top Zeit zum Nachdenken über seine Sünden, Mister Dechamp. Aber sorgen Sie dafür, dass er was zum Beißen zwischen die Zähne bekommt, sobald er wieder an Deck ist.«

»Aye, aye, Sir.«

Unten im Zwischendeck machte bereits die Runde, dass der Alte die Besatzung des flüchtigen Kutters verflucht hatte! Was das für diese beinahe bedauernswerten Yankees bedeutete, war allen klar, die schon länger mit Turner fuhren. Immerhin hatten sie schon mehrfach Beweise seiner magischen Kräfte erlebt. Die alten Salzbuckel raunten ehrfürchtig, dass er mit den Meergeistern vertrauten Umgang pflegte. Natürlich sparten sie nicht mit ausführlichen Schilderungen, um auch den Neulingen an Bord die übersinnlichen Fähigkeiten ihres Kommandanten nahezubringen.

Der alte Quartermaster Mike O'Hara nuschelte zwischen seinen wenigen verbliebenen gelben Zähnen hervor: »Das könnt ihr mir glauben, meine Jungchen, die können auf dem Kutter jetzt jeden Kurs steuern, den die Kompassrose bereithält, jeder wird sie früher oder später vor unsere Karronaden führen. Ich würde schätzen, eher früher! Wollen wir wetten?« Die anderen Männer schwiegen beeindruckt, und nur zögernd erkundigte sich schließlich einer, wie hoch der Einsatz sein sollte. Bald florierte das Wettgeschäft im Zwischendeck ganz prächtig. Allerdings konnte man nur viel Geld gewinnen, wenn man darauf setzte, dass sie den Kutter auf dieser Reise *nicht* wieder zu Gesicht bekommen würden.

Sie durchquerten die Inselwelt der Bahamas ohne weiteren Zwischenfall. Keine potenzielle Beute, aber auch kein britisches Kriegsschiff kreuzte ihren Kurs. Zusammen mit dem Segelmeister Lennon brütete Turner so manche Stunde über den Karten, um abzuschätzen, ob sie überhaupt eine Chance hatten, den französischen Blockadebrecher abzufangen. Der alte Weißkopfadler war fest davon überzeugt, dass sie vor der gegnerischen Fregatte vor der Küste New Hampshires stehen würden. Er reckte seine Nase, die wie der Schnabel eines Raubvogels gekrümmt war, unternehmungslustig in die Luft, seine weißen Haare schienen sich aufzuplustern, die scharfen Augen blitzten, dann krächzte er: »Die Kerle schnappen wir uns, Sir. Wird Zeit, dass die Jungs mal wieder etwas Bewegung bekommen!«

»Mister Lennon, es handelt sich um eine Fregatte mit achtundzwanzig Kanonen!«

»Viel Feind, viel Ehr!«, schnarrte Lennon. Turner blickte ihn erstaunt an, so draufgängerisch kannte er seinen Navigator gar nicht. »Es wird schwer werden, Sir, ich weiß!«, gab Lennon zu und grinste breit. »Aber da wir versuchen müssen, sie so oder so aufzuhalten, ist es besser, wir tun es mit gesundem Selbstvertrauen. Schließlich ist es nicht die erste französische Fregatte, mit der wir uns anlegen.«

»Ahem ...«, räusperte sich Turner. »Das ist zwar wahr, Mister Lennon, aber Sie wissen so gut wie ich, dass wir beim letzten Mal eine Menge Glück hatten!«

»Das Glück des Tüchtigen, Sir!«

»Wenn ich Sie nicht besser kennen würde, müsste ich jetzt denken, dass Sie sich bei mir einschmeicheln wollen, Sir.«

»Schon recht, Sir. Sehen Sie, mein Optimismus erklärt sich ganz einfach so: Wir werden zwar vor dem Franzosen vor Portsmouth eintreffen, aber ich schätze, die Chancen stehen nur hundert zu eins, dass es zu einem Kampf kommt. Bei dieser Aussicht kann ich mich doch kampfeslüstern und blutgierig geben, nicht wahr?«

»Wahrscheinlich haben Sie recht, Mister Lennon. Nur ein paar Stunden Tageslicht, Schneeschauer, ablandige Stürme, die uns auf den Atlantik hinausdrücken und was diese wilde Gegend da oben noch so alles an Freuden für den ehrlichen Seemann bereithält. Pfui Teufel!« Er schüttelte sich angesichts der Vorstellung dieser unangenehmen Begleitumstände des winterlichen Seemannslebens in den höheren Breiten der amerikanischen Ostküste.

Als sie vor der Küste New Jerseys standen, sichteten sie die Segel eines Geleitzugs, der auf dem Weg nach Süden war, wahrscheinlich um General Howes Armee in Philadelphia zu versorgen. Turner ließ den Kurs ändern, um mit der Fregatte, die das Geleit nach achtern absicherte, Kontakt aufzunehmen.

Als die beiden Kriegsschiffe beigedreht hatten, ließ er sich zur Fregatte *Achilles* mit achtundzwanzig Kanonen hinüberpullen. Kapitän Forbes empfing ihn freundlich, wenn auch etwas verwundert: »Wie kommt es, Sir, dass Sie unter der roten Flagge der Admiralität segeln? Hat Sie noch kein Admiral gekapert, diese Herren sind doch hinter schnellen, gut bewaffneten Schiffen her wie der Teufel hinter der armen Seele?«

»Wir führen im direkten Auftrag der Admiralität hydrographische Untersuchungen durch, Sir. Glücklicherweise sind meine Befehle so eindeutig abgefasst, dass auch ein Admiral daran nicht deuteln kann, aber ich muss gestehen, dass ich bei Konteradmiral Sir Samuel Blake in English Harbour schon gelegentlich ein begehrliches Glitzern in den Augen entdeckt habe«, scherzte Turner. Er verschwieg, dass dieser begehrliche Blick mehr den von Turner eingebrachten Prisen als der *Shark* gegolten hatte.

»So, so, hydrographische Untersuchungen, na ja, wenn Sie das sagen«, meinte Forbes zweifelnd und blickte Turner scharf an. »Darf ich Sie zu einer kleinen Erfrischung einladen, oder was kann ich sonst tun, um Ihre Explorationen zu unterstützen?«

»Ein anderes Mal werde ich sehr gern auf Ihr überaus freundliches Angebot zurückkommen, aber im Augenblick bin ich leider ziemlich in Eile, Sir. Haben Sie ein Schiff gesichtet, das nach Bauart und Segelschnitt als französische Fregatte angesprochen werden kann?«

»So, so, hydrographische Untersuchungen, Sir!«, wiederholte Forbes und kniff ein Auge zu. »Nun ja, wenn Sie mir nicht mehr sagen können, dann muss ich mich wohl damit abfinden, aber leider kann ich Ihnen nicht weiterhelfen. Außer ein paar Kaperschiffen der Rebellen, die vorsichtig schnuppernd ihre Klüverbäume aus ihren Verstecken gereckt haben, als wir uns näherten, haben wir nichts von Bedeutung in Sicht bekommen. Die Freibeuter haben sich auch schnell wieder verdrückt, nachdem sie festgestellt hatten, dass das Geleit gut gesichert ist.«

»Schade, Sir. Das französische Schiff ist die *Le Flamand* und stellt eine fette Prise dar, Herr Kapitän, also falls es Ihnen vor die Rohre kommt, Waidmannsheil! Ich muss dann wieder zurück an Bord, wenn Sie mich entschuldigen wollen …« Turner salutierte und wandte sich zum Gehen.

»Ich werde beide Augen weit offen halten, Sir, vielen Dank für den Tipp. Weiterhin erfolgreiches Loten und Peilen, Herr Leutnant«, bemerkte Kapitän Forbes mit spöttischem Lächeln.

»Man tut, was man kann, Sir!«, erwiderte Turner ungerührt, ohne eine Miene zu verziehen.

»Ach, beinahe hätte ich es vergessen, Herr Leutnant, unser unglücklicher General Bourgoyne hat am 17. Oktober bei Saratoga vor dem Yankeegeneral Gates kapituliert und ist mit seinen überlebenden Soldaten in die Gefangenschaft marschiert, nachdem er am 7. Oktober schon die Schlacht bei Bemis Heights verloren hatte!«

Turner blieb abrupt stehen, ihm war, als wäre er gegen eine massive Mauer gelaufen. Was hatte Abi Goldman gesagt? *Eher wird ein Taubstummer den Gesang der Nachtigall täuschend ähnlich imitieren, als dass dieser unglückselige Mann erfolgreich durch das Tal des Hudson River New York erreicht. Sobald er geschlagen ist, wird Frankreich die Zeit für gekommen halten, auch offiziell in den Krieg einzutreten.* War das der Anfang vom Ende? »Wie konnte das geschehen?«, fragte er halblaut.

»Ersparen Sie mir die beschämenden Einzelheiten, Sir. Soweit ich gehört habe, lief mal wieder alles schief: die falsche Taktik, die falschen Truppen, die verkehrte Ausrüstung, ein in diesem Gelände völlig überforderter General!« Forbes zuckte hilflos mit den Schultern. »Bourgoyne hatte schon im September bei Freeman's Farm gegen General Horatio Gates und vor allem General Benedict Arnold nur ein verlustreiches Unentschieden erzielt. Natürlich konnte er anders als die Yankees seine Verluste nicht ausgleichen, dazu wurden seine Ausrüstung und Verpflegung knapp. Dem armen Kerl blieb wohl am Ende nichts anderes übrig, als die Flagge zu streichen.«

»Dann ist es wohl nur noch eine Frage der Zeit, bis wir es hier ganz offiziell mit der französischen Marine zu tun bekommen!«, flüsterte Turner leise vor sich hin. Die Goldmans mussten über die Unzulänglichkeiten der Planung und der Ausrüstung genau Bescheid gewusst haben und hatten mit kühlem Kopf ihre Schlüsse daraus gezogen, überlegte er bewundernd, sonst hätte Abi Goldman keine so entschiedene Prognose abgegeben.

Kapitän Forbes zuckte erschrocken zusammen. »Verdammt, Sir, erwähnen Sie den Namen des Teufels nicht, er könnte erscheinen.« Sie blickten sich einige Sekunden lang starr in die Augen und wussten beide, dass der Beelzebub schon unterwegs war. Forbes seufzte: »Ich werde mich auch zum hydrographischen Dienst einteilen lassen, bei diesem Verein scheint man doch wenigstens rechtzeitig etwas Wichtiges zu erfahren!«

Turner lächelte schief, hob zum Zeichen, dass er nicht mehr sagen durfte, bedauernd die Achseln und schüttelte dem Kapitän die Hand. Unter dem Zwitschern der Bootsmannspfeifen verließ er die Fregatte, sprang in seine Gig und kehrte voller düsterer Gedanken auf die *Shark* zurück. Dort verschwand er mit finsterem Blick in seiner Kabine, wo er sich von Tom gegen die Abendkälte und die Frustration einen Eierflip mixen ließ. Bald zog der Duft von heißem Rum, Vanille- und Nelkenaroma von der winzigen Pantry in die Staatskabine und durch das auf der Leeseite ein ganz klein wenig angekippte Skylight auch über das Achterdeck, wo sich Steuermannsmaat Ouincy, Quartermaster Shultz und die Männer am Ruder träumerisch die Lippen leckten.

Während der Abendwache unterhielt sich Turner mit seinem Ersten Leutnant, dem er bei dieser Gelegenheit die unerfreulichen Neuigkeiten mitteilte, die er auf der *Achilles* erfahren hatte. Leutnant Dechamp war bestürzt, aber die schlechte Nachricht schien ihn nicht vollkommen unvorbereitet zu treffen.

»Sie scheinen damit gerechnet zu haben, James?«, fragte Turner überrascht nach.

»Ääh, natürlich nicht, Sir! Oder besser gesagt, eigentlich doch, ääh, ein wenig. Ich habe einen langen Brief von meinem alten Herrn erhalten, in dem er mir eine Menge Klatsch und Tratsch aus den Gängen des Parlaments und seinem Londoner Club mitteilt. Lord North und seine Regierung stehen unter erheblichem öffentlichem Druck.« Er beugte sich vertraulich vor und flüsterte verschwörerisch: »Selbst dem König werden schwere politische Fehler angelastet. *Der König kann nicht irren* – pah! Man wirft ihm Starrköpfigkeit gegenüber verhandlungsbereiten Kreisen der Kolonisten wie beispielsweise den Quäkern vor. Dem Premierminister wird die verfehlte Personalpolitik bei der Besetzung der Generalsposten angekreidet und dass er offensichtlich die Entschlossenheit und die Fähigkeiten der Rebellen und ihres Führers George Washington unterschätzt hat. Der Mann hat es geschafft, dass er trotz seiner vielen Schwächen von den Yankees als moralische Instanz anerkannt wird. Dazu trägt wahrscheinlich seine allseits bekannte Unnahbarkeit bei. Böse Zungen behaupten, dass er niemandem außer seiner Frau jemals die Hand gereicht hätte – und der auch nur einmal vor dem Altar bei der Heirat. Aber seine nicht zu bezweifelnde Arbeitswut macht ihn in gewisser Weise auch wieder populär. Er kümmert sich um jede Einzelheit am liebsten selbst. Nicht umsonst spottet man über ihn, wenn Gott ins Detail ginge, dann würde er dort von Washington begrüßt werden, der schon alles geordnet hätte.

Der größte Vorteil der Rebellen ist natürlich die genaue Kenntnis des Landes. Wenn die Milizsoldaten nicht so undiszipliniert wären, hätten sie zusammen mit den Berufssoldaten der Kontinentalarmee Washingtons unsere Armee samt ihren hessischen Söldnern, diesen armen, tumben teutschen Teufeln, schon längst ins Meer gejagt.«

»Das mit der Disziplinlosigkeit kann sich schnell ändern«, warf Turner mürrisch ein.

Dechamp blickte ihn in der Dunkelheit scharf an, da er aber im schwachen Licht des Kompasshäuschens keinen Hinweis in Turners Miene entdecken konnte, fuhr er fort: »Während ein nicht geringer Teil der Öffentlichkeit der Meinung ist, dass die Forderungen der Kolonisten nach parlamentarischer Mitsprache berechtigt sind und man daher schleunigst Frieden schließen und dann in aller Ruhe darüber reden solle, ist die Mehrheit der Politiker dazu nicht bereit. Eine Begründung dafür ist, dass es für die Herstellung eines *status quo ante bellum** zu spät sei. Die Yankees würden jetzt auf der völligen Unabhängigkeit bestehen. Eine andere Fraktion wirft den Rebellen Heuchelei vor. Sie argumentieren, dass sich die Amerikaner an der Ostküste gegen die »Fremdherrschaft« des Empire auflehnen, während sie im Westen gleichzeitig einen Vernichtungskrieg gegen die Ureinwohner führen und sich ein riesiges Imperium zusammenstehlen. Dabei missachten sie vorsätzlich die Proklamation des Königs von 1763, in der Seine Majestät die Gebiete jenseits der Appalachen den Rothäuten zugesprochen hatte. Unser fürsorglicher Georg wollte damit erreichen, dass Landerwerb dort nur streng legal durch Kauf möglich ist. Ein Hintergedanke war sicher auch die Absicherung der schwer zu schützenden langen Südgrenze unserer kanadischen Besitzungen gegen die Yankees.«

»Fremdherrschaft!«, knurrte Turner gereizt. »Wie können Engländer, Schotten, Waliser und Iren, die von Engländern, Schotten, Walisern und Iren regiert und verwaltet werden, es wagen, von Fremdherrschaft zu reden!«

Dechamp schwieg einen Moment, er legte den Kopf schief, dann meinte er ernsthaft: »Nun, vielleicht sprechen sie noch dieselbe Sprache wie wir – ääähh, nun jedenfalls beinahe –, aber die Menschen, die hier schon seit einigen Generationen ansässig sind, denken in anderen Kategorien, ob uns das passt oder nicht, Sir.«

»Nun, mir passt dieses Wortgeklingel von den allgemeinen Menschenrechten nicht, wenn man von allen Menschen

---

* Wiederherstellung der Verhältnisse, wie sie vor dem Krieg waren.

spricht, aber nur eine privilegierte Schicht meint! Das sind alles scheinheilige Pharisäer in dieser Führungsclique, die Wasser predigen und Wein saufen! Sie reden von Glückseligkeit und meinen ihren Geldbeutel, pfui Teufel!«

»Wahrscheinlich haben Sie recht, Sir. Aber wenn man es richtig bedenkt, dann wäre es doch schön, wenn sich die Menschheit so entwickeln würde, dass man eines Tages sagen könnte, die utopischen Ideen dieser Yankees haben *doch* überall Geltung erlangt.«

»Eher wird der Erzbischof von Canterbury Papst in Rom, Mister Dechamp!« Abrupt drehte sich Turner auf dem Absatz um und stapfte unter Deck. Dechamp blickte ihm mit spöttischem Lächeln nach.

Am nächsten Tag drehte der Wind ungünstig auf nordöstliche Richtungen und frischte stark auf. Sie mussten kreuzen. Regenböen peitschten über das Deck. Es wurde eine feuchtkalte, ungemütliche Angelegenheit. Die Männer der Stammbesatzung hatten ihr dickes Winterzeug seit fast zwei Jahren nicht mehr getragen und zogen das zum Teil angeschimmelte Zeug nur unter Murren wieder an.

Aus einer Regenbö tauchte am Vormittag vier Strich an Steuerbord ein Segler auf, der ihren Kurs kreuzen und allem Anschein nach südlich von Nantucket und Martha's Vineyard in den Rhode Island Sound einlaufen wollte. Es handelte sich eindeutig um ein als Kutter getakeltes Fahrzeug. Die Männer am Ruder stießen sich verstohlen an. Durch die notwendige Kursänderung und das Beiliegen, um mit der Fregatte *Achilles* Kontakt aufzunehmen, hatten sie anscheinend gerade so viel Zeit verloren, um jetzt wieder auf den Kutter zu stoßen, der ihnen durch die Lappen gegangen und auf einem Parallelkurs weiter draußen auf See gesegelt war. Wahrscheinlich hatte dazu auch beigetragen, dass dort der Wind mit einer stärkeren Ostkomponente geweht hatte als dicht unter der

Küste, wo er sich mehr dem Küstenverlauf angepasst hatte. Daher hatte der Kutter nicht aufkreuzen müssen.

Turner sah mit blitzenden Augen unter seinem Südwester zu dem potenziellen Opfer hinüber. »Diesmal entkommst du mir nicht«, knurrte er. Aber der Schiffer des Kutters dachte nicht daran, einfach aufzugeben. Er ließ die Schoten des riesigen Großsegels und auch der Vorsegel anholen und ging höher an den Wind. Turner musste zugeben, dass der Kutter ein Windhund war. Allerdings hatte er den Eindruck, dass die gesetzte Segelfläche für den neuen Kurs zu groß war. Ein Reff im Groß hätte dem Trimm gutgetan, denn in jeder Bö legte sich der Kutter weit auf die Backbordseite und versuchte in den Wind zu drehen. Für die Rudergänger bedeutete es Schwerstarbeit, das Schiff einigermaßen auf Kurs zu halten. Der Yankee-Skipper war ganz klar der Meinung, dass es ihn zu viel Zeit kosten würde, ein Reff in das Segel zu stecken. Um zu verhindern, dass sich der Kutter im Wind abstellte, musste jedes Mal, wenn der Druck auf dem Ruder zu groß wurde, die Großschot aufgefiert und anschließend wieder kräfteraubend dichtgeholt werden. Die *Shark* dagegen lief mit einem Reff in den Gaffelsegeln mit Höchstfahrt auf dem vom Segelmeister Lennon berechneten Abfangkurs. Es hatte den Anschein, als hätten die Yankees ihre ursprüngliche Absicht aufgegeben, Nantucket südlich zu passieren, und beabsichtigten stattdessen, in den Nantucket Sound einzulaufen. Welchen Vorteil das bringen sollte, konnten weder Turner noch Lennon und auch nicht Steuermannsmaat Carter erkennen, der sich hier am besten auskannte, denn es war offensichtlich, dass ihr Opfer keinen rettenden Hafen erreichen konnte. Es war ein begeisternder Segelnachmittag. Die *Shark* zeigte sich von ihrer besten Seite. Mit schäumender Bugwelle flog sie über die Wellenberge und tauchte elegant in die Täler ein. Die Segel standen prall gefüllt wie aus Blech gehämmert über dem Deck, und das Rigg summte unter der Spannung. An Backbord schob sich die Insel aus dem Meer in die Höhe und lag bald darauf querab. Die lange hakenförmige Nordspitze ragte weit in den Sound hinein, daher konnte der Kutter noch immer nicht abfallen.

»Mister Dechamp, lassen Sie bitte das Schiff klarmachen zum Gefecht!«

»Aye, aye, Sir!«

Die Bootsmannspfeifen zwitscherten, und die Bootsmannsmaaten brüllten in die Niedergänge hinunter. Kurz darauf quollen die Männer aus den Luken und verteilten sich auf ihren Stationen. Der Erste Offizier, Leutnant Dechamp, begab sich nach vorne, um das Laden und Richten der langen Jagdgeschütze persönlich zu überwachen. Fragend blickte er nach achtern zu Turner. Lennon hatte den Abstand gerade wieder bestimmt und stellte ruhig fest: »Die Kerle befinden sich gut in unserem Feuerbereich, sogar für die Traubengeschosse.«

Turner hob den Arm und riss ihn nach unten. Dechamp hob bestätigend die Hand und beugte sich dann nochmals über das Rohr des einen Sechspfünders. Die Männer der Geschützbedienung trimmten auf seine Weisung die Kanone nochmals etwas nach und sprangen dann zurück. Der Geschützführer wartete den richtigen Moment ab und gab dann Feuer. *Rabumm*!, krachte es hell und durchdringend auf dem Vorschiff. Die Qualmwolke wurde sofort nach Lee davongetrieben. Die Kanone rumpelte vom Rückstoß getrieben zurück, die Männer fielen mit dem Auswischer und Auskratzer über sie her, um sie wieder schussfertig zu machen. Dechamp stand mit weit gegrätschten Beinen fest auf dem Deck und blickte unbewegt nach vorne zu dem anderen Schiff hinüber. Die Männer, die sich drüben um das Ruder drängten, duckten sich erschrocken, als ihnen die massiven Eisenkugeln um die Ohren pfiffen. Im Großsegel erschienen ein paar Löcher, ein Mann neben dem Ruder warf die Arme in die Höhe und brach zusammen. Dechamp war mit zwei langen Schritten neben dem anderen Geschütz, visierte über den Lauf und gab dann dem knienden Geschützführer den Befehl zum Feuern. Auch dieser Schuss saß. Gleich darauf fiel der Kutter, dessen Name *Swallow* war, wie Turner durch das Teleskop sehen konnte, zwei Strich vom Wind ab und fierte die Schoten auf. Die Peilung wanderte rasch aus. Turner röhrte über das Deck: »Klar zum Fieren der Schoten!« Zum Quartermaster gewandt fügte er leiser hinzu: »Abfallen, Mister Shultz, aber achten Sie darauf, dass der Kutter in Lee von uns bleibt.«

Der Abstand verringerte sich jetzt weniger schnell, aber gleichmäßig, und Turner überlegte ungeduldig, ob er die Gaffelsegel ausreffen lassen sollte. Er kam zu dem Ergebnis, dass es den Aufwand nicht lohnte, denn der Abstand betrug nur noch wenig mehr als eine Kabellänge. Die sandige Huk glitt an Backbord vorbei, die See wurde zunehmend kabbeliger, und über dem Flach brachen sich hohe Grundseen. Plötzlich drehte die *Swallow* völlig unerwartet mit laut schlagenden Segeln in den Wind. Turner blieb vor Schreck fast das Herz stehen, denn der Rumpf des Kutters schob sich vor den Klüverbaum der *Shark*. War der Skipper des Kutters verrückt geworden? »Ruder nach Lee! Vorschoten los! Fier auf die Schot des Schonersegels!« Die Rudergänger wirbelten das große Rad herum, der Druck auf dem Großsegel unterstützte die Drehung nach Luv, der lange Klüverbaum, der eben noch wie eine Lanze auf das Großsegel der *Swallow* gezeigt hatte, wanderte erst langsam, dann immer schneller nach Steuerbord aus. Die niedrige Bordwand der *Swallow* kam immer näher. Die losgeworfenen Segel auf der *Shark* begannen zu killen und knallten laut wie Musketenschüsse. Das Schiff verlor Fahrt. Verdammt, gleich würden die Geschütze des Kutters aus nächster Entfernung das Feuer eröffnen! Turner eilte an die Backbordreling, dabei schrie er mit sich überschlagender Stimme: »Backbordbatterie, Achtung! Ziel auffassen!« Als er seinen Blick über das Deck der *Swallow* gleiten ließ, fiel ihm vor Verblüffung die Kinnlade herunter: Das Deck war leer! Die Geschützpforten waren geschlossen, das Ruder drehte sich wie von Geisterhand bedient unruhig hin und her. Sein Blick blieb an einem grauen Segel hängen, das hinter dem Heck des Kutters in Sicht kam. Es gehörte zu einem Boot, das mit Männern vollgepfercht auf die Huk zuhielt. Ganz offensichtlich hatten der Skipper und seine Besatzung den besseren Teil der Tapferkeit gewählt und machten sich in dem Boot davon. Wenn sie es schafften, frei von den Grundseen zu bleiben, die Huk zu umrunden und in Lee anzulanden, hatten sie es geschafft. Und um Haaresbreite wäre es dem Skipper gelungen, seinen Gegner in eine Kollision mit dem treibenden Schiff zu verwickeln, bei der die *Shark* durchaus so stark hätte beschädigt werden können, dass sie von Wind und Wellen auf die Leeküste getrieben und von den Naturgewalten zerschlagen worden wäre. Turner brach der kalte Schweiß aus, er nahm seinen Hut ab und strich sich heftig über den Hinterkopf.

Der Kutter begann achteraus zu treiben und aus dem Wind zu drehen. Turner musste sofort etwas unternehmen. »Wegtreten von den Geschützen! Mister Lennon, bringen Sie uns bitte bei der Prise längsseits! Lassen Sie die betreffende Seite gut ausfendern!«

Der Segelmeister sah nicht begeistert aus, warf einen prüfenden Blick auf das Wellenbild und bestätigte dann: »Aye, aye, Sir!«

»Mister Dechamp, stellen Sie sich Ihre übliche Prisenbesatzung zusammen. Bringen Sie den Kutter sofort in Fahrt, sobald Sie an Bord sind! Und nehmen Sie – falls Sie es für nötig erachten – zusätzliche Männer mit, um unverzüglich im Magazin und in den Laderäumen nach glimmenden Zündschnüren oder Brandnestern zu suchen! Es wäre mir sehr ärgerlich, wenn ich Ihrem verehrten alten Herrn mitteilen müsste, dass Sie sich vor ihm auf den himmlischen Wolkenbänken zu Ihren gemeinsamen Ahnen versammelt hätten. Sie wissen, wie ungern ich Briefe schreibe, James.«

Dechamp grinste schmallippig, dann bleckte er seine gelben Pferdezähne, warf den Kopf in den Nacken und schnaubte mit bebenden Nüstern: »Aye, aye, Sir!« Die in der Nähe arbeitenden Matrosen stießen sich an, und einer flüsterte: »Das Ross kommt wieder richtig in Fahrt, fehlt nur noch, dass unser Vollblüter anfängt zu wiehern!«

Der alte Weißkopfadler Lennon brachte die *Shark* wieder in Fahrt, die Seeleute wuchteten eine schwere Trosse an Deck, die sie nach Anweisung des Bootsmanns in überlappenden Buchten über die Verschanzung hängten und festlaschten. Mit der ganzen Fertigkeit seiner vierzigjährigen Berufserfahrung legte Lennon die *Shark* in der kabbeligen See bei der *Swallow* längsseits. Turner blickte besorgt nach Lee, wo die gefährlichen Grundseen immer näher kamen. Die Männer des Prisenkommandos sprangen über den schmalen Spalt zwischen den beiden Rümpfen. Eine Gruppe unter der Führung des Steuermannsmaaten Carl Carter eilte nach achtern an das verwaiste Ruder, die zweite wurde von Midshipman Arnold Armstrong an die Schoten gescheucht, Leutnant Dechamp teilte drei Gruppen ein, die in den Niedergängen verschwanden, er selbst tauchte im vorderen ab, wo er den Zugang zum Pulvermagazin vermutete.

Turner befahl: »Mister Lennon! Legen Sie ab und bringen Sie uns in Luv von der *Swallow*!«

»Aye, aye, Sir!«

Auf dem Kutter schnappte sich Carter eine Flüstertüte und

rief zu Turner hinüber: »Die Ruderseile sind durchgeschnitten, Sir! Wir reparieren das so schnell es geht, inzwischen manövrieren wir mit den Segeln!«

Turner hob bestätigend die Hand. Glücklicherweise hatten sich die Yankees nicht die Zeit genommen, auch die Schoten durchzuschneiden, denn dann wäre es angesichts der Nähe des Flaches eng für die *Swallow* geworden. Armstrong ließ die Großschot anholen, und mit dosiertem Einsatz der Vorsegel konnte der Kutter recht bequem mit halbem Wind segeln. Allerdings führte dieser Kurs immer tiefer in den Nantucket Sound hinein. Nach einer halben Stunde erschien Leutnant Dechamp auf dem Achterschiff und schwang seinen Dreispitz in einem weiten Halbkreis über dem Kopf. Er hatte alles unter Kontrolle. Turner befahl eine Wende, und die *Swallow* folgte wie ein gehorsames Küken hinterher. Lennon manövrierte die *Shark* in Luv dicht an die Prise heran, und Dechamp rief mit einem Sprachrohr zu ihnen herüber: »Zum Magazin hatten die verdammten Hurensöhne eine brennende Lunte gelegt, Sir, aber als verdammte Amateure haben sie die viel zu lang bemessen, wir hätten in Ruhe unser Dinner verzehren können, bis es gefährlich geworden wäre!« Turner dachte: ›Mein lieber Freund, danke deinem Schöpfer, denn wenn das echte Profis gewesen wären, dann würdest du jetzt keine Sprüche mehr machen!‹ Laut brüllte er zurück: »Was für eine Ladung hat das Schiff an Bord, Sir?«

»Winteruniformen und Stiefel, Sir, soweit ich das bisher feststellen konnte.«

»Kontrollieren Sie, ob die Karten der Küste von New Hampshire an Bord sind. Sollten wir uns aus den Augen verlieren, dann ist Cape Ann der Treffpunkt, Mister Dechamp. Alles klar?«

Der Erste Leutnant hob bestätigend die Hand.

Kapitel 4

Vor der Ostküste der Neuenglandstaaten,
Mitte bis Ende November 1777

Die Stimmung an Bord der *Flamand* blieb gespannt, obwohl sich die Anführer der aufsässigen Matrosen bemühten, die Schiffsführung durch prompte Ausführung der Befehle und devotes Benehmen in Sicherheit zu wiegen. Aber als sich dann das Schiff auf der Breite von Wilmington befand, kam es zu einer spontanen Eruption der angestauten Wut. Auslöser war die Auspeitschung eines Topgastes. Ihm drohten fünf Dutzend Schläge mit der neunschwänzigen Katze, weil er den Schiffsprofoss tätlich angegriffen haben sollte. Zwei Konstabler des Wachmeisters bezeugten das. Der junge Matrose, sein Name war Christian Roux, war allgemein sehr beliebt und auch bei seinen Vorgesetzten als tüchtig, besonnen und zuverlässig bekannt. Das ganze Zwischendeck war sich einig, dass die Anschuldigungen des verhassten Profoss völlig aus der Luft gegriffen waren. Es ging dem Leuteschinder nur darum, ein Exempel zu statuieren, und Christian war nur zufällig sein Opfer geworden, weil er ihn allein angetroffen hatte. Es gab also niemanden, der die Aussage des sadistischen Kerls und seiner Helfer widerlegen konnte.

Als zum Antreten zur Bestrafung gepfiffen wurde, drängten sich die verbitterten Seeleute in der Kuhl zusammen. Die

Gräting war schon an den Wanten aufgeriggt worden, Pützen mit Seewasser standen bereit. Die Bootsmannsmaaten, die die Strafe zu vollziehen hatten, traten von einem Bein auf das andere. Sie erweckten den Eindruck, als fühlten sie sich unbehaglich in ihrer Haut. Der Bootsmann kam mit dem Leinensäckchen heran, in der sich die frisch hergestellte Geißel befand. Oben auf dem Achterdeck versammelten sich die Offiziere, Deckoffiziere, Offiziersaspiranten und Seesoldaten, Letztere nicht in ihren gewohnten Uniformen, denn schließlich war die *Flamand* offiziell ein Handelsschiff. Aber auch in ihrer einheitlichen Zivilkleidung wirkten sie mit ihren Musketen und den langen Bajonetten an den Hüften bedrohlich genug.

Kapitän Landais wartete ab, bis der Delinquent vom Profoss und seinen Konstablern von dem weit unter der Wasserlinie liegenden Gefängniskäfig an Deck gebracht wurde. Als er mit gefesselten Händen aus dem Niedergang gestoßen wurde und beinahe das Gleichgewicht verloren und auf das Deck gestürzt wäre, erhob sich unter den versammelten Seeleuten ein wütendes Gemurmel. Es klang wie das warnende Knurren eines gereizten Tigers. Christian Roux schritt aufrecht mit hoch erhobenem Kopf auf den freien Platz vor der Gräting zu. Er mochte fast sechs Fuß groß sein und hatte einen muskulösen, dabei aber feingliedrigen Körperbau. Sein langes, blondes Haar war hinten zu einem Zopf zusammengeflochten, der jetzt wegen mangelnder Pflege unordentlich wirkte. Seine blauen Augen blickten kühl und beherrscht. Im Vorbeigehen lächelte er seinen Kameraden zu, die ihm aufmunternde Worte zuriefen. Vor der Gräting angekommen, blieb er stehen, schüttelte die Hände der Konstabler ab, die auf seinen Schultern ruhten, und blickte zum Achterdeck empor.

Kapitän Landais stand in voller Uniform vorne an der Reling des Achterdecks, er hatte ein vorbereitetes Blatt Papier in der Hand. Als die Unruhe in der Kuhl zunahm, warf er dem Ersten Offizier einen strengen Blick zu.

Leutnant de Gallaud räusperte sich umständlich, packte mit der Linken den Griff seines Säbels und rief dann: »Ahem ... Ruhe an Deck! Haltet sofort eure ungewaschenen Mäuler, Kerls!«

Heftiges Zischen und Scharren mit den Füßen antwortete ihm. Die Gesichter der meisten Seeleute waren grimmig, in einigen konnte man offenen Hass erkennen.

De Gallaud schaute den Kommandanten ernst an und machte mit dem Kopf eine Bewegung in Richtung der Seesoldaten, die an beiden Flügeln Aufstellung genommen hatten. Landais nickte langsam. Victor de Gallaud schluckte schwer, dann befahl er dem Leutnant der Marineinfanterie Monbeau: »Lassen Sie Ihre Männer in zwei Linien an der Reling Aufstellung nehmen und die Musketen in Anschlag bringen!«

»Jawohl, Herr Leutnant!«

Unter der Führung ihrer Sergeanten und Korporale überquerten die Soldaten im Laufschritt das Deck. Die vordere Reihe kniete sich hin. Auf den Befehl ihres Leutnants hin pflanzten sie die Bajonette auf, machten ihre Musketen feuerbereit und pressten dann die Kolben an die Schultern. Über die langen Läufe der Musketen visierten sie die Gesichter und Körper ihrer Schiffskameraden an, mit denen zusammen sie Stürmen getrotzt und die Feuer in der Vorratslast besiegt hatten. Sie hatten zusammen gearbeitet, gemeinsam so manchen Krug Wein geleert und zotige Witze gerissen, jetzt mussten sie auf die Kameraden schießen, wenn der Befehl dazu kommen sollte.

Die Doppelreihe schwarzer Mündungen über ihnen kühlte den Mut der Seeleute etwas ab. Das aufrührerische Murmeln erstarb.

Kapitän Landais widerstrebte es, die vorgeschriebene Prozedur vor der Bestrafung hinter den schützenden Rücken der Marineinfanteristen abzuhalten, ohne von den Männern in der Kuhl gesehen zu werden, daher ließ er die Soldaten wieder zur Seite wegtreten. Danach trat er vor und begann: »Der Matrose Christian Roux wird beschuldigt, einem Vorgesetzten, nämlich dem Profoss dieses Schiffes, Monsieur Piedmal, ungerechtfertigt widersprochen, ihn beleidigt und tätlich angegriffen zu haben.« Aus der Menge unten rief jemand: »Dieses miese Schwein kann man gar nicht beleidigen, er ist schlimmer als jede Beschimpfung, die mir einfällt!«

»Jedes Schwein würde protestieren, wenn man es mit ihm vergleichen würde!«

»Da vorne steht der falsche Mann in Eisen!«

»Ruhe!«, röhrte Landais und fuhr fort: »Als Zeugen für den geschilderten Vorfall haben die Konstabler Dupon und Marchais ausgesagt ...«

»Lügnerpack!«

»Hurensöhne!«

Landais fuhr ungerührt fort: »Ich frage, wer hat etwas zu Gunsten des Angeschuldigten zu sagen?«

Der Zweite Leutnant de Bellac trat vor. Er war der Divisionsoffizier von Roux. »Der Matrose Christian Roux hat als Topgast seine Pflicht immer pünktlich und zuverlässig getan. Er ist mir nie durch eine despektierliche Bemerkung oder aufsässiges Verhalten aufgefallen. Wenn er diese Verfehlungen begangen hat, deren er beschuldigt wird, so bin ich sicher, dass dies ein einmaliger Vorgang war, der sich nicht wiederholen wird, Herr Kapitän!«

Während der Kapitän seinen Zweiten Leutnant wegen dessen energischem Einsatz für den Delinquenten leicht missbilligend anblickte, begann es auf dem Deck unten wieder unruhig zu werden. Beifallsbekundungen waren zu vernehmen.

Landais richtete sich straff auf und las mit lauter, volltönender Stimme vor: »Aufgrund der bestehenden Gesetze und der mir von Seiner Majestät König Ludwig XVI. verliehenen Rechte erkenne ich den Matrosen Christian Roux für schuldig. Wegen seiner bisherigen guten Führung bestrafe ich ihn, äääh ..., nur mit drei Dutzend Peitschenhieben. Das Urteil ist sofort zu vollstrecken!«

Das dumpfe Murmeln unten an Deck wurde wieder lauter. Die Konstabler des Profoss nahmen Roux die eisernen Handfesseln ab, rissen ihm brutal das Hemd vom Oberkörper und wollten ihn zur Gräting zerren, aber er stieß sie zur Seite und trat allein vor. Aus den hinteren Reihen der Zuschauer erklangen Bravorufe. Vor der Gräting drehte sich Christian Roux um und wandte sich zum Achterdeck hin.

»Herr Kapitän, es ist allgemein üblich, dass auch der Verurteilte ein letztes Wort vor der Vollstreckung des Urteils sagen darf. Sie haben mich zu drei Dutzend Schlägen verurteilt. Nun gut, vielleicht war das Ihre Pflicht, aber Gott ist mein Zeuge, dass ich unschuldig bin.« In der Kuhl fing es an zu brodeln. »Der wahre Unruhestifter ist jener Mann dort, der Unschuldige anschwärzt, um sich an ihren Leiden zu ergötzen, wie es nur ein krankhaft veranlagter Mensch tun kann.« Rufe brandeten auf: »Hängt das Schwein Piedmal an der Rahnock auf!«

Plötzlich flog ein Messer durch die Luft und bohrte sich in die Brust des Profoss, der kalkweiß in Richtung des Achterschiffs zurückgewichen war. Er umklammerte den Griff mit beiden Händen, blickte ungläubig auf seine sich rot färbende Hemdbrust hinunter und stürzte dann mit einem dumpfen Plumpsen wie ein Mehlsack zu Boden.

»Seesoldaten vor!«, brüllte der Leutnant der Marineinfanterie.

»Stecht die Schweine ab!«, schrie die entfesselte Meute.

»Zum Glück haben wir unsere Pistolen griffbereit«, murmelte Steuben, kontrollierte die Zündladungen und spannte die Waffen. Er nickte seinem jungen Ordonnanzoffizier aufmunternd zu, der um die Nase ziemlich blass geworden war.

»Alles, was eine Goldlitze trägt, muss baumeln!«

»Nicht auf den Kopf, immer auf den Körper zielen«, instruierte Steuben seine beiden Offiziere und den Supercargo de Francy. Hinter dem Preußen stand sein Diener Carl Vogel mit dem Pulverhorn und einem Beutel voller Bleikugeln bereit.

»Die Leuteschinder müssen baumeln! Auf sie, Jungs!«, johlte ein massiger Kerl mit einem roten Kopftuch wütend. »Schneidet ihnen die Eier ab!«

Wie eine Grundsee, scheinbar nicht aufzuhalten, rollte die Masse der völlig außer Kontrolle geratenen Seeleute auf das Achterdeck zu, brandete an die Niedergänge und versuchte über diese das Achterdeck zu stürmen. Sie schwangen ihre blanken Takelmesser und schwere Belegnägel aus den Nagelbänken. Aber jetzt krachten die Musketen der Seesoldaten und die Pistolen der Offiziere. Auf diese Entfernung war es unmöglich, danebenzuschießen. Die ersten Angreifer stürzten getroffen zurück auf das Deck, andere schrien schmerzerfüllt auf, gingen in die Knie oder fassten sich mehr verwundert als vor Schmerzen mit den Händen an die Wunde. Nachdrängende Männer stießen sie zur Seite, trampelten über sie hinweg, schlugen mit den Waffen nach ihren Gegnern. Es war ein ungleicher Kampf. Gegen die zwei Dutzend Musketen der disziplinierten Marineinfanteristen und dem mehr als einem Dutzend Pistolen der Offiziere hatten sie keine Chance. Nach fünf hektischen Minuten, in denen alles drunter und drüber zu gehen schien, war die Wucht der Angriffswoge gebrochen – geschlagen zogen sich die Matrosen auf das

Hauptdeck zurück. Die Seesoldaten folgten ihnen unter dem Kommando der Leutnante. Viele Meuterer wurden gleich an Deck zusammengetrieben, andere flüchteten durch die Niedergänge hinunter in das Schiffsinnere, aber auch da würde man sie nach kurzer Zeit ausfindig machen und zurück an Deck treiben. Am Fuße der Niedergänge vom Achterdeck blieben ein knappes Dutzend Tote und etwa zwanzig Männer mit erheblichen Schuss- und Stichverletzungen zurück. Diejenigen Seeleute, die sich herausgehalten hatten, drängten sich im vorderen Teil der Kuhl zusammen. Die Verteidiger des Achterdecks waren mit kleinen, harmlosen Blessuren davongekommen, wie der Schiffsarzt feststellte, bevor er sich um die schweren Fälle kümmerte.

Steuben überreichte seinem Diener die abgeschossenen Pistolen, dann wandte er sich an den Kapitän: »Ich muss schon sagen, *mon cher capitain*, Sie sorgen wirklich dafür, dass mir die Überfahrt nicht langweilig wird: ein Sturm, mehrere gefährliche Brände, eine Meuterei ...!«

Landais konnte darüber nicht lachen, stattdessen meinte er verkniffen: »Monsieur Frank, glauben Sie mir, ich hätte Ihnen viel lieber eine völlig ereignislose Reise geboten, von der Ihnen nur der gute Wein an meinem Tisch hätte in Erinnerung bleiben sollen.« Er rieb sich die Augen. »Ich habe jetzt ein riesengroßes Problem, Monsieur, wie gehe ich mit den aufsässigen Matrosen um. Ich kann doch nicht alle, die sich an dem Angriff beteiligt haben, aufknüpfen lassen! Das Schlimme ist, dass ich, meine Offiziere und die Deckoffiziere natürlich alle Männer kennen, die uns angegriffen haben. Wenn ich die alle konsequent bestrafe, dann haben ich nicht mehr genug Leute an Deck, um das Schiff sicher segeln zu können – geschweige denn, mich notfalls auf einen Kampf einzulassen.«

»Wir sollten unter Deck gehen, Herr Kapitän, und auf den

Schrecken ein Glas von Ihrem in der Tat vorzüglichen Wein trinken. Vielleicht kann ich Ihnen einen kleinen, hilfreichen Rat aus meinem reichen Erfahrungsschatz geben.«

Der Kommandant sah ihn zweifelnd an, rückte dann sein Koppel zurecht und rief seinem Ersten Leutnant zu: »Monsieur de Gallaud, treiben sie alle Meuterer in der Kuhl zusammen. Sichern Sie die Niedergänge, das Magazin, die Waffenkammer und die Getränkelast durch Doppelposten der Marineinfanterie. Die Männer sollen ihre Hängematten aus den Finknetzen holen und auf dem Deck aufrollen. Überzeugen Sie sich, dass die Schweinehunde darin keine Waffen versteckt haben! Sollte einer der Kerle lauter atmen als der Flügelschlag eines Schmetterlings, lassen Sie ihn sofort erschießen, Monsieur!«

»Zu Befehl, Herr Kapitän!«

In der Staatskabine ließ sich Kapitän Landais schwer auf seinen Sessel niederfallen, er knöpfte sich den Rock auf und lockerte sein Halstuch. Seinen Hut hatte er wütend auf die Heckbank geworfen. Nachdem er wortlos eine Weile auf das Frauenbild in dem breiten, geschnitzten Goldrahmen am gegenüberliegenden Schott gestarrt hatte, rief er nach seinem Steward, den er beauftragte, eine, nein besser zwei Flaschen des besten Bordeaux aus der privaten Vorratslast des Kommandanten zu holen. Nachdem der Mann gegangen war, rieb er sich müde die Augen und fragte deprimiert: »Nun, Monsieur?«

»Herr Kapitän, Sie haben natürlich jedes Recht, alle Meuterer aufknüpfen zu lassen. Aber wie Sie selbst festgestellt haben, wäre das Schiff dann kaum noch zu manövrieren.

Sie haben den Aufstand physisch erfolgreich niedergeschlagen, falls Sie sich jetzt in Grenzen als großmütig erweisen, schlagen Sie den aufgebrachten Männern auch noch jedes moralische Argument aus der Hand ...« Steuben hob beruhigend die Hand, als er sah, dass ihm Landais heftig widersprechen wollte. Der Kapitän, der mit hochrotem Gesicht und finster zusammengezogenen Augenbrauen halb aufgesprungen war, setzte sich langsam wieder hin. Steuben fuhr fort: »Wie ich gesehen habe, befinden sich der Profoss und einer seiner Konstabler unter den Toten, der zweite scheint schwer verwundet zu sein. Sorgen Sie dafür, dass der Schiffsarzt für das Logbuch zu Protokoll gibt, dass der dem Tode nahe Konstabler ihm gebeichtet hätte, dass die Anklage gegen diesen Christian Roux vom Profoss, der Herr sei seiner armen Seele gnädig, fingiert worden ist.«

Landais blickte ihn zweifelnd an. »Was ist, wenn sich dieser Kerl doch wieder erholt und dann abstreitet, so etwas gestanden zu haben?«

»Herr Kapitän, Sie sind doch genau wie ich der festen Überzeugung, dass die Anklage des Profoss und die Aussagen seiner miesen Handlager getürkt waren, nicht wahr?«

»Ahem ... Nun, ja ...« Landais nickte unbehaglich und fuhr sich mit dem Finger am Hals entlang.

»Zudem wird er sich garantiert nicht mehr daran erinnern können, was er unter dem Einfluss von reichlich Branntwein und Laudanum dem Chirurgen ins Ohr geflüstert hat. Sollte er sich wirklich wieder völlig erholen, degradieren Sie ihn zum Kuhlgast, so heißt das wohl, dann werden sich seine Kameraden schon um ihn kümmern, Monsieur!«

»Das ist fast eine Einladung zum Mord, Monsieur Frank!«

Steuben zuckte mit den Schultern. »Wenn Sie diesen Mann opfern, der meiner festen Überzeugung nach ohnehin eine äußerst dubiose Rolle gespielt hat, gewinnen Sie die Handlungsfreiheit, den Topgast Christian Roux zu rehabilitieren und damit die Männer zu besänftigen.«

Landais kaute nachdenklich auf seiner Unterlippe herum

und zupfte an seinem rechten Ohrläppchen. Schließlich nickte er energisch. »Ja, so werde ich es machen. Aber das löst mein Hauptproblem mit den Aufrührern nicht, Monsieur!«

»Das ist eigentlich gar kein Problem, Herr Kapitän, denn die Hauptschuldigen sind alle tot!«

Landais starrte ihn mit weit aufgerissenen Augen und offenem Mund an. »Das verstehe ich nicht! Ja, wir haben elf oder zwölf Tote, aber es weiß doch niemand, ob das die Drahtzieher gewesen sind!«

Steuben blickte ihn freundlich an, so wie man ein etwas begriffsstutziges Kind anblickt, das partout nicht einsehen will, dass zwei mal zwei vier ergibt. »Doch, doch, Herr Kapitän, *Sie* wissen es und teilen es der Mannschaft auch ganz offiziell mit. Wer befindet sich denn immer in der ersten Reihe, wenn es darum geht, etwas zu erstürmen? Das sind die allgemein bekannten harten Jungs, für die alle Offiziere von jeher die natürlichen Feinde sind, und dann die Kerle mit dem aufbrausenden Temperament, denen das Messer immer lose sitzt. Ich wette, wenn Sie die Namenliste der Toten durchgehen, werden Sie feststellen, dass ich recht habe. Nun wissen wir beide natürlich auch, dass die Angehörigen dieser beiden Gruppen für gewöhnlich nicht den Grips haben, eine Rebellion von langer Hand vorzubereiten, aber wir hatten es heute mit einer spontanen Erhebung zu tun, und *die* können wir den Schwachköpfen problemlos in die Schuhe schieben. Sie können also Ihren Männern im Brustton der Überzeugung mitteilen, dass die Rädelsführer ihr verdientes Ende gefunden haben und dass Sie bei den Mitläufern Gnade vor Recht ergehen lassen werden, weil die bösen Buben den spontanen Unmut der Lämmchen – der, wie sich jetzt herausgestellt hat, nicht ganz unbegründet war – über das Urteil ausgenutzt haben. Übrigens sollten Ihre Offiziere den Männern bei der Untersuchung der Hängematten die Chance geben, belastende Gegenstände verschwinden zu lassen. Je mehr Spuren gefunden werden, desto länger muss nachgeforscht werden – und Sie brauchen Ruhe im Schiff! Unter uns gesagt, Kapitän, sollte eine Meuterei von langer Hand geplant worden sein, dann werden Sie die Hintermänner ohnehin nicht ausfindig machen, geben Sie mir da recht? Schließlich gibt es bis heute noch keinen Hinweis auf den – oder die – Feuerteufel!«

Landais sah aus, als würde er an einer Zitrone der ganz sauren Art lutschen. Schließlich brummte er unwillig: »Sie sind nicht zufällig Mitglied der Gesellschaft Jesu, Monsieur? Der König von Preußen soll ja dem Vernehmen nach seine Hand schützend über diese seit fünf Jahren von Papst Klemens XIV. verfemten Haarspalter halten. Aber ich muss zugeben, Ihr Vorschlag erlaubt mir, einigermaßen ohne Gesichtsverlust aus der Geschichte herauszukommen. Pflegt man bei der preußischen Armee mit Deserteuren und aufsässigen Elementen immer so – nun, nennen wir es mal ›flexibel‹ – umzugehen?«

Steuben lächelte bitter bei dem Gedanken. Er hatte genug Männer durch die Gasse laufen oder mit verbundenen Augen vor einem Erschießungspeloton stehen sehen. »Natürlich sehen die Kriegsartikel für solche Vergehen die Todesstrafe vor, aber wie heißt es doch so richtig in dem geflügelten Wort: ›So schnell schießen die Preußen nicht!‹ Ein gut gedrillter, voll ausgebildeter Musketier ist viel zu wertvoll, als dass man ihn einfach erschießt, nur weil er mal ausgebüxt ist, weil er zu Hause dringend bei der Ernte gebraucht wurde oder die Frau im Kindbett seine Unterstützung brauchte. Nach dem dritten Mal, da sieht es dann allerdings anders aus!«

Der Steward kam mit zwei staubigen Flaschen zurück, von denen er eine sofort in der Pantry entkorkte, fachkundig am Korken schnupperte und ihnen den Wein mit zwei Kristallpokalen auf einem Silbertablett servierte. Landais schickte ihn mit einer herrischen Handbewegung und der Anweisung fort, den Ersten Leutnant sofort in den Salon zu holen, dann schenkte er ihnen ein und meinte, langsam vor sich hin nickend: »Ich werde Ihren Rat befolgen, Monsieur. Aber während wir den Wein noch etwas atmen lassen, sollten wir über etwas anderes reden.«

»Gut. Wann werden wir vermutlich Portsmouth erreichen, Herr Kapitän?«

»Nun, falls der Wind nach Richtung und Stärke so durchsteht, dann sollten wir in fünf Tagen unseren Landfall machen.«

Es kam wie immer anders, denn der Wind dachte keineswegs daran, beständig zu wehen. Im hohen Norden machte sich eine extrem kalte Luftmasse auf den Weg nach Süden, die etwa bei Kap Hatteras auf eine sehr warme, sehr feuchte und nach Nordosten ziehende Luftmasse aus dem Golf von Mexiko traf. Das Ergebnis war ein schwerer nordatlantischer Wintersturm, der die *Flamand* einige Tage aufhielt.

⚓

Henri Lézard lag in einer Ecke des Lazaretts, sein rechtes Bein war bandagiert, oder besser gesagt, der Teil, der von dem Bein noch übrig war, denn der Chirurg hatte den Unterschenkel oberhalb des Knies amputieren müssen. Eine Kugel hatte den Knochen getroffen und ihn zersplittern lassen. Dank der großzügigen Gaben von Laudanum verspürte er im Augenblick kaum Schmerzen. Seine Augen blickten unnatürlich glänzend aus den tiefen Höhlen, seine Wangen waren eingefallen. Er hatte viel Blut verloren. Kalter Schweiß stand ihm auf der Stirn, den ihm sein Kumpel, der Quartermaster Vautour, mit einem Lappen abtupfte.

»Mach dir keine Sorgen, *mon vieux*, wenn wir in Amerika den Schlickhaken werfen, kannst du schon wieder mit an Land zum Tanz kommen«, versuchte ihn Emile Vautour zu trösten.«

»*Merde alors, mon ami*, daraus wird nichts. Der *Gitane* sehnt sich nach meiner Gesellschaft. Ich höre, wie er meinen Namen ruft, wie er an meinen Gliedern zerrt.«

»Ach, dummes Zeug, Henri, das kommt vom Laudanum. Da bildet man sich allerhand ein.«

»Nein, nein, mein Freund, ich hätte ihn nicht einfach abstechen dürfen. Es war kaltblütiger Mord. Vielleicht hätte man sich mit ihm doch noch gütlich einigen können.«

»Wenn du das sagst«, antwortete Vautour friedfertig, der einsah, dass es keinen Sinn hatte, mit dem sterbenden Mann zu streiten.

»Ja, ja, bestimmt ...« Lézard richtete sich etwas auf und hustete heftig, wobei ihm die Augen plötzlich unnatürlich weit herausquollen. Das krampfartige Keuchen schien ihm Schmerzen zu bereiten, denn er fasste mit der Hand an seinen Beinstumpf. »Oh, die Teufel zwacken mich mit glühenden Zangen!«

Ein Sanitätsgast ging vorbei, blieb kurz stehen, betrachtete den Verwundeten prüfend und reichte dann Vautour einen Becher. »Geben Sie ihm das langsam – Schluck für Schluck.«

Der Quartermaster hielt seinem Freund den Becher an die Lippen. Lézard schluckte gierig den scharfen Branntwein, in den Laudanumtropfen gemischt waren. Wieder musste er husten, aber dann legte er sich entspannt zurück. Einige Zeit schaute er blicklos zu den Decksbalken des Orlops empor, der Quartermaster dachte schon, sein Kumpel hätte das Bewusstsein verloren, aber dann schien diesem etwas einzufallen. Er machte mit dem Zeigefinger eine auffordernde Geste, dass sich Vautour weiter vorbeugen sollte. »Was machst du in Amerika?«, fragte er in verschwörerischem Flüsterton.

Vautour verzog bitter den Mund. Niemand im Zwischendeck wusste, wie es weitergehen sollte, wie die Rache der Kommandanten aussehen würde. Zwar hatte sich der Quartermaster nicht an dem Aufruhr beteiligt, da ihm schnell klar geworden war, dass die Meuterer keinen Erfolg haben würden. Aber das war noch lange keine Garantie, nicht beschuldigt zu werden, das hatte man ja bei diesem Topgasten Roux gesehen. Er seufzte gequält auf, aber dann versuchte er optimistisch zu klingen: »Das weißt du doch, Henri, wir beide hauen still und leise in den Sack, lassen die Marine Marine sein und verduften nach Kanada zu unseren Familien.«

Lézard schüttelte müde den Kopf, packte den Quartermaster am Arm und drückte ihn fest. »Du bist schon in Ordnung, Emile, aber weißt du, ich habe mit dem einen verbliebenen Flunken einfach keine Lust auf so einen langen Fußmarsch, deshalb werde ich vorausfliegen und dich in unserem schönen Dorf am Sankt-Lawrence-Strom erwarten.« Er begann schneller zu reden, Speichelblasen bildeten sich auf seinen Lippen, er zog den Kopf des Freundes dicht zu sich heran. »Zieh mir meine Weste aus, sie wird dir passen. Pass gut auf sie auf, im Saum ist das Geld eingenäht. Bringe es meiner Familie, sie wird es bitter nötig haben!« Er ließ den anderen Mann los, blickte ihn durchdringend an und flüsterte: »Ich werde dich bei deiner Frau anmelden, *mon vieux*, am sechsten Januar wirst du als einer der Heiligen Drei Könige mit dem Gold bei ihr anklopfen ...!« Seine Augen leuchteten hell von innen heraus auf, als würde er etwas sehr Schönes erblicken, dann rollte der Kopf zur Seite, und seine Augen brachen.

Vautour schluckte, sah sich kurz im Lazarett um – die Verwundeten um ihn herum hatten alle mehr als genug mit sich selbst zu tun –, dann hob er den Oberkörper Lézards an, streifte ihm die Weste ab, schlüpfte hinein und ließ den Leichnam zurücksinken. Er faltete die Hände seines Freundes über der Brust und drückte ihm die Augen zu. »Amen, Henri, so soll es geschehen!«

Am Abend vor Einbruch der Dämmerung wurden die Toten dem Meer übergeben. Kapitän Landais verlas dazu einige Verse aus der Bibel und verkündete nach Abschluss der Zeremonie, dass sich durch das Geständnis eines der Korporale die Unschuld des Topgasts Christian Roux herausgestellt habe und dass er, Kapitän Landais, selbstverständlich sofort das Urteil kassiert habe. Er habe zwar aufgrund der Beweislage an diesem Morgen nicht anders entscheiden können, würde aber dem verunglimpften Topgast als Entschädigung für das erlittene Unrecht eine Woche lang eine zusätzliche Ration Branntwein zukommen lassen.

Hatten die Matrosen bei der Begräbnisfeier noch verbissen geschwiegen und trotzig aufs Deck gestarrt, so war jetzt ein anerkennendes Gemurmel zu vernehmen.

Weiter führte Landais aus, er für sein Teil wäre bereit, mit den irregeleiteten Seeleuten wieder zusammenzuarbeiten, da die Schuldigen der spontanen Erhebung samt und sonders den Tod gefunden hätten.

Ein Seufzer der Erleichterung ging über das Deck, denn die Männer wussten nur zu gut, dass vielen von ihnen soeben die Schlinge vom Hals genommen wurde. Ein paar Hochrufe waren zu hören. Der Bootsmann übernahm das Kommando: »Drei Hurras für den Kapitän, Jungs, und verdammt sollt ihr sein, wenn ihr ihn nochmals im Stich lasst!«

»*Hourra! Hourra! Hourra!*«, erklang es laut und ziemlich überzeugend über das Deck.

In der folgenden Nacht briste es schnell auf, sodass bald alle Mann an Deck gepfiffen wurden. Segel auf Segel musste weggenommen oder stark gerefft werden, um das Rigg nicht zu überlasten. Zudem musste der Kurs nach und nach auf NEzE und später sogar auf ENE geändert werden. Trotz der auf ein Minimum reduzierten Segelfläche lief die *Flamand* mit hoher Fahrt hinaus in den kochenden Nordatlantik. Das Schiff bockte und rollte wie ein Gaul, dem man eine Distel unter den Sattel gelegt hatte. Wasser sickerte durch alle Ritzen, und nachdem es zuerst schwülwarm gewesen war, wurde es nach einem heftigen Gewitter, das den Weltuntergang anzukündigen schien, eisig kalt. Auch unter Deck gab es keinen trockenen Fleck mehr. Die Männer krochen in ihrem Ölzeug in die nassen Hängematten, wenn sie von der Wache kamen, und stolperten frierend und müde wieder an Deck, sobald sie gepurrt wurden. Da das Kombüsenfeuer gelöscht war, gab es nur kalte Verpflegung, Schiffszwieback voller tierischer Untermieter, Hartkäse und mit kaltem, stinkendem Wasser hergestellten Haferschleim mit Melasse. Das Einzige, was die Seeleute diese Tortur überstehen ließ, waren die Becher mit Branntwein, die zweimal am Tag ausgegeben wurden.

Das Rigg wurde aufs Äußerste beansprucht. Der Sturm heulte und jaulte im stehenden Gut, ließ das laufende Gut vibrieren und summen, und das massive Holz der Masten und Spieren ächzte und knarrte.

Kapitän Landais verließ während der gut achtundvierzig Stunden, die der Orkan wütete, kaum das Achterdeck. Im Unterbewusstsein lauschte er auf jeden Ton der schaurigen Kakophonie, um rechtzeitig jede Veränderung zu erahnen, die sein Eingreifen erforderlich machen konnte.

Steuben hatte sich in seine Schwingkoje zurückgezogen, und mit Hilfe von drei oder vier Flaschen Rum überstand er die drei Tage und zwei Nächte in einem halbwegs klaglosen Dämmerzustand. Von Zeit zu Zeit musste er mit Asor einen heftigen Kampf ausfechten, denn der Hund wollte partout nicht aus der Schwingkoje springen, wenn er sich erleichtern musste. Der Gestank in der Kabine war atemberaubend.

Nachdem sich der Sturm ausgeweht hatte und wieder mehr Segel gesetzt werden konnten, bemühten sich die Nautiker, in den größer werdenden Wolkenlöchern mit Hilfe von astronomischen Beobachtungen den Schiffsort zu bestimmen. Das Ergebnis war deprimierend: Ihr Ausflug hinaus auf den Atlantik würde ihnen eine mehrtägige Verspätung einbringen.

⚓

Auch in der Bucht von Maine war es stürmisch, aber es wehte bei weitem nicht so stark wie unten im Süden, wo die beiden unterschiedlichen Luftmassen aufeinandergeprallt waren. Aber auch hier war es beißend kalt geworden. Die Ladung der *Swallow* erwies sich als Segen für die Seeleute, denn Turner ließ in der Abdeckung einer geschützten Bucht die beiden Schiffe beidrehen und versorgte die Männer mit dicken Winteruniformen aus dem Laderaum der *Swallow*, besonders die wärmenden, langen Mäntel bedeuteten für die Wachgänger einen erheblichen Zuwachs an Komfort, den hauptsächlich die an Kälte nicht gewöhnten Kariben sehr zu schätzen wussten.

Als sie den Golf von Maine und damit das Seegebiet vor Portsmouth erreichten, fanden sie dort – so wie es Turner erwartet hatte – natürlich keine wachsamen Fregatten aus New York oder Halifax vor.

Turner wanderte missmutig auf der Luvseite des Achterdecks hin und her. Immer wieder blickte er über die inzwischen nur noch leicht bis mäßig bewegte See nach Westen, wo die Küste hinter der Kimm lag. Schließlich fasste er einen Entschluss und rief den alten Segelmeister zu sich heran.

»Mister Lennon, als Erstes müssen wir feststellen, ob die *Flamand* schon im Hafen von Portsmouth liegt. Da wir unsere amerikanischen Vettern nicht unnötig aufschrecken wollen, müssen wir ein Boot an einer geschützten, einsamen Stelle anlanden lassen. So weit, so gut ...« Er machte eine Pause und musterte den erfahrenen Navigator mit halb zusammengekniffenen Augen scharf, denn er hätte wetten können, dass in dessen Raubvogelaugen ein amüsiertes Funkeln aufblitzte. Der alte Weißkopfadler wusste natürlich genau, was ihm auf der Seele lag.

»Tscha, Sir, der Tidenhub ist hier nun mal verdammt groß, bei Springtide etwa zwölf Fuß, und damit natürlich auch die Stärke des Stroms bei voll auf- und ablaufendem Wasser.«

»Sie sagen es, Sir. Der Strom ist eine Herausforderung, die ich dem von mir sonst sehr geschätzten Midshipman Starke nicht zumuten darf. Bei dem Steuermannsmaaten Quincy habe ich Bedenken, ob er der richtige Mann für so ein Kommandounternehmen ist. Er würde zwar die navigatorischen Probleme meistern, aber ich bin mir nicht sicher, ob er auf unerwartete Situationen richtig reagiert.« In Lennons hellblauen scharfen Augen tanzten funkelnde Teufelchen. ›Wenn du jetzt ein Wort zu den Vorfällen in Puerto Santo sagst, dann vergesse ich mich!‹, schoss es Turner durch den Kopf, aber der Segelmeister presste die schmalen Lippen aufeinander und rieb sich scheinbar nachdenklich die Adlernase.

»Steuermannsmaat Carl Carter wäre der richtige Mann, Sir.«

»Schon recht, Sir, aber ich bin froh, dass der drüben bei Mister Dechamp ist. Sie wissen, wie ich das meine, Sir, der Erste Leutnant ist ein guter Mann, und er lernt schnell, aber er ist nicht auf einem Boot zwischen Guernsey und Alderney aufgewachsen.«

»Nein, das ist er wahrlich nicht«, bestätigte Lennon mit nur einer winzigen Spur Sarkasmus in der Stimme. »Sir, reden wir nicht lange um den heißen Brei herum. Wir wissen beide, dass Sie mir, als Ihrem Segelmeister, nicht befehlen können, das Kommando auf dem Boot zu übernehmen. Ich weiß auch, Sie würden am liebsten selbst in den Kutter jumpen, aber angesichts der Tatsache, dass die *Flamand* gerade hier auftauchen könnte, wenn Sie fort sind, haben Sie Skrupel, Ihr kleines Geschwader allein zu lassen. Lange Rede, kurzer Sinn, Sir, ich bringe die Aufklärer an Land und sicher wieder zurück!«

»Mister Lennon, das werde ich Ihnen nie vergessen, Sie haben bei mir etwas gut! Wir müssen unbedingt wissen, ob es noch einen Sinn hat, hier draußen auf die *Flamand* zu warten.«

»Reden wir nicht weiter davon, Sir. Wenn Sie mir eine Probeflasche Ihres Rums verehren würden, sobald er ausgereift ist, dann bin ich zufrieden. Wir haben den 14. November, und es herrscht Vollmond, daher bin ich der Meinung, dass wir keine Zeit vergeuden und gleich heute Nacht den Yankees einen Besuch abstatten sollten. Zudem ist es bei den Lichtverhältnissen nicht nötig, Ihre leichte Kavallerie an Land zum Rekognoszieren auszusetzen.« Lennon gönnte sich ein Schmunzeln, als er an die ehemaligen Waldläufer und Trapper in der Besatzung, mit ihrer verwegenen Kluft aus Leder und Pelzwerk, dachte. Und auch an die Musketen mit den überlangen Läufen und die großen Messer, die von den Männern meisterhaft beherrscht wurden.

»Sie haben recht, Mister Lennon. Ich lasse Ihnen bei der Auswahl der Bootsbesatzung freie Hand.«

»Danke, Sir, ich weiß schon, wen ich mitnehmen werde.«

In der früh hereinbrechenden Dämmerung begann sich die *Shark* an die Küste heranzutasten. Gerade als sich der Mond wie eine halbverfaulte große Orange im Osten über den Horizont schob, legte die Gig von der *Shark* ab und verschwand in der Dunkelheit. Der Schoner drehte ab und hielt wieder hinaus auf die offene See, wo ihr Gefährte, der Kutter *Swallow*, Wache hielt. Sollte ausgerechnet jetzt die *Flamand* ihren Landfall machen, würde die *Swallow* ihren großen Bruder mit Signalraketen alarmieren. Für Turner begann jetzt die Zeit, die er am meisten hasste: die Wartezeit! Zur Untätigkeit verdammt, musste er abwarten, bis die Stunden verstrichen waren und er sich wieder am vereinbarten Treffpunkt einfinden konnte. Er bekam kalte Füße, als er unruhig auf dem Deck auf und ab wanderte, und das nicht nur im wörtlichen Sinne.

⚓

Der alte, erfahrene Navigator rückte sich auf der Achterducht zurecht, klappte den Kragen seines dicken Bootsmantels hoch, lauschte auf die Geräusche des Meeres und ließ seinen scharfen Adlerblick über die dunkle Silhouette der Küstenlinie vorauswandern. Es musste jetzt fast Niedrigwasser herrschen, also würde sie der einlaufende Flutstrom bald unterstützen. Das bedeutete auch, dass zurzeit die gefährlichen Felsenhindernisse unter Land trocken gefallen waren, aber das würde sich bald ändern. Die schäumende Tide würde alles überfluten, gurgelnd in die schmalen, ausgewaschenen Einschnitte der Küste pressen, durch die Engen der vorgelagerten Untiefen schießen. An solchen Engstellen war es sinnlos, während des stärksten Stroms den Kampf mit diesen Wassergewalten aufzunehmen. Weder die vier muskelbepackten Ruderer noch eine kräftige Brise im Segel würden gegen einen Strom ankommen, der mit über vier Knoten setzte. Lennon schmunzelte vor sich hin. Das war etwas so ganz nach seinem Geschmack. Es war lange her, dass er voll verantwortlich einen schwimmenden Untersatz kommandiert hatte – wenn man von den paar Stunden vor Puerto Santo absah, in denen fast die gesamte Besatzung einschließlich des Ersten Leutnants und der Midshipmen in den Booten gesessen hatte, um ihren in Gefangenschaft geratenen Kommandanten herauszuhauen.

Er war als Kapitän eines Handelsschiffs auf allen Ozeanen unterwegs gewesen, aber nachdem sein Sohn in der Karibik verschollen war, hatte er sich wieder als Segelmeister der Royal Navy zur Verfügung gestellt. So erfahrene Männer, wie er einer war, nahm man auch in Friedenszeiten bei der Marine mit Handkuss, schließlich wusste man höheren Ortes nur zu gut über die fachlichen Unzulänglichkeiten vieler Kommandanten Bescheid, die ihren Posten nur ihren guten Beziehungen verdankten. Seine Kommandierung auf den Schoner *Shark* hatte ihn zuerst überrascht, aber nach einer kurzen Unterredung mit dem für ihn zuständigen Beamten hatte er dem Einsatz sogleich zugestimmt, als man ihm mitteilte, dass die *Shark* in den von Piraten und Schmugglern wimmelnden Gewässern der Bahamas und Antillen hydrographische Vermessungen durchführen sollte. Er erkannte sofort, dass das eine harmlose Umschreibung für die Jagd auf Freibeuter und ähnliche Mordgesellen war. Tatsächlich war es ihm gelungen, den Mörder seines Sohnes zu stellen und der verdienten Strafe zuzuführen. Als er daran dachte, grunzte er zufrieden, spürte aber auch wieder die in der Kälte schmerzende Narbe in der Leistengegend, wo ihn der Dolch des Seeräubers getroffen hatte, bevor der Tomahawk des Matrosen Lincoln dem Schurken den Schädel gespalten hatte.

Der Schlagmann blickte ihn aufmerksam an, sagte aber nichts. Ihm und seinen Kameraden an den Riemen war, bedingt durch das angestrengte Pullen, nicht kalt. Zu den navigatorischen Fähigkeiten des alten Weißkopfadlers hatten die Männer uneingeschränktes Vertrauen. Wenn er auch zu den Achterdecksgästen gehörte, so war er doch im Grunde einer der ihren, ein Mann, der als Schiffsjunge begonnen und die Meere als Matrose befahren hatte, ehe er als Steuermann und Kapitän Handelsschiffe jeder Größe in allen Fahrtgebieten führen durfte. Er hatte beim Labsalen Teer an den Pranken gehabt und mit blutig aufgerissenen Fäusten steifgefrorene Segel im Sturm am Hoorn geborgen. Er hatte nie vergessen, wie es war, wenn der Rücken nur noch aus stinkenden, eiternden Furunkeln bestand und gleichzeitig im Magen ein ganzes Wolfsrudel vor Hunger heulte.

Lennon musterte aufmerksam die schwarze Küste, die sich schnell vor dem Bug näher heranschob. Er hatte sich die Karte genau eingeprägt. Aufgrund seiner jahrzehntelangen Übung war es ihm möglich, das zweidimensionale Kartenbild in eine räumliche Vorstellung umzuwandeln. Er hatte sich einfache Navigationshilfen aus der Seekarte herausgesucht, die es ihm ermöglichten, den Kurs zu kontrollieren und zu ändern. So musste er in wenigen Minuten den Bug des Bootes vier Strich nach Steuerbord richten, sobald sich zwischen zwei Inseln an Backbord eine Durchfahrt öffnete und zwei kleine Felsen ein Strich an Steuerbord in Deckung kamen. Das Mondlicht war zwar eine trügerische Lichtquelle, aber ohne den Mond wäre das Unternehmen nicht durchführbar gewesen. Nur einheimische Fischer, die hier jeden Stein mit Vornamen kannten, würden es wagen, diese gefährlichen Gewässer bei eingeschränkten Sichtverhältnissen zu befahren. Lennon hatte die Riemen einholen lassen, da der Flutstrom sie flott im Fahrwasser voranschob. Die beiden Männer im Bug und zwei der Ruderer kauerten sich unten in der Gig unter schützenden Decken zusammen, um warm zu bleiben, und lediglich zwei Matrosen, jeweils einer auf jeder Ruderducht, der eine an Steuerbord, der andere an Backbord, blieben mit dem Riemen in Bereitschaft, um eine eventuelle Kursänderung unterstützen zu können. Sie wurden alle halbe Stunde abgelöst. Der kräftige Geruch nach Salz, Algen, verwesenden Schalentieren und faulendem Fisch wurde stärker, je näher sie dem Land kamen. Gelegentlich umkreiste sie ein ärgerlich kreischender Seevogel, den sie aufgescheucht hatten. Vor ihnen öffnete sich ein breiter Sund, der Maine von New Hampshire trennte. Sie hielten sich auf der Backbordseite im Schatten der Küste und passierten das auf einer weit ins Wasser hineinragenden Landzunge stehende Fort *William and Mary* mit seinem Leuchtturm. Auch auf einem Hügel auf der anderen Seite des Sundes, östlich des Piscataqua River, war deutlich der massive Bau eines Forts zu erkennen, aber von keiner der Befestigungen ertönte ein Alarmsignal. Man hatte dort wohl anderes zu tun, als in einer bitterkalten Nacht zwei Stunden vor Mitternacht nach kleinen Booten Ausschau zu halten. Aber das war eine voreilige Annahme. Ein Posten auf den Wällen von Fort *William and Mary* zuckte beim Anblick des kleinen Bootes sehr wohl erschrocken zusammen. Er fummelte am Schloss seiner Muskete herum, um einen Alarmschuss abzugeben, aber auch ihm machten die kalten Finger zu schaffen. Als er den Hahn gespannt hatte, blickte er nochmals zu dem Bötchen hinüber – aber da war kein Boot mehr! Verdutzt lehnte er sich aus der Schießscharte, aber die Gig schien wie von einem Meerungeheuer verschluckt. Missmutig entspannte er den Hahn, kratzte sich am Kopf und beschloss, niemand von seiner Beobachtung ein Sterbenswörtchen zu erzählen. Vermutlich würden ihn alle für einen

Narren halten oder ihm gar unterstellen, er hätte heimlich auf Wache getrunken. Und was sollte die Aufregung? Es war ein winziges Boot gewesen, höchstens drei Männer hatten sich an Bord befunden. Ganz bestimmt waren es Fischer gewesen, die bei den Arbeiten an ihren Hummerkörben von der Ebbe überrascht worden waren und sich deshalb verspätet hatten. Sein Sergeant würde ihm den Hintern bis zum Stehkragen aufreißen, wenn er deswegen die gesamte Garnison alarmierte.

Auf der Außenreede von Portsmouth lagen ein paar Küstensegler, aber keine Fregatte! Sie wäre hier aufgefallen wie ein radschlagender Pfau in einem Spatzenschwarm. Hatten sie bis jetzt kaum eine menschliche Behausung ausmachen können, so kamen nun immer mehr vereinzelte Häuser und Schuppen auf New Castle Island in Sicht. Dazu auch größere Anwesen und lange Seebrücken, die weit in den Sund hineinragten. Dem Wasserstand an den Pieranlagen nach musste das Hochwasser in etwa einer halben Stunde eintreten.

Auf einem der hölzernen Stege, an einen dicken Dalben gelehnt, saß in seinem zottigen Pelzumhang der alte Sam Hotchkiss. Er war ein Veteran des Siebenjährigen Krieges, den die Phantomschmerzen seines amputierten Beins nachts nicht schlafen ließen, daher saß er hier auf ein paar stinkenden Fischkisten und angelte. Um diese Zeit war er hier draußen völlig allein und ungestört. Er konnte seinen Gedanken nachhängen, sich dabei mit einer Flasche schwarzgebranntem Fusel trösten und aus tiefstem Herzen die verdammten Offiziere verfluchen, die ihn, obwohl der Angriff bereits klar gescheitert war, noch ins Feuer geschickt hatten.

Fachmännisch musterte er das schmucke Boot, nahm einen langen Zug aus der Pulle, stieß lauthals auf und murmelte vor sich hin: »Das wird der liebe Sam morgen früh mal den feinen Offizierspinkels von der Miliz erzählen. Es müsste doch mit dem Teufel zugehen, wenn für den armen alten Sam keine blanke Münze dabei herausschauen sollte.«

Lennon fummelte mit steifen, kalten Fingern seine Taschenuhr hervor und las sie im Licht des inzwischen hoch am Himmel stehenden Mondes ab, dann nickte er zufrieden. Sie waren genau im Zeitplan. Er notierte sich mental alles, was er für wichtig erachtete, während sie sich ihren Weg durch die vielen Inseln suchten, die Portsmouth vorgelagert waren. Von einer Fregatte war allerdings weit und breit nichts zu entdecken. Mit dem einsetzenden Ebbestrom machten sie sich auf den Rückweg. Nachdem sie das Sprietsegel gesetzt hatten, um den ablandigen Wind zusätzlich auszunutzen, ließ Lennon die mitgeführte Verpflegung und den Rum verteilen. Mit hoher Fahrt schoss das kleine Boot wieder aus den engen Durchfahrten zwischen den Inseln hinaus auf die offene See. Die Kälte war den Männern von den Füßen über die Beine langsam in den Körper hineingekrochen, und alle sehnten sich nach ihren warmen Hängematten im gemütlich miefigen Zwischendeck.

Der Sergeant der Miliz, dem Sam Hotchkiss sein Erlebnis am nächsten Morgen schilderte, hörte aufmerksam zu, weigerte sich aber, den diensthabenden Offizier zu benachrichtigen.

»Lass mal gut sein, Sam, ich habe mir alles genau gemerkt: Es war gegen Mitternacht, kurz vor Hochwasser, da hast du eine Kommandantengig gesehen, so wie sie bei den englischen Kriegsschiffen üblich ist. Achtern saß aber kein Offizier, sondern ein vermummter Zivilist. Gerudert wurde das Boot von zwei Männern.« Insgeheim fügte er für sich hinzu: »Wahrscheinlich sind die auf dem kürzesten Weg von Plymouth in England hierhergepullt!«

»Du nimmst mich wohl nicht ernst, Sergeant, weil die verfluchten Franzmänner mir einen Flunken abgeschossen haben!«, schimpfte Sam Hotchkiss aufgebracht. »Auch wenn uns diese Froschfresser heute als unsere lieben Beinaheverbündeten angepriesen werden, ich werde sie bis zu meinem letzten Stündchen verfluchen! Und die aufgeblasenen Ochsenfrösche von Goldlitzen- und Federbuschträgern aller Seiten gleich mit! Was ich gesehen habe, das habe ich gesehen! Ich wette, dass das ein englischer Spion war. Aber bitte, wenn du das nicht glauben willst, dann eben nicht! Leckt mich doch alle!« Der alte Invalide schnaubte zornig, stampfte mit seinem Holzbein und den Krücken wütend auf den Dielenboden, schlug den Kragen seines zotteligen Pelzes hoch, zog die schmuddelige Pelzkappe ins Gesicht und wandte sich zum Gehen. Böse vor sich hin schimpfend, hüpfte er polternd in Richtung Tür.

»Ich glaube dir ja, Sam. Hier, schau, ich trage deine Meldung ins Wachbuch ein. Bist du nun zufrieden?«, rief ihm der Sergeant hinterher, dann suchte er in seiner Weste nach einer Münze und ließ sie klirrend auf die Platte seines Schreibpults fallen. Sam Hotchkiss fuhr erstaunlich behände herum und blickte ihn gierig an. Der Soldat warf ihm die Münze zu und beobachtete bewundernd, wie geschickt Sam das Geldstück mit seiner Mütze auffing, beim Grinsen seine drei gelben Zahnstummel entblößte, eine spöttische Verbeugung machte und hinaus in die frostige Kälte entschwand.

»Ein armes Schwein, dieser Hotchkiss«, murmelte der Sergeant vor sich hin und klappte das Wachbuch mit einem lauten Knall zu, ohne etwas hineingeschrieben zu haben. »Wer weiß, was er in seinem Brausebrand gesehen hat. Manche sollen ja weiße Mäuse sehen, bei ihm sind es vielleicht englische Agenten …«

Kapitel 5

Golf von Maine, 1. Dezember 1777

Die nächsten Tage verliefen eintönig. Bei Tageslicht segelten die beiden britischen Schiffe in Sichtweite hinaus auf die offene See, um sich bei Einbruch der frühen Dunkelheit wieder in Richtung der Ansteuerung von Portsmouth zurückzuziehen. Sorgfältig versuchten sie den lokalen Fischerbooten und kleinen Küstenfrachtern aus dem Weg zu gehen. Da vor dem Golf von Maine eine der Hauptverbindungsrouten der englischen Flotte von Halifax zur Garnison in New York verlief, waren Kriegsschiffe draußen auf See für die Amerikaner allerdings ein gewohnter Anblick. Selbstverständlich konnte die *Shark* die Zufahrt zum Hafen nicht lückenlos rund um die Uhr überwachen, aber Turner rechnete mit der natürlichen Vorsicht des französischen Kommandanten, der den gefährlichen Tidenhafen kaum bei völliger Dunkelheit ansteuern würde. Er selbst würde es jedenfalls nicht versuchen, es sei denn, die Höllenhunde persönlich säßen ihm im Nacken. Turner hatte versucht, sich in die Lage des französischen Kommandanten hineinzuversetzen, und war zu der Überzeugung gekommen, dass er an dessen Stelle versuchen würde, die Route zwischen Nova Scotia und New York im Schutz der Dunkelheit zu kreuzen, um sich dann bei Tageslicht unter Land von einem Lotsen in den Hafen bringen zu lassen. Es war ein kluger Schachzug von Hernandez und seinem französischen Geschäftspartner Beaumarchais, das Schiff nach Portsmouth und nicht nach Boston zu beordern, denn vor dieser schwärenden Pestbeule der Revolution, in deren Hafen jede Badewanne zum Kaperschiff umgerüstet wurde, musste man immer mit britischen Kriegsschiffen rechnen, die danach trachteten, die Stadt so weit wie irgend möglich vom Meer abzuschneiden.

Am frühen Morgen des 1. Dezember – die lange Dämmerung war gerade angebrochen – machten sich die *Swallow* und die *Shark* wieder daran, einen weiten Schlag hinaus auf See zu machen. Turner stand missgelaunt auf dem Achterdeck und überlegte, wie lange er dieses fruchtlose Geschäft noch durchhalten konnte. Der Proviant und das Wasser wurden langsam knapp, auch das Brennholz ging zur Neige. Am bedenklichsten war jedoch, dass sich unter der Besatzung allmählich Krankheiten ausbreiteten. Besonders seine karibischen Matrosen, die an die Temperaturen dieser Breiten nicht gewöhnt waren, litten an allerlei Beschwerden. Aber ihm war klar, er musste Smith absolut überzeugend darlegen, dass ein Abbruch der Überwachung unvermeidlich gewesen war, sonst würde der Agentenführer dafür sorgen, dass er in Teufels Küche kam. Auf der sicheren Seite wäre er nur, wenn es ihm gelang, dass ihm der Kommandierende Admiral in New York einen Leutnant an Bord schickte, der zusammen mit Dechamp und dem Zahlmeister die verbliebenen Bestände der *Shark* dokumentierte – und die der *Swallow* gleich mit, denn an Bord des Kutters war die Lage noch schlechter, obwohl die *Shark* schon Proviant abgegeben hatte. So marschierte er finster blickend an der Luvseite auf und ab. Wo blieb nur dieser verfluchte Franzmann? Er rechnete nach. Heute waren seit der Abfahrt in Marseille sechsundsechzig Tage vergangen. Langsam musste man ernsthaft die Möglichkeit in Betracht ziehen, dass *Le Flamand* ein Opfer der See geworden war.

Der Schiffsarzt McKinnon erschien an Deck. Er zog fröstelnd seinen dünnen Rock um die Schultern zusammen. Als er sich näherte, entdeckte Turner die tiefen Sorgenfalten auf der Stirn des Schotten, der sich umständlich räusperte: »Ahem, guten Morgen, Sir, wenn man das unter diesen Umständen sagen darf.«

»Was liegt an, alter Pillendreher?«, begrüßte ihn Turner mit gespieltem Frohsinn. »Wird der Rum unten im Orlopdeck knapp?«

»Wenn es nur das wäre, Sir«, erwiderte McKinnon seufzend. Wenn der kleine Schiffsarzt so reagierte, dann musste es schlimmer um die Gesundheit der Besatzung bestellt sein, als Turner geglaubt hatte. »Ich habe erste Frostbeulen diagnostiziert, zum Glück aber noch keine schweren Erfrierungen. Die meisten Männer sind einfach nicht für dieses Klima ausgerüstet, Sir. Sie kommen völlig unterkühlt durch Schnee und Eis von der Wache, und anschließend unter Deck schaffen sie es kaum, sich während der Freiwache wieder auf normale Temperatur zu bringen, weil das Bettzeug kalt und klamm ist und wir keine Kohleschalen haben, die wir bei ruhigem Wetter dort unten bei strenger Bewachung zumindest stundenweise als Heizung aufstellen könnten. Die erbeuteten Winteruniformen sind eine große Hilfe – ich weiß nicht, was wir ohne die machen würden.«

»Ja, Doc, Sie haben recht. Aber was soll ich tun?« Turner sah keinen Ausweg.

»Es würde schon helfen, wenn wir etwas finden würden, das ihre Füße warm hält. Die Seestiefel allein sind dafür ungeeignet – wenn die Kerls über welche verfügen.«

Turner nahm den Dreispitz ab und massierte sich mit einer Hand den Hinterkopf. Eine Idee schoss ihm durch den Kopf.

»Drüben auf der *Swallow* haben die doch jede Menge dicke Uniformen im Laderaum, wie Sie richtig bemerkt haben. Es müsste doch möglich sein, aus den dicken Hosen Fußlappen zurechtzuschneiden.«

»Das könnte helfen, Sir. Aber der Uniformstoff taugt nicht viel, die Franzosen liefern ihren inoffiziellen Verbündeten nicht gerade die beste Qualität. Der Stoff ist so rau und hart, dass viele der Männer bereits unter schmerzhafter Furunkulose leiden ...«

»An Deck! Die *Swallow* signalisiert!«

Turner fuhr herum, den Schiffsarzt hatte er augenblicklich vergessen. »Mister Starke, mit einem Fernglas nach oben in den Top! Und etwas plötzlich, wenn ich bitten dürfte.«

»Aye, Sir, bin schon unterwegs!«

Tatsächlich flitzte der Midshipman wie ein Eichhörnchen auf der Flucht vor einem Marder die Wanten hinauf. Er brauchte oben auf der Saling nur wenige Minuten, um das Flaggensignal zu entziffern.

»An Deck! Feind in Sicht!«

Turner schlug sich mit der rechten Faust in die linke Handfläche. »Hab ich dich!«, knurrte er. Der Segelmeister war plötzlich neben ihm. »Mister Lennon, Kurs auf die *Swallow*! Lassen Sie bitte die Rebellenflagge wegnehmen und unsere Kriegsflagge setzen! Meine besten Empfehlungen an Mister Pulleye, er möge so freundlich sein und mich auf dem Achterdeck mit seiner Anwesenheit beehren!«

Die Männer eilten auf ihre Stationen, und kurzzeitig herrschte das übliche Tohuwabohu an Deck, aber dann luvte der Schoner an und hielt mit einem nordöstlichen Kurs auf See hinaus, auf einen imaginären Punkt zu, an dem sie sich mit der *Swallow* treffen würden, die unter Vollzeug vor einem Verfolger flüchtete.

»An Deck! Ein Segel folgt der *Swallow*!«

»Verdammt! Was für ein Schiffstyp?«, röhrte Wild Bull Turner wie ein wutschnaubender Stier nach oben in Richtung des Großtops und machte mit seiner Ungeduld seinem Spitznamen wieder einmal alle Ehre.

»Es sind erst die Bramsegel zu erkennen ... Aber es scheinen drei zu sein, Sir. Also handelt es sich um ein Schiff, Sir!«

»Danke«, knurrte Turner leise, »vielen Dank für die Belehrung.« Er zwang sich zur Ruhe, denn der Junge machte seine Sache gut. Er hatte drei Bramsegel ausgemacht und daraus den richtigen Schluss gezogen, dass es sich um einen vollgetakelten Dreimaster handelte.

»Sir, was kann ich für Sie tun?« Mister Pulleye, der Zahlmeister, war lautlos neben ihn getreten.

Turner musterte ihn mit dem kühlen Interesse, mit dem man ein giftiges Insekt betrachtet. Mister Pulleye war ein ehrlicher Zahlmeister, soweit man das von einem Mitglied seiner Zunft behaupten konnte, aber Turner traute ihm nicht völlig über den Weg. Immer wieder nahm er sich die Zeit, die Abrechnungen seines Speckschneiders zumindest partiell Punkt für Punkt zu kontrollieren, was Pulleye jedes Mal veranlasste, die verfolgte Unschuld vom Lande zu spielen. »Mister Pulleye, ich möchte, dass Sie den Männern eine Extraportion Hartkäse, Zwieback und eine zusätzliche Ration Rum herausgeben lassen – sofort, Sir!«

»Äääh ... Darf ich Sie darauf aufmerksam machen, Sir, dass wir ... mit Verlaub gesagt ... äääh ...«

»Ich sagte sofort, *Sir*!«

»Ääh, aye, Sir!« Pulleye schlich als geschlagener Mann vom Schlachtfeld. Man sah förmlich, wie er die Zahlenkolonnen in seinem Kopf durchging und berechnete, wie die Veränderungen seinen Gewinn schmälern würden.

»Bootsmann! Nach der Rumausgabe pfeifen Sie bitte Schiff-klar-zum-Gefecht!«, brüllte Turner über das Deck.

»Aye, aye, Sir!«, rief Horseshoe Baxter zurück.

Turner blickte nach oben. Der Midshipman schien aufgeregt mit dem Ausguckmann zu diskutieren. Das Teleskop wanderte zwischen den beiden hin und her.

»An Deck! Fregatte!«

Turner holte tief Luft. Das musste die lang erwartete *Flamand* sein. Die *Swallow* näherte sich schnell, und auch die Bram- und Marssegel der fremden Fregatte waren schon von Deck aus über der Kimm sichtbar. Turner musterte sie durch sein Fernrohr, dann rieb er sich gedankenverloren den Hinterkopf. Irgendetwas stimmte nicht. Er hatte da so eine verflucht unangenehme Ahnung. Neben ihm räusperte sich Lennon vernehmlich und hüstelte hinter seiner vorgehaltenen Hand.

»Schiet im Zuckerdöschen!«, fluchte Turner vernehmlich.

»An Deck! Matrose Sullivan ist der Meinung, dass es eine von den unseren ist, Sir!«, ließ sich Starke vernehmen.

»Würde ich auch sagen«, brummte der alte Weißkopfadler und rieb sich mit dem Daumen und Zeigefinger der rechten Hand seine scharfen Raubvogelaugen. »Eine schwere Fregatte der Fünften Klasse, schätze ich, Sir, wahrscheinlich vierundvierzig Kanonen.«

»Völlig richtig, Mister Lennon! Was ist da schiefgelaufen?« Turner stampfte mit dem Fuß auf dem Deck auf, sein Gesicht war vor Wut rot angelaufen. Er wandte sich an den Steuermannsmaaten Qunicy: »Lassen Sie bitte unser Unterscheidungssignal setzen und das Erkennungssignal für diese Woche! Hoffentlich können die da drüben damit etwas anfangen.«

Die *Swallow* näherte sich mit hoher Fahrt. Auf der Fregatte hinter ihr stiegen Qualmwolken auf der Back auf und wurden nach Lee verweht; der Jagdhund fletschte die Zähne und feuerte mit seinen langen Buggeschützen auf das flüchtende Wild. Weiße Wassersäulen stiegen hinter dem Heck des Kutters hoch in die Luft. Lennon setzte sein Fernrohr ab, schnaufte bekümmert und schnarrte säuerlich: »Unser blaublütiger junger Herr hat heute seinen schlechten Tag, Sir! Ahem ... er führt immer noch die Flagge der aufständischen Kolonien!«

Turner stierte durch sein Glas. Es war nicht zu fassen, aber an der Gaffel wehte noch immer die rot-weiß gestreifte Flagge mit den dreizehn Sternen in der blauen Gösch. Seine Kiefer mahlten, er glich einem Vulkan, der kurz vor dem Ausbruch stand. Lennon vermeinte ihn Worte murmeln zu hören, die sehr wie »uralter degenerierter Adel, seit tausend Jahren geschlechtskrank« klangen. Plötzlich verschwand drüben die Flagge, um kurz darauf unter der britischen Kriegsflagge wieder in die Höhe zu steigen.

»An Deck! Die Fregatte führt die Flagge des Kommandierenden Admirals Nordamerika!«

»Mister Starke, kommen Sie an Deck!« Der Midshipman hängte sich das Fernglas über die Schulter und kam an einem Backstag zurück an Deck gerutscht. Die drei Schiffe näherten sich schnell. Auch auf der Fregatte stiegen Signalflaggen in die Höhe. Ein Signalgast las mit dem großen Teleskop die auswehenden bunten Flaggen ab, ein zweiter notierte sie in der Kladde, und Midshipman Starke blätterte geschwind in den abgegriffenen Seiten der Schiffsliste und der Aufstellung der gebräuchlichen Signale.

»Nun, Sir, wird das heute noch etwas?«, schnarrte Turner ungeduldig. Er war unfair, weil er sich schon lebhaft ausmalen konnte, was der Kommandant der großen Fregatte von ihm verlangen und womit der sehr ehrenwerte Herr Kapitän zur See ihn anöden würde.

»Aye, Sir. Es handelt sich um die Fregatte *Phoenix* der Fünften Klasse unter Kapitän zur See Arnold Cabbuge.«

Starke schien Turners Anpfiff überhört zu haben, denn er fuhr verwirrt fort: »Das andere Signal muss ein internes Signal von Admiral Howes Flotte sein, Sir!«

Turner brummte etwas Unverständliches vor sich hin, dann befahl er: »Mister Starke, lassen Sie ›Nicht verstanden!‹ setzen. Mister Lennon, bringen Sie uns bitte in Lee von der *Phoenix,* und drehen Sie dort bei!« Er schätzte die Höhe des Seegangs ab. »Und lassen Sie bitte meine Gig klarmachen!« Mit einem Blick auf die Männer, die sich zum Empfang der Extraration angestellt hatten, fuhr er trocken fort: »Ansonsten Dienst wie üblich ...«

»Aye, aye, Sir.«

Turner ging unter Deck, um sich in seine beste Uniform zu werfen, die Tom natürlich schon ausgebürstet bereitgelegt hatte. Turner hatte gerade seine diversen wärmenden Schichten abgelegt, als sein Bursche mit heißem Wasser erschien, um ihn zu rasieren. Als das Schiff durch den Wind drehte und beilag, war William Turner für seinen Auftritt gerüstet. Vorsichtshalber vergewisserte er sich, dass die Befehle und Vollmachten der Admiralität sich griffbereit in seiner Brusttasche befanden. Auch Tom, als sein Bootsführer, stand auf dem Sprung. Die Gig lag längsseits, Tom schnellte nicht ganz so leichtfüßig wie sonst hinein, da ihn die schweren, ungewohnten Seestiefel und seine dicke Wintermontur behinderten. Unterdessen wurde Turner mit dem üblichen Zeremoniell von Bord gepfiffen. Erstaunt musterte er seine Bootsbesatzung. Die Männer hatten die dicken graublauen Winteruniformen, die für die Kontinentalarmee bestimmt waren, an den Nähten und Säumen mit dünnen weißen Taulitzen benäht, für die breiten Kragenspiegel hatten geschickte Hände aus Horn oder weiß lackiertem Holz Umrisse von Haien geschnitzt und aufgenäht, und rote Halstücher und schwarz lackierte steife Hüte vervollständigten die schneidige Ausstattung.

Während der kurzen Überfahrt musterte Turner die große Fregatte sorgfältig. Deutlich waren die Spuren eines langen, ermüdenden Einsatzes in ungastlichen Breiten auszumachen. Die Farbe war fleckig und stumpf, die goldenen Verzierungen an den Schnitzereien des Hecks und des Vorschiffs waren teilweise abgeblättert und viele Segel geflickt. Gekonnt brachte Tom die Gig an den Trittstufen zur Relingspforte längsseits. Turner rückte den Säbel zurecht, nickte Tom anerkennend zu, dann packte er die herunterhängenden weißen Handläufer und zog sich daran hoch. Sorgfältig achtete er darauf, nicht auf den glitschigen Latten auszurutschen. Als sein Kopf auf Deckshöhe war, begannen die Bootsmannspfeifen zu zwitschern. Schiffsjungen in einer einheitlichen Kluft bildeten das Spalier, und eine Abteilung Seesoldaten präsentierte das Gewehr. Turner salutierte stramm, um den Gruß eines Offiziers zu erwidern, der ihn erwartete.

»Mullham, Sir, Erster Leutnant der *Phoenix*.« Er war ein großer, ernster Mann, der ganz offensichtlich mindestens zehn Jahre älter war als Turner und ganz gewiss in der Rangliste der Leutnante weit vor ihm rangierte, aber Turner kommandierte ein Kriegsschiff Seiner Britannischen Majestät, gehörte folglich zum erlauchten Kreis der »Masters next God«.

»Turner, Kommandant der *Shark*, Mister Mullham. Gratuliere, Sie haben ein sehr schönes, kampfkräftiges Schiff.«

»Danke, Sir.« Mullham zögerte, als wollte er noch etwas sagen, aber dann schüttelte er den Kopf und wies mit der Hand nach achtern: »Wenn Sie mir bitte folgen wollen, Sir.« Stumm geleitete er ihn bis vor die Tür der Staatskabine. Der Posten der Seesoldaten rammte den Kolben der Muskete auf die Gräting und blökte: »Der Erste Offizier und ein Besucher, Sööör!«

Von drinnen erklang eine überraschend helle, piepsige

Stimme: »Soll eintreten!« Turner blickte seinen Begleiter zweifelnd an, aber der verzog keine Miene. Stattdessen öffnete er die Tür und ließ Turner den Vortritt. »Leutnant Turner, Sir, Kommandant Seiner Majestät Kriegsslup *Shark.*« Mullham salutierte und zog sich wieder zurück.

Vor den großen Heckfenstern saß eine pompöse Gestalt in einem geschnitzten Sessel. Unter der altmodischen Allongeperücke lugte eine flache, nach hinten fliehende Stirn hervor, die kleinen blauen Augen unter den dünnen Augenbrauen waren ständig auf der Wanderschaft, glitten flüchtig über Turner hinweg, um sofort wieder in dem großen, elegant ausgestatteten Raum herumzuwieseln. Auf beiden Seiten der langen, gurkenähnlichen Nase wölbten sich mächtige Backentaschen. Turner überlegte unwillkürlich, ob der Mann darin noch sein vollständiges Frühstück zur späteren Weiterverarbeitung aufbewahrte. Der Mund war klein und herzförmig, die Lippen voll und sehr rot. Das fliehende Kinn ging ohne Übergang in den massigen Hals über, besser gesagt, der Kopf schien ohne Hals auf die Schultern aufgesetzt zu sein. Es war erstaunlich, dass es Cabbuge gelungen war, noch ein Spitzenhalstuch dazwischenzubekommen, das voluminös über seine rote Brokatweste herunterwallte. Sein blauer Uniformrock stand weit offen und offenbarte einen Blick auf schmale Schultern und eine flache Brust über einem gewaltig nach allen Seiten gerundeten Unterkörper, soweit der hinter dem Schreibtisch sichtbar war.

»Nun, Sir, was haben Sie zu Ihrer Entschuldigung vorzubringen?«, piepste die Stimme im Falsett. Die unsteten Augen musterten Turner tückisch. Er machte keine Anstalten, Turner einen Stuhl anzubieten oder ihm die Hand zu reichen.

»Sir, ich habe den Befehl, vor Portsmouth eine französische Fregatte mit Konterbande abzufangen. Ich bin in der Tat hocherfreut, dass man Sie mir mit Ihrem schönen Schiff zur Unterstützung geschickt hat. Jetzt können wir die Blockade effektiver gestalten.«

Cabbuge sah aus, als würde ihn auf der Stelle der Schlag dahinraffen. Sein Kopf schoss nach vorne, und als er sprach, versprühte er vor seinem Mund eine Wolke aus kleinen Speicheltröpfchen. Das Gespräch schien für Turner eine ziemlich feuchte, unangenehme Angelegenheit zu werden. »Sind Sie noch bei Sinnen, Leutnant? Sie entblöden sich nicht, mich und mein Schiff wie selbstverständlich in Ihre Planungen einzubeziehen! Mich, einen Vollkapitän! Wer hat Ihnen überhaupt den Befehl gegeben, hier in diesen Gewässern zu operieren? Hier hat nämlich nur einer etwas zu befehlen, und das ist der Kommandierende Admiral der Nordamerikanischen Station, Mister! Ich habe die Ehre, mit diesem verehrungswürdigen Gentleman sehr gut bekannt zu sein und des Öfteren zusammen mit ihm zu dinieren. Admiral Richard Howe legt immer großen Wert darauf, dass alle Aktivitäten in diesen Gewässern von ihm angeordnet werden.«

»Das ist sicher beinahe richtig, Sir«, erwiderte Turner kühl, der sich sehr zusammenreißen musste, um bei dieser fleischgewordenen Karikatur eines unfähigen britischen Seeoffiziers nicht aus der Haut zu fahren. Vorsichtig bewegte er sich zwei Fuß rückwärts, um aus der unmittelbaren Reichweite des Sprühnebels zu kommen. »Ich segle unter der Flagge der Admiralität, und meine Befehle tragen die Unterschrift und das Siegel des Ersten Lords – genau wie die von Admiral Howe. Und Ihr Admiral ist angewiesen worden, den Hafen von Portsmouth zu blockieren.« Welche exakten Anweisungen »Black Dick« Howe bekommen hatte, wusste Turner zwar keineswegs genau, aber er war sicher, dass dieses vor ihm sitzende Malheur über noch weniger Informationen verfügte als er. »Es wurde von höchster – ich wiederhole, von *höchster* – Stelle verfügt, dass die *Flamand* den Hafen nicht erreichen darf!«

Das war zu viel für Cabbuge. Sein Kopf sank nach hinten, wobei seine Perücke verrutschte. Er riss an seinem Halstuch, dabei stöhnte, gurgelte und quiekte er abwechselnd. Der Wachposten vor der Tür wurde zwischen zwei Gefühlen hin- und hergerissen. Einerseits freute er sich diebisch, dass dieser junge Leutnant dem alten Ekel allem Anschein nach ordentlich Feuer unter dem Hintern machte, andererseits drängte ihn sein Pflichtgefühl, den Ersten Leutnant holen zu lassen, um zu verhindern, dass der Kapitän gesundheitliche Schäden davontrug. Er zuckte mit den Schultern, wenn der Alte Hilfe brauchte, musste er ja nur laut rufen … Schließlich beruhigte sich Cabbuge wieder ein wenig. Schnaufend richtete er sich auf und ordnete seine Kleider, dann stützte er den Kopf in beide Hände. Nachdem er ein paar Minuten vor sich hin gebrütet hatte, schlug er mit der Faust auf die Tischplatte. »Papperlapapp! Sie können mir viel erzählen, junger Mann! Jawohl, papperlapapp! Sie glauben wohl, Sie haben es mit einem alten unfähigen Schwachkopf zu tun!« Er machte eine Pause, um hastig Luft zu holen. Turner hatte Mühe ein ernstes Gesicht zu bewahren, denn es war, als ob der Mann seine Gedanken gelesen hätte. Der echauffierte Kapitän fuhr fort: »Aber nein, Sir, täuschen Sie sich nicht! Erst kürzlich hat mir der Marquis of Thumbernorthington zu meinen beachtlichen Erfolgen gratuliert! Wie ich bei aller Bescheidenheit sagen darf, zu sehr beachtlichen Erfolgen, jawohl! Jedenfalls werde ich meinen Befehlen gemäß weiter nach New York segeln, was Sie hier treiben, ist Ihre Sache. Von einem, äääh, kleinen Leutnant«, seine kleinen, wieselflinken Äuglein huschten angeekelt über Turner hinweg, »auch wenn er es durch den unerforschlichen Ratschluss Ihrer

Lordschaften bis zum Kommandanten einer Nussschale gebracht hat, lasse ich mir nichts vorschreiben!«

Turner konnte angesichts dieses traurigen Ausbunds an Unfähigkeit und Selbstüberschätzung nicht länger an sich halten. Er wusste, dass ihn wieder einmal das Teufelchen ritt, trotzdem fischte er nach der Vollmacht in seiner Brusttasche. Schwungvoll knallte er sie vor Cabbuge auf den Tisch und deutete auf die gesiegelten Unterschriften des Ersten Lords und des Premierministers. Der Kapitän stierte auf das Dokument, wollte danach greifen, aber Turner zog es schnell wieder zu sich herüber. Cabbuge wurde aschfahl, schien über dem Tisch zusammenzubrechen, dann stemmte er sich mit beiden Armen in die Höhe und stieß polternd den Sessel zurück. Turner hätte wetten können, dass ihm dabei ein kräftiger Wind entfuhr. Schwankend taumelte der Mann auf erstaunlich dünnen Beinchen, die aus seinem monströsen Unterkörper herausragten, hinüber zu seinem Weinschrank, dem er eine Flasche und ein großes Glas entnahm. Er füllte das Wasserglas mit einer bernsteinfarbigen Flüssigkeit, und in der Kabine breitete sich das scharfe, rauchige Aroma von Whiskey aus. Cabbuge stützte sich mit einem Arm am Schrank ab, dann stürzte er den Inhalt des Glases in einem Zug hinunter. Mein Gott, dachte Turner, wenn der Kerl jetzt nicht auf der Stelle tot umfällt, dann muss er aber gut im Training sein. Der Kapitän machte keinerlei Anstalten, zusammenzubrechen, sondern stieß langanhaltend kollernd auf, füllte dann das Glas wieder auf, aber bevor er es wieder leeren konnte, ertönte vor der Kabine die Stimme des Postens: »Der Midshipman der Wache, Sir!«

Cabbuge schaute sich verblüfft um, goss sich schwungvoll den Whiskey gluckernd durch die Gurgel, wischte sich den Mund ab und quiekte: »Soll reinkommen!«

Die Tür öffnete sich einen Spalt, und der Kopf eines jungen Mannes erschien. »Mit den besten Empfehlungen vom Ersten Leutnant, Sir, der Ausguck hat im Südwesten ein Segel gesichtet.«

»Äääh, danke, Mister Smutter. Ich, ich, äääh, komme an Deck! Sofort, ja, ja, sofort komme ich dann an Deck. Bis dahin soll der Erste Leutnant alle, äääh, erforderlichen Schritte, äääh, einleiten.« Der Kopf des Jungen verschwand, Cabbuge glotzte vor sich hin, füllte sich das Glas erneut randvoll, betrachtete den bräunlichgelben Inhalt, schnüffelte mit seinem langen Zinken daran und trank es langsam mit kleinen Schlucken aus. Er hatte Turner vergessen.

»Ich darf mich dann verabschieden, Sir«, schnarrte Turner, der kurz davorstand, diesem Ausbund an Unfähigkeit an den Kragen zu gehen. Er faltete die Vollmacht sorgfältig zusammen und steckte sie ein. »Ich kann nicht sagen, dass es mir ein Vergnügen war, Sie kennengelernt zu haben, Sir.«

»Ganz meinerseits, mein junger Freund!« Der Kapitän hatte ihn völlig missverstanden. »Ja, ja, es war mir wirklich eine große Freude, mein lieber Leutnant, man trifft ja heute so selten auf so fähige Männer, wie Sie einer sind. Werde dem Admiral sehr positiv von Ihnen berichten.« Die Stimme des Mannes klang jetzt beinahe völlig normal, allerdings waren seine glänzenden Augen in weite Fernen gerichtet, der Teufel mochte wissen, was er dort in seiner Phantasie sah. »Leider kann ich mich im Augenblick nicht länger um Ihre Probleme kümmern. Sie wissen ja, wichtige Geschäfte! Aber ein Kerl wie Sie kommt auch gut alleine klar, nicht wahr? Horrido und Waidmannsheil, mein Lieber!«

Turner zog die Tür hinter sich ins Schloss, nickte dem Marineinfanteristen zu, der keine Miene verzog, dann suchte er sich seinen Weg auf das Achterdeck. Er trat auf die Gruppe der Offiziere zu, die mit Teleskopen den südwestlichen Horizont absuchten.

»Um was für ein Schiff handelt es sich, Mister Mullham?«, erkundigte sich Turner gespannt, der das Schlimmste befürchtete.

»Anscheinend um eine Fregatte, Sir. Wie es aussieht, hält sie auf die Ansteuerung von Portsmouth zu. Dem Schnitt der Segel nach ist es ein Froschfresser.«

»Ziegenködel in der Bonbonniere, verdammt nochmal!«, fluchte Turner unbeherrscht. Er sprang an den Kompass, las ihn ab, kontrollierte den Wind und hätte dann am liebsten seinen Hut auf das Deck geworfen und wäre darauf herumgetrampelt. Der Wind hatte rechtgedreht, was bedeutete, dass der Franzose ohne einen zusätzlichen Schlag den Hafen anliegen konnte – und er stand schon ein gutes Stück weiter im Westen als die Briten. »Jetzt geht mir dieser Hundsfott durch die Lappen. Hätte mich dieser aufgeblasene ...« Er schwieg abrupt. Es gehörte sich nicht, einen Kapitän auf seinem eigenen Achterdeck vor seinen Offizieren schlechtzumachen. Sie wussten ohnehin, was sie an ihrem Kommandanten hatten ... »Mister Mullham, ich wünsche Ihnen eine gute Reise nach New York. Ich werde versuchen, ob ich den Franzmann noch an den Hammelbeinen zu packen bekomme. Guten Tag, Gentlemen!«

»Sie wollen mit Ihrem Schoner und dem Kutter eine Fregatte angreifen?«, erkundigte sich Mullham zweifelnd. »Sollen wir Ihnen nicht ein wenig behilflich sein, Sir?«

Turner lächelte ihn freundlich an. »Das ist sehr zuvorkommend von Ihnen, Mister Mullham, aber bei der leichten Kühlte dürfte die *Phoenix* zu langsam sein, um rechtzeitig eingreifen zu können. Und was die Größenverhältnisse angeht, so ist es allemal einen Versuch wert, denn die *Shark* hat scharfe Zähne«, erwiderte Turner sybillinisch und eilte zur Relingspforte.

»Im Übrigen sollten Sie den Kommandanten auf der *Swal-*

low eindringlich daran erinnern, dass die rot-weiße Speckflagge der Rebellen auf britische Kriegsschiffe eine unwiderstehliche Anziehungskraft ausübt, Mister Turner!«

Turner wurde rot, räusperte sich verlegen und knarzte dann mit seiner finstersten Miene: »Ahem, darauf können Sie sich verlassen, Sir!« Nach einem kurzen, festen Händedruck stieg er unter dem Flöten der Bootsmannspfeifen in seine Gig.

»Die Männer sollen den Rücken in jeden Schlag legen, Tom. Ich möchte, dass die Hummer auf dem Meeresgrund noch die Strudel spüren, welche die Riemen im Wasser verursachen!«

Tom grinste breit. »Aye, Käptum, Sör!« Auch die anderen Männer im Boot schmunzelten, das war ihr Wild Bull Turner, wie sie ihn kannten und liebten.

Und tatsächlich flitzte die Gig wie ein abgeschossener Pfeil über die See. Noch während der Annäherung brüllte Turner zur *Shark* hinüber: »Mister Starke, Signal an *Swallow*: ›Feind in Sicht!‹ und ›Verfolgen!‹.« Als er sich an Deck schwang, sah er, dass die *Swallow* schon abgedreht hatte und mit vollen Segeln nach Westsüdwest ablief. Auch auf der *Shark* wurden bereits die Segel getrimmt, der Bug schwang herum, und das Boot wurde achtern in Schlepp genommen.

Die Minuten summierten sich zu Stunden. Turner marschierte ungeduldig auf dem Achterdeck hin und her und haderte mit dem Schicksal. Er war sich sicher, dass es sich bei dem Schiff vor ihnen um die lang erwartete *Le Flamand* handelte. Hätte ihn das Zusammentreffen mit der *Phoenix* am frühen Morgen nicht so weit nach Nordosten gelockt, dann hätte er in einer hervorragenden Abfangposition gestanden. Hätte der Hund nicht …

Das fremde Schiff verschwand hinter den Inseln, die der Ansteuerung vorgelagert waren. Turner seufzte, von dort waren es noch knapp sieben Meilen bis zum Leuchtturm im Fort von New Castle. Er hatte verloren. Die *Shark* stand noch gute drei Meilen östlich von Duck Island und konnte die Franzosen nicht mehr einholen, bevor diese unter den Schutz der Landbefestigungen mit ihren Kanonen gekrochen waren. Die *Swallow* war schon lange aussichtslos zurückgefallen und bei der zunehmend diesigen Sicht gerade noch zu erkennen.

»An Deck! Zwei Segel bei den Inseln. Auslaufend! Drei, nein vier Segel!«

Was war denn das? Hatten die Yankees auch noch Trümpfe im Ärmel? »An Top! Was für Schiffe?«

»Schoner, Sir!«

Die Rebellen hatten zwar keine Marine, aber sie hatten vielen Kapitänen ihrer schnellen Schoner einen Kaperbrief ausgestellt. Diese Schiffe gingen den britischen Kriegsschiffen zwar für gewöhnlich geflissentlich aus dem Weg, den Versorgern und Handelsschiffen machten sie aber erheblich zu schaffen und verursachten große Schäden. Hielten sie die *Shark* für ein englisches Handelsschiff? Wohl kaum, dagegen sprach ihre Takelung. Vermutlich hatte sich unter den örtlichen Freibeutern die ständige Anwesenheit zweier kleiner britischer Kreuzer herumgesprochen, und sie hatten sich zusammengetan, um die Störenfriede zu vernichten oder doch zumindest zu vertreiben.

»An Deck! Insgesamt sechs Schoner halten auf uns zu!«

Turner war zwar eine Kämpfernatur, aber kein Dummkopf. Die *Swallow* mit ihren Erbsenschleudern würde in diesem ungleichen Kampf keine Hilfe darstellen. Und wie hieß es doch so richtig: Viele Hunde sind des Hasen Tod. Die Yankees mochten über keine Karronaden verfügen, aber bei diesen Kräfteverhältnissen musste die *Shark* einfach den Kürzeren ziehen.

»Signal an die *Swallow*, Mister Starke: ›Verfolgung abbrechen!‹ und ›Treffpunkt New York‹, haben Sie das?« Hoffentlich interpretierte Dechamp das richtig dahingehend, dass er die Beine in die Hände nehmen und sich schleunigst, ohne sich nach der *Shark* umzusehen, davonmachen sollte.

»Aye, aye, Sir!« Starke runzelte konzentriert die Stirn und sagte den Signalgasten die Flaggen an, die sie auf Slip aneinandersteckten, vorheißten und oben ausrissen.

»Mister Lennon, gehen Sie an den Wind und lassen Sie jeden Fetzen setzen, den das Schiff tragen kann! Wir wollen heute mal die verängstigte Maus spielen.« Turner lächelte säuerlich. Eben waren sie noch der Jäger gewesen, jetzt waren sie die Gejagten. Sehr wahrscheinlich würden die Schoner der Amerikaner leichter sein, da sie vermutlich nur wenige Vorräte mitführten, das konnte zur Folge haben, dass sie schneller waren als die *Shark*. Auf der anderen Seite hatte die *Shark* aber auch schon einen Teil ihres Proviants und des Trinkwassers verbraucht, und je länger die Jagd dauerte, desto größer wurde die Chance, dass sich die Meute seiner Gegner weit und weiter auseinanderzog, was Turner die Gelegenheit verschaffen mochte, sich seinen Feinden einzeln zu widmen.

Trotz der mäßigen Sichtverhältnisse setzte die *Swallow* nach einiger Zeit das Bestätigungssignal und änderte kurz darauf den Kurs. Ob man das Signal entziffert hatte oder ob der erfahrene Steuermannsmaat Carter aus dem Verhalten der *Shark* die richtigen Schlüsse gezogen hatte, war letztlich gleichgültig.

Die Jagd zog sich hin. Zuerst hielt Turner mit Steuerbordhalsen am Wind auf den Atlantik hinaus, der inzwischen beständig frisch aus Südosten wehte. Er hoffte, dass seine Verfolger bald die Lust verlieren würden, ihm in die offenen Gewässer zu folgen, aber die Yankeeskipper waren hartnäckig. So ändert er nach drei Stunden gegen Mittag den Kurs auf Cape Cod zu. Die vier Schoner, die noch in Sicht waren, folgten getreulich. Die übrigen beiden, bei denen es sich um kleinere Fahrzeuge gehandelt hatte, waren im Nebel verschwunden, aber Turner machte sich keine Illusionen. Es war durchaus möglich, dass sie immer noch Sichtkontakt zu ihren Kameraden hatten und ebenfalls weiter beharrlich seiner Spur folgten. Das erste Fahrzeug schien nur etwas kleiner zu sein als die *Shark* und wurde ausgezeichnet gesegelt, wie Turner neidlos feststellen musste. Der Schoner holte scheinbar mühelos eine Kabellänge nach der anderen auf, allerdings schien er Schwierigkeiten zu haben, dieselbe Höhe wie die *Shark* zu laufen. Erwartungsgemäß schwamm er hoch auf, er hatte also mehr Freibord und einen dementsprechend kleineren Lateralplan als die *Shark*, was seine größere Abdrift erklärte.

»Was meinen Sie, Mister Lennon, wann ist er in Schussweite?«

Der alte Mann runzelte die Stirn, warf einen prüfenden Blick auf den mit schäumender Bugwelle heranrauschenden Gegner und sagte dann mit gedehnter Stimme: »Nun, Sir, mit den hübschen Messingkrachern, die uns unser Erster Leutnant geschenkt hat, sollten wir den verfluchten Rebellen in etwa dreißig Minuten einheizen können. Damit werden sie nicht rechnen, das wird eine böse Überraschung für sie werden!«

»Das hoffe ich auch, das hoffe ich sogar sehr!«

»Lassen Sie das Schiff klar zum Gefecht machen, Mister Lennon. Die Geschützmannschaften der Jagdgeschütze sollen nach achtern kommen!«

Zusammen mit den Geschützführern besprach Turner das bevorstehende Gefecht. »Es kommt darauf an, den Hundsfott zu verkrüppeln, ihm möglichst einen Mast wegzuschießen – dann können wir weitersehen.«

Die beiden Männer grinsten ihn an. »Mit den beiden Schmuckstücken werden wir dem Hundesohn schon ordentlich einheizen. Schade, dass Mister Dechamp nicht dabei sein kann, wenn seine Lieblinge zum ersten Mal im Ernst ihr Maul aufreißen!« Der Erste Leutnant hatte die beiden Sechspfünder nicht ganz legal von einer Prise an Bord der *Shark* gebracht. War der ursprüngliche Zweck gewesen, ein Trimmproblem zu lösen, das die *Shark* immer nach dem Auslaufen hatte, wenn sie bis zum Stehkragen mit Proviant und Ausrüstung vollgestaut war, so kam ihnen jetzt die zusätzliche Feuerkraft achteraus natürlich sehr zupass.

Plötzlich runzelte einer der beiden Geschützführer besorgt die Stirn.

»Was ist los? Wo ist der Kinken, Meyers?«, erkundigte sich Turner misstrauisch.

»Nun ja, Sir, die beiden Geschütze stehen sehr dicht nebeneinander. Wenn wir sie gleichzeitig bedienen, kommen sich die Männer in die Quere. Das kann gefährlich werden! Besonders bei maximaler Seitenrichtung.«

»Kein Problem, Meyers. Dann schießt ihr eben nacheinander – Hauptsache ihr trefft!«

»Kein Problem, Sir, dem Jonathan* hauen wir die Spargel weg, ehe er weiß, wie ihm geschieht!«

»Dein Wort in Gottes Gehörgang, mein Sohn«, meinte Turner wohlwollend zu dem viel älteren Matrosen und klopfte ihm aufmunternd auf die Schulter. »Ich weiß, ihr tut euer Bestes, Jungs. Sobald ihr ihn vor den Rohren habt, gebt ihr ihm Saures!« Er warf noch einen Blick auf die golden glänzenden langen Rohre und kontrollierte ein weiteres Mal sorgfältig den Einfallswinkel des Windes und die Segel-

* Spitzname für die Amerikaner

stellung. Dann winkte er den Bootsmann heran, der schon erwartungsvoll bereitgestanden hatte.

»Schmarting*, wir werden gleich einen knappen Strich abfallen und dann wieder anluven. Stellen Sie ein paar kräftige und pfiffige Burschen an die Luvtalje des Vorstengestagsegels! Falls wir aus irgendeinem Grund zu weit in den Wind drehen sollten, müssen sie das Segel so weit es geht backholen, damit der Bug wieder herumgedrückt wird. Verstanden?«

»Aye, aye, Sir. Geht klar! Aber stark und schlau, das wird schwer.« Baxter lächelte.

Auch Turner grinste und kniff ein Auge zusammen. »Und es wäre sehr hilfreich, wenn die Kerle an der Leeschot diese dann auch auffieren würden, Bootsmann!«

»Wenn sie das nicht tun, wird ihnen der Himmel auf den Kopf fallen, Sir!«, versprach Baxter augenrollend und ließ seinen Starter pfeifend durch die Luft sausen.

Turner nickte ihm zu, atmete nochmals tief durch, drückte sich den Hut fest auf den Kopf und wandte sich dann an Quartermaster Jack Shultz, den ehemaligen schanghaiten Piraten. Der Mann blickte ihn aus seinen hellblauen Augen, die unter seinen dichten weißen Augenbrauen hervorstrahlten, aufmerksam an.

»Mister Shultz, ich möchte, dass wir vorsichtig einen knappen Strich abfallen, aber nur, um dann sofort wieder mit Schwung auf den alten Kurs zu gehen – natürlich ohne uns im Wind abzustellen. Genau an die Windkante! Haben Sie das verstanden?«

»Laut und deutlich, Sir!«, bestätigte Shultz. Er zupfte an seinem verbliebenen halben linken Ohr, blickte abschätzend zum Kommandowimpel hinauf und stellte sich dann neben

---

* Üblicher Spitzname für den Bootsmann

die Rudergänger an das große Rad. »Wir sind bereit, wenn Sie es sind, Sir!«

»Aye! Dann langsam abfallen! Heckgeschütze! Achtung! Feuer frei, sobald Ziel aufgefasst!« Das Schiff legte sich noch etwas weiter über, weil die Segel beim Abfallen nicht geschrickt wurden, die Peilung des feindlichen Schoners wanderte an Steuerbord aus, um dann schnell wieder nach achtern einzuwandern, als die *Shark* anluvte. Am Heck belferte der erste Sechspfünder giftig los, der zweite folgte mit kurzer Verzögerung. Die eine Kugel schlug vor der Bordwand ihres Verfolgers in die See, ob sie einen Schaden verursachte, war nicht ersichtlich. Wo die zweite traf – und ob sie überhaupt traf –, konnte Turner nicht beobachten. Das Manöver hatte sie Höhe gekostet, aber sie konnten es gewiss noch einige Male wiederholen, ehe sie ihren Luvvorteil vollständig verschenkt hatten.

»Noch einmal das Ganze, Männer!«, röhrte Turner, »schießt dem aufrührerischen Gesindel die Skalps weg!« Er sah, dass sich auf dem Vorschiff des gegnerischen Schoners eine Gruppe von Männern versammelte, die anscheinend intensiv damit beschäftigt war, irgendetwas klarzumachen. Vermutlich haben die ein oder auch zwei Jagdgeschütze da vorne stehen und versuchen, das Feuer zu erwidern. Turner grinste höhnisch. Wie sollte das gehen? Der Schoner lief bereits so hart am Wind, dass seine Vorsegel gelegentlich anfingen, unruhig einzufallen. Als die Kanonen der *Shark* wieder gefeuert hatten, stieg auch drüben eine Qualmwolke auf, aber der Einschlag lag weit ab an ihrer Steuerbordseite. Die Besatzung der *Shark* johlte laut auf und bedachte die Yankees mit obszönen Gesten. Allerdings schienen die Kugeln der Heckgeschütze ebenfalls keine Wirkung erzielt zu haben. Turner studierte das gegnerische Schiff durch sein Teleskop. Doch, da, sie mussten getroffen haben, denn er sah, dass zwei Männer einen dritten stützten und unter Deck führten. Sein Hemd war mit roten Flecken übersät. Holzsplitter! Sie waren von allen Seeleuten gefürchtet, weil es dem Schiffschirurgen selten gelang, wirklich alle zu finden und völlig herauszuoperieren. Schon kleine verpilzte Reste in der Wunde konnten den tödlichen Wundbrand hervorrufen. Wieder krachte ein Sechspfünder scharf und hell. Turner vermeinte, die Kugel im Ausschnitt seines Fernglases über das Deck fliegen zu sehen, und – verdammt wollte er sein! – plötzlich war das Ruder mit samt den beiden Rudergängern verschwunden! Der Schoner drehte langsam vom Wind weg, legte sich mit dichtgeholten Segeln gefährlich weit nach Steuerbord über, bis die Segeltrimmer auf dem schräg stehenden Deck die Schoten loswarfen. Dann richtete sich der Schoner ruckartig auf und taumelte wie ein schwer angeschlagener Faustkämpfer unsicher in den Wellen.

»Klar zur Halse!«, brüllte Turner. Er fühlte sich ganz in seinem Element, jetzt würde er dem Schweinehund den Rest geben, mochte Lennon auch noch so besorgt die Stirn krausziehen, sich die Adlernase reiben und verdrießlich schniefen. »Achtung! Steuerbordbatterie! Doppelte Ladung, Kugel auf Kugel! Feuer frei, sobald Ziel aufgefasst!«

»Aye, aye, Sir!«

Das Schiff drehte auf dem Teller, die großen Gaffelsegel schwangen zur anderen Seite hinüber. Der intensive Drill machte sich mal wieder bezahlt. Sie liefen vor dem Bug des Amerikaners vorbei, Karronade auf Karronade jagte ihre doppelte Ladung in das Vorschiff. Der Schonermast begann zu wanken und stürzte dann laut krachend um. Während die Waffen wieder hektisch nachgeladen wurden – und einer der großen Vorteile der Karronaden war, das sie wesentlich schneller wieder schussbereit waren als Langrohrgeschütze –, lief die *Shark* nahezu auf Gegenkurs auf das feindliche Schiff zu. Sobald die Karronaden feuerbereit waren, zuckten wieder lange Feuerzungen aus den kurzen Rohren, und die schweren achtzehnpfündigen Kugeln zerschmetterten die Bordwand. Ein oder zwei Schüsse wurden auch auf dem Amerikaner abgegeben, aber Turner spürte keinen Einschlag im Rumpf seines Schiffes. Drüben floss das Blut in breiten Strömen aus den Speigatten. Turner raste. »Zeigt den Hurensöhnen, wer die Herrscherin der Meere ist, Männer! Viva Britannia! Es lebe der König!« Die Männer fielen begeistert in seine aufpeitschenden Rufe ein. »Skalpiert Washington! Jefferson an die Rahnock! Die Kolonien bleiben britisch!« Die *Shark* luvte wieder an, um das Heck des Schoners zu bestreichen, jetzt konnte man zum ersten Mal seinen Namen lesen: *Penance and Mercy*.

Lennon räusperte sich energisch: »Ahem, Sir! Ich würde sagen, die haben da drüben die Flagge gestrichen!« Turner schien aus einem bösen Traum zu erwachen. »Äääh, ach ja, sehr richtig, Mister Lennon. Feuer einstellen!«

Lennon murmelte – mehr zu sich selbst – vor sich hin: »Buße haben die armen Schweine ja wohl schon mehr als genug getan, aber Erbarmen – haben sie das wirklich verdient?« Der Hass des alten Mannes auf die abtrünnigen Kolonisten, denen er eine Mitschuld am Tod seines Sohnes gab, saß tief.

Die anderen Schoner waren in der Zwischenzeit gefährlich nahe gekommen, der eine stand sogar etwas luvwärtig. Die *Shark* musste sich sputen, um nicht von ihnen zwischen zwei Feuer genommen zu werden. Ein letzter Blick zurück zur *Penance and Mercy* zeigte Turner, dass das Schiff nicht zu retten war. Diese Freibeuter waren ganz auf Schnelligkeit und nicht auf Standfestigkeit in einem langwierigen Feuerkampf wie ein britisches Kriegsschiff gebaut, deshalb standen die Spanten weit auseinander, und die Beplankung war dünn.

Und bei dem verwendeten Holz handelte es sich nicht um beste englische Eiche. Unter diesen Voraussetzungen hatten die großkalibrigen Kugeln mit ihrer niedrigen Mündungsgeschwindigkeit eine optimale Wirkung erzielen können. Große Löcher klafften an der Steuerbordseite; durch sie strömten die eisigen Fluten des Nordatlantik ins Zwischendeck und in den Laderaum. Das Schiff legte sich mehr und mehr auf die Seite, sogar auf der sich schnell entfernenden *Shark* war noch das dumpfe Poltern zu hören, als sich die Kanonen losrissen und durch den Raum rumpelten, wobei sie alles gnadenlos zerquetschten, was sich ihnen in den Weg stellte. Turner schluckte. Es tat ihm als Seemann immer weh, ein Schiff sterben zu sehen, auch an die armen Kerle mochte er nicht denken, die in wenigen Minuten im eisigen Wasser treiben würden. Selbst wenn sie sich an einem Wrackteil festhielten, würden sie mit Sicherheit nach wenigen Minuten durch die alles durchdringende Kälte müde und gleichgültig werden. Sie würden ihren Halt loslassen, die Köpfe würden im klaren, eisigen Wasser untertauchen, die eine oder andere Hand würde verkrampfen, wie eine Vogelklaue herausragen und verzweifelt versuchen, sich in dem tief hängenden grauen Himmel festzukrallen. Still würden die Männer ertrinken, nur ein paar kleine Luftbläschen würden ein paar Sekunden lang ihr nasses Grab markieren, dann würden die bleiernen Wasser des Nordatlantik ungerührt das Leichentuch drüberziehen.

»Bootsmann! Segel wieder auf den Kurs hoch am Wind trimmen! Quartermaster: Kurs hoch am Wind!«

»Aye, aye, Sir!«, bestätigten Baxter und Shultz unisono.

Mühsam presste sich die *Shark* Faden für Faden nach Luv, um der tödlichen Umklammerung durch die drei verbliebenen Schoner zu entkommen. Das kostete Geschwindigkeit, und die Gegner holten beständig auf. Turner überlegte gerade, ob er nicht besser einen knappen Strich abfallen sollte, um sein volles Geschwindigkeitspotenzial auszuspielen, denn in der verbleibenden Zeit bis zum frühen Sonnenuntergang würden ihn dann die Feinde wahrscheinlich nicht mehr stellen können. Doch dann stellte er durch sein Teleskop fest, dass der Schoner in Luv etwas abfiel. Gleich darauf stieg drüben auf dem Vorschiff eine braungraue Qualmwolke auf. Die Kugel schlug hinter dem Spiegel der *Shark* im Kielwasser ein. Eine grünweiße Wassersäule stieg anmutig in die Höhe.

»Die Kerle schießen nicht schlecht!«, brummte Turner missmutig. Er nahm gereizt zur Kenntnis, dass der Schoner jetzt dasselbe Spiel mit ihnen spielte, mit dem sie vorher bei der *Penance and Mercy* erfolgreich gewesen waren. Abfallen, schießen, anluven, laden, abfallen, schießen …

»Ruder! Achtung! Bootsmann! Klar zur Wende!«

An den Schoten sausten die Arme in die Höhe. »Ist klar, Sir!«, bellte der Bootsmann.

Ein letzter Rundumblick. »Rhe! Anschließend: Kurs voll-und-bei!«

Der Bug der *Shark* ging durch den Wind, die Segel kamen über und wurden auf den neuen Kurs getrimmt. Der Freibeuter an Backbord war zunächst energisch vom Wind abgefallen, um zu vermeiden, dass die *Shark* ihn über den Bug der Länge nach bestrich, aber nachdem er das Kielwasser der *Shark* passiert hatte, tat er es seinen beiden zurückhängenden Kameraden nach und wendete ebenfalls. Er konnte nicht wissen, dass er sich noch gut außerhalb der Reichweite der Karronaden befand, und Turner dachte nicht im Traum daran, ihn auf diese Schwachstelle der *Shark* hinzuweisen. Immerhin hatte das überraschende Manöver der *Shark* einen Raumgewinn von einer guten Kabellänge eingebracht. Die Wintersonne war als blasse Scheibe noch gut in den Wolkenbändern über dem westlichen Horizont auszumachen, und da gestern Neumond gewesen war, standen die Chancen nicht schlecht, dass es ihnen gelingen würde, ihre aufdringlichen Verfolger nach Sonnenuntergang abzuschütteln. Aber vorerst ging die Jagd weiter, wobei die Yankees den Geschwindigkeitsvorteil auf ihrer Seite hatten. Zwar konnte die *Shark* dafür höher an den Wind gehen, schaffte es aber leider nicht, sich in eine unangreifbare Luvposition zu verabschieden. Eine gute Stunde vor Sonnenuntergang entschloss sich Turner, nochmals zu wenden, um dann mit einem Schrick in den Schoten mit maximaler Geschwindigkeit nach Süden zu laufen, denn der nächste Verfolger kam ihm bedenklich nahe. Nach der Wende kreuzten sie die Kurslinie des zweiten Verfolgers, der diese Gelegenheit nutzte, um sein Jagdgeschütz auf dem Vorschiff einzusetzen. Eigentlich war er noch zu weit entfernt, um gezielt feuern zu können. Es war wohl mehr eine Geste, um seinen Kampfeswillen zu demonstrieren, aber gerade als Turner geringschätzig mit den Schultern zucken wollte, gab es oben im Rigg einen lauten Knall, dem die Geräusche von splitterndem Holz und brechendem Tauwerk folgten. Ein Glückstreffer hatte in die Stenge des Großmasts eingeschlagen, Blöcke zerschmettert und das laufende Gut der Spiere durchtrennt, worauf der Gaffelbaum nach unten wegklappte und das Segel den Wind verlor. Die Rudergänger konnten den Kurs nicht halten, denn das Schiff wurde sofort leegierig.

Turner spürte, wie sich seine Nackenhaare sträubten, ein eisiger Klumpen lag ihm im Magen. Instinktiv presste er fest die Hinterbacken zusammen, und sein Kopf war vollkommen leer. Das war das Ende! Er hatte bisher immer Glück gehabt, aber einmal kam für jeden Liebling der Götter der Moment, an dem er bei seinem Schutzpatron die Schulden begleichen musste, und der nahm keine kleine Münze als Dankopfer an. Es musste Blut sein, dieser kostbare pulsierende rote Lebenssaft, der in wenigen Minuten überreichlich auf das Deck spritzen und sich in großen, klebrigen Pfützen sammeln würde. Das Blut seiner Männer und höchstwahrscheinlich auch sein eigenes. Turner schluckte schwer. Verdammt, dachte er, in einer halben Stunde hätte ich diesen Hundesöhnen in der Dunkelheit eine lange Nase gedreht, aber ... Trotzig stampfte er mit dem Fuß auf: »Quartermaster! Vor den Wind gehen! Segel trimmen! Marssegel setzen! Batterien Achtung! Feuer frei, wenn Ziel aufgefasst!« Ein Blick in den Top des Großmasts zeigte ihm, dass die Topsgäste schon dabei waren, das Durcheinander zu klarieren, um eine Behelfsspiere auftakeln zu können, damit sie das Großsegel wieder setzen konnten.

Der erste Freibeuter kam förmlich herangeschossen. Er war von der plötzlichen Wendung des Geschehens wohl selber überrascht worden. Als er am Wind liegend schräg in Luv vorbeizog, feuerte er seine Backbordbatterie ab, aber weil er durch den Winddruck immer noch weit auf der Seite lag, schlug der größte Teil der Kugeln wirkungslos ins Wasser ein. Turner war sich sicher, dass sich das beim nächsten Anlauf ändern würde. Die Karronaden der *Shark* spuckten wütend ihre Ladungen aus gehacktem Blei über das Deck des Kaperschiffes, Schreckens- und Schmerzensschreie klangen über das Wasser und mischten sich mit überraschten Rufen, die dem empfangenen, unverhofft reichhaltigen Segen geschuldet waren. Die Yankees hatten mit sechs- oder höchstens achtpfündigen Kugeln gerechnet, aber nicht mit achtzehn Pfund Blei aus jedem Geschütz. Das würde ihnen zu denken geben. Die *Shark* taumelte unelegant vor dem Wind nach Nordwesten wie ein Raubvogel mit einer gebrochenen Schwinge und wartete auf die anderen beiden Gegner. Die Kaperer liefen auf einem südlichen Kurs weiter, die Schonersegel wurden aufgegeit, um die Geschwindigkeit zu verringern und die Krängung zu vermindern. Unaufhaltsam näherte sich das Verhängnis. Turner wusste, wie das Unheil seinen Lauf nehmen würde. Zunächst würden die beiden ihn in Lee mit dem Kurs am Wind passieren und mit ihren Breitseiten eindecken. Das konnte die *Shark* mit etwas Glück noch ganz gut überstehen, aber dann würden die drei Aasgeier vor den Wind gehen, zwei würden die Kriegsslup in die Mitte nehmen und von beiden Seiten zusammenschießen, der dritte würde todsicher mit wechselnden Kursen hinter dem Heck durchlaufen und ihn der Länge nach bestreichen. Es gab kein Entrinnen – die Falle war zugeschnappt. Turners Gedanken überschlugen sich. Konnte er das Ende hinauszögern, vielleicht sogar bis nach Sonnenuntergang durchhalten? Wenn ihm doch nur etwas einfallen würde! Und wenn es der völlig irrsinnige Plan eines Wahnsinnigen oder der eines ausweglos Verzweifelten gewesen wäre – alles war besser, als auf das unvermeidliche Ende mit Schrecken zu warten. Er nahm den Hut ab und rieb sich den Hinterkopf. Nur ein pathetischer Spruch aus den langweiligen Lateinstunden kam ihm in den Sinn: *Dulce et decorum est pro patria mori.** Aus den Oden des Horaz, überlegte er, aber völliger Quatsch. Der Kerl hatte, als er diese Worte seinem Schreiber diktiert hatte, vermutlich am Fenster in seinem luftigen Arbeitszimmer mit einer wundervollen Aussicht über die bukolische *Campagna* gestanden, hatte den Anblick der sanften Hügel mit den silberblättrigen Olivenbäumen und dunklen Zypressen genossen, sich in Honig kandierte Früchte auf der Zunge zergehen lassen und mit einem frischen Rotwein nachgespült. Sterben ist einfach Mist, dachte Turner sehr prosaisch. Keine Karriere als Kapitän zur See, kein privates Glück mit der liebevollen Elizabeth, kein Platz als wohlhabender angesehener Gentleman in der besseren Gesellschaft Antiguas oder

---

* Süß und ehrenvoll ist es, für das Vaterland zu sterben.

Englands. Der einzige Ausweg, um mit heilen Knochen aus dieser Bredouille herauszukommen, war der, die Flagge zu streichen! Turner presste die Lippen zu einem dünnen Strich zusammen. Er staunte über sich selbst, dass er diesen Gedanken zugelassen hatte. Niemals! Jedenfalls nicht, bevor er mit den Rebellen einen höllischen Jigg getanzt hatte, bei dem ihnen Hören und Sehen vergehen sollte. Er presste seinen Hut fest auf den Kopf, lockerte den Säbel in der Scheide und strich über die Kolben der beiden Pistolen in seinem Gürtel. Die erste Breitseite des vorderen Freibeuters rollte über das Wasser, die Kugeln ließen Wasserkaskaden über das Deck klatschen, heulten mit tiefem Brummen durch die Luft und schlugen krachend in Holz ein. Die Karronaden revanchierten sich mit bösartigem Gebrüll. Bitter lächelnd konstatierte Turner die entsetzte Überraschung bei den Gegnern über die unerwartete Feuerkraft des kleinen Schiffes. Die schnelle Versenkung der *Penance and Mercy* hatten die Feinde wohl auf eine Verkettung unglücklicher Zufälle zurückgeführt. Der zweite Kaperer fiel etwas ab, vergrößerte den Abstand und feuerte überhastet, aber dennoch fanden einige seiner Kugeln ihr Ziel. Dann war Ruhe. Turner blickte sich um. Die Schäden hielten sich in Grenzen. Zwei Männer lagen bewegungslos auf dem Deck, andere wurden von ihren Kameraden ins Lazarett zum Chirurgen geschafft. Der Segelmeister schaute nach achtern und murmelte verkniffen: »Sie wenden! Jetzt wollen uns die Bastarde den Rest geben! Was für einen Joker haben Sie noch im Ärmel, Sir?«

Turner war verblüfft. Er hatte nicht erwartet, dass dieser alte, mit allen Wassern der Sieben Meere gewaschene Seebär sich darauf verließ, anscheinend sogar fest darauf vertraute, dass er, ein junger Leutnant von dreiundzwanzig Jahren, ihn aus dieser ausweglosen Lage heraushauen würde. Hielten ihn denn alle an Bord für einen Übermenschen? Er musste schlucken. Nein, das wohl nicht, aber sie *wussten*, dass er ihr Kommandant und für sie verantwortlich war, für jeden Einzelnen von ihnen. Es war seine verdammte Pflicht und Schuldigkeit, sich etwas einfallen zu lassen, um sie hier herauszuholen. Er hatte die Privilegien eines Kommandanten sofort und gerne als normale, willkommene Begleiterscheinung seiner Dienststellung akzeptiert, aber jetzt merkte er, dass man ihm diese Privilegien auf Vorschuss eingeräumt hatte, dass er sie sich in Situationen wie dieser erst schwer verdienen musste. Er wollte Lennon gerade antworten, dass er leider auch keinen Ausweg sah und durchaus geneigt war, sich völlig unheroisch in die Hosen zu machen, als ganz hinten in seinem Kopf eine vage Idee Gestalt annahm – verschwommen zunächst, ohne feste Konturen, so wie Nebelschleier, die über dem Moor in der leichten Nachtbrise tanzen, aber so nach und nach wurden die Umrisse deutlicher. Es konnte funktionieren, mochte ihnen genug Zeit verschaffen, um vielleicht doch noch in der Dunkelheit zu verschwinden. Allerdings hätte er keinen rostigen Penny auf das Gelingen seines Plans gewettet, weil er genau das war, was er sich vorhin gewünscht hatte: der Plan eines ausweglos Verzweifelten! Er blickte nach achtern. Die beiden Freibeuter näherten sich schnell auf beiden Seiten, auch sie hatten ihre Toppsegel gesetzt, denn auch ohne Großsegel lief die *Shark* vor dem Wind gute Fahrt. Der nächste Blick galt den Arbeiten im Topp, dann der Sonne, die sich der Kimm näherte. Die Männer würden die Reparatur nicht rechtzeitig beenden, bevor die Freibeuter sie eingeholt hatten, geschweige denn, bevor die Dunkelheit sie schützend einhüllte. »Jauche im Parfumflakon!«, fluchte Turner grimmig. Die Männer auf dem Achterdeck schauten sich vielsagend an. Wenn ihrem Kommandanten seine blumigen Verwünschungen noch nicht ausgegangen waren, dann konnte die Lage nicht so hoffnungslos sein, wie es den Anschein hatte. Wild Bull Turner hatte gewiss noch ein As im Ärmel.

Turner beobachtete sehr sorgfältig die schnell aufholenden Verfolger, dann rief er: »Mister Starke! Die Karronaden an Steuerbord doppelt mit Kugeln laden, anschließend im Nahkampf mit Kartätschen! Drehen Sie die verfluchten Yankees durch die Wurstmaschine! Nach der dritten Salve will ich da drüben keinen Rebellen mehr sehen, der nicht verwundet ist! Nach der sechsten erwarte ich, dass die Kerle da drüben Schlange stehen, um freiwillig in die Garde des Königs einzutreten – jedenfalls die sieben oder acht Hurensöhne, die dann noch aufrecht stehen können. Haben Sie das verstanden, Mister?«

»Aye, aye, Sir!«, brüllte Starke zurück und schwang begeistert seinen Hut. Die Männer an den Stücken fielen ein. Es war ein schreckliches Geheul, das über das Meer schallte, die Männer legten ihre ganze unterdrückte Angst und blinde Wut hinein. Die Amerikaner, die das sogar auf ihren in Luv stehenden Schiffen hörten, blickten sich verwundert an, die meisten von ihnen befiel ein unbestimmtes Grauen. Eben noch waren sie sicher gewesen, dass sie den verdammten Limey ohne große Anstrengung mit einer auf dem Rücken gefesselten Hand erledigen würden, doch jetzt kamen dem einen oder anderen Zweifel. So manch einer fuhr sich mit dem Finger in den Kragen der dicken Jacke, weil er das Gefühl hatte, dass ihm die Luft knapp wurde.

Turner wandte sich an Lennon: »Das Schiff an Steuerbord steht etwas dichter bei uns dran. Wir werden gaaanz vorsichtig versuchen, den Abstand noch weiter zu verringern. Sobald sein Vorschiff querab von unserem Großmast ist, luven wir hart an, legen uns bei ihm längsseits und schießen ihn zusammen. Wenn wir längsseits bei ihm liegen, wird das seine Kumpane daran hindern, uns unter Feuer zu nehmen, da sie befürchten müssen, ihre eigenen Männer zu treffen – zumindest hoffe ich das.«

Lennon legte den Kopf zur Seite, strich sich mit zwei Fingern über seine Hakennase und nickte dann langsam. »Das könnte klappen, Sir.«

»Sie leiten das Manöver, Mister Lennon.«

»Aye, aye, Sir.«

»Backbordbatterie! Ihr heizt dem stinkenden Heringslogger auf eurer Seite ordentlich mit Kugeln ein, während wir die Süßwassermatrosen an Steuerbord kastrieren. Den Männern an dem Geschütz, das ihm einen Mast abschießt, winkt ein Goldstück. Haltet euch ran, er hat nur zwei …!«

Die Bedienungsmannschaften der Batterie stießen sich mit den Ellenbogen in die Rippen, und einer der Männer rief: »Holen Sie die Goldklunker schon mal hoch, Käptum. Eigentlich ist der Yankee schon entmastet, er weiß es nur noch nicht!«

Turner grinste. Die Männer waren scharf auf den Kampf. Nun, sie würden ihn bekommen.

»Bootsmann, klar zum Aufgeien des Marssegels, des Toppsegels und des Schonersegels! Wurfdraggen vorbereiten! Klarhalten zur Abwehr von Enterern! Meine leichte Kavallerie soll ihr Augenmerk auf Kerle richten, die uns mit Granaten bewerfen wollen. Ich würde es sehr begrüßen, wenn diese widerlichen Dinger an Deck der Yankees explodieren würden. Wir wollen uns doch von diesen Scheißkerlen nichts schenken lassen – oder?« Er deutete mit dem Kopf auf die Trapper und die beiden Indianer, die bereits mit ihren langen Gewehren bereitstanden und mit scharfen Augen nach lohnenden Zielen suchten.

»Aye, aye, Sir!«, rief Baxter stoisch zurück.

»Sergeant Bull! Schärfen Sie Ihren Scharfschützen ein, dass ich von dem Augenblick an, in dem wir anluven, dort drüben keine lebende Seele mehr am Ruder und in einem Umkreis von fünf Yards davon sehen will. Danach sind als nächstes die Geschützführer auszuschalten, verstanden?«

»Aye, Sir. Schiffsführung liquidieren, Feuerkraft reduzieren!« Sergeant Bull verzog keine Miene. »Wenn Sie gestatten, Sir, verteile ich die Ziele.«

»Machen Sie das, Sergeant, ich verlasse mich da ganz auf Sie!« Sergeant Bull salutierte so zackig wie auf dem Kasernenhof, legte eine Kehrtwende aus dem Handbuch hin und marschierte mit schwingenden Armen zu seinen Seesoldaten hinüber. »Der Käptum möchte, dass es nach seinem Zeichen auf dem Achterdeck dieses hässlichen Eimers da hinten um das Ruder herum so ruhig zugeht wie auf dem Friedhof einer Einsiedelei in einer regnerischen Novembernacht. Ich habe ihm versprochen, dass die Scharfschützen Seiner Majestät Seesoldaten dafür garantieren! Sollte sich in einem Umkreis von fünf Yards um das Ruder auch nur ein Rattenschwanz noch bewegen, werden die Herren Scharfschützen Griffe kloppen, bis die Kolben ihrer Musketen so dünn wie die Speckscheiben unseres Zahlmeisters an einem Fastentag sind. Das ist ein Versprechen!«

Die angesprochenen Soldaten schluckten schwer. Sie wussten, dass Sergeant Bull seine Versprechen zu halten pflegte.

»Die übrigen Schützen schalten die Geschützführer aus – und jeden, der danach an ihre Stelle tritt! Ist das angekommen?«

»Jawohl, Sergeant!«

»Sehr gut, dann auf die Gefechtsstationen, Männer!«

Turner schaute durch sein Teleskop zu den Schiffen hinüber, besonders intensiv musterte er das an Steuerbord. Eigentlich hätte er das Fernglas nicht mehr gebraucht, denn der lange Klüverbaum des nächsten Schiffs war schon auf gleicher Höhe mit dem Achterschiff der *Shark*. Er versuchte erst gar nicht, die Anzahl der Männer auf dem Deck zu zählen, es waren sicher über hundert Kerle, die darauf warteten, das britische Schiff zu entern. Jeder einzelne von ihnen war mit allen nur denkbaren Handwaffen ausgestattet. Turner schluckte schwer. Seine Karronaden würden den Ausschlag geben müssen, denn wenn sich diese menschliche Woge über sein Deck ergoss, war die Messe gelesen. Ganz zu schweigen davon, dass auf den anderen Freibeutern sicherlich ebenso viele Männer bereitstanden, die den dringenden Wunsch verspürten, die englische Gastfreundschaft in Anspruch zu nehmen. Neben dem Ruder stand ein großer kräftiger Mann, unter dessen Hut lange blonde Locken hervorquollen. Er hatte die Arme vor der Brust gekreuzt, stand mit leicht gegrätschten Beinen anscheinend völlig entspannt neben dem Kompasshaus und schien sich seiner Sache völlig sicher zu sein. Falls er bemerkte, dass sich die *Shark* langsam, ganz langsam dichter an seine Kurslinie heranschob, dann schien ihn das nicht zu kümmern.

»Tom«, sagte Turner, ohne sich umzudrehen, »hol mir eine Muskete mit Munition vom Waffenmeister. Eine von seinen Lieblingen, die er nur an gute Schützen herausrückt! Und mit gesetzten Leesegeln, wenn ich bitten dürfte!«

»Aye, Käptum, Zur!«

Die erste Karronade an Steuerbord, die weit nach achtern gerichtet war, hatte das Ziel aufgefasst. Midshipman Starke blickte fragend nach achtern. Turner nickte ihm zu. Starke schlug dem neben der Karronade knienden Geschützführer mit der flachen Hand leicht auf den Kopf. Der Mann zielte nochmals über die neuartige Visiereinrichtung und riss dann die Abzugsleine des Feuersteinschlosses. Das schwere Stück spie Feuer und ruckte auf seinem Schlitten zurück. Die beiden Kugeln schlugen wie Titanenhämmer in die Bordwand des Gegners ein und rissen Wolken von Splittern aus dem

Holz. Nach und nach fielen die anderen Karronaden in das grausige Konzert ein, aber auch drüben auf dem Amerikaner begannen die Sechspfünder trotz der Verluste unter den Geschützbedienungen zu belfern. Turner spürte, wie die Kugeln in sein Schiff einschlugen, jede Erschütterung bereitete ihm körperliche Schmerzen, es war, als würde ihm jedes Mal ein Messer in den Leib gerammt. Auch auf der Backbordseite begann der Feuerkampf. Er warf einen letzten Blick nach oben zu den Toppgasten, die es geschafft hatten, den Gaffelbaum schon so weit anzuheben, dass er das Großsegel nicht mehr durchbohren konnte. Dann schätzte er die Entfernung zum Gegner ab, gab den Scharfschützen ein Zeichen und brüllte: »Das Mars- und Toppsegel aufgeien, Jungs!« Lennon ließ seinen Arm von oben nach unten durch die Luft sausen, worauf die Rudergänger das Rad herumwirbelten. Der Klüverbaum wanderte herum, und der Freibeuter näherte sich ihnen beängstigend schnell. Turner blickte wieder zum Achterdeck hinüber. Der große blonde Mann hatte den Mund weit aufgerissen und fuchtelte mit beiden Armen in der Luft herum, dann wurde er von mindestens zwei Kugeln hintenüber aufs Deck geworfen, wo er mit seitlich ausgestreckten Armen bewegungslos liegen blieb. Am Ruder stand nur noch ein Mann, der mit seltsam anmutenden Verrenkungen vor den Kugeln der Scharfschützen hinter dem Kompasshäuschen Schutz suchen wollte, doch dann riss ihm eine Kugel das halbe Gesicht weg. Lennon brachte das Schiff auf Parallelkurs, die Wurfanker flogen hinüber, und ihre Leinen wurden belegt. Mit einem dumpfen Krachen stießen die Schiffskörper zusammen, Holz splitterte. »Schonersegel aufgeien, Bootsmann!« Die Karronaden wummerten weiter in kurzer Taktfolge und verwandelten Verschanzung, Boote, die Kappen der Niedergänge, den Aufbau für die Kombüse und Reservespieren in handliches Brennholz. Die unteren Teile der Gaffelsegel waren zerfetzt, die Planken mit Toten und Verwundeten bedeckt. Die wenigen Amerikaner, die eine Deckung vor den Wolken aus Eisensplittern gefunden hatten, erwiderten hartnäckig das Feuer mit Musketen und Pistolen. Die langsamere *Shark* zog das feindliche Schiff langsam herum, bis beide quer zur See lagen. Der zweite Freibeuter musste das Feuer einstellen, da sich ihm zur Zeit kein Ziel bot. Der Pulverqualm hüllte die beiden kämpfenden Schiffe ein. Turner musste husten, seine Augen tränten, er spukte bitter schmeckenden Schleim über die Kante. Ein paar Leinen brachen, weil die Beanspruchung zu groß wurde. Die Männer an den Karronaden arbeiteten wie aufgezogene mechanische Jahrmarktspuppen an ihren Waffen. Ihre Gesichter waren vom Pulverdampf schwarz gefärbt, nur die Augen leuchteten weiß. Die Bewegungen waren genau abgezirkelt, kein Griff war zu viel, die Feuergeschwindigkeit ließ kaum nach. Um das Ruder des Amerikaners herum lagen mehrere Leichen in seltsam unnatürlichen Posen. Niemand machte Anstalten, das Ruder wieder zu besetzen. Auf dem Deck türmten sich die Toten, die versucht hatten, auf die Verschanzung zu klettern, um dann aufs Deck der *Shark* zu springen. Verletzte lagen in ihrem Blut und pressten ihre Hände auf ihre Wunden; in ihren Augen irrlichterte der schiere Wahnsinn. Schrille Schreie mischten sich mit endlosem jammervollem Heulen und sich überschlagenden Flüchen. Was kampfbereite Männer anging, so wirkte das Deck zurzeit erstaunlich verlassen. Turner vermutete, dass die einsatzfähigen Überlebenden unter Deck geflüchtet waren, um dort auf ihre Chance zu warten, Rache zu nehmen. Ihre Stunde würde bald kommen. Er schaute sich nach den anderen beiden Schonern um, und da kamen sie auch schon herangerauscht, die Decks schwarz von waffenschwingenden, brüllenden, äußerst gereizten Kämpfern. Pardon würden die nicht geben. Neben ihm schlug eine Musketenkugel in eine Planke ein. Erschrocken sprang er instinktiv zur Seite und schaute dann nach oben. Er entdeckte den Schützen oben auf der Großmars des Amerikaners, riss Tom die Muskete aus der Hand, presste den Kolben fest an die Schulter, zielte sorgfältig und drückte ab. Der Scharfschütze, der sich kniend eng an das Eselshaupt gepresst hatte, wurde durch den Anprall der schweren Bleikugel nach hinten gerissen und stürzte mit wild rudernden Armen kopfüber in die Tiefe. Seinen Todesschrei verschluckten die Abschüsse der Karronaden. Der eine heranschnaubende Schoner würde bei seinem waidwunden Kameraden längsseits gehen, der andere direkt an der *Shark*, dann würden in kürzester Zeit Hunderte von mordlustigen Rebellen das Deck der *Shark* überfluten. Es war wohl an der Zeit, die geheimen Papiere in ihrem mit Bleikugeln beschwerten Sack der See zu übergeben. Um seinen Befehl umzusetzen, der da lautete, zu verhindern, dass die neu entwickelten Karronaden in feindliche Hände fielen, blieb ihm nur übrig, Feuer am Pulvermagazin legen zu lassen. Turner stöhnte verzweifelt. Er zuckte zusammen, als er plötzlich für eine flüchtige Sekunde Toms Hand auf seiner Schulter spürte, die ihn durch den dicken Uniformstoff hindurch tröstend drückte. Das war eine ungeheuerliche Insubordination – aber sie tat ihm gut. Er schaute sich schnell um, aber Tom blickte scheinbar unbeteiligt auf die sich nähernden Schiffe. Hatte ihm sein Bursche vielleicht nur einen Holzspan von der Uniform entfernt? Turner hing wieder seinen schwarzen Gedanken nach, er konnte sich keinen Vorwurf machen, er hatte alles versucht. Und er hätte fast Erfolg gehabt, denn die Sonne war im Begriff unterzugehen. Turner blickte nach Südwesten, wo die große blutigrote Scheibe mit ihrem Unterrand gerade die Kimm berührte. Seltsam geometrisch geformte Wolken schienen plötzlich den Feuerball zu verdunkeln, oder was konnte das sonst sein? Vor die glühende Sonnenscheibe schoben sich schwarze Pyramiden aus Segeln. Turner kniff die Augen zusammen: Er musste unter Halluzinationen leiden. Aber als er die Augen wieder öffnete, waren sie immer noch da, Segel türmte sich über Segel.

»An Deck! Fregatte in Sicht!«

Turner verkniff sich die Frage, warum die Meldung erst so spät kam und ob es sich um Freund oder Feind handelte. Hauptsache war, ein Schiff dieser Größe konnte in den hiesigen Gewässern nur die britische Flagge führen, denn wie hieß es doch so richtig in dem volkstümlichen Lied von James Thomson und Thomas Arne: *Rule Britannia! Britannia rule the waves!*

Aus der Bordwand der großen Fregatte schossen lange Feuerlanzen, dicke Qualmwolken hüllten den Rumpf ein, rings um die beiden Schoner verwandelte sich die See in einen kochenden Geysir. Der rollende Donner der Breitseite war die schönste Musik, die Turner je gehört hatte. Auch der Anblick des zuerst unentschlossen wankenden, dann wie zaudernd umstürzenden Schonermasts auf dem einen Kaperer konnte sein Herz durchaus erfreuen. Der letzte Freibeuter drehte ab und verschwand unter Vollzeug in der aus dem Osten aufziehenden schwarzblauen Dunkelheit.

Turner drückte Tom die Muskete in die Hand, blickte ihm kurz fest in die Augen, nahm dann seinen Hut ab, rieb sich den Hinterkopf und rief mit rauer Stimme: »Feuer einstellen!« An die Männer der Backbordbatterie gewandt, fügte er hinzu: »Weil ihr Hampelmänner so verdammt schlecht schießt, schulde ich einem Geschützführer dieser famosen Fregatte jetzt ein Goldstück!« Die Männer blickten schuldbewusst zu Boden. Leise für sich fügte er hinzu: »Der Glückspilz wird das allerdings nie erfahren, fürchte ich …«

Kapitel 6

Dezember 1777, Neuenglandstaaten und New York

William Turner, Kommandant der Kriegsslup *Shark*, schüttelte dem Ersten Leutnant der Fregatte *Phoenix*, Mister Mullham, voller aufrichtiger Dankbarkeit die Hand.

»Sir, das war knapp! Ohne Ihr rechtzeitiges Erscheinen hätten die Yankees uns fertiggemacht. Sie sind auf der Szene erschienen, wie der sprichwörtliche *deus ex machina* im Theater.«

»Nun, Sir, der für uns ungünstige Wind war Ihr Glück. Wir mussten einen weiten Schlag zum Land hin machen, und irgendwann nach der Wende meldete der Ausguck Geschützfeuer. Was blieb mir anderes übrig, als nachzuschauen, wer sich dort in den Haaren lag?«

»Ich bin Ihnen sehr dankbar, dass Sie das getan haben, Sir. Um es ganz deutlich zu machen, Mister Mullham, die Rebellen hatten uns nicht nur ein wenig an den Haaren zu fassen, nein, sie hatten uns verdammt unangenehm, nun, äääh, am Sack gepackt! Diese Mistkerle hatten bösartig und sehr ernsthaft vor, uns aus diesem schönen Leben ins Jenseits zu befördern.«

»So, wie Sie den ehrbaren Herren Freibeutern auf die Füße gesprungen sind, kann ich es denen nicht verdenken, Sir. Einen Schoner haben Sie mit Mann und Maus versenkt, wie man mir sagte, und auf dem zweiten haben Sie die Mannschaft final auf die Hälfte dezimiert, das kann einen schon ziemlich verdrießlich stimmen, mein Lieber, und selbst den frömmsten baptistischen Sektierer auf unchristliche Gedanken bringen.« Mullham lächelte dünn, aber seine Augen funkelten bei seinen Worten fröhlich. »Wie wollen wir weiter vorgehen, Sir?«

»Bevor wir das besprechen, Sir, vorab eine Frage, muss ich mich nicht zuerst bei Ihrem Kapitän melden?«

Mullham blickte gleichmütig über die See und meinte dann gelassen: »Das wird zur Zeit nicht möglich sein, Sir. Kapitän Cubbage hat einen schweren Rückfall in eine alte tropische Erkrankung erlitten, die er mit einem überlieferten Hausmittel kuriert. Er liegt in der Koje und ist augenblicklich nicht ansprechbar.«

Turner räusperte sich und meinte dann: »Ahem, nun, nachdem dieser Punkt geklärt ist, möchte ich Sie bitten, die beiden Prisen vollständig mit Ihren Leuten zu bemannen, denn ein Teil meiner Männer befindet sich schon als Prisenbesatzung auf dem Kutter *Swallow*, daher bin ich etwas knapp an Personal. Der Schoner *Continental Congress*, dem Sie den Mast weggeschossen haben, ist ja ohnehin zur Hälfte Ihre Prise und wird – da er kaum beschädigt ist – in New York einen guten Preis bringen. Bei meinem, nun ja, Opfer, der *Holy Lamb*, bin ich mir da nicht so sicher, denn auf dem Schiff sind umfangreiche Reparaturarbeiten nötig.«

»Ja, das Deck sieht in der Tat entsetzlich aus, aber der Rumpf und das Rigg sind gesund, daher werden die Schiffsbauer in New York auch die *Holy Lamb* in verhältnismäßig kurzer Zeit wieder einsatzfähig machen können. Sie wissen doch, jedem Admiral fehlen die kleinen Schiffe für die unzähligen kleinen Aufgaben, für die ihm die Sloops und Fregatten zu schade sind. Besonders scharf ist Black Dick Howe natürlich auf die einheimischen Kutter und Schoner, weil sie verdammt schnell sind und gute Höhe laufen.« Mullham blickte ihn mit schief gelegtem Kopf nachdenklich an. »Passen Sie gut auf, Mister Turner, dass der Vizeadmiral nicht seine schwere Pranke auf Sie und Ihr Schiff legt, denn dann wäre es mit dem fröhlichen, unabhängigen Umherschweifen vorbei!«

Turner grinste breit. »Auch der Begehrlichkeit eines Vizeadmiral Richard Howe sind Grenzen gesetzt«, stellte er selbstzufrieden fest, worauf ihn Leutnant Mullham wieder mit einem gedankenvollen Blick musterte, ihn etwas außer Hörweite der anderen Offiziere zog und eindringlich fragte: »Sie sind der berühmt-berüchtigte Wild Bull Turner, wenn ich nicht irre, Sir, aber wer sind Sie wirklich, Leutnant? Oder besser gesagt: Wer steht hinter Ihnen?«

Turner bedauerte, dass er dem sympathischen, fähigen älteren Kameraden nicht die volle Wahrheit anvertrauen konnte, sondern auch ihn mit seiner offiziellen Tarnung abspeisen musste. »Nun, Sir, wir führen hydrographische Arbeiten im Auftrag der Admiralität durch und segeln deshalb unter dem direkten Befehl Ihrer Lordschaften. Das macht uns für jeden Kommandierenden Admiral so unverdaulich wie einen Igel für einen Basset.«

Mullham betrachtete ihn misstrauisch, ja fast ein wenig beleidigt, aber dann spielte wieder ein etwas maliziöses Lächeln um seine Lippen. »Sollte Ihnen die französische Fregatte, die Ihnen heute Morgen durch die Lappen gegangen ist, bei den hydrographischen Arbeiten helfen? Handelte es sich gar um ein bilaterales Unternehmen mit unseren Busenfreunden, den Froschfressern? Zu schade, dass man als schlichter Decksbauer nicht in die hehren Überlegungen unserer genialen Führer einbezogen wird. Da denkt man mit seinem beschränkten Untertanenverstand, dass die Franzosen nach unserer fulminanten Schlappe bei Saratoga bald wieder gegen uns Krieg führen werden, aber in Wirklichkeit stellen sie bereitwillig eine Fregatte als Zielschiff zur Verfügung, an der ein unauffälliger kleiner Schoner seine neuen Zauberhämmer erproben soll, wer hätte das gedacht? Nur hat man wohl leider auf der französischen Admiralität den Kommandanten nicht präzise über seine ihm zugedachte Rolle informiert! Ihr Pech, mein lieber Turner!«

»Mehr darf ich Ihnen nicht sagen, Mister Mullham«, erwiderte Turner etwas steif. »Aber das soll uns nicht daran hindern, in New York ein Glas auf Ihr rechtzeitiges Eingreifen zu trinken. Ich lade Sie ganz herzlich dazu auf die *Shark* ein, Sir.«

Mullham verbeugte sich leicht. »Ich nehme dankend an, Sir, und sei es auch nur, um einen genaueren Blick auf Ihre Wunderwaffen zu werfen.«

Turner schmunzelte. »Ich fürchte, die sind immer gut mit Persennings abgedeckt, die Dinger rosten so leicht, müssen Sie wissen, aber ich kann Ihnen versichern, dass Sie bei mir einen vorzüglichen Wein vorgesetzt bekommen, keineswegs einen der Marke ›Matrosentod‹, wie er in manchen Messen leider gang und gäbe ist. Übrigens könnten Sie mir und der *Swallow* mit Verpflegung und Brennmaterialien aushelfen. Außerordentlich hilfreich wäre es, wenn Sie mir auch ein paar warme Wintersachen aus der Slopkiste überlassen könnten. Wir sind in aller Eile in der Karibik aufgebrochen, und meine Männer sind nicht alle richtig ausgerüstet und leiden sehr unter der Kälte!« Als er den zweifelnden Blick Mullhams sah, beruhigte er ihn auf der Stelle: »Es wird alles bezahlt, Sir. Ich schicke Ihnen meinen Zahlmeister hinüber, damit die beiden Speckschneider sich über die Mengen und Kosten einigen. Am Geld wird es ganz gewiss nicht scheitern, Mister Mullham. Wir hatten in der Vergangenheit eine Menge Glück mit dem Aufbringen von Prisen.« Täuschte er sich, oder war bei seinen Worten über das Gesicht des Leutnants ein Anflug von Neid gezogen? Es war das alte Lied, je größer das Schiff und je näher die Flotte, desto geringer die Chance, jemals im Leben an Prisengeld heranzukommen.

Aber Mullham hatte sich sofort wieder unter Kontrolle, lächelte und bedeutete ihm leutselig, vielleicht mit einer Spur von Ironie: »Es ist uns eine Ehre, Wild Bull Turner und seinem Schiff mit unseren bescheidenen Mitteln aushelfen zu können. Nachdem ich Sie jetzt persönlich kennengelernt habe, weiß ich, dass Sie Ihren *nomme de guerre* völlig zu Recht tragen, Sir.«

»Um ehrlich zu sein, Sir, wird mir der Spitzname langsam etwas lästig. Ich komme mir vor wie ein Kalb mit fünf Beinen, dabei tue ich nur meine Pflicht.«

»Schon recht, Mister Turner, aber selbst das kann man so oder so erledigen, und Ihre Art, die Sachen zu regeln, sorgt für reichlich Gesprächsstoff in allen Offiziersmessen der Navy.«

Turner schniefte abschätzig, zuckte mit den Achseln und verabschiedete sich von Mullham.

In der Dunkelheit wurden die *Shark* und die beschädigten amerikanischen Schiffe so gut wie möglich wieder segelklar gemacht. Die überlebenden Yankees wurden zum größten Teil auf die Fregatte gebracht, wo sie von den Seesoldaten bewacht wurden. Parallel zu diesen Aktivitäten ruderten Boote der *Shark* und der *Swallow* mehrfach zur *Phoenix* hinüber, um die Verpflegung und Ausrüstung ihrer Schiffe zu ergänzen. Als Mister Pulleye, der Zahlmeister, Turner die Abrechnung vorlegte, zog der erstaunt die Luft zwischen den Zähnen ein. Er blickte Pulleye scharf an, aber der zuckte nur nichtssagend mit den Schultern und bemühte sich, so unschuldig dreinzuschauen wie eine Klosterschülerin im Beichtstuhl nach einem längeren Studienaufenthalt im Harem des Großwesirs.

Falls Mullham, dieser Halsabschneider, seinen Zahlmeister angewiesen hatte, diese weit überhöhten Seepreise zu berechnen, dann würde er ihm in New York einen übergegangenen korkenden Wein kredenzen. Diese Preise waren Raub! Nun, er würde ihm nie eine böse Absicht nachweisen können, daher musste er gute Miene zum bösen Spiel machen. Höchstwahrscheinlich waren diese exorbitanten Summen ohnehin den krankhaften Wahnvorstellungen des Zahlmeisters der *Phoenix* entsprungen, der sich daran persönlich bereichern würde. Turner konnte sich nicht vorstellen, dass Mullham die Zeit fand, sich mit den Abrechnungen des Zahlmeisters zu beschäftigten, und der verehrungswürdige Kapitän Cubbage? So wie ihn Turner einschätzte, würde er selbst an seinen besseren Tagen die Kontrolle seinem Sekretär überlassen. Turner kam ins Träumen. Ja, ein eigener Sekretär, der ihn bei der Erledigung des Papierkriegs entlastete, das wäre etwas! Ein Gedanke durchzuckte ihn. Natürlich, es war gar nicht anders möglich, Pulleye musste mit seinem Kollegen unter einer Decke stecken. Die beiden raffgierigen Schlitzohren hatten darauf vertraut, dass er zu viel um die Ohren haben würde, um die Listen zu kontrollieren, und sie einfach blind unterschreiben würde. Die beiden Mistkerle hatten sich den Reibach brüderlich unter Spießgesellen teilen wollen. Er schaute Pulleye wieder an, aber diesmal waren seine Augen so dunkelgrau wie die wilde Nordsee im Winter, in ihnen war kein Platz für Freundlichkeit oder Mitgefühl. Turner nahm den Federkiel, strich die Endsumme zweimal dick durch und kritzelte eine Zahl darunter, die deutlich unter der Hälfte der ursprünglichen lag, und setzte schwungvoll seine Paraphe darunter.

»Mister Pulleye, Ihrem Kollegen auf der *Phoenix* ist ein bedauerlicher Irrtum unterlaufen, sehen Sie zu, dass Sie ihn entsprechend aufklären.« Er starrte den Zahlmeister an, der unter dem eisigen Blick deutlich zu schrumpfen begann. »Tse, tse, Mister Pulleye, ich mache mir Sorgen um Sie, wirklich, Sir. Sie haben diese offensichtlichen Fehler in den Berechnungen nicht bemerkt, das wäre Ihnen nicht passiert, wenn Sie bei guter Gesundheit wären. Ich werde mit Mister MacKinnon reden, er wird Sie untersuchen, aber selbst für mich als Laien spricht alles dafür, dass wir Sie in New York ins Lazarett einweisen lassen müssen!«

Pulleye wurde aschfahl, seine Brust begann sich aufgeregt zu heben und zu senken, schließlich stammelte er: »Sir, das dürfen Sie nicht …, Sie können mich nicht …«

»Überlassen Sie das mal getrost mir, mein lieber Pulleye, Ihre Gesundheit geht vor. Ich weiß natürlich, dass ich Sie nicht von Ihrem Posten ablösen lassen kann, aber das will ich ja auch gar nicht, Sir. Wenn jemand mit Ihrer Berufserfahrung einen solch offensichtlichen Fehler übersieht, dann muss er krank sein. Es bleibt dabei, MacKinnon wird Sie untersuchen!«

Pulleyes Augen wieselten durch den Raum, seine Hände zitterten, er ähnelte sehr stark einer in die Enge getriebenen Ratte, dachte Turner angewidert. Bösartig fügte er noch hinzu: »Vielleicht helfen ja schon ein paar Schluck von MacKinnons berühmter Medizin.« Er ließ offen, ob er damit den dubiosen, von Tom besorgten Eingeborenentrank meinte, mit dem sie den unfähigen Midshipman Jeremiah Tulpin wieder losgeworden waren, oder den immer verfügbaren Whisky des Arztes.

»Nein, Sir, bitte, nicht das! Ich bringe alles wieder in Ordnung! Vielleicht war ich wirklich etwas unaufmerksam, etwas abgelenkt … nicht ganz bei der Sache … der Trubel heute, Sir …«

Turner lächelte honigsüß. »Nun, Mister Pulleye, möglicherweise war das nach dem aufregenden Tag auch kein Wunder, schließlich ist selbst ein Zahlmeister nur ein Mensch – irgendwie. Wenn Sie die Angelegenheit erfolgreich geklärt haben, könnte ich den Eindruck gewinnen, dass Sie Ihre momentane mentale Konfusion überwunden haben und wieder ein nützliches Mitglied unserer kleinen Gemeinschaft geworden sind – haben wir uns verstanden, Mister Pulleye?«

Der Zahlmeister verbeugte sich tief, es hätte nicht viel gefehlt und er hätte Turner die Hand geküsst. Er stammelte heiser: »Vollständig, Sir, ich habe verstanden, jawohl, Sir!« Er packte die Abrechnung und rauschte mit Brassfahrt aus der Tür. Turner musste grinsen. Er wäre in der nächsten Stunde gerne Mäuschen im Büro des Zahlmeisters der *Phoenix* gewesen. Pulleye musste wie ein Löwe kämpfen, um seinen Platz auf der *Shark* zu behalten, andererseits kannte sein Kollege gewiss keine Skrupel, wenn es darum ging, sich die Taschen zu füllen. Die beiden ehrenwerten Gentlemen würden um jeden rostigen halben Penny feilschen und sich gegenseitig nicht das Schwarze unter den Fingernägeln gönnen. Turner wusste aber auch, dass ihm Pulleye diese Demütigung nicht verzeihen würde. Er würde in Zukunft immer ein scharfes Auge auf diesen Mann haben müssen.

⚓

»Unser Begrüßungskomitee, Messieurs!«, hatte Kapitän Landais fröhlich gemeint und auf die beiden Schiffe gedeutet, die unter vollen Segeln aus Nordosten herangestürmt kamen. »Man will uns offensichtlich mit allen Ehren in den Hafen geleiten. Ich muss sagen, diese Amerikaner haben Sinn für feine Umgangsformen!« Er hatte bewundernd genickt. »Hätte ich gar nicht vermutet, nach dem, was man sich in Paris von diesen Halbwilden so erzählt«, sagte er insgeheim zu sich. Aber als der Schoner und der Kutter abrupt abdrehten, da zwischen den Inseln ein halbes Dutzend Schoner mit der amerikanischen Flagge an der Gaffel ausliefen, rieb er sich verwundert die Augen. Konnte es wahr sein, dass zwei so kleine britische Schiffe zu dem Versuch angesetzt hatten, seine Fregatte zum Kampf zu stellen – und das direkt vor der Einfahrt des Bestimmungshafens? »Verdammt will ich sein, aber wenn ich nichts Besseres zu tun hätte, würde ich mich gerne an der Verfolgung beteiligen, um diesen frechen Kerlen zu zeigen, was eine Harke ist!«, murmelte er zornig. »*Merde alors*, die Amerikaner werden das schon allein besorgen!« Er wurde abgelenkt, denn ein kleiner Kutter mit einem Lotsen an Bord näherte sich ihnen schnell. Nachdem der wettergegerbte, bärtige alte Mann trotz seines dicken Winterzeugs erstaunlich geschickt an Deck geklettert war, marschierte er zielstrebig hoch auf das Achterdeck. Als er die um das Ruder versammelte Gruppe der Offiziere erblickte, fuhr er erschrocken zusammen und schaute sich nach einer Fluchtmöglichkeit um. Aber sein Boot hatte schon wieder abgelegt und hielt auf die Einfahrt zu. Der Erste Leutnant Victor de Gallaud trat auf ihn zu und begrüßte ihn radebrechend: »*Bonjour, monsieur pilote*. Wir sind *trés* froh, in Ihre Land zu sein, *finalement*!«

Der Lotse blickte ihn mit zusammengekniffenen Augen an, deutete mit dem Kopf auf Steuben und seine Offiziere, deren Uniformen man aus dem Versteck geholt hatte und in denen sie jetzt herumstolzierten. »Was machen diese Limeys bei Ihnen auf dem Achterdeck, Mister Mate? Sind das Ihre Gefangenen?«

Leutnant de Gallaud schaute verblüfft zu Steuben und den beiden anderen Männern seiner Begleitung hinüber. In der Tat ähnelten ihre roten Uniformen sehr stark denen der britischen Infanterie – oder denen der königlichen Seesoldaten. Er musste lächeln. Offensichtlich war dieser ominöse Monsieur Frank, als er die Uniformen für sich und seine Entourage bestellt hatte, der Meinung gewesen, dass die Kontinentalarmee die Uniformfarbe des Mutterlandes beibehalten hatte. Das erklärte die Verwirrung des guten Mannes vor ihm hinreichend. »*Non, Monsieur*, das sind Offiziere für *le grand general* Washington. Sie werden helfen, dass Sie bekommen Ihre *liberté*!«

»Aber nicht in diesen Uniformen, in denen werden Sie schneller tot sein als ein Truthahn am Weihnachtstag!« Der Lotse ging weiter, begrüßte den Kapitän, blickte dabei aber weiterhin scheel auf die Offiziere in den roten Uniformen. *Le Flamand* glitt langsam mit dem Strom auf die Einfahrt zu, passierte das Fort an der Backbordseite und schlich gemächlich zu ihrem Ankerplatz.

Steuben instruierte seinen jungen Ordonnanzoffizier Duponceau: »Sie gehen dann also sofort an Land und melden dem Stadtkommandanten meine Ankunft. Wir haben auf der Überfahrt sehr viel Zeit verloren, jetzt liegt es an uns selbst, keine weiteren Verzögerungen mehr zuzulassen, mein lieber junger Freund.«

»Zu Befehl, Herr General!«, schmetterte der Junge übermütig.

Pierre Etienne Duponceau stellte sich neben den Adjutanten Louis de Pontierre. Aufmerksam musterten sie die Landschaft, fachsimpelten über die Befestigungen und machten Pläne für den Landgang.

»Ah, *mon ami*, ich sehne mich nach so langer Zeit nach einem gepflegten Abendessen mit allen Schikanen. Austern, Hummer, Champagner, aaah …« De Pontierre verdrehte genießerisch die Augen und küsste die Spitzen von Daumen, Zeige- und Mittelfinger seiner rechten Hand.

Duponceau lächelte spitzbübisch. »Nun, *mon cher ami*,

Sie sind schon etwas älter als ich, daher ist Ihr Wunsch sicherlich verständlich. Allerdings wird meine erste Tat an Land sein, dass ich das erstbeste Mädchen, das mir begegnet, küssen werde.«

De Pontierre sah ihn zweifelnd an. »Jung und verrückt genug könnten Sie sein, um so etwas zu versuchen, aber ich glaube nicht, dass die prüden Bewohner dieses eisigen Landes viel Verständnis für ihre überschäumende Verehrung für das andere Geschlecht haben werden, Monsieur. Passen Sie auf, dass Sie sich und uns keine Scherereien machen. Wenn ich Ihnen einen guten Rat geben darf, Monsieur, dann lassen Sie besser Ihre Finger von den Dorfschönen. Wahrscheinlich laufen die hier ohnehin von Kopf bis Fuß in Bären- und Wolfsfelle gehüllt herum.«

»*Oui, papa*, natürlich werde ich mich gut benehmen, aber den Kuss in Ehren werde ich mir gönnen, Monsieur! Wetten?«

De Pontierre musterte ihn lächelnd. »Nun gut! Wenn Sie darauf bestehen. Ich setze ein blankes Goldstück!«

»Top! Die Wette gilt.«

De Pontierre wandte sich kopfschüttelnd ab und sann melancholisch über das Ungestüm der Jugend nach. Kaum dass der Anker gefallen war, wurde ein Boot ausgesetzt, mit dem Duponceau an Land gepullt wurde. Und kaum dass dieser unsicher die glitschigen und zum Teil vereisten Stufen zum Kai erklommen hatte, als auch schon zwei Wachsoldaten mit gefälltem Bajonett auf ihn zugestürmt kamen. Der eine brüllte heiser: »Stop! Ergib dich, du englischer Bastard!«

»Quatsch nicht so viel, Bruder, wir sollten den Limey erst aufspießen und dann befragen! Dann kann er uns keine seiner berüchtigten englischen Lügengeschichten auftischen.« Sein Kamerad schien handfeste Sachen zu bevorzugen. Er blickte finster und entschlossen.

Der junge Franzose hob abwehrend die Hände und redete in fließendem Englisch auf die beiden übereifrigen Wachposten ein: »Messieurs, ich bin gerade mit dem französischen Schiff, das da hinten ankert, in Ihrem schönen Land angekommen und gehöre zum Stab eines hohen Offiziers, der mit einem Empfehlungsschreiben Ihres genialen Mitbürgers Benjamin Franklin auf dem Weg zu dem berühmten General Washington ist.«

Die beiden Amerikaner blickten ihn misstrauisch an, seine rote Uniform wirkte auf sie buchstäblich wie das rote Tuch. »Franklin, kenne ich nicht«, murrte der eine, ich kenne nur Ben Franks, aber der kann ganz gewiss nicht schreiben.«

»Doch, doch, Hank, dieser Benjamin Franklin ist ein großer Mann. Er sitzt im Kongress, er hat an der Unabhängigkeitserklärung mitgearbeitet und macht jetzt für uns in Paris gut Wetter. Es kann also stimmen, was dieses milchgesichtige Bürschchen sagt. Wohin wollen Sie denn jetzt, Mister?« Der zweite Soldat kannte sich bei den Führern der Revolution offensichtlich etwas besser aus und schien auch sonst etwas heller zu sein als sein mordlüsterner Kamerad.

»Zum Standortkommandanten, Messieurs. Aber zuerst zu Ihrem diensthabenden Offizier.«

»So so, zu General Langdon und zu unserem Leutnant. Dann kommen Sie mal in die Wachbaracke – Sir!«

In der Baracke wurde er dem wachhabenden Offizier vorgestellt, der schnell das mitgeführte Schreiben überflog, sich dann seinen dicken Mantel umwarf und Duponceau bedeutete, ihm zu folgen. Draußen auf der Straße kam ihnen eine hübsche junge Lady mit kastanienbraunen Locken entgegen. Sie hatte sich fest in einen roten Umhang gehüllt.

»Pardon, Monsieur, aber ich muss schnell etwas erledigen«, raunte Duponceau seinem Begleiter zu und trat auf das Mädchen zu.

»Ich weiß, es ist unverzeihlich, dass ich mir so einfach die Frechheit erlaube, Sie mitten auf der Straße anzusprechen, Mademoiselle, aber wenn Sie die große Güte hätten, mir einen Augenblick Ihr Ohr zu leihen, stünde ich für immer in Ihrer Schuld.«

Sie blickte ihn fragend an. Was sie sah, gefiel ihr, und seine höflichen Worte, die mit einem interessanten französischen Akzent vorgetragen wurden, beeindruckten sie. »Was kann ich für Sie tun, Mister ...?«

»Duponceau, Mademoiselle, im Dienst des Generals Baron von Steuben. Küssen Sie mich, Mademoiselle!« Er sah ihr verblüfftes Gesicht, daher fuhr er schnell fort: »Aber vorher muss ich Ihnen ein Geständnis machen ...« Er blickte sie keck an und erzählte ihr von der Wette, die er mit seinem Offizierskameraden abgeschlossen hatte. Falls er befürchtet haben sollte, dass sie schockiert sein würde, so hatte er sich getäuscht. Das schöne Mädchen lachte herzlich, legte den Kopf in den Nacken, schloss die Augen und bot ihm ihre gespitzte Schnute zum Kuss dar. Duponceau ließ sich nicht lange bitten.

Der Standortkommandant General Landon war hocherfreut, als er von der Ankunft Steubens erfuhr, und traf alle Vorbereitungen, um daraus ein größeres gesellschaftliches Ereignis zu machen. Die Festungen und alle im Hafen liegenden Schiffe wurden angewiesen, Salut zu schießen, als Steuben und sein Gefolge in der Schaluppe des Generals an Land gerudert wurden. Die Mehrzahl der Stadtbewohner hatte sich am Ufer eingefunden und applaudierte den Neuankömmlingen lautstark. General Landon ließ es sich nicht nehmen, den Baron und seine Begleitung bei sich zu Hause einzuquartieren und sie mit allem, was Küche und Keller hergab, zu bewirten. So kam schließlich auch de Pontierre auf seine Kosten.

Von Landon erfuhr Steuben auch von der Kapitulation Bourgoynes bei Saratoga. Während der elf Tage, die Steuben in Portsmouth verbrachte, genoss er nicht nur die Gastfreundschaft der führenden Familien dieser Stadt, er schickte auch eine Nachricht an den Kongress, in der er den Abgeordneten seine Dienste anbot. Am Vormittag des 6. Dezember wanderte er in seinem Zimmer auf und ab. Er hatte die Stirn in nachdenkliche Falten gelegt. Von Zeit zu Zeit stöhnte er gequält auf, wischte sich mit einem großen Taschentuch die Stirn ab, obwohl es in dem Zimmer trotz des bullernden Ofens nicht übermäßig heiß war, und von Zeit zu Zeit schnaufte er laut. Steuben wusste, dass von der richtigen Formulierung dieses Briefes seine weitere Karriere abhing. Die Kongressmitglieder waren in den letzten Jahren von einigen Abenteurern verärgert worden, die sich unter Vorspiegelung falscher Tatsachen hohe militärische Ränge mit entsprechender Dotierung erschlichen, sich dann aber im Kampf als völlige Versager erwiesen hatten. Dementsprechend misstrauisch waren dic Herren und hielten sich mit Kassenanweisungen sehr zurück. Wie betonte man seine Fähigkeiten und Erfahrungen, ohne als Aufschneider zu gelten, wie machte man den Gentlemen seine guten Absichten klar, ohne devot zu wirken? Er nahm einen großen Schluck Wein, ohne ihn zu genießen, dann begann er Duponceau zu diktieren, der mit frisch gespitzter Feder am Tisch wartete:

»Hochwohlgeborene Herren ... Nein, das geht nicht, verdammt! Noch mal von vorne: Euer Gnaden, in dem Bewusstsein, einer guten Sache zu dienen, biete ich Ihnen ganz untertänigst ... Nein, nein, nein! Gebt mir ein Bataillon Grenadiere, und ich will die verfluchten Engländer zu Paaren treiben! Diese elendige Federfuchserei bringt mich schier um!« Er nahm wieder einen Schluck und wollte erneut beginnen, als ihm Duponceau vorschlug: »Wie wäre es damit, *mon general*: Ehrenwerte Herren! Die Ehre, einer würdigen Nation zu dienen, die sich anschickt, ihre Rechte und ihre Freiheit zu verteidigen, ist der einzige Beweggrund, der mich in diesen Weltteil führt.«*

»Ausgezeichnet, Duponceau, ganz ausgezeichnet, mein Lieber! Schreiben Sie das auf!«

Nach vielem Hin und Her und mit einiger Hilfe von Duponceau lautete der Text schließlich:

»Ehrenwerte Herren!
Die Ehre, einer würdigen Nation zu dienen, die sich anschickt, ihre Rechte und ihre Freiheit zu verteidigen, ist der einzige Beweggrund, der mich in diesen Erdteil hinübergelockt hat. Ich suche weder Reichtum noch Titel. Ich bin aus dem fernsten Deutschland auf eigene Kosten hierhergekommen und habe ein ebenso ehrenvolles wie einträgliches Amt aufgegeben. Ich habe mit Ihrem Abgesandten in Frankreich keine Abmachung getroffen und werde auch mit Ihnen keine treffen. Ich habe nur den Ehrgeiz, als Freiwilliger zu dienen, mir das Vertrauen des Oberkommandierenden zu erwerben und ihn bei seinen Unternehmungen ebenso zu begleiten, wie ich während des Siebenjährigen Krieges dem König von Preußen gefolgt bin. Zweiundzwanzig Dienstjahre in einer solchen Schule berechtigen mich wohl dazu, mich zu den erfahrenen Offizieren zu zählen. Und wenn ich über einige Fähigkeiten in der Kriegskunst verfüge, so werden diese mir um so wertvoller sein, falls ich sie im Dienste einer Republik bewähren dürfte. Ich hoffe, dass Amerika bald eine Republik sein wird. Ich bin gewillt, mit meinem Blute die Ehre zu erkaufen, eines Tages meinen Namen unter denen Ihrer Freiheitskämpfer zu sehen. Ihre freundliche Zustimmung

---

* Franz Fabian, *Steuben*, Vision Verlag, 1. Auflage 1996, S. 75

genügt mir, und ich erbitte mir keine andere Gunst aus als die, unter Ihre Offiziere aufgenommen zu werden. Ich gebe mich der Hoffnung hin, dass Sie meiner Bitte willfahren und mir gütigst Ihre Befehle nach Boston zukommen lassen, wo ich sie erwarte, um dann danach zu handeln.«

Steuben schickte eine Abschrift dieses Briefes zusammen mit einem persönlichen Anschreiben und dem Empfehlungsschreiben von Franklin und Deane an General Washington ins Winterquartier, das dieser in Valley Forge beziehen wollte. Da mit einer schnellen Antwort nicht zu rechnen war, beschloss Steuben, ihr nach Boston entgegenzureisen, wo er wichtige Männer der Revolution kennenzulernen hoffte. Natürlich hatte Steuben in seinem Brief keineswegs die ganze Wahrheit gesagt, denn er war – wie eigentlich fast immer – pleite. Er war dringend auf die Großzügigkeit seiner Gastgeber angewiesen und erhoffte sich natürlich auch eine entsprechende Bezahlung für seine Arbeit. Aber da er als Offizier in ausländischen Diensten galt und als Freiwilliger in die Continental Army eintreten wollte, hatte er keinen Anspruch auf Sold. Insofern erging es ihm genau wie General Lafayette, allerdings war der mit einem goldenen Löffel im Mund geboren worden, während Steuben nach wie vor ein armes Würstchen war. Daher war er sehr froh, dass Beaumarchais' Supercargo de Franzy eine Reisekutsche, Bagagewagen und Pferde besorgte, mit denen sie am 12. Dezember zu ihrer Reise nach Boston aufbrachen, wo sie am 14. Dezember eintrafen, ohne dass es während der Fahrt einen bemerkenswerten Zwischenfall gegeben hätte.

In Boston nahm sich ihrer Gouverneur John Hancock, der sein Vermögen mit geschmuggelten Waren gemacht hatte, sehr herzlich und großzügig an. Baron Steuben und sein Gefolge wurde bei der Witwe eines englischen Offiziers untergebracht. Dass die gute Frau zwei bezaubernde, sehr reizvolle Töchter unter zwanzig Jahren hatte, störte insbesondere den jungen Duponceau nicht.

Natürlich besuchte Steuben auch die Boston gegenüberliegende Charlestown-Halbinsel, auf der die Schlacht von Bunker Hill ausgefochten worden war, die den Briten einen Pyrrhussieg beschert hatte. Es wurde allgemein vermutet, dass ihr jetziger Oberbefehlshaber, General William Howe, dort angesichts der großen Verluste der Rotjacken seinen Elan und seinen Wagemut verloren hatte, Eigenschaften, die ihn noch im letzten Krieg bei Louisbourg so ausgezeichnet hatten. Auch andere interessante Informationen kamen ihm zu Ohren. So erfuhr er, dass General Washington zwar ein sehr integrer Gentleman war, seine militärischen Meriten sich hingegen in Grenzen hielten. Die beiden Einsätze des Virginiers während des Siebenjährigen Krieges bei Fort Necessity und in der Schlacht von Monongahela endeten als veritable Desaster, und auch seine Verteidigung von New York blieb trotz des aufopferungsvollen Kampfes und großer Verluste seitens der Kontinentalarmee erfolglos und hätte bei einer etwas größeren Entschlossenheit seitens seines Gegners gut und gerne mit der völligen Vernichtung der Kontinentalarmee und einem erzwungenen Friedensschluss ihr ruhmloses Ende finden können. Lediglich sein Überfall zu Weihnachten 1776 auf die zahlenmäßig und an Feuerkraft weit unterlegenen hessischen Truppen in Trenton am Delaware war siegreich verlaufen. Allerdings war dieser Erfolg von einem enormen psychologischen Wert für die amerikanische Bevölkerung und seine Soldaten gewesen. Aber sonst wurde ihm das kleine stehende Heer von nur noch etwa 8000 einsatzfähigen Männern von aufrichtigen Berichterstattern als eine Ansammlung aus halbnackten, heruntergekommenen Hungerleidern in Lumpen und zum Teil sogar ohne festes

Schuhwerk beschrieben, die zwar bar jeden Begriffs von militärischer Disziplin auf dem Schlachtfeld waren, aber nicht ans Aufgeben dachten und sich mit blutenden Füßen durch den Schnee ins Winterlager nach Valley Forge schleppten. Steuben begann zu dämmern, dass sich seine Aufgabe weitaus komplizierter und schwieriger gestalten würde, als ihm das in Paris geschildert worden war. Als man den Grund für die Leidensfähigkeit der einfachen Soldaten diskutierte, wurden zwei Meinungen vertreten. Die eine – idealistische – Schule behauptete, die Männer wären vom Geist der Freiheit beseelt und das revolutionäre Feuer würde sie vorwärtstreiben. Eine andere – eher prosaisch denkende – Fraktion war der Meinung, dass es sich bei den Soldaten um arme Kerle handelte, die noch nicht einmal ein Zuhause hatten, in das sie nach einer Desertion zurückkehren konnten. Zwar bekamen sie bei der Armee trotz ihres ständigen Jammerns nach Fleisch nur *firecake*, eine ziemlich geschmacklose Teigplatte, die aus Mehl, Wasser und Salz (sofern dic armen Schweine privat darüber verfügten) bestand und auf einem heißen Stein im Lagerfeuer geröstet wurde, bis sie hart und schwarz war, aber immerhin bekamen sie überhaupt regelmäßig etwas zu beißen. Als man Steuben befragte, welcher Meinung er sich anschließen würde, erwiderte er lakonisch: »Sollten die Idealisten recht haben, dann hat diese Armee eine Moral, die sie schlechterdings unbesiegbar macht. Im anderen Fall besteht sie aus verdammt harten Hunden, und aus denen ist allemal etwas zu machen!«

In Boston machte Steuben die Bekanntschaft des jungen Künstlers Pierre Charles L'Enfant, der sich später seiner Reisegesellschaft anschloss. Auch er wollte als Freiwilliger unter Washington dienen.*

---

* L'Enfant hat anschließend in Valley Forge für Steubens »Blue Book«,

Bei einem von Hancock zu seinen Ehren gegebenen Essen lernte Steuben auch die im Kongress und hinter dessen Kulissen sehr einflussreichen Abgeordneten John und Thomas Adams kennen, was seiner Sache nur förderlich sein konnte. Auf diesem Dinner erzählte einer der Herren beim Portwein und einer Pfeife duftenden Virginiatabaks Steuben mit spöttischem Lächeln die Geschichte von Hancocks außergewöhnlich großer Unterschrift unter der Unabhängigkeitserklärung. John Hancock war damals Präsident des Kongresses, und so wurde ihm als Erstem die Urkunde vorgelegt. Er unterzeichnete sie mit platzfüllenden, kräftigen Schwüngen seiner Schreibfeder. Nachdem er sie gesandet und das Ergebnis kritisch betrachtet hatte, soll er zum Sekretär gesagt haben: »Etwas groß geraten, meinen Sie nicht auch? Aber das ist Absicht, so wird König George III. keine Brille brauchen, um zu sehen, wer als Erster unterschrieben hat. Er kann mich ohne Probleme auf die Liste der Hochverräter setzen lassen, die aufgehängt gehören!« Der Erzähler lachte dröhnend. Steuben lachte höflich mit. »Und wissen Sie, was das Beste ist, mein lieber Baron? Nein, das können Sie ja gar nicht wissen! Aber seitdem heißt es bei uns, wenn jemand etwas unterschreiben soll: Setzen Sie hier bitte Ihren John Hancock hin, ha, ha, ha!« Friedrich Wilhelm von Steuben musste jetzt auch herzlich lachen. Glucksend vertraute er seinem Gesprächspartner an: »Bei uns heißt das: Seinen *Friedrich Wilhelm* unter etwas setzen!«

Auch das leidige Problem mit den Uniformen wurde gelöst, Steuben und seine Offiziere wurden in das Blau und Braungelb der Kontinentalarmee eingekleidet, allerdings fehlten

---

dessen Dienstanweisungen für den Drill der amerikanische Armee illustriert, später die Pläne für die neue Hauptstadt Washington D. C. entworfen und auch teilweise umgesetzt, ehe er in Ungnade fiel.

noch die Rangabzeichen. Trotz der vielen gesellschaftlichen Verpflichtungen verging Steuben die Zeit zu langsam. Ungeduldig wartete er auf Nachrichten aus York, wo der Kongress nach seiner Vertreibung aus Philadelphia tagte, und aus Valley Forge, wohin sich General George Washington mit seiner derangierten Armee zurückgezogen hatte. Aber die Nachrichtenwege waren lang, und es herrschte ein bitter kalter Winter, der viele Straßen über die Berge schwer passierbar machte. Auch das war ein Problem, über das sich Steuben bei der Vorbereitung seiner Reise Sorgen machte und das er ausgiebig mit seinen einheimischen Gastgebern besprach. Auf dem Weg nach York, Pennsylvania, musste er das Umland des von den Briten besetzten New York passieren und den Hudson überqueren. Überall in diesem Bereich musste mit britischen Patrouillen oder Abteilungen der mit ihnen verbündeten Loyalisten gerechnet werden. Die nördliche Postroute hätte sich unter normalen Umständen angeboten, weil sie als sicherer galt, denn es gab dort die besten Wirtshäuser, und die Flüsse waren schmaler. Doch die herrschenden Wetterbedingungen, die für mehrere Fuß hohe Schneewehen und unpassierbare Pässe sorgen konnten, ließen Steuben zögern, diesen Weg zu wählen. Als Alternative kamen die mittlere und die untere Postroute in Frage, die über ein gutes Stück an der Küste des Long Islands Sound verlief. Da die Flüsse und die tief ins Land einschneidenden Sunde wahrscheinlich ohnehin zugefroren waren, machte er sich darüber die wenigsten Gedanken – und mit den britischen Rotjacken würde man schon fertig werden, zumal er annahm, dass diese ihre Patrouillentätigkeit bei diesen Wetterbedingungen wohl stark eingeschränkt hatten. In Eis und Schnee ließ sich verdammt schwer Krieg führen – und das galt für beide Seiten. Sollten sie gar auf hessische Truppen treffen, würde er sie mit seiner besten preußischen Kommandostimme strafexerzieren und schließlich in geschlossener Schützenlinie in den Wald marschieren lassen. Aber Sicherheit ging vor, sie würden ihr Glück zuerst im Norden versuchen.

⚓

Im Laufe der Nacht zum 2. Dezember drehte der Wind nach einigen grellen Blitzen, krachenden Donnerschlägen und kurzen, heftigen Böen, die eine Belastungsprobe für die fertig gestellten Notriggs waren, weiter über Süden nach Westen, sodass die kleine Flotte, die aus der Fregatte *Phoenix*, der Kriegsslup *Shark* und ihren beiden amerikanischen Prisen bestand, am Morgen einen südlichen Kurs steuern konnte. Es wurde wieder kälter, aber damit verbesserte sich auch die Sicht. Später an diesem Tag gesellte sich vor Cap Cod noch die *Swallow* zu ihnen, die in sicherem Abstand vom Land abgewartet hatte, ob die *Shark* nicht doch noch auftauchen würde. Dechamp behauptete später, er habe keine Sekunde daran gezweifelt. Turner, der nicht vergessen hatte, wie knapp er an einem Desaster vorbeigeschrammt war, spürte bei seinen Worten einmal mehr eine eisige Hand, die sich um sein Herz legte und es zusammenpresste, aber das naive Vertrauen seines Ersten Leutnants rührte ihn.

Am Morgen des 5. Dezember ankerte die kleine Flotte unter den Kanonen der Befestigungen von New York. Turner warf sich in seine beste Uniform, um Meldung bei Vizeadmiral Howe zu machen. Natürlich ließ er dem Boot der *Phoenix* den Vortritt an der Eingangspforte. Er fragte sich, was Kapitän Cubbage dem Admiral wohl erzählen mochte. Hoffentlich hatte er sich den Bericht seines loyalen Ersten Leutnants Mullham genau durchgelesen und sich die wichtigsten Einzelheiten eingeprägt. Während sich Cubbage in der Kabine des Admirals aufhielt, parlierte Turner in der Lobby mit dem jungen blasierten Flaggleutnant, der in einer untadelig geschnittenen Uniform eine blendende Figur machte. Der Leutnant klagte über den langweiligen Dienst auf dem Flaggschiff. Turner dachte bei sich: Wie ich dich einschätze, mein Lieber, wirst du dich für den langweiligen Dienst hier an Bord von den Ladies an Land reichlich entschädigen lassen. Verblüfft stellte er fest, dass er so etwas wie Neid und Eifersucht in sich aufsteigen fühlte: He, du geiler Bock, kaum bist du mal ein paar Wochen von deiner süßen Elizabeth getrennt, da würdest du schon wieder am liebsten mit heraushängender Zunge jedem Unterrock nachrennen! Er riss sich zusammen und versuchte, sich wieder auf dienstliche Belange zu konzentrieren. Als er sich nach der Möglichkeit einer Reparatur der Gefechtsschäden erkundigte, schaute ihn der Leutnant an, als würde Turner ein Hirschgeweih auf dem Kopf wachsen. »Nun, Sir, natürlich gibt es derartige Möglichkeiten, aber die sind für viele Wochen im Voraus verplant. Wo haben Sie sich denn diese Beschädigungen eingefangen, Herr Kapitän, wenn ich fragen darf?«

»Sie dürfen fragen, Sir«, erwiderte Turner missmutig und schwieg dann, um schließlich doch noch knurrig hinzuzufügen: »Im Norden, da, wo eigentlich ein paar der hier an ihren Ankerkabeln verrottenden Fregatten einen dicken Fisch abfangen sollten!« Er schwieg und presste die Lippen zusammen. Rede dich nicht um Kopf und Kragen, Billyboy. Dieser aufgeblasene Ochsenfrosch wird alles, was du sagst, seinem Herrn und Meister brühwarm referieren und den Bericht noch etwas nach eigenem Geschmack würzen. Der junge Mann hatte den gleichen affektierten Eton-Akzent wie sein Erster Leutnant Dechamp und mochte auch in dessen Alter sein. Es konnte nicht schaden, sich mit dem Flaggleutnant des Admirals gutzustellen, überlegte er nachdenklich und musterte den jungen Mann nochmals gründlich. Nun ja, da war die typische herablassende Miene der englischen Oberschicht, aber die Gesichtszüge waren angenehm und ebenmäßig, der Körperbau mittelgroß und schlank. »Wie war doch noch mal Ihr Name, Sir?«

»Rullingston, Sir, Edward Augustus Rullingston. Meine Familie hat in Kent großen Grundbesitz, und die meisten meiner Onkel und Cousins fahren zur See.« Er lächelte plötzlich spitzbübisch, was ihn sehr sympathisch aussehen ließ. »Ein paar dienen natürlich auch bei der Gardekavallerie.«

»O je«, seufzte Turner mitfühlend, »nun ja, in jeder Familie gibt es ein paar Verwandte, die im Geist sehr schlicht geblieben sind und zu nichts anderem als Hoppe-Hoppe-Reiter taugen.«

»Oder sich in den warmen Schoß und an die Fleischtöpfe der barmherzigen Anglikanischen Kirche flüchten. Wie heißt es doch so richtig in der Heiligen Schrift: Selig sind die geistig Armen!«

»Tse, tse, Mister Rullingston, solch ketzerische Worte hätte ich aus Ihrem Mund nicht erwartet«, erwiderte Turner mit einem breiten Lächeln. Er fragte sich, was sein Großvater, der Pastor, zu dieser Einschätzung der intellektuellen Fähigkeiten seines Berufsstandes durch den jungen Schnösel sagen würde. Und wenn ihn nicht alles täuschte, dann hieß es in der Bergpredigt: Selig sind die *geistlich* Armen! Aber sollte er über derartige Feinheiten mit einem snobistischen Flaggleutnant einen theologischen Disput vom Zaun brechen?

Rullingston sah ihn abschätzend von der Seite an, dann räusperte er sich. »Ahem, wissen Sie, Sir, was das Ergebnis ist, wenn man einen dieser menschenähnlichen Affen aus Afrika in die Offiziersuniform der Blue Guards* steckt?«

---

* The Royal Horse Guards

Der Leutnant wartete gespannt auf eine Antwort. Er sah jetzt wieder wie der nette, aber freche Schüler aus, der er vor gar nicht langer Zeit noch gewesen sein musste.

Turner gab sich Mühe, nachdenklich auszusehen. War er wirklich kaum älter als dieser Knabe, der sich mit einer Leutnantsuniform verkleidet hatte? Er kam sich vor wie dessen Großvater. War das eine Auswirkung der Last des Kommandos? Er zog die Schultern in die Höhe und meinte bedauernd: »Es tut mir leid, Sir, die Frage kann ich Ihnen nicht beantworten.«

»Ganz einfach, Sir, die Intelligenz des Offizierskorps der Blues hat sich mit einem Schlag verdoppelt.«

Turner kämpfte mit einem heftigen Hustenanfall. Sollte Rullingston diesen Witz mal in Gegenwart eines Offiziers der Horse Guards machen, würde er sich auf ein Rendezvous im Morgengrauen vor den Mauern der Stadt gefasst machen können. So dämlich waren diese Herren denn doch nicht, dass sie diesen massiven Affront nicht verstanden hätten.

»Das ist starker Tobak, Mister Rullingston, ich hoffe für Sie – nur für den Fall des Falles –, dass Sie ein guter Pistolenschütze und ein noch besserer Fechter sind.«

Unbekümmert zuckte der Leutnant mit den Achseln. »Für den Hausgebrauch reicht's allemal, Herr Kapitän.«

»Was ich Sie noch fragen wollte, Mister Rullingston, kennen Sie zufällig einen Leutnant Dechamp?«

»Ob ich ›Stud‹* Dechamp kenne? Natürlich, Sir! James und ich haben so manchen Eimer Wein zusammen geleert und so manche junge Lady, ääh, auf den Rücken gelegt, wie man so sagt. Das allerdings nicht zusammen – höchstens nacheinander. Woher kennen Sie denn diesen alten Wüstling, Sir?«

---

* Umgangsprachlich für Hengst, Beschäler

Da taten sich ja Abgründe auf, Dechamp als Weiberheld und Säufer, das waren Seiten, die er bei seinem Ersten noch nicht kennengelernt hatte. »James Dechamp ist mein Erster Leutnant.«

Rullingston blieb der Mund offen stehen. »Stud fährt als Erster auf einem Schlickrutscher? Was hat er denn verbrochen, dass er so die Karrieretreppe hinabgestürzt ist?« Er wurde rot, weil ihm sofort, nachdem er die Worte ausgesprochen hatte, klar wurde, dass er eine grobe Unhöflichkeit begangen hatte. »Äh, ich wollte sagen ...«

»Schon gut, Mister Rullingston. Das müssen Sie ihn schon selbst fragen, was ihn an Bord der *Shark* getrieben hat. Eins kann ich Ihnen jedenfalls versichern, über Langeweile hat er sich – im Gegensatz zu Ihnen – bei mir noch nie beklagt! Nein, wahrlich, das ganz bestimmt nicht!«

Die Tür zur Staatskabine flog auf, und ein ziemlich blasser Kapitän Cubbage trat in die Lobby hinaus. Er glotzte Turner an, aber es war fraglich, ob er ihn wiedererkannt hatte. Rullingston sprang auf und begleitete den Kapitän zur Pforte im Geschützdeck, wo die Ehrenwache ihn von Bord pfeifen würde. Ein würdevoller Mann in einem schwarzen Bratenrock und tadellos frisierter und gepuderter Perücke stand in der Tür und nickte Turner zu. »Bitte, treten Sie ein, Leutnant.«

Die Größe und Ausstattung von Howes Kabine überwältigten Turner. Das machte ihm wieder einmal schmerzlich deutlich, wie weit unten, sehr weit unten, er noch auf der Karriereleiter angesiedelt war. Vizeadmiral Howe stand vor den großen Heckfenstern und musterte den eintretenden Leutnant sorgfältig von oben bis unten. Turners Bericht lag auf dem Tisch. Nach der Vorstellung durch den Sekretär nickte Howe und machte eine einladende Handbewegung in Richtung eines Stuhls vor seinem Schreibtisch. »Willkommen in meinem Befehlsbereich, Leutnant Turner. Wie ich hörte, segeln Sie unter Order der Admiralität, sicher können Sie das beweisen?«

Turner verzog keine Miene. Dieser Mann vergeudete keine Zeit mit leerem Geschwätz, so viel war sicher. Turner zog die Dokumente aus seinem Rock und reichte sie dem Admiral. Der überflog sie, prüfte insbesondere die Unterschriften und Siegel und gab sie ihm dann zurück. Danach sah er ihn unter seinen dicken, buschigen Brauen abschätzend an. »Sie reiten auf einer hohen, steilen Woge, Sir, passen Sie gut auf, dass Sie nicht über den Bug kentern.«

»Sir, ich habe diese Vollmachten erst einmal benutzt, und zwar habe ich sie Kapitän Cubbage vorgezeigt, der bei unserem Zusammentreffen in der Bucht von Maine, ahem, nun ja, äääh, wenig kooperativ war.«

Howes Blick verdüsterte sich, als er den Namen des Kapitäns hörte.

»Aber zu diesem Zeitpunkt war schon alles zu spät. Die *Flamand* ist just zu diesem Zeitpunkt südlich von uns durchgebrochen, und ich konnte sie mit meinen beiden Schiffen nicht mehr vor der Ansteuerung stellen.«

Howe runzelte die Stirn und polterte grollend los: »Sie wollten eine Fregatte mit einem Schoner und einem Kutter zum Kampf stellen, Sir, habe ich das richtig verstanden? Nach meinen Informationen handelt es sich bei dem Schiff *Le Flamand* um die Fregatte *Le Heureux* der königlichen französischen Marine. Sie ist mit achtundzwanzig Kanonen bewaffnet und steht unter dem Kommando des sehr erfahrenen Kapitän Landais – alles in allem ein unverdaulicher Brocken für einen Schoner mit sechzehn Geschützen, aber einen Heißsporn und Feuerfresser wie Wild Bull Turner ficht das wohl nicht an, Sir?«

»Herr Admiral, wir hatten die Überraschung auf unserer Seite, und bei den Geschützen handelt es sich um die neu entwickelten achtzehnpfündigen Karronaden, die auf meinem Schiff erprobt werden sollen. Bis jetzt mit großem Erfolg – mit durchschlagendem Erfolg, Sir –, wenn ich mir das Wortspiel erlauben darf, daher war ich der Meinung, dass ich das Risiko eingehen könnte.«

Der Sekretär im Hintergrund schniefte bewundernd.

Howe sah interessiert aus und blickte wieder milder. »Sie haben also tatsächlich eine gute Chance gesehen, den Kampf siegreich zu beenden, Sir? Sie planten also kein Bravourstück nach dem Motto Alles oder Nichts, oder blumiger nach dem Geschmack des *Naval Chronicle* ausgedrückt: Ruhm oder Tod?«

»Nein, Sir, keineswegs!« Turner schwieg einen Augenblick, dann schaute er dem großen Mann gerade in die Augen. »Sir, in unserem Geschäft ist der Tod unser Partner, aber ich achte meine Männer und liebe das Leben zu sehr, um das meine und das meiner Kerls zu verschleudern.«

Howe nickte nachdenklich. »Gut gesprochen, Leutnant Turner. Die Admiralität scheint mit Ihrer Auswahl für diesen, äääh, etwas dubiosen Job einen guten Griff getan zu haben. Ich weiß, dass die Arbeit des Geheimdienstes notwendig und manchmal sogar sehr hilfreich ist, aber im Grunde ist es ein verdammt dreckiges Geschäft, das nur zu schnell auf die abfärbt, die es betreiben. Sie werden rasch merken, was ich meine, wenn sich der hiesige Resident der, äääh, Firma bei Ihnen meldet.« Er registrierte die Unmutswolke, die sich auf Turners Gesicht legte, und nickte ernst. »Leider konnte ich die Blockade von Portsmouth nicht effektiv betreiben. Ich habe den Hafen zwar eine Zeit lang regelmäßig von meinen Fregatten beschatten lassen, aber als Landais dreißig Tage überfällig war, bin ich zu der Überzeugung gelangt, dass die *Flamand* entweder ein Opfer der See geworden ist oder einen anderen Hafen angelaufen hat. Was hatte dieses Schiff denn bloß so überaus Wertvolles geladen, dass Ihre Lordschaften so erpicht darauf waren, es seinen Bestimmungshafen nicht erreichen zu lassen?«

»Es ging nicht um die übliche Ladung, Sir, obwohl die sicher aus wertvollem Kriegsgerät bestanden hat, sondern um einen Passagier. Dabei handelt es sich um einen hohen, sehr erfahrenen preußischen Offizier, der den Siebenjährigen Krieg im Umfeld seines Königs mitgemacht hat und über große theoretische und praktische Kenntnisse in der Kriegskunst verfügt. Er soll Washingtons Vogelscheuchen preußische Disziplin eintrichtern, Herr Admiral.«

Howe ließ sich in einen Sessel gegenüber von Turner fallen, schnaufte irritiert, faltete die Hände und stützte sein Kinn darauf ab. »Wenn er das schafft, wird mein Herr Bruder keineswegs erfreut darüber sein. Diese zerlumpte Räuberbande macht ihm schon so genug zu schaffen.« Halblaut murmelte er vor sich hin: »Außerdem ist William viel zu zögerlich, er verpasst eine Gelegenheit nach der anderen, um diese Strauchdiebe zu Paaren zu treiben und den ganzen Spuk hier zu beenden. Redet sich ein, man könne die Angelegenheit auch gütlich regeln. Pah, dass ich nicht lache! Dafür ist die Situation schon längst zu verfahren; nur aus einer Position der Stärke heraus ist ein Verhandlungsfrieden möglich.« Er stand auf und wanderte im Raum umher, dann wandte er sich wieder an Turner: »Ich werde mir Ihren Bericht später in Ruhe durchlesen und Sie – oder besser gesagt, Ihre neuen Waffen – an einem der nächsten Tage an Bord besuchen. Falls Sie irgendwelche Anliegen haben, teilen Sie die meinem Flaggleutnant mit, er wird alles für Sie arrangieren, das garantiere ich Ihnen. Ich unterschreibe alles blind! Wer sind wir, dass wir uns den Wünschen von Lord North und des Ersten Lords der Admiralität widersetzen könnten?« Er lächelte etwas gezwungen. »Machen Sie dem jungen Spunt ruhig etwas Feuer unter dem Achtersteven, Sir. Ich werde ihm mitteilen, dass er zu spuren hat, denn sonst versetze ich ihn als Sechsten Leutnant auf die *Phoenix*.«

»Eine grausame Drohung, Sir, obwohl ich sagen muss, dass ich mit dem Ersten Leutnant hervorragend zusammengearbeitet habe. Er hat uns das Fell gerettet, als die Yankees uns zu Kleinholz verarbeiten wollten ...« Er hielt erschrocken inne, als er sah, wie der Admiral auf seine Worte reagierte. Howe starrte ihn an, dabei streckte er den Kopf mit der sorgfältig gepuderten Perücke über dem massigen Körper wie ein angriffslustiger Eber nach vorne. Der Sekretär schnaufte erschrocken und kritzelte schnell etwas auf das vor ihm liegende Papier. Gefährlich leise fragte der Admiral: »Wollen Sie damit sagen, dass nicht Kapitän Cubbage das Gefecht mit den Yankeeschonern geführt hat?«

Turner schluckte schwer. Verdammt, Bullenkacke unter dem Plumeau, warum konnte er nie das Maul zur rechten Zeit halten? Kein Mensch hatte von ihm einen Kommentar zu den Verhältnissen auf der *Phoenix* verlangt. Und auch in seinem Bericht hatte er sich auf die nüchternen Tatsachen beschränkt. Die weniger nüchternen Vorkommnisse hatte er weggelassen, weil sie für den weiteren Verlauf der Ereignisse zu diesem Zeitpunkt nicht von Bedeutung gewesen waren. Er wand sich wie ein Regenwurm, den man auf einen Angelhaken gespießt hat. Kalter Schweiß stand ihm auf der Stirn, vielleicht war er im Begriff, seinem Retter Mullham einen Bärendienst zu erweisen, aber der kalte, mitleidlose Blick des Admirals zwang ihn, fortzufahren: »Nach dem Gefecht teilte mir Leutnant Mullham mit, dass Kapitän Cubbage an einer alten Krankheit leiden würde – ja, er erwähnte eine alte tropische Krankheit – und diese mit einem Hausmittel kurieren würde. Er wäre zur Zeit nicht ansprechbar ...« Turner schluckte schwer.

Howe sah aus, als wollte er gleich explodieren. Er drehte sich um und starrte einige Zeit durch das Fenster auf das mit treibenden Eisschollen bedeckte schwarze Wasser des Hudson. Der Admiral schien es gar nicht zu schätzen, wenn ihn seine Untergebenen für dumm verkauften. Seine auf dem Rücken gefalteten Hände wurden weiß, so sehr presste er sie zusammen. Mehrfach stampfte er heftig mit dem rechten Fuß auf und stieß dabei laut schnaubend den Atem aus. Nach einiger Zeit schien er sich etwas beruhigt zu haben und knurrte: »Snyder, hat der Erste Offizier der *Phoenix* den Bericht mit unterschrieben?« Der Sekretär blätterte eilig in den Papieren. »Nein, Sir, hier ist nur die Unterschrift von Kapitän Cubbage drauf.«

Howe drehte sich wieder um und kam um den Schreibtisch herum auf Turner zu. Er lächelte wieder freundlich und reichte ihm die Hand. »Sie haben mir sehr geholfen, Herr Leutnant, es war wirklich äußerst interessant, mit Ihnen zu plaudern. Ich freue mich auf den Besuch auf Ihrem schneidigen Schiffchen. Wie heißt es doch gleich? *Shark*, sehr passend, ja, in der Tat sehr passend! Und denken Sie daran, Rullingston wird alles für Sie nach Ihren Wünschen arrangieren. Zuerst einen Werftaufenthalt, könnte ich mir denken.«

»Jawohl, Sir, das ist natürlich am dringlichsten. Jeder Kommandant will sein Schiff in einem einsatzbereiten Zustand haben.« Turner salutierte und marschierte aus dem Raum. In der Lobby erwartete ihn schon der Flaggleutnant. Turner grinste ihn an. »Ich habe einen schönen Job für Sie, der Sie Ihre Langeweile schnell vergessen lassen wird. Besorgen Sie mir einen Platz in der Werft, und zwar am besten bis vorgestern!« Er blickte den verdutzten Rullingston strahlend an: »Es ist der Wille der Götter, Sir! Zeus selbst hat gesprochen. Falls Sie das nicht hinbekommen, verspricht er Ihnen einen interessanten Platz als Sechster Leutnant auf der *Phoenix*!«

Der Flaggleutnant erbleichte. »Nicht das«, stotterte er, »alles, aber nicht auf die *Phoenix*.«

»Da wäre sogar ein Platz auf einem Schlickrutscher wie der *Shark* besser, Sir?«

»Verzeihen Sie, Sir, das ist mir vorhin so rausgerutscht. Ich entschuldige mich dafür.«

»Schon vergessen, Leutnant Rullingston. Zuerst den Platz in der Werft! Eine Liste, was ich sonst noch so an Frischproviant und Ausrüstung brauche, schicke ich Ihnen im Laufe des Tages an Bord. Ich denke, dass so einiges zusammenkommen wird. Sie können mich ja persönlich über Ihre Fortschritte auf dem Laufenden halten. Bei dieser Gelegenheit könnten Sie Ihrem alten Freund Stud, ääh, Dechamp, die Hand schütteln.« Harmlos erkundigte er sich wie nebenbei: »Wie war eigentlich Ihr Spitzname, Sir?«

Rullingston wurde rot, seine Ohren leuchteten wie die Tunika eines Seesoldaten. Er druckste etwas herum, blickte sich verstohlen um, trat dann an Turner heran, beugte sich vor und flüsterte ihm zu: »Buck*, Sir!«

Turner musste wieder husten. Sie waren schon ein tolles Trio: ein Hengst, ein Rammler und ein wilder Bulle. Was nur wenige wussten, auch er hatte seinen Spitznamen als Midshipman und junger Leutnant zunächst wegen seiner vielen Weibergeschichten bekommen. »Äääh, nun ja, Mister Rullingston, es gibt Schlimmeres.«

Rullingston nickte stumm und begleitete ihn zur Pforte. Die Bootsmannspfeifen schrillten, die Seesoldaten präsentierten die Musketen, und gleich darauf saß Turner wieder achtern in der Plicht neben Tom. Er grinste versonnen und murmelte halblaut vor sich hin: »Stud und Buck, ein tolles Pärchen, wer hätte das gedacht?«

---

* Rammler, Kaninchenbock

»Käptum, Zur?«, erkundigte sich Tom und blickte ihn fragend an.

»Ach, nichts, Tom, ich war in Gedanken.«

An Bord der *Shark* erwartete ihn Dechamp, der die *Swallow* in der Obhut von Midshipman Armstrong zurückgelassen hatte. Sie gingen zusammen in die Heckkabine, wo sie zusammen ein Glas auf den guten Ausgang des Abenteuers tranken. Dann unterrichtete Turner seinen Ersten von seinem Gespräch mit Vizeadmiral Howe und dem unverhofft schnellen Werfttermin und wies ihn an, zusammen mit dem Zahlmeister und den Deckoffizieren die notwenigen Listen für die Anforderungen und Reparaturen zu erstellen. Gerade als sich Dechamp erhob, um sich an die Arbeit zu machen, schlug er sich mit der flachen Hand vor die Stirn und zog ein Billett aus dem Aufschlag seines Ärmels. Turner seufzte, als er den Absender sah: *Hermes Furtrading Company*. Nachdem er das Siegel aufgebrochen hatte, las er, dass sich der Direktor der besagten Gesellschaft heute Nachmittag zur Teezeit die Ehre geben würde, ihn in wichtigen Geschäften an Bord aufzusuchen. Eine Verschiebung des Termins aus dienstlichen oder gar anderen Gründen würde nicht akzeptiert werden, sondern zu unangenehmen geschäftlichen Konsequenzen führen. Dann folgte eine unleserliche Unterschrift. Ganz schön dreist, dachte Turner, was bildete der sich ein, ihm ganz unverblümt zu drohen. Der Kerl war ihm schon herzlich unsympathisch, bevor er ihn zum ersten Mal zu Gesicht bekommen hatte. Er erinnerte sich daran, dass selbst Howe bei der Erwähnung des Mannes das Gesicht angewidert verzogen hatte. Dechamp hatte geduldig abgewartet. Turner verabschiedete ihn mit einem Kopfnicken, konnte es sich dann aber doch nicht verkneifen und rief ihm hinterher: »Ich soll Ihnen einen schönen Gruß von Buck ausrichten!« Dechamp blieb stocksteif stehen, als wäre er gegen eine Mauer gelaufen. Genüsslich fügte Turner hinzu: »Stud!« Der Erste schoss wie ein Pfeil aus der Tür. »O je, dem müssen jetzt aber schlagartig eine Menge Sünden eingefallen sein«, murmelte Turner grinsend vor sich hin.

Die Abenddämmerung senkte sich über die schneebedeckten Dächer der Stadt, aus allen Schornsteinen quoll Rauch, überall in den Fenstern erschien der gelbe Lichtschein von Kerzen und Öllampen. In den gemütlichen Wohnungen würde man die Teestunde vorbereiten und über das bevorstehende Weihnachtsfest sprechen. Auf der Reede herrschte nur noch wenig Bootsverkehr, allein auf die *Shark* hielt ein Boot zu. Seine Ankunft wurde Turner gemeldet. Er grunzte unwillig, wies aber Tom an, sich bereitzuhalten, um den Gast zu bewirten. Der Wachposten vor der Tür stieß den Kolben der Muskete krachend auf das Deck und brüllte: »Midshipman Starke und ein Gast, Sööör!«

»Sollen reinkommen!«

Starke öffnete die Tür und ließ seinem Begleiter den Vortritt, dann meldete er mit unbewegtem Gesicht: »Mister Saul Hinkie, Geschäftsführer der *Hermes Furtrading Company*, New York, Sir!«

Der Ankömmling machte eine herrische Handbewegung in Starkes Richtung, der daraufhin die Kabine verlassen wollte. Turners Stimme ließ ihn innehalten. »Mister Starke, habe ich Ihnen gestattet, wegzutreten? Nein, dann teilen Sie mir bitte mit, was der Erste Leutnant und der Zahlmeister bei der Beschaffung von Kohlebecken und Holzkohle erreicht haben. Und wann wird der erste Frischproviant an Bord geliefert?«

Starke zuckte unter dem giftigen Blick Hinkies zusammen, richtete sich dann aber kerzengerade auf und rasselte sein Sprüchlein ohne zu stocken herunter. »Die Kohlenbecken sollen noch heute Abend geliefert werden, einschließlich einer gewissen Menge Brennmaterial. Frisches Brot, Butter,

Bier und Frischfleisch sind bereits für die nächsten Tage an Bord, Sir!«

»Danke, sehr schön, Mister Starke. Sie können dann wegtreten.«

Starke salutierte zackig, soweit das die Enge der kleinen Kabine erlaubte, machte kehrt, ging hinaus und schloss die Tür hinter sich.

»Nun zu Ihnen, Mister Hinkie! Wagen Sie es nie wieder, hier auf den Planken meines Schiffes irgendjemandem – auch nicht der letzten Ratte in der Bilge – in irgendeiner Form einen Befehl zu geben! Haben Sie das verstanden, Sir!« Er starrte dem Mann gerade in die Augen.

Der Resident des Geheimdienstes in New York konnte dem Blick nicht standhalten, seine Augen wanderten wie die eines in der Falle sitzenden Tieres gehetzt durch den Raum. Seine Physiognomie ähnelte der eines Wiesels: eine dreieckige Gesichtsform, unstete kleine, dunkle Augen, eine spitze Nase und zwei vorstehende obere Schneidezähne. Sein braunes Haar war hinten zu einem Zopf geflochten. Seine Mütze aus Fuchsfell hielt er in den Händen. Er trug einen Mantel aus Biberfell, der mit Nerzpelzen gefüttert war. Der Mantel musste ein Vermögen gekostet haben. Darunter lugten ein dunkelbrauner Gehrock und eine schwarze Seidenweste hervor. Eine dicke schwarze Wollhose und hohe braune Reitstiefel vervollständigten seine Ausstattung.

»Riskieren Sie hier keine große Lippe, Turner! Sie sind ein Versager! Steuben ist Ihnen durch die Lappen gegangen! Das Aufbringen von Prisen war Ihnen wohl wichtiger! Aber das wird diesmal Folgen haben. Smith hat mich gewarnt, dass Sie ein geldgeiler, unzuverlässiger Emporkömmling sind!« Er wollte sich an Turner vorbeischieben, um am Tisch Platz zu nehmen, aber Turner machte einen Schritt zur Seite und stellte sich ihm in den Weg. »Jetzt müssen Sie mich nur noch mit Ihren dreckigen Pfoten anfassen, Hinkie, dann rufe ich um Hilfe, und einer von uns beiden wird dann diese Nacht in Eisen unten im Knast verbringen – und ich weiß auch, wer!«

Hinkie blickte ihn hasserfüllt an. Wenn Blicke töten könnten, dann müsste ich auf der Stelle tot umfallen, dachte Turner. Gefährlich leise fuhr er fort: »Wenn Sie das schon wissen, dann wissen Sie ja auch, wo Sie den Baron finden können. Mord ist doch Ihr Geschäft, Mister, ein sauberer Schuss aus sicherer Entfernung, ein schneller Stich in einer dunklen Gasse oder ein paar Tropfen Gift in den Weinpokal, das kann doch für so einen erfolgreichen Agenten, wie Sie sicher einer sind, überhaupt keine Herausforderung darstellen. Oder täusche ich mich da, sind Sie vielleicht nur ein gefährlicher Maulheld?«

Schweigend standen sie sich gegenüber. Schließlich trat Hinkie einen Schritt zurück, räusperte sich umständlich, versuchte zu lächeln und meinte schließlich heiser krächzend: »Wir sollten das Kriegsbeil begraben, Sir. Schließlich stehen wir beide auf derselben Seite.« Er schaute ihn scheel von der Seite an und fügte bedeutungsvoll hinzu: »Sie wissen, dass meine Vollmachten sehr weitreichend sind.«

Turner schwieg und blickte ihn kalt an. Er ging um den Tisch herum und setzte sich auf seinen Stuhl. Er wusste nur zu gut, dass der Mann ihm sehr schaden konnte. Ein Bericht nach London, der von Verdrehungen und Halbwahrheiten strotzte, konnte für ihn das Ende der Karriere bedeuten. Widerwillig machte er eine einladende Handbewegung in Richtung des Stuhls, der ihm gegenüberstand. Saul Hinkie zog seinen Mantel aus, legte ihn über einen Stuhl, platzierte die Fuchspelzkappe obendrauf und setzte sich. Turner schob ihm seinen ausführlichen Bericht über den Tisch zu und lehnte sich zurück: »Lesen Sie erst den, dann können wir uns weiter streiten, äääh, Mister … ääh, Hinkie.«

Der Agent nahm den Report und las ihn langsam und konzentriert durch. Als er damit fertig war, legte er die Blätter zurück auf den Tisch und schaute an Turner vorbei auf das mittlerweile dunkle Fenster. Tom war zwischendurch lautlos hereingekommen und hatte die Kerzen in den schweren silbernen Leuchtern entzündet. Er hatte zu Turner die Geste des Trinkens gemacht, aber der hatte nur den Kopf geschüttelt, also war er wieder verschwunden. »Nun, Sir, wenn das alles so stimmt, dann kann man Ihnen keinen Vorwurf machen, dass dieser Steuben in Portsmouth an Land gehen konnte.«

Turner fuhr auf. »Mister, passen Sie auf, was Sie sagen! Sie bewegen sich haarscharf am Rand einer Forderung zum Duell entlang. Alles, was da drinsteht, lässt sich durch die Logbücher der Schiffe und die Tagebücher der Offiziere und Midshipmen verifizieren!«

Hinkies Augen irrten durch den Raum, schließlich bequemte er sich zu einem Nicken. »Ja, ja, schon gut! Ich sagte bereits, Sie trifft keine Schuld. Der alte Esel Howe hat den schwarzen Peter. Seine Fregatten haben ohnehin die Bucht von Anfang an nur sporadisch überwacht, und vor zwei Wochen hat er die Beobachtung vollständig einstellen lassen.«

»Befindet sich Steuben noch in Portsmouth, und was wird er Ihres Erachtens nach weiter unternehmen?«

»Meiner ganz persönlichen Meinung nach wird er es sich dort noch gut gehen lassen, aber ich habe noch keine Nachricht aus dem Norden. Ich vermute jedoch, dass er bald nach Boston reisen wird. Sicher wird er von dort mit Washington und dem Kongress in York Kontakt aufnehmen, und irgendwann wird er sich dann auf den Weg nach Pennsylvania machen müssen.«

»Auf dieser langen Strecke müsste es Ihnen doch möglich sein, ihn in einen Hinterhalt zu locken und ihn – nun ja, zu überreden, zu uns überzulaufen, Mister Hinkie.«

Hinkie blickte ihn kühl an. »Eine schnelle, saubere Kugel ist die bessere Lösung, Sir!«

»Das ist Ihr Problem ... Sir.«

»Mein Problem ist ein ganz anderes, Mister Turner! Die Zusammenarbeit mit der Armee und auch mit Admiral Howe gestaltet sich äußerst schwierig«, seufzte der Agent. »Meine Anweisungen werden ignoriert oder nur halbherzig durchgeführt, was dazu führt, dass sie leider keinen Erfolg zeitigen. Außerdem ist es schwer, in Kontakt mit den Loyalisten zu bleiben, da diese sehr vorsichtig operieren müssen, um nicht von ihren Nachbarn geteert und gefedert zu werden. Erst kürzlich sind zwei meiner wichtigsten und aktivsten Agenten in Massachusetts und Connecticut von den Rebellen ermordet worden, zu den von ihnen geführten Männern habe ich zurzeit keine Verbindung mehr.« Er seufzte. Turner vermutete, dass das weniger aus Mitleid mit den bedauernswerten Opfern geschah, sondern aus Selbstmitleid, weil das seine Möglichkeiten, sich »oben« durch spektakuläre Erfolge einzuschmeicheln, einschränkte. Er konnte absolut verstehen, dass niemand etwas mit diesem Stinktier zu tun haben wollte. Er hatte ihn schon nicht leiden können, bevor er ihn zu Gesicht bekommen hatte, nach drei Minuten an Bord hätte er ihn am liebsten in Eisen legen lassen und nach einer Viertelstunde gerne zum Duell gefordert. *Chapeau*, das war wirklich eine reife Leistung. Wahrscheinlich stieß der Kerl alle Leute so vor den Kopf – kein Wunder, dass er keinen Erfolg hatte. Gut, der Bursche stand unter ungeheurem Erfolgszwang. Aber so waren die Regeln in diesem Spiel, nur bei entsprechender Leistung sprudelte das Geld, und man durfte Macht über andere ausüben. Na ja, ihm konnte das gleichgültig sein, denn sobald die *Shark* repariert war, ginge es zurück in die sonnige, warme Karibik. Er lächelte in sich hinein, denn er hatte sich dabei ertappt, dass er beinahe

»nach Hause« gedacht hatte. Plötzlich zuckte er zusammen – was hatte ihn dieses Stück Malheur da eben gefragt?

Hinkie musterte ihn kritisch und wiederholte dann seine Frage: »Wann sind Sie wieder bereit zum Auslaufen, Sir?«

Turner überlegte fieberhaft. Was ging das diesen Halunken an? Hatte er etwas verpasst? Er räusperte sich umständlich: »Ahem, nun ja, das kann ich noch nicht sagen. Ich weiß nicht, wann ich in die Werft komme, und habe keine Ahnung, wie gut und schnell die Burschen dort arbeiten. Aber warum interessiert Sie das, Mister Hinkie?«

Der Mann zupfte an seinen Manschetten, spitzte die Lippen und ließ dann die Bombe platzen: »Ich brauche die *Shark*, um die untere Postroute von Boston nach Süden zu kontrollieren!«

Turner saß wie versteinert auf seinem Stuhl und bekam keinen Ton heraus. Fassungslos starrte er den kleinen Mann an, der kühl fortfuhr: »Es gibt drei Postrouten, die zwar in Connecticut alle über die Stadt New Haven im Nordosten von hier laufen, aber vorher … Im Sommer bräuchte ich gar nicht zu überlegen, dann wäre ich sicher, dass dieser Steuben die nördliche Straße benutzen würde. Es gibt verschiedene Gründe, die das nahelegen. Aber unter diesen winterlichen Bedingungen dürfte er da oben schwer durchkommen. Trotzdem muss ich diesen Weg natürlich überwachen lassen. Da oben in den Hügeln gibt es aber nur wenige Loyalisten, was bedeutet, dass ich mindestens zwei Gruppen zu jeweils etwa zwei Dutzend Männern von der Küste abziehen und dort hinschicken muss. Dasselbe gilt für die mittlere Route. Was wiederum bedeutet, dass diese Männer an der Küste fehlen. Da ich nur jungen, kräftigen, widerstandsfähigen Männern die Strapazen in Eis und Schnee zumuten kann, bleiben mir an der südlichen unteren Route die alten Knacker – und hier kommen Sie ins Spiel. Die erfahrenen alten Männer kennen zwar das Land wie ihre Westentasche und können für Sie herausfinden, wo sich Steuben wann befindet, aber für einen ernsthaften Kampf sind sie nicht mehr zu gebrauchen. Bis die ollen Daddies ihre Brillen aufgesetzt haben, hat der Preuße ihnen die Ohren abgeschnitten – und dann halten die Brillenbügel nicht mehr!« Er lachte meckernd. »Ich schicke Ihnen die neuesten Karten des Long Island Sound und die besten Landkarten des Küstenstreifens an Bord. Studieren Sie das Material, und dann besprechen wir, wo Sie sich am besten mit der *Shark* in den Hinterhalt legen sollten, falls Steuben den südlichen Weg nutzt. Inzwischen lasse ich meine Verbindungen zur Werft spielen.« Er grinste höhnisch. »Ich werde Ihnen nicht die Möglichkeit geben, sich zu drücken, weil Ihr Schiff nicht seeklar ist. Nein, Sir, es wird in den Genuss kommen, von den besten Fachkräften, die auf der Werft herumlaufen, repariert zu werden. Es wird besser sein als vorher, denken Sie an meine Worte!«

Turner klammerte sich mit beiden Händen an den Seitenlehnen seines Stuhles fest. Sterne tanzten vor seinen Augen, und er hätte beinahe laut herausgeschrien: Noch ein Wort, du widerliche Ratte, und ich mache etwas, was mir später leidtun wird! Er atmete tief durch. »Mister Hinkie, die Reparatur wird selbst beim Einsatz von genügend hervorragenden Arbeitern mindestens drei Wochen dauern, mit dem Weihnachtsfest dazwischen eher länger.«

»Nichts da! Zwei Wochen höchstens, vor dem Fest ist die *Shark* wieder einsatzbereit – wetten?«

Müde schüttelte Turner den Kopf. Er hatte inzwischen genug Einblick in die Möglichkeiten des Geheimdienstes gewonnen, andere Leute unter Druck zu setzen. Und diesem miesen Kerl traute er buchstäblich alles zu. Er sann nach einem Weg, wie auch er Hinkie ein wenig ärgern konnte. Wie nicht anders zu erwarten, fiel ihm auch etwas ein. Er fletschte grimmig die Zähne – wer gutwillig war, mochte das als ein Lächeln deuten – und knurrte: »Wenn Sie schon dabei sind, Leute unter Druck zu setzen, dann bemühen Sie sich doch bitte auch gleich um die Mitglieder des Prisengerichts. Sie wissen doch von Mister Smith, dass ich ein geldgeiler Typ bin. Nun, es ist zwecklos, das zu leugnen, er hat recht! Wissen Sie, da Sie mich hier länger in diesen arktischen Gewässern festhalten wollen, hätte ich mir gerne vor dem Auslaufen eine schöne Pelzmütze und einen warmen Mantel gekauft. Also arrangieren Sie es, dass ich mein Prisengeld möglichst bald auf meinem Konto«, er zögerte kurz, »bei der Bank Goldman & Söhne bzw. deren ortsansässiger Korrespondenzbank habe. Auch für meine Männer wäre eine so schnelle Auszahlung eine sehr willkommene Überraschung zum Weihnachtsfest und würde ihre Motivation erheblich beflügeln!« Ein Blick zeigte ihm, dass er bei Hinkie ins Schwarze getroffen hatte. Der Kerl ärgerte sich maßlos, beherrschte sich aber und flötete honigsüß: »Aber mein lieber Kapitän Turner, das ist doch gar kein Problem, das Geld steht Ihnen und Ihren Männern doch zu! Das Prisengericht wird den Fall vordringlich behandeln und schnell entscheiden.« Ein missgünstiges Lächeln flog über sein Gesicht: »Allerdings wird Admiral Howe seinen Anteil einstreichen wollen, Sir.«

»Das glaube ich nicht, Mister Hinkie, da die *Shark* unter der Flagge der Admiralität segelt, ist er nur an der *Phoenix* beteiligt.«

Hinkies Lächeln wirkte zum ersten Mal aufrichtig, es stimmte ihn sichtlich fröhlich, dass der Admiral weitgehend leer ausging. »Sie glauben gar nicht, wie sehr es mich freut, das zu hören, Sir!« Er rieb sich die Hände. »Sobald Sie über das Geld verfügen können, sollten Sie mich in meinem Ladengeschäft aufsuchen. Ich habe Felle in jeder Preislage vorrätig und beschäftige die fähigsten Kürschner der Stadt. Es wird mir eine Ehre sein, für Sie die besten Qualitäten auszusuchen und Ihnen einen besonders guten Preis zu machen, Sir!«

Turner erhob sich und rief nach Mister Starke. Dann nickte er Hinkie zu und dachte insgeheim böse: Und wenn ich barfuß und nackt zum Nordpol laufen müsste, dir hinterhältigem Aasgeier werfe ich nicht einen Penny in den Rachen, außer ich könnte sicher sein, dass du dich daran verschluckst und krepierst! »Aber sicher, Mister Hinkie, und meine Männer bringe ich gleich mit. Sie sind zwar manchmal etwas wild, aber im Grunde ihres Herzens sind es wahre Lämmchen.«

Der Agent erbleichte, er konnte sich lebhaft ausmalen, wie sein Lager aussehen würde, wenn hundert mehr oder weniger betrunkene Jan Maaten es nach den ihnen zusagenden Pelzen durchwühlt hatten. Er verabschiedete sich schnell und folgte, leise vor sich hin schimpfend, Midshipman Starke zur Relingspforte.

In seiner Kabine goss sich Turner einen doppelstöckigen Rum ein, schnupperte ausgiebig am Aroma und trank das Glas in kleinen Schlucken aus. Zu seiner eigenen Verwunderung stellte er fest, er fand es eigentlich ganz in Ordnung, dass er eine zweite Chance erhielt, den preußischen General abzufangen. Er hasste unerledigte Jobs. Plötzlich tauchte Lord Dunbars affektiertes Lächeln in dem hochmütigen Gesicht vor seinem geistigen Auge auf. »Wir beide sind auch noch nicht miteinander fertig, Euer hochwohlgeborene Gnaden, die Kugel, die Euch zu Euren verräterischen Ahnen befördern wird, ist schon gegossen!«

Tom, der die Worte in der Pantry mitgehört hatte und sie auf Saul Hinkie bezog, nickte begeistert.

Kapitel 7

Januar 1778, New York

Seit am Freitag, dem 2. Januar 1778, um 7.20 Uhr Ortszeit die Sonne über der Reede von New York aufgegangen war, waren die Männer der *Shark* nicht mehr zur Ruhe gekommen. Nun war es zwar ganz natürlich, dass ein Schiff nach einem Werftaufenthalt gründlich gereinigt werden musste, aber da die *Shark* schon seit dem 24. Dezember wieder vor ihrem Anker auf der Reede schwoite, hätte man vermuten können, dass auf dem Schoner inzwischen wieder die normale tägliche Routine eingekehrt war. Aber dem war keineswegs so! Jetzt war es fast zwei Glasen auf der Vormittagswache, und der Erste Leutnant, der Segelmeister und natürlich der Bootsmann mit seinen Maaten schlichen mit Argusaugen über das Deck und fanden selbstverständlich immer etwas auszusetzen, und wenn es eine vereinzelte Schneeflocke war, die es gewagt hatte, sich federleicht auf einen blitzenden Messingbeschlag fallen zu lassen. Dabei blinkte und blitzte das ganze Schiff vom Mastknopf bis zum Kielschwein, wenn man davon absah, dass die frisch reparierten Stellen in der Beplankung der Bordwand einen anderen Farbton hatten als der übrige Rumpf. Bevor die Kohlebecken gelöscht worden waren, hatte man auf ihnen getrocknete Kräuter verbrannt, sodass der übliche würzige Duft, den die rund hundert

Männer, die im Wohndeck auf engstem Raum zusammengepfercht aßen und schliefen, für gewöhnlich dort produzierten, überdeckt wurde. Der Anker war kurzstags gehievt, die Segel waren klar zum Setzen, und alle Besatzungsmitglieder standen wartend auf ihren Positionen. Von ihrem Prisengeld hatten sich die meisten zünftig mit Pelzkappen, halblangen Felljacken, dicken Wollhosen und kniehohen, mit Troddeln verzierten hessischen Lederstiefeln eingekleidet. Turner hatte mit dieser geckenhafte Mode begonnen, und seine Männer äfften ihn nach. Der sehr ehrenwerte Mister Hinkie hatte, was die Reparatur und das Prisengeld anging, also tatsächlich Wort gehalten. Turner hatte überlegt, womit der fiese Kerl die leitenden Manager der Werft und die achtbaren Mitglieder des Prisengerichts wohl erpressen konnte, dass sie so bereitwillig nach seiner Pfeife tanzten. Er tippte darauf, dass diese Herren alle bis über beide Ohren in Korruptionsgeschichten verwickelt waren, die sie, wenn sie öffentlich würden, zwar nicht unbedingt den Hals, aber ganz bestimmt eine sichere, reichlich sprudelnde Einnahmequelle kosten würde. Er erinnerte sich an frühere Zeiten, in denen er mitbekommen hatte, wie sein Kommandant so manches Mal verbittert geflucht hatte, weil er erst eine Handvoll goldener Münzen aus seiner privaten Börse in gierige Krallen zählen musste, bevor die Werftgrandies auch nur in Erwägung zogen, ihre Pflicht zu tun.

Nun, heute war ein großer Tag. Turner hatte sich mit Bedacht nicht an Deck begeben, um die allgemeine Nervosität nicht noch zu steigern. Allerdings hätte er hier unten in seiner Kabine vor Nervosität am liebsten auf den Fingernägeln gekaut. Admiral Richard Howe hatte sich zur Besichtigung der Karronaden angesagt! Es kam etwa so häufig vor, dass ein Kommandierender Admiral ein so winziges Schiffchen besuchte, wie eine Teilnahme des Pontifex Maximus an der

Eucharistie nach calvinistischer Liturgie. Vom Flaggschiff näherte sich die große Barkasse des Admirals. Ihr Rumpf war dunkelblau gepönt, ein breiter burgunderroter Streifen verlief einen knappen Fuß unterhalb des weißen Schandeckels, das Bootsinnere war gelb ausgemalt. Am Heck wehte die Flagge des Admirals. Die Riemen aus Eschenholz waren makellos weiß gescheuert, und auf den Blättern prangte ein goldener Stern. Die Männer an den sechzehn Riemen waren einheitlich mit dicken blauen Jacken bekleidet, und auf dem Kopf trugen sie Pelzmützen aus schwarzem Bisamrattenfell. Turner war rechtzeitig vom Midshipman der Wache gewahrschaut worden, daher nahm er das eindrucksvolle Bild des sich mit einem perfekten Schlag nähernden großen Bootes an Deck stehend in sich auf und konstatierte insgeheim: Der olle Howe weiß auch, wie man Eindruck schindet! Achtern auf der Heckducht entdeckte er die in einen schweren Bootsmantel gehüllte massige Gestalt von Howe. Flaggleutnant Edward Augustus Rullingston sah neben ihm wie eine halbe Portion aus. Die Ehrenwache aus Seesoldaten und ausgesuchten Schiffsjungen stand bereit. Der Bootsmann und seine Maaten fingerten nervös an ihren Pfeifen herum und leckten sich über die Lippen. Das Boot glitt gegen den Strom längsseits, der Bugmann hakte ein. Admiral Howe packte die weißen Handläufer, trat auf die vom Eis befreiten und gesandeten Stufen und zog sich erstaunlich behände zur Relingspforte empor. Als sein Kopf in Deckhöhe war, begannen die Bootsmannspfeifen zu tirilieren. Howe betrat das Deck, und in seiner großen Uniform bot er einen wahrhaft einschüchternden Anblick. Oben im Masttop brach die Flagge des Admirals aus, schüttelte sich ein wenig unlustig, um dann nach Süden auszuwehen. Hinter den Seesoldaten begannen zwei Trommler ihren rhythmischen, vorwärtstreibenden, rollenden Wirbel, in den zwei Dudelsackpfeifer quäkend einfielen und einen dieser mitreißenden schottischen Märsche spielten. Admiral Howe sah Turner verdutzt an. Es war nicht üblich, dass eine Slup Musiker an Bord hatte. Nachdem Turner Meldung gemacht und den hohen Herrn begrüßt hatte, fügte er mit einem Kopfnicken in Richtung seiner kleinen Kapelle in der traditionellen schottischen Tracht hinzu: »Sir, der Teil meiner Männer, der von dem Andreaskreuz in unserer Flagge repräsentiert wird, wollte Ihnen eine kleine Freude machen. Es sind keine Berufsmusiker, aber ich finde, sie spielen ganz gut.«

»Und sehr laut«, bestätigte Howe lächelnd. Der Admiral schaute sich aufmerksam um. Turner wusste, dass seinem erfahrenen Auge keine Schlamperei verborgen bleiben würde, dann blieb sein Blick an den dicken, wuchtigen Rohren der Karronaden hängen. Interessiert ging er um die ihm am nächsten stehende Waffe herum und studierte jede Einzelheit. Er rieb sich das Kinn. »Stellschrauben zur Höhenrichtung, die Räder unter den, äääh ... nun ja, Lafetten laufen auf Kreisbögen aus Metall. Großer Winkel bei der Seitenrichtung. Interessant, sehr interessant! Eine neuartige Visiereinrichtung. Ach ja, Herr Kapitän, lassen Sie den Anker hieven und führen Sie mich bitte durch das Schiff.«

Die Inspektion verlief glatt, Howe sprach mit einer ganzen Reihe von Männern ein paar Worte, der eine oder andere ältere Matrose drängte sich vor, um den Admiral daran zu erinnern, dass er schon mal mit ihm zusammen auf diesem oder jenem Schiff gefahren war, worauf jener stets vorgab, sich daran noch gut zu erinnern. Turner hatte da so seine Zweifel. Als er Fünfter Leutnant auf einem Linienschiff gewesen war, waren ihm nach einem halben Jahr noch Leute an Deck begegnet, die er bis dahin noch nie gesehen hatte. Und er hatte damals nicht achtern abgeschottet in der Kapitäns- oder Admiralskabine gehockt, sondern eine der

Batterien kommandiert, war also täglich mit vielen Männern zusammengekommen. Aber die Männer freuten sich, stießen ihre Kumpels an und prahlten mit ihrer Bekanntschaft. Als sie achtern in der winzigen Kajüte der *Shark* saßen, wo Tom ihnen eine kleine Erfrischung aus kaltem Fleisch, duftendem Käse, der von den holländischen Händlern der Stadt stammte, frischer Butter, warmem Brot, in Alkohol eingelegten Früchten und Nüssen servierte. Dazu reichte Turner dem Admiral und dem Flaggleutnant einen der Tageszeit angemessenen Tawny Port.

Admiral Howe ließ sich nicht lange bitten und bediente sich reichlich. Auch Rullingston hieb tapfer in die Speisen. Turner beugte sich zu ihm hinüber und flüsterte ihm zu: »Gar nicht so schlecht für einen Schlickrutscher, nicht wahr?«

Rullingston nickte und antwortete mit vollem Mund: »Sie können mich auf die Warteliste für Ihr Schiff setzen, Sir.«

Turner grinste, lauschte auf die Geräusche an Deck und spürte, wie das Schiff unter seinen Füßen erzitterte.

Der Admiral wischte sich mit der Serviette den Mund ab, blickte sich in der winzigen Kabine um und bemerkte dann: »Mister Turner, es ist verdammt lange her, dass ich auf so einem kleinen Schiff gewesen bin. Es muss in einem anderen Leben gewesen sein, aber soweit ich mich erinnern kann, war damals die Verpflegung – selbst die in der Staatskabine – nicht annähernd so opulent. Ich werde dem Chef der Indentantur empfehlen, die Anforderungen sorgfältiger auf die wirklich notwendigen Posten hin zu prüfen!« Aber er kniff bei diesen Worten ein Auge zu und nahm genüsslich einen Schluck des goldbraunen Portweins. Der Posten der Seesoldaten meldete draußen: »Midshipman Armstrong, Sööör!«

»Herein!«

Armstrong riss die Tür auf, marschierte in den Salon und grüßte halbwegs zackig, wenn sein schneidiger Auftritt auch darunter litt, dass er in der niedrigen Kabine nicht aufrecht stehen konnte: »Anker ist aus dem Grund, Sir! Vor- und Gaffelsegel sind gesetzt, Sir!«

»Danke, Mister Armstrong. Herr Admiral, dieser Midshipman brennt darauf, sein Leutnantsexamen abzulegen. Er ist ein hervorragender Mann, der schon mehrfach eigenverantwortlich als Prisenkommandant eingesetzt war.«

Armstrong traten die Augen aus dem Kopf, er lief rot an und bekam unter dem forschenden Blick Howes kein Wort über die Lippen. Der Admiral lächelte und sagte leichthin: »Ganz sicher werden wir am Ende des Monats nochmals eine Prüfungskommission zusammentreten lassen. Melden Sie sich einfach an, Mister Armstrong.« Er nickte ihm aufmunternd zu und brummte leutselig: »Meines Wissens haben wir bei dieser Gelegenheit noch keinem der jungen Gentlemen den Kopf abgerissen.«

Armstrong stotterte: »Nei... nein, Sir! Ja ... jawohl, Sir!« Er blickte Turner böse an. Bei der Kehrtwendung wäre er fast über seine eigenen Beine gestolpert.

Howe trank aus und erhob sich dann. »Lassen Sie uns an Deck gehen, meine Herren.«

Die *Shark* segelte den Hudson vor dem Wind flussabwärts nach Süden und passierte die südliche Bastion von Manhattan. An Steuerbord voraus lagen zwei kleine, schneebedeckte Inseln, an Backbord eine größere. Auf der dazwischenliegenden, mit Eisschollen übersäten Wasserfläche hatte gestern ein Hilfsschiff eine aus massivem Eichenholz gefertigte Schießscheibe, die auf einem Floß montiert war, verankert. Das Ziel entsprach von seinem Aufbau und der Stärke der Planken und der Spanten her in etwa der Festigkeit der Bordwand einer Fregatte.

»Fahren Sie den ersten Angriff mit dem Kurs am Wind, Sir!«, befahl Howe jetzt ganz konzentriert. Die *Shark* lief an der im Wind liegenden Zielscheibe vorbei, luvte an und wendete auf dem Teller.

»Achtung! Mister Dechamp, die Backbordbatterie feuert zuerst! Feuer frei, wenn Ziel aufgefasst!«

»Aye, aye, Sir!« Dechamp hob bestätigend den Arm. Das Schiff lag nach Steuerbord über. Der Richtschütze kurbelte das Rohr nach unten, dann wurden die Lafetten auf dem metallenen Kreisbogen im Deck herumgezogen, bis die Mündungen der Karronaden weit nach achtern zeigten. Dadurch würden die Kugeln in einem optimalen Winkel im Ziel einschlagen – hoffentlich ... Die Scheibe näherte sich, war querab, verdammt, warum feuerten die Kerle nicht, wollten sie ihn blamieren?

Rawummm! Dicker Pulverqualm zog nach achtern und hüllte sie ein. *Rawummm! Rawumm!* Das Schiff legte sich nach Feuerlee über. Die Scheibe sackte achteraus. Ihre obere Hälfte war teilweise weggerissen, in weiten Bereichen war das Holz eingedrückt.

»Mister Turner«, meldete sich Howe, »lassen Sie bitte die Segel bergen, und laufen Sie dann in einem Abstand von drei Kabellängen mit achterlichem Wind und Strom langsam vorbei, Sir!«

»Mister Lennon! Klar zum Aufgeien der Gaffelsegel!« Auch dieses Manöver klappte wie am Schnürchen. »Mister Lennon, klar zur Halse!«

»Ist klar, Sir!«

»Rund achtern!«

»Die Vorsegel bergen, Sir!«

»Aye, aye, Sir!«

»Rudergänger, bis auf eine Kabellänge ran! Ich will das Weiße in den Augen der Holzwürmer sehen, Mann!«

»Aye, aye!«, bestätigte Quartermaster Mike O'Hara, dabei verzog er sein Gesicht, das nur aus einem Geflecht von tiefen Furchen und Falten zu bestehen schien, grinste breit, wobei er seine wenigen gelbbraunen Zähne zeigte, die an die Hauer eines alten Ebers erinnerten. So liefen sie mit langsamer Fahrt auf die Zielscheibe zu, von Zeit zu Zeit polterte eine große Scholle an der Bordwand entlang.

»Achtung! Steuerbordbatterie, pustet den Rest weg, Jungs! Feuer frei, wenn Ziel aufgefasst, Mister Dechamp!«

Karronade nach Karronade brüllte donnernd auf und jagte auf Kernschussweite ihre Kugel in das Eichenholz, das unter den Einschlägen in unzählige Splitter zerbarst. Die Geschützbesatzungen schufteten und kamen trotz der Kälte ins Schwitzen. In Windeseile wurde nachgeladen und erneut gefeuert.

»Klar zum Setzen der Segel und zur anschließenden Wende! Mister Lennon, bringen Sie uns zur Zielscheibe …« Turner hielt kurz inne, warf einen Blick nach achtern und verbesserte sich dann, »zu dem Floß zurück! Dort machen Sie uns mit Backen und Füllen ständig!«

Lennon verzog keine Miene. »Aye, aye, Sir!«

Admiral Howe war sichtlich beeindruckt. »Jetzt verstehe ich Ihren Optimismus, Sir, was die französische Fregatte angeht. Mit einer derartigen Feuerkraft und -geschwindigkeit rechnet niemand bei einer kleinen Kriegsslup.«

Die Begutachtung aus der Nähe zeigte, dass die rollenden Breitseiten das Ziel weitgehend zerlegt hatten. Zerbrochene Spanten ragten wie kariöse Zähne in die Höhe, zerschmetterte Planken waren weit nach innen eingedrückt worden, große Löcher klafften. Turner war stolz auf sein Schiff und seine Besatzung. Als sie wieder vor Anker lagen, sprach Admiral Howe Turner seine Anerkennung aus: »Sie haben ein gutes Schiff, Leutnant, und eine feine Besatzung – und Sie können beide richtig einsetzen. Richten Sie Ihren Männern aus, dass ich mit ihren Leistungen sehr zufrieden war. Es ist wirklich schade, dass Sie nicht zu meiner Flotte gehören. Ich denke, Sie würden bei mir bald eine neue Uniform als Commander benötigen. Ich brauche Offiziere wie Sie, die ihren Job aus dem Effeff verstehen, und keine grünen Jungs mit einflussreichen Verwandten.« Er seufzte und blickte zu Rullingston hinüber, der sich angeregt mit Dechamp unterhielt. »Wie macht sich denn Ihr Eton-Absolvent, Sir?«

»Hervorragend, Sir. Mister Dechamp hat sich quasi selbst auf die *Shark* versetzt, weil er der Meinung war, dass er hier an Bord mehr lernen könnte als auf einem Dickschiff im Hafen von Antigua. Und tatsächlich saugt er alles wie ein Schwamm in sich auf. Er wird bald ein hervorragender Seeoffizier sein und ein selbständiges Kommando ordentlich führen.«

Howe seufzte nochmals, dann knurrte er: »Wie ich hörte, werden Sie demnächst wieder auf Menschenjagd gehen, Mister Turner.«

Turner verzog das Gesicht. »Der Not gehorchend, Sir, nicht dem eigenen Triebe.«

Howe blickte ihn nachdenklich an: »Habe ich diese einprägsamen Worte nicht schon mal irgendwo gehört, Sir? Altes Sprichwort aus Sussex?«

»Kaum, Sir, das ist mir gerade so durch den Kopf geschossen.«

»Apropos, Kopfschuss, Sir. Einen Feind im offenen Kampf töten ist eine Sache, eine unliebsame Person hinterhältig ermorden, eine andere. Ich halte Sie für einen anständigen Kerl, Turner, kann Ihnen aber in dieser Angelegenheit nicht helfen. Das ist der Nachteil, wenn man unter der Flagge der Admiralität in trüben Gewässern auf Untiefen stößt. Ihre Befehle bekommen Sie von diesem, nun ja, Pelzhändler. Machen Sie das Beste draus, Sir.«

Die Admiralsbarkasse war längsseits gekommen, Howe

schüttelte ihm die Hand und schritt zur Relingspforte. In seinem Kielwasser segelte Rullingston, der verschwörerisch ein Auge zusammenkniff, als er an Dechamp vorbeiging. Die Dudelsäcke quietschten, und die Bootsmannspfeifen trillerten, die Trommeln rasselten, die Seesoldaten präsentierten klatschend ihre Musketen, dann war der hohe Gast verschwunden. Turner atmete tief durch, nahm seinen Hut ab und rieb sich den Hinterkopf. Puh, das war überstanden! Er ging zurück in seine Kabine. Tom hatte schon aufgeklart. Turner fragte ihn, ob von den Leckereien noch etwas übrig geblieben sei, worauf Tom breit grinsend seine makellos weißen Zähne zeigte, in der Pantry verschwand und mit einer Platte bereits fertig belegter Brote erschien. Er lächelte verschwörerisch, stellte ein Weinglas daneben und ging nochmals in sein kleines Reich. Turner hörte das sanfte *Plopp*, als ein Korken gezogen wurde. Nanu, fragte er sich irritiert, was wird denn das? Sein Bursche kam wieder herein, er hatte die Flasche in eine Serviette gehüllt und schnüffelte fachmännisch daran, dann schenkte er ihm einen Schluck ein. »Probieren Sie, Sir, und sagen Sie mir dann das Anbaugebiet in Frankreich – so viel will ich Ihnen verraten. Sie sind doch ein *connaisseur*. Mein ehemaliger ... Arbeitgeber, der Plantagenbesitzer auf Guadeloupe, war ebenfalls ein großer Weintrinker.« Tom hatte *Master* sagen wollen, aber noch im letzten Augenblick die Kurve gekriegt. »Er hatte die Bibliothek voller interessanter Bücher darüber, und der Keller war gefüllt mit Fässern und Kisten voller Weine aus den besten Lagen. Zufällig ist mir in English Harbour ein Buch in die Hände gefallen, das ich bei ihm schon früher mal gelesen hatte. Mit seiner Hilfe habe ich mein Wissen aufgefrischt.« William ließ den Wein im Glas kreisen und saugte die Blume ein. Mmm ... Ein intensives Bouquet. Es war ein großer Wein mit viel Körper. Die Farbe war tiefdunkles Purpur mit blauen Reflexen. Das Languedoc, die Provence schieden aus, er nahm einen kleinen Schluck und rollte ihn im Mund. Aber die Eigenheiten der Großen aus dem Beaujolais und dem Burgund fehlten. Heidelbeeren, Cassis, Rauchtöne. Von der Loire? Er schluckte und öffnete langsam den Mund. Ausgewogene Tannine. Nein, ganz klar ein Bordeaux! Aber er kannte inzwischen Tom gut genug, um zu wissen, dass der ihn nicht so leicht davonkommen lassen würde. Er lächelte, nahm noch einen Schluck, sah in Gedanken die Karte Frankreichs mit der Gironde vor sich – es war ein Wein vom »rechten Ufer« vermutete er, gewachsen auf sonnendurchwärmtem Kalk. »St. Emilion oder Umgebung, stimmt's?«

Tom nickte bewundernd und nannte ihm den Erzeuger, aber William Turner kannte den Namen des Chateau nicht. Tom klärte ihn auf: »Ein Geheimtipp meines ehemaligen Arbeitgebers, Sir. Produziert nur kleine Mengen, daher ist die Lage weitgehend unbekannt. Ich bin beim Einkaufen für unseren ... äääh ... Ihren persönlichen Bedarf zufällig darauf gestoßen. Der Händler hatte keine Ahnung, was für ein Schatz da in seinem Laden ruhte. Nun ja, Sir, was will man verlangen, diese Yankees und Wein ... pah!« Er schnippte verächtlich mit den Fingerspitzen. »Ich konnte den vollständigen Schatz – er umfasst sechs Kisten – bergen, und das für 'n Appel und 'n Ei.«

»Gut gemacht, Tom. Darauf wollen wir einen trinken, Tom, hol dir auch ein Glas. Andächtig genossen sie den edlen Rebensaft. »Kannst du mir bei Gelegenheit – sagen wir auf dem Rückweg nach Antigua – das Weinbuch mal ausleihen, Tom?«

»Selbstverständlich, Sir.« Tom zögerte und fügte dann hinzu: »Es ist auf Französisch geschrieben.«

William lachte forsch. »Na und? Das habe ich schließlich auch mal gelernt, wenn auch überwiegend in den Kaschemmen an der französischen Kanalküste.« Tom blickte ihn skeptisch an, was er bis jetzt von seinem Kommandanten auf Französisch gehört hatte, war ihm eher spanisch vorgekommen.

Für Turner war das Thema erledigt, er breitete wieder die Karten des Long Island Sound auf seinem Tisch aus, machte sich über das Essen her und studierte die vielen Buchten und fjordartigen Einschnitte. Von Zeit zu Zeit nahm er einen Schluck Wein, wonach sich regelmäßig ein zufriedenes Lächeln auf seinem Gesicht ausbreitete. Für den späten Nachmittag hatte sich wieder dieser unangenehme Typ, Saul Hinkie, angekündigt.

Turner hatte sich an Land nicht bei Hinkie, sondern in einem der vielen von Holländern betriebenen Läden einen Pelzmantel und eine dicke Fellkappe gekauft. Die Adresse des Kürschners hatte ihm der Käsehändler gegeben, bei dem er ein gutes Dutzend wohlschmeckender Käsesorten probiert und dann eine größere Bestellung aufgegeben hatte. Lieferung in seefester Verpackung gegen Nachnahme frei an Bord. Der Kürschner hatte ihm in seinem lustigen Englisch einen langen Vortrag über die Vorteile der verschiedenen Pelze gehalten. Turner hatte nicht viel davon verstanden, weil er von dem Käse, dem noch warmen, weichen Weißbrot, dem genossenen Genever und der molligen Wärme im Pelzladen etwas müde geworden war. Er hatte dann dem Mann erklärt, was er haben wollte. Der Mantel sollte ihn sehr gut wärmen, einen hohen Kragen haben, etwa knielang und dabei möglichst leicht sein. Der Kürschner lächelte verstehend, machte dann aber die allgemein verständliche reibende Bewegung von Daumen und Zeigefinger der rechten Hand. Schließlich sah er nur einen ganz gewöhnlichen jungen Leutnant der Royal Navy vor sich. Als ihm Turner unwirsch empfahl, sich doch gefälligst über seine Bonität bei den Herren vom Bankhaus

Aaron Greenspan & Cie. zu erkundigen, schaute ihn der Mann nur kurz verwundert an, dann lagen in kürzester Zeit die feinsten Rauchwaren vor ihm. Nachdem er ausgesucht hatte, was er haben wollte, blickte er sich suchend im Laden um. Eigentlich müsste ich Elizabeth auch etwas mitbringen, hatte er überlegt. Zwar konnte er sich nicht vorstellen, dass Pelzbekleidung in der Karibik viele begeisterte Anhänger finden würde, aber ... Mit Hilfe des liebenswürdigen Holländers hatte er sich am Ende für eine Stola aus weißem Fuchs entschieden. Als er die Rechnung sah, wusste er, warum ihm der Kürschner einen doppelstöckigen, sehr würzigen goldgelben Oude Genever nach dem anderen eingeschenkt hatte.

Saul Hinkie kam pünktlich an Bord. Er war wie immer schlechter Laune. Nachdem er sich aus seinem Pelz geschält und Platz genommen hatte, ließ er sofort seinem Frust freien Lauf.

»Dieser Steuben nistet sich in Boston ein, verständlich, er lebt dort wie eine Made im Speck!« Er blickte verlangend auf das leere Glas vor William. Turner rief Tom herein und bestellte bei ihm Kaffee, dann stand er auf, ging an seinen Weinschrank und suchte eine Flasche Brandy aus.

»Nun, dann wollen wir auf ein erfolgreiches Jahr trinken, Mister Hinkie, irgendwann muss der Fuchs ja den Bau verlassen.«

»Ihr Wort in Gottes Ohr. Nach den Mitteilungen meiner Informanten deutet alles darauf hin, dass er die nördliche Postroute nehmen wird, weil man die Präsenz der britischen Truppen und die Aktivitäten der Loyalisten im Süden fürchtet.« Er lächelte sarkastisch und nahm einen weiteren Schluck. »Ich wusste gar nicht, dass die Rebellen meine Arbeit so zu schätzen wissen. Aber das bedeutet, dass ich meine Anstrengungen im Norden verstärken muss! Es wird folglich so kommen, wie ich es Ihnen schon vorausgesagt habe, der größte Teil meiner Männer wird im Norden in den Hügeln um Springfield, Suffield und Hartford lauern, um ihm den Weg nach Westen abzuschneiden – und Sie müssen das Loch im Süden stopfen!«

Hinkie beugte sich zur Seite, hob eine große Ledertasche auf seinen Schoß, öffnete sie und entnahm ihr eine zusammengefaltete Karte. Turner verzog schmerzlich das Gesicht, wobei offen blieb, ob ihm die zugedachte Aufgabe als Flickschuster nicht zusagte oder ob er das Knicken von Karten als Sakrileg ansah. Der Geheimagent beachtete ihn nicht, trank sein Glas aus und stellte es zur Seite. Dann faltete er das Kartenblatt auf, legte es auf den Tisch und strich es glatt. Neugierig schaute Turner auf die Karte, auf der größtenteils die Territorien von Connecticut, Rhode Island und Massachusetts abgebildet waren. Links unten lag New York und rechts oben Boston. Puh, eine Landkarte, dachte William, sind wir jetzt bei den Stoppelhopsern gelandet. Mit seinem dicken Zeigefinger fuhr Hinkie die nördliche Poststraße ab und spulte dabei die Namen der Städte herunter. Um die Orte im Tal des Connecticut River von Springfield über Agawam, Suffield, Hartford bis Wethersfield machte er mit einem Stift Kreise.

»Denken Sie immer daran, unser Freund will nicht nach New York – jedenfalls weiß er jetzt noch nicht, dass Sie ihn davon überzeugen werden, das sei sein eigentliches Ziel –, sondern er will weiter nach Westen über den Hudson zum Sitz des Kongresses nach York. Wie Sie sehen, liegen ihm da die Barkshire Hills im Weg. Falls das Wetter weiter so verdammt kalt und schneereich bleibt und er es eilig hat, wird er vermutlich das Risiko eingehen und dem Connecticut River bis nach New Haven folgen.« Bei New Haven am Long Island Sound wurde ein Ausrufungszeichen gemacht. »Anschließend könnte er dann, wenn er dann noch kann ...«

Hinkie blickte Turner scheel von der Seite an, »über Shelton und Danbury ins Tal des Housatonic River abbiegen und zwischen Fishkill und West Point den Hudson überqueren. Für uns wäre er dann wohl endgültig verloren.« Die Bleistiftmine brach ab. »Sie werden Ihre Vorräte – soweit nötig – ergänzen und Ihr Schiff in den Long Island Sound verholen. Nähern Sie sich jede Nacht der Küste, und warten Sie auf Signale! Die Loyalisten vor Ort werden Ihnen sagen, wo und wie Sie den Baron abfangen können.«

»Schiet in der Kuchenform!«, polterte Turner los. »Was für Signale? Woran erkenne ich, dass mich die Männer nicht in eine Falle locken wollen? Mit wem kann ich mich in Verbindung setzen?«

Hinkie glotzte ihn wütend an. »Die Männer an Land werden sich bemerkbar machen, verlassen Sie sich darauf. Und im Übrigen handelt es sich hier nicht um einen karibischen Landausflug, sondern um harte Arbeit im Namen des Königs.« Er verzog sein Gesicht zu einem höhnischen Grinsen. »Machen Sie das Beste draus, mein Lieber, Sie sind doch so ein kluges Kerlchen – meint mein Kollege Smith.«

Tom kam herein und wollte den Kaffee servieren, aber Turner machte eine Handbewegung in Richtung der Pantry.

»Mister Hinkie wollte gerade gehen. Bist du so freundlich, Tom, und begleitest ihn zu seinem Boot?«

»Aye, Zur!«

Hinkie sprang auf und starrte Turner mit herausquellenden Augen an, sein Gesicht war purpurrot angelaufen.

»Eines Tages gehen Sie zu weit, Mister! Dann werden Sie an mich denken, das schwöre ich Ihnen!«

Turner hielt seinem Blick gelassen stand. Eisig erwiderte er: »Sparen Sie sich Ihren Atem, Sir, mit derartigen Wischiwaschibefehlen lasse ich mich nicht abspeisen. Ich besuche Sie morgen Vormittag in Ihrem Büro, dort besprechen wir die

Angelegenheit nochmals in aller Ruhe bei einer guten Tasse Tee. Bis dahin lasse ich mir etwas einfallen. Versprochen. Einen guten Tag noch, Sir.«

Wortlos wandte sich der Agent ab, ließ sich von Tom in seinen Pelz helfen und stampfte, gefolgt von dem breit grinsenden Tom, grußlos hinaus.

William stellte sich vor das Heckfenster, legte die Hände auf den Rücken und starrte auf die dunkle Wasserfläche, auf der zahlreiche scharfkantige Eisschollen trieben. Er seufzte. Er würde die Sache mit Dechamp und Lennon durchsprechen. Ihnen würde schon etwas Kluges einfallen. Sie mussten die Initiative behalten. Es wäre Selbstmord, wie eine lahme Ente untätig abzuwarten, bis *vielleicht* etwas geschah. Hauptsache war, dass dieses mordsmäßige Rindvieh Hinkie ihre Vorschläge auch wirklich umsetzte und weitergab. William rieb sich mit der Hand über den Hinterkopf. Der Agent mochte zwar etwas beschränkt sein und über ein cholerisches Temperament verfügen, aber er war auch ehrgeizig, also würde er alles aufgreifen, was die Erfolgschancen seines Plans erhöhen würde. Als Tom ihm meldete, dass Hinkie von Bord war, bat er ihn, den Ersten Offizier und den Segelmeister in seine Kabine zu holen und dann den Kaffee zu servieren.

Er ließ sich auf seinen Stuhl fallen und starrte nachdenklich auf die Karte, die Hinkie in seinem Zorn vergessen hatte. New Haven, nun denn, sei's drum.

Aber bevor sie ausliefen, musste er unbedingt noch an Elizabeth schreiben. Er wollte ihr für die Weihnachtsgrüße danken und sie fragen, was sie mit der großen Überraschung gemeint hatte, die sie ihm bei seiner Rückkehr angekündigt hatte. Darüber hatte er sich schon die ganze Zeit den Kopf zerbrochen. Ob es mit seiner Rumproduktion zusammenhing? Wahrscheinlich war es das, denn inzwischen musste die erste Charge trinkfertig gereift sein. In Gedanken versunken, leckte er sich die Lippen: *Sailor's Delight*, das war wirklich ein guter Name.

Und natürlich musste er auch noch einen langen Brief an seine Mutter verfassen, desgleichen an die Großeltern und Geschwister ... Wenn er es recht bedachte, würde ein Brief an die Mutter reichen, sie würde die Grüße an die anderen Familienmitglieder ausrichten.

Draußen polterte es. Der Seesoldat schnarrte lautstark: »Der Erste Leutnant und der Segelmeister, Söööör!«

»Sollen reinkommen!«

Kapitel 8

Dezember, Januar 1777/78
Portsmouth/St. Lawrence River

Die fahlgelbe Wintersonne bewegte sich auf die Hügel im Südwesten zu, hinter denen sie nach ihrem kurzen Lauf in einer knappen Stunde versinken würde. Ihre Strahlen tauchten die eisige Landschaft in ein gleißendes Licht, das von den verschneiten Wäldern und Hängen vielfach reflektiert wurde, dem aber jede Wärme fehlte. Am Fuß der sanft zum Ufer abfallenden Hügel erstreckte sich eine weite Eisfläche, auf der gelegentliche Windstöße Schneewolken aufwirbelten. Die Luft war so klar und sauber, dass man meinte, bis weit hinter den Horizont schauen zu können. Im Nordosten, in ungefähr vierzig Seemeilen Entfernung, lag wie ein riesiger schlafender Wal der flache Rücken der Insel Anticosti, und über allem spannte sich ein endloser Himmel, der fast ebenso weiß war wie die erstarrte Landschaft. An der Kimm gingen Himmel und Eis nahtlos ineinander über.

In einer Hügelfalte duckten sich die kleinen Häuser tief in den Schnee; es hatte den Anschein, dass sie so Schutz vor den wütenden Winterstürmen suchten, die hier oft und lang anhaltend tobten. Aber heute herrschte fast Windstille. Aus den Schornsteinen quollen Rauchfahnen, es roch nach Holzfeuern. In einigen Fenstern gingen die ersten Leuchten an, gelbes Licht fiel aus den kleinen Fenstern unter den tief herabgezogenen Dächern in die Schatten vor den nördlichen Häuserfronten. Die Hundemeuten bei den Katen hatten sich aufmerksam erhoben und lauschten mit gespitzten Ohren nach Westen, ihre Augen guckten wachsam. Witternd hoben sie die Nase und versuchten auszumachen, was sich da oben vom Waldrand her näherte.

Am Ende des schmalen Weges unter den letzten Bäumen stand ein Schlitten, vor den ein halbes Dutzend Hunde gespannt waren. Ein Mann lehnte sich schwer auf die Stützen seines Schlittens und redete beruhigend auf seine Hunde ein, die sich nach ihm umdrehten und weiterlaufen wollten, weil sie die Nähe der Siedlung spürten. Für sie mochten die letzten Tage ein großartiger Spaß gewesen sein, für den Musher, dessen Gesicht man unter der großen Fellkapuze kaum erkennen konnte, war es eine Fahrt auf Leben und Tod gewesen.

Emile Vautour ließ seinen Blick über das Panorama gleiten. Er sah zum Rauch der Schornsteine hinüber und bekreuzigte sich dankbar. Da hinten in den Häusern bereitete man das Abendessen vor. Wenn er dort angekommen war, würde in einem Haus große Freude herrschen, in einem anderen dagegen tiefe Trauer.

Er langer Weg lag hinter ihm, und er fragte sich, ob er ihn gegangen wäre, wenn er die Strapazen, die ihn erwarteten, vorher gekannt hätte. Seine Gedanken wanderten zurück.

Nach ihrer Ankunft in Portsmouth am 1. Dezember hatte er seine Desertion sorgfältig vorbereitet. Als Quartermaster genoss er großes Vertrauen bei den Offizieren und bekam daher großzügig Landurlaub gewährt. Es gelang ihm auch, einen beträchtlichen Vorschuss auf seine verdiente Heuer vom Zahlmeister zu erhalten, wohl auch weil er ihm versprach, seinen privaten Speisezettel zur Weihnachtszeit kostenlos mit frisch erlegtem Wildbret zu bereichern. Gegen eine gleichartige Zusage versorgte ihn der Stückmeister mit einer gut eingeschossenen Muskete, ausreichend Pulver und Blei sowie einer Pistole. In den nächsten Tagen erkundete er die Umgebung von Portsmouth und schoss dabei auch tatsächlich mehr als genug Schneehasen und Schneehühner, um seinen Verpflichtungen nachzukommen, und natürlich profitierten auch seine Messekameraden von seinem Jagdglück. Seine Fähigkeiten sprachen sich auch bei den Offizieren herum, die auf dem Schiff Wache gehen mussten, während es sich die anderen auf den zahlreichen Gesellschaften und Einladungen zum Essen an Land gut gehen ließen. So kam es, dass auch aus deren Portemonnaies so manche Silbermünze in seine Tasche rutschte, während im Gegenzug leckere amerikanische Truthähne nach frischem Fleisch ausgehungerte französische Mägen füllten.

Nun war die Jagd natürlich nicht der eigentliche Grund für den häufigen Aufenthalt des Quartermasters Vautour an Land. Die Spur, die er eigentlich suchte und die er verfolgen wollte, war die eines Landsmanns, der ihm bei der Flucht helfen konnte. Aber während der ersten Tage hatte er damit nur wenig Glück. Er lernte zwar einen Französisch sprechenden Händler kennen, kam aber zu dem Schluss, dass es besser war, dem Manne nicht zu vertrauen. Der Kerl hatte zu unstete Augen und zu schmierige Umgangsformen, außerdem stammte er aus Paris. Aber die Zeit drängte. Nach einer guten Woche hatte er sich schon fast dazu durchgerungen, sich doch dem dubiosen Burschen anzuvertrauen und ihn mit einem seiner knappen Goldstücke zu bestechen, ihm ein Pferd und die notwendige Ausrüstung zu besorgen, als er eines Nachmittags beim Gang durch den Hafen zurück zur Anlegestelle an einem Fischerboot vorbeiging, das gerade seinen Fang löschte. Er blieb stehen, als wäre er gegen eine Wand gelaufen. Die Männer riefen sich Kommandos in dem Dialekt der Akadier zu, den auch Emile sprach. Er sah ihnen eine Weile, geduldig auf seine Muskete gestützt, zu und sprach sie dann an. Zunächst waren sie abweisend und verschlossen, aber als er ihnen umsichtig bei der Arbeit half, schickten sie ihn nicht weg. Nachdem die Fischkörbe an Land gebracht waren, saß man noch einige Zeit bei einem Gläschen zusammen und unterhielt sich über dies und das. Emile erfuhr, dass sie übermorgen wieder auslaufen und zum neu erbauten Fort Howe am St. John River in der Fundy Bay segeln würden. Vautour kannte den Hafen noch unter dem Namen St. Frederick und erfuhr erst jetzt, dass die Festung und der Ort 1775 von den Rebellen völlig zerstört und erst im letzten Jahr von den Briten wieder aufgebaut worden war. Vorsichtig erkundigte er sich nach einer Mitfahrgelegenheit, wobei er auch auf seine seemännischen Qualifikationen hinwies. Der Skipper musterte ihn lange schweigend und erkundigte sich dann misstrauisch: »Was willst du in diesem verdammten, eisigen Loch im Norden? Und was ist mit deinem Schiff?«

Vautour atmete tief durch. Er hatte keine Wahl. »Ich lege mein Schicksal in eure Hände, *mes amis*! Ich will weg von meinem Schiff und den Franzosen! Ich will zurück zu meiner Familie, die am St.-Lorenz-Strom siedelt, nachdem man uns aus Akadien vertrieben hat. Wer weiß, wer von meinen Leuten noch lebt …«

Der Skipper schwieg, nahm bedächtig einen Schluck, musterte ihn dann nochmals durchdringend, dann räusperte er sich umständlich, spuckte in einem großen Bogen über die Reling und murmelte dann leise: »Äääåh … Das verstehe ich. Einen guten Seemann kann ich immer gebrauchen, besonders, wenn er keine Heuer verlangt.«

»Abgemacht, *capitaine*!«

»Wir laufen übermorgen mit der einsetzenden Ebbe gegen drei Uhr am Morgen aus.«

Emile Vautour reichte ihm die Hand, der andere schlug ein, der Handel war besiegelt. Für Vautour lag das Problem darin, dass er sich schon am nächsten Abend auf dem Kutter *Phoque* einfinden musste, er würde also die abendliche Musterung versäumen. Wenn er Pech hatte, würde der W. O. Alarm auslösen und ihn suchen lassen. Das Risiko musste er eingehen, denn es würde wahrscheinlich viel mehr auffallen, wenn der Kutter grundlos länger als nötig an seinem Liegeplatz bleiben und er bei hellem Tageslicht am Vormittag an Bord gehen würde.

Glücklicherweise hatte alles geklappt. Emile war nach Einbruch der Dunkelheit ungesehen an Bord gehuscht und war sofort unter Deck verschwunden. Es gab keinen Alarm. Wahrscheinlich dachte der W. O., er sei im Jagdrevier von der Dunkelheit überrascht worden und müsste draußen übernachten. An persönlichen Habseligkeiten hatte er nur mitnehmen können, was er am Körper tragen oder unauffällig in seiner selbst genähten Jagdtasche von Bord der *Le Flamand* hatte tragen können, und das war wenig. Am meisten trauerte er seinem Ölzeug und seinen Seestiefeln hinterher, denn wenn sie in schlechtes Wetter liefen, würde es an Deck des Fischkutters ungemütlich nass werden. Aber er hatte Glück gehabt, denn während der Überfahrt herrschten fast ideale Windbedingungen. Sie legten die Strecke von etwa zweihundertfünfzig Seemeilen mit Unterbrechungen, in denen sie das volle Netz mit von Kälte gefühllosen Fingern fluchend aus dem eisigen Wasser gezogen hatten, in etwas mehr als vier Tagen zurück und ankerten am frühen Vormittag bei Niedrigwasser direkt vor der Mündung des St. John River. Ein Einlaufen war bei diesem Tidestand nicht möglich. In der Nähe des neuen Forts stürzte der Fluss in seiner ganzen

Breite über eine felsige Barriere zwölf Fuß in die Tiefe. Mit zunehmendem Flutstrom wurde der Wasserfall immer niedriger und verschwand schließlich gänzlich. Danach kehrten sich die Strömungsverhältnisse auf dem Fluss um, und das Seewasser drängte mit Macht ins Binnenland.

Emile Vautour hatte sich mit der kleinen Besatzung und dem Skipper des Kutters während der gemeinsamen Arbeit angefreundet, und bei den endlosen Rudertörns an der Pinne hatten sie lange Gespräche geführt. Pierre Decluse, *le patron*, wie ihn die Matrosen ehrerbietig nannten, war ihm auch bei der Fortsetzung seiner Reise eine große Hilfe. Nach dem Löschen des Fangs packte Emile seine wenige Habe und wollte sich von seinen neu gewonnenen Freunden verabschieden. Alle erwarteten ihn oben am Kopf des Niedergangs. Er schüttelte allen die hornige Pranke und umarmte sie herzlich. Decluse räusperte sich umständlich, wie es seine Art war, wenn er etwas Wichtiges sagen wollte.

»Aääh ... Mein lieber Freund, es tut uns allen leid, dass du uns nach so kurzer Zeit schon wieder verlassen musst. Die Jungs und ... nun ja, auch ich ... wir haben ein paar Geldstücke von unserer Fangbeteiligung abgezweigt, weil wir der Meinung sind, dass du dringend ein paar Münzen brauchen wirst, damit du deine Familie auch lebendig und gesund erreichst.« Er hielt einen kleinen Lederbeutel aus Robbenfell in die Höhe, der Emile erstaunlich prall vorkam. »Hier habe ich noch einen kurzen Brief, den du bitte Monsieur Jacques Bosquet überbringst. Wir haben ja schon besprochen, wo sein Anwesen liegt, und als Navigator, nun ja, jedenfalls bist du ja beinahe einer, wird es dir wohl keine sonderlichen Schwierigkeiten bereiten, den Weg zu ihm zu finden. *Bon chance, mon cher ami*, und wenn du mal wieder Lust haben solltest, für wenig Geld hart zu arbeiten, dann bist du auf der *Phoque* jederzeit willkommen.«

Er übergab den schweren Beutel und den Brief an Emile, dann zerquetschte er ihm beinahe die Hand. Emile schluckte heftig, aber daran war nicht seine schmerzende Hand schuld. Jemand drückte ihm ein Wasserglas mit Branntwein in die Hand, auch die anderen Männer hielten plötzlich Gläser in die Höhe. Emile Vautour sah von einem zum anderen, seine Lippen bebten, und er stieß mit rauer Stimme hervor: »*Vive l'Akadia libre! Vive l'amitié!*« Er leerte sein Glas in einem Zug, warf das leere Glas dem Schiffskoch zu, legte sich das Gewehr auf die Schulter und kletterte an Land. Hinter ihm polterte Decluse los: »An die Arbeit, ihr Faulenzer, was gibt es hier dämlich zu gaffen?«

Noch vor Anbruch der Dunkelheit hatte Vautour das Anwesen von Monsieur Bosquet erreicht. Vielstimmiges Hundegebell empfing ihn, und Dutzende von Hunden stürmten auf das Gatter zu, das den Weg versperrte, der zum Haupthaus führte. Emile wartete geduldig, überhört haben konnte man seine Ankunft wahrlich nicht, daher sah er keinen Grund, das Gatter zu öffnen und sich ohne Not zwischen die großen, kräftigen Tiere mit ihren weit aufgerissenen Fängen zu wagen. Er hatte das sichere Gefühl, dass er beobachtet wurde. Schließlich öffnete sich die Tür, ein schriller Pfiff und ein paar scharfe Kommandorufe erklangen, und schon verstummten die Tiere. Sie fixierten den Fremdling nochmals misstrauisch, drehten dann aber ab und trollten sich hechelnd. Emile öffnete die Pforte und ging zum Haus hinüber. In der Tür erwartete ihn ein großer Mann mit schulterlangen schwarzen Haaren, kühl blickenden blauen Augen und einer gelbbraunen Gesichtshaut, die wie gegerbtes Leder aussah. Auf der Stirn und der linken Wange zeugten lange weiße Narben davon, dass er vor einiger Zeit vermutlich nicht ganz freiwillig engen Kontakt mit scharfen Hieb- und Stichwaffen gehabt hatte.

»Monsieur Bosquet? *Bon jour.*« Als der andere Mann

nickte, fuhr Henri fort: »Unser gemeinsamer Freund Decluse von der *Phoque* schickt mich. Ich soll Ihnen einen Brief übergeben.«

Der Blick von Jacques Bosquet wurde freundlicher. Er trat zur Seite und machte eine einladende Handbewegung.

Emile Vautour blieb zwei Tage bei Bosquet. Während dieser Zeit besprachen sie intensiv, wie er seine Reise weiter fortsetzen sollte. Bosquet warnte ihn eindringlich. Zwar hielt er die Fahrt grundsätzlich für durchführbar, für ihn wäre sie beispielsweise gar kein Problem, deutete er bescheiden an, aber für jemanden, der nicht tausend Tricks eines erfahrenen Waldläufers kannte, blieb sie sehr gefährlich – lebensgefährlich, wie er ernst betonte. Aber als Emile ihm erklärte, dass er kein Greenhorn sei, das eisige Land und seine Gefahren von früher kannte und seinen festen Willen bekundete, möglichst bald wieder aufzubrechen, half er ihm nach Kräften. Zusammen erstellten sie eine Wegskizze für den ersten Routenabschnitt, der durch die wilden Hügel des Hinterlands führte. Das war der schwierigste Teil. Anschließend musste dann noch ein gutes Stück des Weges auf dem Eis entlang der Küste zurückgelegt werden. Dort hoffte Vautour schnell voranzukommen.

Bosquet versorgte ihn mit einem Schlitten und acht Schlittenhunden, dazu mit Pelzdecken, Schneeschuhen, einer Axt und einer Schaufel sowie reichlich getrocknetem Fleisch für ihn und die Hunde als Notproviant. Beinahe hätte ihn Emile nach Wasser gefragt, aber glücklicherweise fiel ihm noch rechtzeitig ein, bevor er sich unsterblich blamierte, dass er sich die ganze Zeit auf einem riesigen gefrorenen Wasserreservoir fortbewegen würde. Am Ende wechselte eine erkleckliche Anzahl von Vautours silbernen Münzen ihren Besitzer, und begleitet von den besten Wünschen Bosquets machte sich Emile auf den Weg.

Zuerst kam er auch gut nach Nordnordwesten vorwärts, die Hunde waren ausgeruht und legten sich willig ins Geschirr. Problematisch waren steile Anstiege mit Tiefschnee, wenn er vom Schlitten absteigen, sich die Schneeschuhe unter die Füße binden und den Schlitten schieben musste. Manchmal war es sogar erforderlich, einer kleinen Schneewehe, die dem Gespann an einer Engstelle den Weg versperrte, mit der Schaufel zu Leibe zu rücken. Besonders flott ging es vorwärts, wenn er einen zugefrorenen Wasserlauf als Straße benutzen konnte. Im Großen und Ganzen kam er gut voran, sodass er am Abend des ersten Tages zufrieden unter seine Pelze kriechen konnte. Am nächsten Tag traf ihn am Nachmittag das erste Unglück. Vielleicht war er zu leichtsinnig geworden. In einer Kurve verlor er das Gleichgewicht, der Schlitten fiel um, und Emile stürzte in eine tiefe Felsspalte. Bei dem Fall in die Tiefe zog er sich eine Reihe von schmerzhaften Prellungen, unter anderem der Rippen, und eine blutende Wunde an der Stirn zu und verstauchte sich beide Arme. Ganz sicher hatte die dicke Bekleidung Schlimmeres verhindert. Aber es kostete ihn zwei qualvolle Stunden, in denen ihn heftige Schmerzen quälten und die furchtbare Angst peinigte, nicht mehr aus dieser Falle herauszukommen, bis er sich laut jammernd, immer wieder von Schmerzattacken geplagt, mit zusammengebissenen Zähnen und blind vor Tränen aus der Spalte herausgearbeitet hatte. Schweißüberströmt brach er völlig erschöpft oben auf dem schmalen Pfad ohnmächtig zusammen. Eine raue Zunge, die sein Gesicht ableckte, brachte ihn wieder zu sich. Sein Leitrüde blickte auf ihn hinunter und stieß ihn aufmunternd mit der Schnauze an. Er wusste, dass er dem Hund zeigen musste, dass er nach wie vor der Chef war, deshalb richtete er sich zusammengekrümmt mühsam auf und schlug leise vor sich hin wimmernd notdürftig das Nachtlager auf.

Am nächsten Morgen konnte er sich nicht bewegen und

musste einen Tag zwangsweise pausieren. Beim darauffolgenden Sonnenaufgang ging es ihm zwar nicht viel besser, aber er zwang sich zur Weiterfahrt. Jede Unebenheit des Bodens ließ ihn vor Schmerz zusammenzucken und häufig genug aufschreien. Gegen Mittag passierte er ein Tal, dessen beide Seiten über weite Strecken unbewaldet waren, vermutlich befanden sich unter dem Schnee Geröllhalden. Der Südhang lag im prallen Licht der Wintersonne. Die Hunde waren seltsam unruhig und beschleunigten von sich aus ihren bis dahin gleichmäßigen Trott. Plötzlich sah Vautour vor sich auf der weiten weißen Fläche einen Hirsch. Das Jagdfieber packte ihn, und die Aussicht auf einen schmackhaften Braten am Abend ließ ihn die Schmerzen vergessen. Er brachte den Schlitten zum Stehen, packte die Büchse, überprüfte die Ladung, legte an, zielte kurz und gab Feuer. Das Echo des Schusses wurde von den Hügeln mehrfach zurückgeworfen. Der Rückschlag hätte ihn beinahe umgerissen, und er stieß einen Schmerzensschrei aus. Das Tier entfernte sich mit ungeschickten Sprüngen in Richtung des nächsten großen Waldstücks, das sich beiderseits des Weges vor ihnen erstreckte. Verdammt! Emile wischte sich den Schweiß aus den Augen. Was war das für ein seltsames Knistern? Die Hunde zerrten unruhig an den Leinen. Er gab dem Leittier die Leine frei, der rasante Anzug des Schlittens hätte ihn beinahe wieder in den Schnee befördert. Aus dem Knistern wurde ein drohendes Grollen. An der Südseite, fast querab von seinem Standpunkt, hatte sich ein Schneebrett gelöst, das jetzt donnernd als Lawine zu Tal polterte. Er packte die Stützen seines Schlittens und feuerte brüllend die Hunde an, aber die taten ohnehin schon, was sie konnten. Der Waldrand schien unendlich weit entfernt, und Emile hatte nicht das Gefühl, dass er näher kam. Was sich näherte, war das ohrenbetäubende, dumpfe, alles zermalmende Donnern der Schneemassen. Von einer Sekunde zur anderen wurde es dunkel um ihn. Jetzt hat es mich erwischt, dachte Emile. Aber er fühlte keinen Anprall, und er wurde nicht lebendig begraben; es war das gedämpfte Licht auf dem schmalen Wildwechsel unter den hohen Weymouthkiefern, das ihn umfing. Hinter ihm krachte und splitterte es furchterregend. Langsam bremste er den Schlitten ab und blickte sich dann um. Er sah nur eine fast undurchdringliche weiße Wolke, aus der ein paar abgeknickte Kiefern wie Zahnstocher herausragten. Die Wolke näherte sich und hüllte ihn wabernd ein, aber es waren nur feine, wenn auch dichte Schneekristalle, die keine Gefahr mehr bedeuteten. Schwer atmend stützte er sich auf den Schlitten und wischte sich den Angstschweiß von der Stirn. »Verdammt«, fluchte er halblaut, »Schuster bleib bei deinen Leisten! So etwas gibt es auf See nicht! Da hätte ich mich beinahe wegen eines Hirschbratens selbst in die ewigen Jagdgründe befördert. Eins ist sicher, die Hunde sind schlauer als ich! So viel zu dem Thema: Der Mensch ist die Krone der Schöpfung!«

Müde und abgeschlagen wollte er seinen Weg fortsetzen, aber die Hunde bellten und winselten und wollten den Schlitten nach rechts vom Weg herunterziehen. Eingedenk seiner eben gemachten Erfahrung, beschloss er nachzusehen, was es da so Interessantes gab. Unter heftigen Schmerzattacken befestigte er die geflochtenen Schneeschuhe unter seinen Füßen, lud seine Muskete nach und kontrollierte die Ladung der Pistole. Dann stapfte er ins Unterholz. Schon nach wenigen Schritten stand er vor dem Körper des verendeten Weißwedelhirschs. Er zog ihn ächzend zum Weg, wo er zunächst die Hunde anpflocken musste, die ihm nur zu gerne bei der Arbeit des Ausweidens und Zerlegens geholfen hätten, aber sie bekamen natürlich ihren Anteil von der Jagdbeute.

Der folgende Tag verging ohne besondere Vorkommnisse, ebenso der nächste, wenn man davon absah, dass viele

Passagen und Aufstiege sowohl kraft- als auch zeitraubend waren. Als der Abend nahte, sah er sich nach einem geeigneten Lagerplatz um und meinte unter einer überhängenden Felsenplatte auch einen guten Platz gefunden zu haben. Seine Hunde schienen anderer Meinung zu sein. Sie winselten aufgeregt und wollten partout nicht zur Felswand. Emile beschimpfte sie lauthals, aber aufgrund der mit dem Instinkt der Hunde gemachten Erfahrungen schaute er sich den Platz nochmals genauer an und sah dann erschrocken, dass es unterhalb der Felsplatte einen Höhleneingang gab, der notdürftig mit zusammengescharrtem Laub verschlossen war. Emile sprang auf die Kufen, klammerte sich fest und ließ die Hunde laufen, so schnell sie wollten. Man konnte sich nie darauf verlassen, dass Meister Petz tatsächlich tief im Winterschlaf lag, es kam durchaus vor, dass er zwischendurch erwachte, feststellte, dass ihm der Magen ganz gehörig knurrte, und er sich dann aufmachte, diesem lästigen Umstand abzuhelfen. Dazu kam, dass es seit gestern deutlich wärmer geworden war, da mochte der Bär durchaus Frühlingsgefühle bekommen, auch wenn diese noch völlig unangebracht waren. Emile legte so viele Meilen, wie es irgend ging, zwischen den Bären und sein Nachtlager, denn schließlich wollte er seinen Hirschbraten allein und in Ruhe verspeisen. Ein unbehagliches Gefühl blieb, denn er wusste, dass der Geruchssinn der Bären unglaublich fein ausgebildet war. Wie pflegten die Indianer zu sagen? Ein Adler sieht alles, ein Wapiti hört alles, ein Bär riecht alles!

Als er am Morgen weiterzog, war er guten Mutes, dass er bald die Küste erreichen musste, jedenfalls meinte er das aus den Orientierungspunkten in der Skizze, die ihm Bosquet mitgegeben hatte, ablesen zu können und auch aus der Tatsache, dass er sich viel öfter als zuvor hügelabwärts bewegte. Aber er hatte sich zu früh gefreut. Am späten Vormittag trübte sich der Himmel ein, und es wurde schnell dunkler.

Der Wind frischte auf und rauschte in den Baumkronen, große Schneemassen stürzten von oben von den Bäumen. Emile musste nicht lange überlegen, was da auf ihn zukam: Ein ausgewachsener Blizzard war im Anmarsch. Er fand einen Platz, der ihm guten Schutz nach Norden und Westen bot. Mit Hilfe einiger schnell gefällter kleiner Kiefern und anderer dünner Bäume und Äste baute er sich einen niedrigen Wind- und Schneeschutz im Unterholz, dann fütterte er die Hunde nochmals ausgiebig. Als er damit fertig war, konnte er kaum noch die Hand vor Augen sehen, der Wind war zum Sturm angewachsen, es hatte zu schneien begonnen und die Temperatur war kräftig gefallen. Er zog sich in seinen Unterschlupf zurück und verschloss die Öffnung mit dem restlichen Astwerk, Ritzen, durch die Schnee eindrang, verstopfte er mit Tannenzeigen. Missmutig kaute er an den Stücken des kalten Hirschbratens herum, die übrig geblieben waren. Als er nach einer Stunde einen Blick nach draußen werfen wollte, musste er feststellen, dass er in den herumwirbelnden Schneemassen keine zwei Yards weit sehen konnte.

Der Blizzard tobte fast zwei Tage, und Emile schwebte ständig in der Angst, von den herabstürzenden Schneemassen lebendig begraben zu werden. Er verlor völlig das Zeitgefühl; er schlief, schreckte auf, wenn eine Bö besonders hart in die Baumkronen einfiel oder irgendwo ein Baum unter den Schneemassen oder der Gewalt des Windes krachend zusammenbrach. Er aß von dem kalten Fleisch, leckte Schnee gegen den Durst und versuchte festzustellen, wie hoch draußen der Schnee lag, dann döste er wieder vor sich hin. Sein schlimmster Albtraum war, dass er die Hunde nach dem Sturm nicht mehr vorfinden würde. Ohne sie war er verloren. Irgendwann musste er tief und fest eingeschlafen sein, denn als er plötzlich hochschreckte, war es kein Geräusch gewesen, das ihn geweckt hatte, sondern die absolute Stille.

Vorsichtig arbeitete er sich durch seine Abdeckung nach draußen vor. Schnee rieselte herab, nichts war zu sehen. Er war lebendig unter den Schneemassen begraben! Aber da war doch deutlich ein frischer Lufthauch zu spüren, mit beiden Händen wühlte er sich vorwärts, und dann konnte er endlich etwas sehen: das weiße Glänzen des frisch gefallenen Schnees und den tiefschwarzen Himmel voller leuchtender Sterne über sich.

Nachdem er sich erleichtert hatte, rief er nach den Hunden. Weiße Hügelchen unter dem Geäst der Nadelbäume begannen sich zu bewegen, schüttelten sich ausgiebig, wurden wieder zu richtigen Schlittenhunden und kamen durch den lockeren Schnee auf ihn zugepflügt. Zuerst umarmte er den Leitrüden, der ihn ebenfalls freundlich begrüßte, dann nacheinander die anderen Tiere der Meute. Ein Tier fehlte. Er konnte keinen Hinweis darauf finden, was mit ihm geschehen war, es war einfach verschwunden. Die Schneedecke verbarg alle Spuren des Dramas, das sich abgespielt haben musste. Beklommen fütterte er die anderen Tiere. Danach verzog er sich nochmals in seinen Unterschlupf und wartete auf den Tag.

Nachdem sie sich wieder auf den Weg gemacht hatten, kamen sie nur mühsam in dem lockeren Neuschnee voran, aber glücklicherweise dauerte es nur knapp eine halbe Stunde, bis er den Rand des Waldgebietes erreichte und die weite Eisfläche des St.-Lorenz-Stroms unter sich sah. Am Abend rasteten sie in einer geschützten Bucht. Emile war guten Mutes, dass er es bald geschafft haben würde, aber er wälzte auch ein Problem. Er konnte zunächst dem Verlauf der Küste in nördlicher Richtung folgen, dann das langgestreckte Vorland überqueren, um danach eine tief ins Land einschneidende Bucht zu umrunden. Er konnte es aber auch wagen, die fünfzehn Seemeilen breite Bucht auf direktem Kurs zu überqueren – dabei würde er viel Zeit einsparen. Er vertagte die Entscheidung. Wer wollte wissen, wie sich das Wetter entwickelte?

Der Schlitten glitt auf der ebenen, festen Schneedecke über dem Eis leicht dahin, das Gespann spulte die Meilen scheinbar mühelos herunter, verglichen mit den Strapazen in den Bergwäldern. Aber irgendwann musste er die Entscheidung treffen. Drüben auf der anderen Seite der Bucht lockten die Hügel, sie schienen zum Greifen nahe vor ihm zu liegen, und dahinter lag das Dorf, in dem seine Familie und seine Freunde wohnten. Er atmete tief durch, bekreuzigte sich, schnalzte mit der Zunge und lenkte das Gespann hinaus auf die freie ungeschützte Fläche. Aber auf dem Land vor ihm musste ein Fluch lasten, wie es Emile schien, denn es kam nicht näher, sondern schien sich im Gegenteil immer weiter vor ihm zurückzuziehen. Wenn er sich umdrehte, war das Land hinter ihm aber auch schon meilenweit entfernt. Nur mit Mühe unterdrückte er ein aufsteigendes Gefühl der Panik und den Wunsch, die Hunde stärker anzutreiben. Die Minuten tropften zäh dahin, die Pfoten der Hunde trappelten gleichmäßig, die Lederriemen knarrten, die Schlittenkonstruktion ächzte leise. Immer häufiger wehten eisige Böen aus nordöstlichen Richtungen über den Schnee, ließ ihn in Wolken aufsteigen oder drehten ihn in gespenstisch tanzende Wirbel. Über die Hügel vor ihm schob sich eine geschlossene Wolkendecke, deren Rand nach einer halben Stunde über ihm stand. Die im Südsüdwesten stehende Sonne strahlte die Klippen voraus an, deren Umrisse aber immer undeutlicher wurden. Der Wind wehte jetzt von der Richtung her beständiger, legte aber stetig zu. Bald war überall Schnee in der Luft, er sah kein Land mehr! Schneite es, oder handelte es sich um aufgewirbelten alten Schnee? Im Ergebnis konnte ihm das gleichgültig sein, denn er steuerte seinen Schlitten wie ein Schiff im dicken

Nebel. Er konnte sich nur noch nach der Sonne richten, oder besser gesagt, nach der vagen Ahnung, wo das ihn umgebende Flockengewirbel etwas heller zu leuchten schien. Seine zu schmalen Schlitzen zusammengekniffenen Augen brannten. Die langen Haare am Rand seiner Kapuze, die Erfrierungen der Gesichtshaut verhindern sollten, peitschten in sein Gesicht. Der Sturm drückte den Schlitten immer wieder nach Backbord weg, es half nichts, er musste einen raumen Kurs steuern. Bizarre Bilder zogen vor seinen Augen vorbei, gaukelten ihm die trügerische Sicherheit eines Hafens vor. Panik stieg in ihm auf, aber er riss sich immer wieder zusammen, dabei hatte er das Gefühl, dass endlose Stunden vergingen. Die Sekunden und Minuten schienen wie dickflüssiger Honig durch ein Stundenglas zu tropfen. Vautour war kein Heiliger und hatte in den zurückliegenden Jahren vieles getan, was nicht den Beifall seines Beichtvaters finden würde, aber wenn es einen gnädigen Gott gab, dann büßte er während dieser endlosen Passionszeit sämtliche Sünden seiner schändlichen Vergangenheit ab, und wenn er das Martyrium hier überlebte, würde er für die Zukunft noch einige guthaben. Das Heulen des Sturms nahm weiter zu. Plötzlich kam der Schlitten ins Schlingern, der Leithund musste die Richtung geändert haben. Emile kämpfte um sein Gleichgewicht, aber zu spät, der Schlitten fiel um, krampfhaft hielt er sich fest, bis die Hunde zum Stillstand kamen. Mühevoll erhob sich Emile. In wenigen Metern Entfernung konnte er etwas Dunkles, Massiges ausmachen, das ihm wie ein unheimliches urweltliches Untier erschien. Er rieb sich die überreizten Augen. Es waren scharfkantige Felsen. Sie hatten es geschafft! Sie hatten die andere Seite erreicht! Vautour hätte das schwarze Gestein küssen können! Und seine Hunde auch!

Vor dem Wind fahrend, suchte er eine geschützte Stelle, wo sie übernachten konnten. Nachdem er mit letzter Kraft die Hunde versorgt hatte, kroch er unter einer Felsnase auf dem Schlitten zwischen seine Pelze. Er hörte sich selbst mit den Zähnen klappern und spürte, dass er an allen Gliedern schlotterte, aber der Grund dafür war nicht Kälte, sondern die überstandene Gefahr. Ehrlich gestand er sich ein, dass er mehr Angst als Gottvertrauen gehabt hatte! Aber bald forderte die Erschöpfung ihren Tribut, und er fiel in einen traumlosen Schlaf.

So schnell er gekommen war, so schnell war der Sturm auch wieder abgezogen. Nach einem Rundblick schätzte Emile Vautour, dass er von den starken Winden erheblich weiter nach Westen in die Bucht hineingedrückt worden war, als er das beabsichtigt hatte. Ursprünglich hatte er vorgehabt, dem Verlauf der Küste bis zu seinem Dorf zu folgen, aber jetzt zog er es doch vor, den sicher beschwerlicheren, aber kürzeren Weg über die Hügel zu wählen. Er war am Ende! Lange würde er diese Strapazen nicht mehr durchhalten …

Der Aufstieg durch ein enges Tal war mühsam und anstrengend. Sehr hinderlich, ja gefährlich waren die großen Felsbrocken, die bis knapp unter die Oberfläche der Schneedecke reichten. Einige Male war der Schlitten fast umgestürzt, als er mit einer Kufe über so ein Hindernis geholpert war. Nur die geringe Geschwindigkeit hatte verhindert, dass Schlimmeres passiert war. Das Unglück ereilte Emile Vautour und seine Meute am Nachmittag. Der erste Hund hinter dem Leittier auf der rechten Seite jaulte plötzlich auf, kam aus dem Tritt, stürzte an seiner Zugleine und überschlug sich. Als er wieder stand, hob er den rechten Vorderlauf hoch und konnte damit offensichtlich nicht mehr auftreten. Die anderen Hunde kläfften verärgert, sie liebten es nicht, wenn man sie aus ihrem Laufrhythmus brachte. Emile untersuchte die Pfote und stellte entsetzt fest, dass der Lauf gebrochen war. Er befreite das Tier von seinem Geschirr, trug ihn schwer atmend abseits hinter einen Felsen ins Unterholz, drückte seinen Kopf an seine Brust, kraulte ihn zwischen den Ohren und sprach begütigend auf ihn ein, dann setzte er ihm die Pistole an den Kopf und erlöste ihn von seinen Schmerzen. Tränen standen ihm in den Augen. So ein Gefühl des Verlusts hatte er beim Tod vieler Bordkameraden nicht gehabt, wenn er ganz ehrlich zu sich war, nicht einmal, als sein Kumpel Henri Lézard seinen Verwundungen erlegen war.

Nachdem er diese traurige Pflicht hinter sich gebracht hatte, spannte er die Hunde um und setzte seinen Weg niedergeschlagen, fast apathisch fort. Er war am Ende, seine physischen und psychischen Reserven waren fast verbraucht. Die Zeit verging, aber er verlor jedes Gefühl dafür; automatisch erledigte er, was getan werden musste: Auf schlechten Wegabschnitten schob er den Schlitten, und wenn es sein musste, schaufelte er den Weg frei, er versorgte die Hunde und wusste schon nicht mehr, wie lange er schon unterwegs war. Bis er dann an einem späten Nachmittag auf einer Anhöhe den Waldrand erreichte und ein idyllisches Bild vor sich sah.

Die fahlgelbe Wintersonne bewegte sich wieder auf die Hügel im Südwesten zu, hinter denen sie nach ihrem kurzen Lauf in einer knappen Stunde versinken würde. Ihre Strahlen tauchten die eisige Landschaft in ein gleißendes Licht, das von den verschneiten Wäldern und Hängen vielfach reflektiert wurde, dem aber jede Wärme fehlte. Am Fuß der sanft zum Ufer abfallenden Hügel erstreckte sich eine weite, zugefrorene Eisfläche, auf der gelegentliche Windstöße Schneewolken aufwirbelten. Die Luft war so klar und sauber, dass man meinte, bis weit hinter den Horizont schauen zu können. Im Nordosten, in ungefähr vierzig Seemeilen Entfernung, lag wie ein riesiger schlafender Wal der flache Rücken der Insel Anticosti, und über allem spannte sich ein endloser Himmel, der fast ebenso weiß war wie die erstarrte

Landschaft. An der Kimm gingen Himmel und Eis nahtlos ineinander über.

In einer Hügelfalte duckten sich die kleinen Häuser tief in den Schnee; es hatte den Anschein, dass sie so Schutz vor den wütenden Winterstürmen suchten, die hier oft und langanhaltend tobten. Aber heute herrschte fast Windstille. Aus den Schornsteinen quollen Rauchfahnen, es roch nach Holzfeuern. In einigen Fenstern gingen die ersten Leuchten an, gelbes Licht fiel aus den kleinen Fenstern unter den tief herabgezogenen Dächern in die Schatten vor den nördlichen Häuserfronten. Die Hundemeuten bei den Katen hatten sich aufmerksam erhoben und lauschten mit gespitzten Ohren nach Westen, ihre Augen guckten wachsam. Witternd hoben sie die Nase und versuchten auszumachen, was sich da oben vom Waldrand her näherte.

Männer mit Musketen in der Armbeuge oder über der Schulter traten vor die Türen der Häuser und erwarteten gespannt den Ankömmling, der sich in flotter Fahrt näherte. Wer würde es sein, und was würde er bringen?

Emile Vautour brach zusammen, als er den Schlitten zum Stehen gebracht hatte. Krächzend stammelte er seinen Namen und den seiner Frau, ehe er bewusstlos wurde. Er wachte in ihren Armen wieder auf und blickte ungläubig in ihre Augen. Aber er erholte sich im vertrauten Kreis der Familie und Nachbarn erstaunlich schnell wieder von seinem Zusammenbruch. Es gab viel zu erzählen.

An diesem Abend herrschte in einem Haus der kleinen Ansiedlung am Sankt-Lorenz-Strom große Freude, in einem anderen tiefe Trauer, daran änderten auch die Goldstücke nichts, die Vautour auf den Tisch der Familie Lézard gelegt hatte.

Es war der Tag der Heiligen Drei Könige, der 6. Januar 1778, so wie es Henri Lézard vorhergesagt hatte.

Kapitel 9

Neuenglandstaaten, Long Island Sound, Januar 1778

Am 14. Januar verließ die ansehnliche Reisegesellschaft des Barons von Steuben Boston mit Pferdeschlitten, Wagen und Reitpferden und machte sich auf den Weg nach Westen. Gouverneur John Hancock hatte ihm einen Reisekostenvorschuss von 1300 Dollar sowie 200 Dollar für den Kauf eines Reitpferdes ausgezahlt. Zudem versorgte ihn der Staat Connecticut zusätzlich mit 800 Dollar. Hancock hatte ihm außerdem fünf Reit- und Wagenknechte sowie einen Kommissar besorgt, der sich während der Reise um die Quartiere und die Fourage kümmern sollte. Steuben selbst nahm noch zwei Engländer als Diener zusätzlich zu seinem deutschen Kammerdiener Carl in seinen Dienst. Er und die beiden ihn begleitenden Offiziere steckten jetzt auch in den richtigen Uniformen. Die Reise verlief zunächst ohne bemerkenswerte Zwischenfälle, wenn man von den üblichen Unannehmlichkeiten durch die Straßenverhältnisse und das Wetter absah. Nach einigen Tagen kamen sie jedoch noch in Massachusetts im Worcester County gegen Abend in einen heftigen Schneesturm. Zum Glück lag ein Wirtshaus am Wege, aber der Wirt, ein überzeugter Loyalist, ließ den jungen Ordonnanzoffizier Duponceau, der auf Englisch höflich um Aufnahme gebeten hatte, mürrisch abblitzen.

»Kein freies Bett, Mister, kein Essen, nichts zu trinken, Sir!«

Steuben, der nicht die geringste Lust verspürte, bei diesem Sauwetter auf dem Schlitten zu übernachten, sprang wutschnaubend von seinem Sitz herunter, zog seine Pistole, hielt sie dem erschrockenen Wirt an den Kopf und brüllte ihn in seinem schlechten Englisch an: »Du hast keine Betten, kein Brot, kein Fleisch und keine Milch – oder vielleicht doch?«

Der verängstigte Wirt nickte nur stumm, und schon nach kurzer Zeit war alles zu ihrer vollen Zufriedenheit geregelt. Alle bekamen Schlafplätze in guten Betten zugewiesen, ein üppiges Abendessen wurde aufgetragen, und ausreichend zu trinken gab es ebenfalls. Natürlich wurden auch die Pferde versorgt, wie es sich gehörte.

Nachdem sich die ungebetenen Gäste zur Ruhe begeben hatten, verfasste der Wirt einen exakten Bericht über die Zusammensetzung der Reisegesellschaft und was er an nützlichen Informationen aus den Gesprächen während des Essens aufgeschnappt hatte, jedenfalls soweit er die polyglotte Gesellschaft hatte verstehen können. Noch bevor sich die Reisenden am nächsten Morgen am Frühstückstisch versammelten, war der Bericht schon nach Springfield unterwegs.

Als der Kommissar nach dem Frühstück die Zeche bezahlte, blickte der Wirt zwar angeekelt auf das verhasste, immer schneller wertlos werdende Papiergeld des Kontinental-Kongresses, steckte aber die Scheine wortlos ein. Später blickte er grimmig den abfahrenden Schlitten nach und spuckte kräftig aus.

⚓

Die *Shark* hatte befehlsgemäß ihren Liegeplatz verlassen. Da eine Passage durch den East River in den Long Island Sound bei diesen winterlichen Verhältnissen nicht möglich war, segelte sie an der Küste von Long Island nach Osten, um dann nach dem Passieren der steilen, felsigen Klippen von Montauk Point in den Long Island Sound einzulaufen. Es war Mitte Januar und es herrschte beinahe Vollmond. Das kam Turner gut zupass.

Er war mit Saul Hinkie übereingekommen, dass er zwei seiner ehemaligen Waldläufer an Land setzen würde, die mit dem örtlichen Anführer der Loyalisten, einem gewissen Major Hunter, Kontakt aufnehmen und die Verbindung mit der *Shark* aufrechterhalten würden. Nachdem sich Hinkie lange geziert hatte, hatte er schließlich doch die Beschreibung und den Namen des Mannes herausgerückt und den Ort, wo man ihn treffen konnte. Allerdings hatte er sich dabei angestellt, als würde er William das Versteck des Heiligen Grals verraten, und ihm mit den grausamsten Strafen gedroht, falls dem Mann etwas passieren sollte.

William Turner hatte ihn nur scharf fixiert und dann den Kopf geschüttelt. »Sorgen Sie dafür, dass dieser Major Hunter rechtzeitig die Parole erfährt! Sonst könnte allerdings ein Unglück geschehen!«

»Versuchen Sie nicht, mir *meinen* Job zu erklären, Leutnant!«, zischte Hinkie gereizt. »Und kommen *Sie* mir nicht ohne diesen Steuben oder seinem Skalp zurück, Sir!«

Turner hatte schon aufbrausen und dem Mann vorhalten wollen, dass dieser Steuben schon seit Tagen ohne große militärische Eskorte auf den Straßen Neuenglands unterwegs, aber von den angeblich so schlagkräftigen Hilfstruppen Hinkies noch nicht gestellt war: Weder hatten sie ihn gefangen genommen noch ausgeschaltet. Aber wieder hatte er sich darauf beschränkt, den Fiesling mit scharfem Blick zu fixieren, dann hatte er eine wegwerfende Handbewegung gemacht, absichtlich nachlässig gegrüßt, sich auf dem Absatz umgedreht und das Büro des Agentenführers verlassen. Er konnte diesen miesen Kerl auf den Tod nicht ausstehen und wünschte ihm die Pest an den Hals.

Jetzt stand er angespannt auf seinem Achterdeck. Das Licht des noch tief im Osten stehenden Mondes reichte aus, um sich langsam an die Eisgrenze unter Land heranzutasten. Alle Mann waren auf Gefechtsstation. Die Investitionen in dicke Winterkleidung, welche die Männer in New York getätigt hatten, rentierten sich spätestens jetzt. Paul Lennon, der erfahrene Segelmeister, hatte das Deck, während der Erste Leutnant, James Dechamp, von Karronade zu Karronade wanderte und mit den Bedienungsmannschaften ein paar Worte wechselte. Turner musste zugeben, dass er auf diese Weise sehr geschickt die Bereitschaft der Waffen überprüfte und gleichzeitig die Seeleute aufmunterte, denn er verstand es, mit ein paar lockeren Bemerkungen die Männer zu begeistern, während zugleich seinen kritischen Augen keine Kleinigkeit an den wuchtigen Karronaden entging. William hatte sein anfängliches Misstrauen zu den Fähigkeiten seines adligen Ersten Leutnants längst überwunden. Mit Dechamp hatte er wirklich einen guten Fang gemacht.

Aus dem Niedergang zum Wohndeck tauchten sechs Schatten auf, die sich allem Anschein nach auf unerklärliche Weise auf ein Kriegsschiff Seiner Britannischen Majestät verlaufen hatten. Die Männer trugen eine Kluft, die besser in die unwegsamen Bergwälder der Appalachen gepasst hätte. Es handelte sich um Turners berühmte »leichte Kavallerie«, die aus vier ehemaligen Waldläufern und zwei Shawnee-Indianern bestand. Sie kamen auf ihn zu, legten grüßend den gekrümmten Zeigefinger der rechten Hand an die Stirn und bildeten einen engen Halbkreis um ihn.

»Wir stehen jetzt so weit wie möglich vor der Bucht von New Haven und Easthaven, ohne das Schiff in Gefahr zu bringen oder von der Besatzung des Forts Black Rock gesichtet zu werden. Taylor und Moose werden den Kontakt zu unserem Gewährsmann herstellen und an Land bleiben, die anderen erkunden das Terrain in und außerhalb der Stadt. Mein Bootssteuerer und ein Matrose bleiben beim Boot. Sie werden zusammen mit ›Beaver‹ Smith, Blackwood, Thunderingwater und Brokenwing morgen früh vor Einbruch der Dämmerung etwa hier wieder von uns abgeholt. Vergesst die Laterne nicht! Und denkt bei der Kontaktaufnahme mit dem Major an die Parole: ›Dem Truthahn fehlt ein Bein!‹ Wie muss die Antwort lauten, ›Snake‹ Taylor?«

»Das hat der Hund gefressen, Sir!«

Alle grinsten albern, nur die Indianer verzogen keine Miene.

»Ich weiß, Jungs, es klingt blödsinnig, aber was soll's, Hauptsache ist doch, dass es funktioniert. Ich möchte euch schließlich alle wieder demütig auf den Knien das Deck mit dem Gebetbuch schrubben sehen.«

Bei diesen Worten zeigte sich bei den Indianern ein gequälter Gesichtsausdruck, als hätten sie Zahnschmerzen. Das Deckscheuern mit den Ziegelsteinen gehörte nicht zu ihren bevorzugten Tätigkeiten.

Der Segelmeister trat zu ihnen heran. »Ich würde sagen, das ist bei den Lichtverhältnissen nahe genug, Sir. Wir sollten die Fahrt aus dem Schiff nehmen, die Gig längsseits holen und die Ausflügler in die Sommerfrische schicken, ha, ha!« Man sah ihm deutlich an, dass er froh war, nicht mit in die Gig zu müssen. Das galt im Übrigen auch für William Turner, wenn dieser sich auch bemühte, den Eindruck zu erwecken, als könnte er sich nichts Schöneres vorstellen, als in einer hellen, eiskalten Januarnacht ein Boot über eine deckungslose Eisfläche auf eine feindliche Küste zuzuschieben. Aber die Gig musste mit, da niemand wusste, ob die Eisfläche bis zum Land geschlossen und überall ausreichend dick war. Ihnen unbekannte Strömungen mochten diesbezüglich für unangenehme Überraschungen sorgen.

»In Ordnung, Mister Lennon, drehen Sie bei!«

Fünfzehn Minuten später hielt die *Shark* wieder auf das freie Wasser hinaus, die Gig ging an der Eisfläche längsseits, die Männer sprangen nacheinander heraus, dann zogen sie das Boot keuchend aufs Eis. Das Ruderblatt wurde aus den Fingerlingen gehoben und im Boot verstaut, anschließend verteilten sich die Männer auf die beiden Seiten und schoben es über die glücklicherweise verhältnismäßig ebene Fläche. Solange sie darauf achteten, dass die Gig sauber auf dem Kiel lief, kamen sie schnell voran. Am unangenehmsten war es, dass sie sich beim Schieben so weit nach unten beugen mussten.

»Wir hätten den Schmied eine Metallschiene anfertigen lassen sollen«, schnaufte Thomas Brown, Turners Bootssteuerer, und stellte damit wieder einmal unter Beweis, dass er ein helles Köpfchen hatte. »Mit so einer glatten Schiene unter dem Kiel würde das Boot noch viel besser gleiten.«

»Ja, und dazu vier Handgriffe in Hüfthöhe, auf jeder Seite gleich«, schnaubte Fred Blackwood verdrießlich.

Der Atem der Männer flog in weißen Fetzen von ihren Mündern weg. Sie keuchten und schnauften, und wenn einer auf dem Eis ausrutschte, bestand immer die Gefahr, dass die Gig dumpf polternd auf die Seite fiel, abrupt langsamer wurde, sich drehte und die anderen Männer umwarf. Nachdem sie wieder einmal zu Boden gegangen waren, begann »Snake« Taylor laut zu fluchen und schlug sich mit der flachen Hand vor die Stirn.

»Wir sind alle blöde Esel, die ihr Futter nicht verdient

haben!«, schnaubte er. »Uns Waldläufer meine ich, nicht unsere beiden Kameraden aus den sonnigen Gefilden der Karibik! Es war schon beschämend genug, dass Tom auf die Idee mit der Kielschiene kommen musste. Aber wir kennen doch die Vorteile eines Schlittens. Warum ist keinem von uns der Gedanke gekommen, das Boot einfach auf zwei Kufen zu setzen? Es gleitet besser, es kann nicht umfallen, und es lässt sich auch noch besser schieben, weil das Dollbord höher über dem Boden liegt!«

Während die anderen verblüfft schwiegen, nickte Tom und überlegte dann laut: »Vielleicht könnte man mit dem Ding sogar segeln ...«

»Snake« grinste und meinte dann mit gedehnter Stimme: »Warum eigentlich nicht? Zumindest bei 'ner Backstagsbrise könnte das klappen.«

»Dürfte ich die Gentlemen höflich daran erinnern, dass wir heute noch eine Verabredung an Land haben?«, mischte sich »Beaver« missmutig ein.

»Stop, Jungs, so viel Zeit muss sein! Wir sollten wenigstens die Riemen an den Dollen und Duchten so festlaschen, dass wir das Boot besser schieben können. Gesagt, getan, und schon nach wenigen Minuten ging es in einer weniger verkrampften Haltung weiter.

Unter Land hatte sich das Eis stellenweise zu unregelmäßig verlaufenden Barrieren aufgetürmt, um die herum sie sich ihren Weg suchen mussten, die ihnen aber auch Sichtschutz boten. In Landnähe knirschte das Eis gelegentlich bedrohlich, möglich, dass sich hier durch den Tidenhub von ungefähr zehn Fuß Bruchlinien gebildet hatten. Aber sie näherten sich dem Ufer und umrundeten Sandy Point, ohne angerufen oder gar beschossen zu werden. Nirgends war an der dicht bewaldeten Küste zu ihrer Linken ein Licht zu entdecken. Im Nordosten funkelten ein paar schwache Lichter, im Winterhafen ragten die nackten Masten der aufgelegten Schiffe ohne Spieren in den Nachthimmel. Sie hielten auf das Ufer zu, und schon bald war ein gutes Versteck für die Gig gefunden. Das Boot wurde mit den Segeln abgedeckt und so gut es ging unsichtbar gemacht, dann verschwanden die Waldläufer mit den Indianern im Wald. Tom und sein Kumpel Joseph stiegen ins Boot, überprüften ihre Waffen, hüllten sich in die dicken Decken ein und bereiteten sich auf eine langweilige Nachtwache vor.

Der Mond näherte sich schon den Baumwipfeln auf den Hügeln im Westen, als Tom plötzlich einen Schneeball an den Kopf bekam. Die Scouts waren zurück und machten sich auf diese ungewöhnliche Art bemerkbar, um keine Kugel auf den Pelz gebrannt zu bekommen.

Steifbeinig kletterten Tom und Joseph aus dem Boot, die Indianer und die beiden Trapper warfen ihre Waffen hinein, und gemeinsam brachten sie das Boot wieder in Schwung. Als sie die Eisgrenze erreicht hatten, stellte sich Tom auf die vordere Ducht und schwenkte die Laterne, deren Lichtschein nur voraus zu sehen war, in großen Kreisen vor seinem Körper. Es dauerte nicht lange, da erschien ein blauer Lichtpunkt über dem schwarzen Wasser, der sich dreimal auf und ab bewegte und dann wieder verlosch. Sie schoben das Boot ins Wasser, sprangen hinein und pullten in Richtung der wartenden *Shark*.

⚓

Mehr als eine Woche verging, ohne dass etwas passierte. Täglich übermittelten die beiden Späher an Land außerhalb der Stadt durch Spiegel- oder Feuersignale das verabredete Zeichen, dass es nichts Neues zu vermelden gab. Eine langanhaltende Wetterlage mit dichtem Schneefall oder Nebel hätte den ganzen Plan zum Scheitern gebracht oder doch zumindest seine Durchführung erheblich erschwert.

Auf der *Shark* gab es genug zu tun. Tom hatte William Turner von der Idee mit Kufen unter dem Boot erzählt. Zuerst hatte William ablehnend den Kopf geschüttelt und so etwas wie ›Kinderkram‹ vor sich hin gemurmelt, aber nach einigem Nachdenken war ihm der Vorschlag gar nicht mehr so verrückt vorgekommen. Die möglichen Vorteile waren in der Tat bestechend. Während einer Konferenz mit dem Zimmermann, dem Bootsmann und den beiden Waldläufern war eine Skizze entstanden, und eine Arbeitsabteilung unter der Führung des Zimmermanns wurde mit dem Bau von Kufen für einen Kutter beauftragt. Das Ergebnis sah nicht schön aus, und die Seeleute schlichen um den merkwürdigen Zwitter herum und schüttelten zweifelnd den Kopf. William Turner gefiel das Ergebnis der handwerklichen Anstrengungen seiner besten Zimmerleute auch nicht, aber er hoffte, es würde seinen Zweck erfüllen.

Auch in der Werkstatt des Stückmeisters herrschte rege Betriebsamkeit, da wurde Pulver abgemessen, wurden Sprengladungen hergestellt, Raketen fabriziert und Zündschnüre auf genau berechnete Längen – und die damit verbundenen Brenndauern – zugeschnitten. Die Seeleute rätselten, was daraus werden sollte, aber da sie ihren Kapitän kannten, waren sie sich einig, es würde sich um eine böse Überraschung für die Yanks handeln.

Wenn die Schifffahrt hier im Long Island Sound auch zum Erliegen gekommen war, so gab sich Turner doch nicht der Illusion hin, dass die Anwesenheit seines Schiffes unbemerkt geblieben wäre. Fraglich war nur, welche Schlüsse die militärischen Führer der Yankees daraus ziehen würden. Die Besatzung der *Shark* war bei weitem zu klein, um eine Invasion auf einen der Häfen in Szene setzen zu können, der Schoner kam noch nicht mal nahe genug ans Ufer heran, um militärische Einrichtungen wirkungsvoll zu beschießen. Er hoffte daher, dass man annehmen würde, die Briten wollten lediglich mit ihrer Anwesenheit provozieren und ihren Herrschaftsanspruch dokumentieren.

Als sich die Sonne an einem klaren Januartag im Süden dem höchsten Punkt ihrer Bahn näherte, lief die *Shark* bei einer schwachen ablandigen Brise nach Westen tiefer in den Sound hinein. Turner, Dechamp und Lennon blickten angespannt durch ihre Teleskope zum Land im Norden hinüber. Der schwarze Wald mit den weiß überpuderten Wipfeln verwehrte ihnen den Blick in das Hinterland. Plötzlich stieß Dechamp aufgeregt den Atem aus und schnaufte: »Da! Unsere Männer signalisieren mit dem Spiegel!« Und tatsächlich blitzte ein heller Lichtpunkt in kurzen Abständen in der schwarzen Mauer des Unterholzes auf.

»Achtung das Deck! Den Außenklüver kurz killen lassen!«

Die Matrosen hatten in Bereitschaft gestanden und warfen die Schot des Segels kurz los, nur um sich dann sofort wieder in die holende Part der Talje zu stemmen, die Lose wegzuholen und das schlagende Tuch wieder zu bändigen.

Einen langen Augenblick verlosch das Licht. Turner schluckte nervös und drückte das Okular fest gegen das Auge. Da war es wieder. Eine lange Lichterscheinung, eine zweite, dann eine dritte und schließlich eine vierte, dann folgten fünf kurze Blitze.

»Achtung! Außenklüver zweimal auffieren! Ruder Achtung! Abfallen vor dem Wind!«

»Aye, aye, Sir! Neuer Kurs: Vor dem Wind!«, quittierte der Quartermaster gelassen.

»Gentlemen, haben Sie auch gesehen, was ich gesehen

habe? Viermal lang bedeutet, dass dieser Steuben morgen hier eintreffen soll.«

»Aye, Sir! Und fünf kurze Blitze stehen für ›Ende der Nachricht‹!«, bestätigte Dechamp begeistert und schien vor Tatendurst zu zerspringen. William Turner hatte von Hinkie erfahren, dass der Baron von Steuben des Englischen nicht mächtig war, er seinerseits war sich seiner nur mäßigen Kenntnisse der französischen Sprache wohl bewusst. Er hatte das Problem von allen Seiten beleuchtet. Sein erster Impuls war gewesen, selbst mit an Land zu gehen, um mit Tom als Dolmetscher das entscheidende Gespräch mit dem preußischen Baron zu führen. Er hatte diesen Gedanken dann aber verworfen; erstens würde das Dolmetschen zu viel Zeit kosten, und zweitens wollte er Tom keinen zu tiefen Einblick in die schmutzigen Geschäfte des Geheimdienstes gewähren. Er war zu der Überzeugung gekommen, dass er seinen Ersten Leutnant einweihen musste. Auf dessen Ehrenwort als Gentleman konnte er sich verlassen, wenn er ihn zu strengstem Stillschweigen vergatterte. Dechamp hatte sich zuerst ganz augenscheinlich sehr geehrt gefühlt, als ihm Turner enthüllte, worum es ging. Als er allerdings klarmachte, was seine Aufgabe war, falls der Baron das Angebot nicht annehmen sollte, hatte er heftig geschluckt, und seine Stirn hatte sich umwölkt. Unangenehm berührt, hatte er sich mehrfach nervös geräuspert.

Turner hatte ihn ernst angesehen und gemeint: »Sir! Ich verstehe Ihre Skrupel nur zu gut, denn sie sind mir selbst nicht fremd! Aber wenn wir diesen Mann ausschalten, dann retten wir vielen Hundert unserer tapferen Infanteristen das Leben und dem König die Kolonien. Sie haben doch ganz gewiss von dem vorbildlichen Drill der preußischen Armee gehört und was er im Siebenjährigen Krieg für Wunder bewirkt hat, oder? Fachleute behaupten, die preußische Infanterie sei auf dem Schlachtfeld in der Lage, doppelt so schnell wie jede beliebige andere Armee auf dem Kontinent jede gewünschte Gefechtsformation einzunehmen!«

Dechamp hatte bestätigend genickt, seine Skrupel schienen aber keineswegs ausgeräumt zu sein.

»James, es ist nicht ausgeschlossen, der Ausfall dieses erfahrenen Troupiers gibt den Ausschlag dafür, dass General Howe diesen Washington in einer offenen Feldschlacht entscheidend schlägt – und Sie könnten den Lorbeer für sich beanspruchen, Sir. Nun ja, zumindest wir beide und der Premierminister würden es wissen.«

Dechamp hatte sich aufgerichtet, soweit ihm das die niedrige Decke in Turners Kabine erlaubte, hatte ihn mit einem schiefen Grinsen angeschaut und in seiner unnachahmlichen Art genäselt: »Wollen wir hoffen, dass der Herr Baron ein vernünftiger Mann ist, der sich guten Argumenten nicht verschließen kann.« Dabei hatte er die schwere Rolle mit Goldmünzen im Werte von £200 Sterling bedeutungsvoll in der Hand gewogen.

»Amen*, James!«

⚓

Am darauffolgenden Tag erreichte die Reisegesellschaft Steubens kurz vor Einbruch der Dunkelheit New Haven. Der Baron wurde vom Bürgermeister, den Honoratioren der Stadt, begeisterten Bürgern und dem Kommandierenden Offizier der örtlichen Garnison, Oberst Lightfoot, erwartet und herzlich begrüßt.

---

* Amen bedeutet in einer freien Übersetzung etwa »So sei es!« oder »So soll es geschehen!«, ist also von Turner nicht als Blasphemie gemeint.

Der Bürgermeister trat vor. »Sir, wir freuen uns, Sie in den, äh, Mauern unserer Stadt begrüßen zu können, oh, verdammt!« Er wurde von einem einsetzenden Chor übertönt, der lautstark »O König von Preußen ...« intonierte. »Das sind deutschsprachige Studenten unseres Yale College, Sir. Bei uns sind viele Söhne deutscher Einwanderer immatrikuliert. Die Väter sind zumeist ausgezeichnete Handwerker, die es durch ihr Können und ihren Fleiß hier zu einigem Wohlstand gebracht haben und ihren Söhnen eine akademische Laufbahn ermöglichen wollen. Der Chor ist leider stark geschrumpft, da viele der Studenten wegen der unruhigen Zeitläufe abwesend sind oder im Feld stehen.«

Steuben hörte sich die Übersetzung der Worte des Bürgermeisters durch Duponceau an, dann lauschte er dem wohlbekannten Text des Liedes.

O König von Preußen, Du großer Potentat,
wie sind wir Deines Dienstes so überdrüssig satt!
Was fangen wir jetzt an in diesem Jammertal,
allwo ist nichts zu finden als Not und lauter Qual.

Für das Singen dieses Liedes gab es bei den Preußen ein Freilos zum Gassenlaufen. Steuben sah finster drein, als er daran dachte, das war Majestätsbeleidigung! Was erlaubten sich diese jungen Hüpfer! Amerikaner hin oder her! Aber dann kam ihm die Erinnerung an den abscheulichen Grafen Wilhelm von Anhalt, den Generaladjutanten des Königs, in den Sinn, der ihm seine hoffnungsvolle Karriere vermasselt hatte.

Ihr Herren nehmt's nicht wunder, wenn einer desertiert,
wir werden wie die Hunde mit Schlägen strapliziert;

und bringen sie uns wieder, sie hängen uns nicht auf,
das Kriegsrecht wird gesprochen: Der Kerl muss
Gassenlauf!

Was mochte dieser Graf dem König für Lügengeschichten ins Ohr geflüstert haben, dass dieser ihn so kalt und undankbar nach so vielen gnädigen Auszeichnungen für seine guten Dienste hatte fallen lassen. Als Hauptmann war er Adjutant des Königs gewesen, aber bald nach Friedensschluss war er dann zuerst als Stabskapitän in die finstere Provinz nach Wesel versetzt worden, und kurz darauf hatte der infame Intrigant dafür gesorgt, dass er seinen Abschied bekommen hatte. Er knirschte mit den Zähnen, und seine Augen funkelten zornig. Die Umstehenden blickten ihn erschrocken an. Der Bürgermeister, der eben noch selbstgefällig über das ganze feiste rote Gesicht gestrahlt hatte, wurde blass und machte alle Anstalten, den Chor zum Schweigen zu bringen, doch Steuben hielt ihn zurück und klopfte ihm begütigend auf die Schulter, dann lachte er laut auf und schüttelte dem Mann fest die Hand. Er winkte dankend zu den jungen Männern hinüber.

Und werden wir dann alt, wo wenden wir uns hin?
Die Gesundheit ist verloren, die Kräfte sind dahin.
Und endlich wird es heißen, geh Vogel ohne Nest!
Geh Alter nimm den Bettelsack, bist auch Soldat gewest!

In den Worten steckte ja viel Wahres. Stünde er sonst hier? Er musterte wohlgefällig den Dirigenten, bei dem es sich um ein ausnehmend hübsches männliches Exemplar der menschlichen Gattung handelte. Mittelgroß, eine schlanke, aber doch kräftige Figur, lange blonde Locken, die unter seinem Barett hervorquollen, eine gerade Nase über einem sinnlichen Mund und leicht verschleierte blaue Augen. Ihre Blicke trafen sich kurz. Steuben beugte sich zu Duponceau hinüber und flüsterte ihm zu: »*Mon cher*, ein schmucker Knabe, nicht wahr? Wie sagt man doch so richtig: Ein Kerl wie Samt und Seide.«

Duponceau nickte lächelnd. »Wenn er jetzt auch noch in einer zivilisierten Sprache reden würde, wäre es sicher eine reine Freude, seine Bekanntschaft zu machen ...«

Der Befehlshaber der örtlichen Miliz trat vor. Sein Blick glitt suchend über Steubens Uniform. Er wollte etwas sagen, aber man sah ihm deutlich an, dass er nicht wusste, wie er beginnen sollte. Duponceau, als aufmerksamer Ordonnanzoffizier, erkannte, was den Mann quälte.

»Herr Oberst, Sie können den Baron einfach mit seinem Namen anreden und – falls Sie das möchten – auch zusätzlich mit seinem adligen Titel. Wie Sie wissen, befinden wir uns auf dem Weg zum Kongress und verfügen noch über keine offiziellen Bestallungen und Ränge, aber Sie können ihn natürlich trotzdem aus Höflichkeit General nennen, Sir.«

Der Oberst schnaufte erleichtert. Er salutierte zackig. »Herr General, ich, meine Offiziere und alle meine Männer sind stolz darauf, dass wir heute einen so erfahrenen und berühmten Kriegshelden in unserer Mitte haben. Ich und mein Stellvertreter, Major Hunter«, er deutete auf einen vierschrötigen, bulligen Offizier, der Steuben mit kalten Augen abschätzend musterte, garantieren für Ihre Sicherheit. Zwar gibt es in dieser Gegend noch immer eine gewisse Anzahl unbelehrbarer Anhänger des britischen Tyrannen, aber die werden es nicht wagen, sich hier sehen zu lassen. Um ganz sicherzugehen, habe ich noch eine Abteilung Schützen aus Easthaven angefordert, Sir. Eigentlich müssten diese Männer schon längst eingetroffen sein.« Er zuckte entschuldigend mit den Schultern. Major Hunter lächelte dünn, er schien von der Verstärkung aus Easthaven nicht viel zu halten, und salutierte dann zackig.

Steuben verkniff sich ein Grinsen. Wenn er ehrlich sein sollte, dann hatte er sich bis jetzt in den Städten und Dörfern immer sicher gefühlt. Die größere Gefahr, in einen Hinterhalt zu laufen, bestand doch gewiss draußen in den eisigen, einsamen Wäldern. Mit wohlgesetzten Worten bedankte er sich bei dem übereifrigen Oberst. Nachdem ihm auch die übrigen Honoratioren vorgestellt worden waren und er für jeden der Herren ein freundliches Wort gefunden hatte, wurden sie endlich in ihre Herberge geführt.

Später, nach einem wahrlich opulenten Mahl, das mit reichlich Wein und einem hochprozentigen Feuerwasser, das, wie die Gastgeber stolz betonten, aus Kentucky stammte, hinuntergespült worden war, setzte sich Steuben mit ein paar Gleichgesinnten an einen Tisch, um sein Glück mit den Karten auf die Probe zu stellen. Draußen war es längst finster, im gut geheizten Gastraum herrschte beste Laune, an den Tischen wurde laut diskutiert, zu immer neuen Trinksprüchen wurden die Becher geleert, dichter Tabakqualm erfüllte die Luft. Als ein Kellner Steuben das Glas wieder nachfüllte, beugte er sich zu seinem Ohr hinab und flüsterte ihm auf Deutsch zu: »Herr General, ich soll Ihnen ausrichten, dass jemand in Ihrem Zimmer auf Sie wartet.« Er kniff vertraulich ein Auge zu und verschwand wieder im blauen Dunst des Raumes. Steuben spielte gelassen die Runde zu Ende, dann erhob er sich.

»Gentlemen, wenn Sie mir bitte für zwei oder drei Runden Urlaub geben wollen.« Er verbeugte sich und drängelte sich nach hinten durch, wo die Treppe zu den Gastzimmern im Obergeschoss lag.

Er stieg leicht schwankend die Stufen hinauf, wobei er überlegte, wer ihn wohl erwarten würde. Der blonde Student –

wohl eher nicht. Wahrscheinlich war es die dralle Zofe mit dem dichten, dunklen Haarschopf unter dem Häubchen, die ihm sein Zimmer gezeigt und so kokett gekichert hatte, als er ihr mutwillig in den Po gekniffen hatte. Beim Hinausgehen hatte sie sich umgedreht und ihm einen langen, herausfordernden Blick aus ihren schwarzen Augen zugeworfen, die wie glühende Kohlen geleuchtet hatten. Mit ihrer kleinen rosa Zungenspitze hatte sie sich die Oberlippe angefeuchtet, dann war sie mit schwingenden Hüften und rauschenden Petticoats verschwunden. Er spürte, dass sich seine Männlichkeit in Vorfreude zu regen begann. Schnell eilte er auf den knarrenden Dielen des Gangs bis vor seine Zimmertür, wo er kurz lauschend stehen blieb. Kein Geräusch drang von innen heraus, im Zimmer war alles ruhig, nur von unten war gedämpft der Lärm aus dem Schankraum zu hören. Er drückte die Klinke herunter, die unverschlossene Tür schwang nach innen auf. Das verwunderte ihn nicht, denn das Zimmermädchen hatte gewiss den Schlüssel. Er trat ein und blickte sich suchend in dem fast dunklen Wohnraum um. Das Zimmer schien leer zu sein. Da spürte er plötzlich einen harten Gegenstand in seinem Rücken, und eine männliche Stimme flüsterte: »*Chut!*« Jemand musste hinter der Tür auf ihn gewartet haben, und er würde die Jahresapanage eines königlichen Prinzen darauf wetten, dass dieser Jemand ihm keinen abgenagten Hühnerknochen, sondern eine Pistole in die Nieren drückte. Die Tür wurde hinter ihm geschlossen und der Riegel vorgeschoben. Die leise, höfliche Stimme forderte ihn auf Französisch auf, hinter dem Tisch Platz zu nehmen. Auf dem Waschbuffet stand eine Lampe, die ein wenig Licht spendete. Unbewaffnet, wie er war, kam er nicht auf die Idee, den Helden zu spielen, sondern ging folgsam um den Tisch herum, ließ sich auf dem Stuhl nieder und legte die Hände deutlich sichtbar auf den Tisch. Jetzt konnte er auch seinen ungebetenen Gast erkennen. Der Mann trug einen blauen Uniformrock, auf der tadellos gepuderten Perücke saß ein Dreispitz, und in der rechten Hand hielt er eine gespannte Pistole. Wie Steuben trotz der misslichen Umstände leicht belustigt feststellte, wies seine Physiognomie eine fatale Ähnlichkeit mit der eines Pferdes auf. Der Mann verbeugte sich leicht und lächelte liebenswürdig, dann entspannte er den Hahn der Waffe. Steuben schwieg und wartete ab.

»Damit kein Unglück passiert, Monsieur. Ich will nicht lange um den heißen Brei herumreden. Da ich nicht offiziell zu dieser Party eingeladen bin, tut mein Name nichts zur Sache, *mon general*, aber wie Sie sicher schon erraten haben, bin ich Leutnant in der Marine Seiner Britannischen Majestät, und ich bin von höchster Stelle ...« Er machte eine kurze Pause und wiederholte dann betont: »Von höchster Stelle befugt, Ihnen folgendes Angebot zu machen: Die Regierung Seiner Majestät bietet Ihnen an, Sie als Oberst in eines unserer regulären Regimenter einzustellen, Sie würden also Chef eines unserer guten Linienregimenter mit den entsprechenden Bezügen werden, Sir.« Steuben sah dem Mann an, er hielt das für ein Angebot, das man nicht ablehnen konnte, wenn man seine fünf Sinne beisammen hatte. »Als Alternative, wenn es Sie dann durchaus in ferne Länder ziehen sollte, kann ich Ihnen auch den Posten eines Brigadegenerals bei den Truppen der ehrenwerten Ostindischen Handelskompanie versprechen. Wie Sie sich auch immer entscheiden, Sie bekommen zusätzlich sofort ein Handgeld von £ 200 in gutem englischem Gold von mir. Bei Unterzeichnung des Kontrakts in New York erhalten Sie nochmals dieselbe Summe in goldenen Pfundmünzen, dazu werden Ihnen alle Kosten für die Reise, ihre Feldequipage und was sonst noch anfallen sollte, erstattet.« Er zog mit der Linken einen Beutel aus der Tasche und schüttelte ihn. Das Klingeln hörte sich in der Tat verlockend an. Steuben musste trocken schlucken. Der Vorhang am Fenster blähte sich etwas auf, und ein kalter Luftzug wehte durch den kleinen Wohnraum. Der Eindringling war offensichtlich durch das Fenster eingestiegen, überlegte der Preuße, denn mit seiner auffälligen Uniform konnte er sich unmöglich unentdeckt in den unteren Räumen bewegen. Er musste also Helfershelfer im Haus haben, was bedeutete, dass Steuben vorsichtig taktieren musste. Jetzt ging es darum, Zeit zu schinden.

»Monsieur, das ist ein überaus großzügiges Angebot, das ich noch vor einem halben Jahr mit Freuden angenommen hätte – aber damals hat man auf meine diesbezügliche Anfrage nicht reagiert. Inzwischen stehe ich leider bei den Amerikanern im Wort. Sie werden als Gentleman ganz gewiss volles Verständnis dafür haben, dass ich mein Wort nicht brechen kann …«

Der Offizier schnitt ihm mit einer herrischen Handbewegung das Wort ab, was Steubens cholerisches Temperament in Wallung versetzte.

»Herr Baron, bis jetzt haben Sie nur eine sehr vage Zusage, dass der Kongress Ihre Bewerbung wohlwollend prüfen wird. Und auch die verdanken Sie nur den Bemühungen von Franklin in Paris. Die Abgeordneten sind zur Zeit nicht gut auf ausländische Offiziere zu sprechen, die in Amerika Karriere machen wollen. Zu Recht, wie man hört, weil zum Glück für uns Engländer der größte Teil unfähige Abenteurer sind. Ich bin sicher, dass das auf Sie nicht zutrifft, aber versprechen Sie sich nicht allzu viel vom Kongress. Die Herren in York sind Krämerseelen und Pfennigfuchser, so leid es mir tut, das aussprechen zu müssen, die meisten sind leider nach unseren Standards keine Gentlemen.« Der hochmütige Blick, der diese Worte begleitete, ließ Steubens Kamm schwellen.

»Was erlauben Sie sich, Monsieur? Wie können Sie es als

hergelaufener Leutnant wagen, sich ein so ein leichtfertiges Urteil über die Gentlemen, die im Kongress sitzen, anzumaßen? Und überhaupt, wer garantiert mir, dass Ihre Regierung die Vereinbarung einhält, die Sie mir eben vorgeschlagen haben?«

Wieder dieser unendlich überlegene Blick von oben herab, den Steuben auch von den Mitgliedern der alteingesessenen Adelsgeschlechter in Deutschland kannte. »Sir, meine Familie gehört zu den vornehmsten in England. Unser Stammbaum ist denen der Welfen oder Hohenzollern zumindest ebenbürtig. Wir haben als normannische Adelige schon 1066 unter Wilhelm dem Eroberer in der Schlacht von Hastings gekämpft und gehören seit dieser Zeit zur Führungselite des Königreichs. Wenn wir unsere Abmachung durch Handschlag besiegeln, dann ist das mehr wert als ein von den pedantischen Juristen der Abgeordneten ausgetüfteltes Vertragswerk von hundert Seiten Umfang! Denn warum sind dafür hundert Seiten nötig? Um Hintertürchen und Fallstricke einzubauen, mit denen man Sie um ihren wohlverdienten Lohn bringen will.«

Steuben musste widerstrebend nicken, das leuchtete ihm ein. Er hatte schon entsprechende Erfahrungen machen müssen. »Wie ich schon sagte, Herr Leutnant, ist Ihr Angebot äußerst ehrenvoll und – das muss ich zugeben – auch sehr lukrativ, aber ich fühle mich durch mein Wort gebunden. Ich kann eine so weitreichende Entscheidung nicht so holterdiepolter übers Knie brechen. Geben Sie mir Bedenkzeit.«

»Das geht nicht, Herr Baron. *Hic Rhodos, hic salta**, wenn ich die Alten mal so salopp bemühen darf.«

Steuben lächelte schief und wollte antworten, als draußen

* Sehr frei übersetzt: Sie müssen sich hier und jetzt entscheiden!

in einiger Entfernung ein Schuss fiel. Der Leutnant zuckte zusammen, schob mit der einen Hand den Beutel mit dem Gold in die Tasche, mit der anderen spannte er die Pistole wieder und richtete sie auf den Baron, der aufgesprungen war und den Tisch umwarf. Das brachte, wie beabsichtigt, seinen Gegner aus dem Gleichgewicht, der Schuss löste sich. Die Kugel pfiff durch die ondulierten Locken von Steubens Perücke. Er zuckte zurück. Der Leutnant sprang auf ihn zu und versuchte, ihn niederzuschlagen. Ein Handgemenge entbrannte zwischen den beiden Offizieren. Steuben war ein kräftiger Mann, er war sicherlich stärker als sein Gegner, aber der war geschmeidiger und flinker. Auf der Treppe polterte es, eilige Schritte näherten sich auf dem Gang, aufgeregte Rufe erklangen draußen. Steuben stolperte in der Hitze des Gefechts über den umgefallen Stuhl, und seine augenblickliche Wehrlosigkeit nutzte der Seeoffizier aus, um ihm die Pistole wuchtig über den Kopf zu schlagen. Der Baron verdrehte die Augen und ging ächzend in die Knie. Der Leutnant packte ihn am Kragen und schleifte ihn zum Fenster. Fäuste donnerten gegen die Tür. Jemand trat mit dem Fuß dagegen. Holz splitterte. Dechamp löste widerwillig seinen Griff, und der schwere Körper stürzte leblos vor dem Vorhang auf den Fußboden. Der Leutnant schwang sich aufs Fensterbrett und ließ sich auf das schneebedeckte Dach des angebauten Schuppens fallen. Er rutschte aus, rollte die Schräge hinab und stürzte in den Hof. Dort fiel er, wie beabsichtigt, auf einen hohen Berg aus zusammengeschobenem Schnee, der beim Räumen des Hofes angefallen war.

»Runter in den Hof, Männer! Der Spitzbube ist aus dem Fenster gesprungen! Lasst ihn nicht entkommen!«, brüllte jemand oben am Fenster. Ein Schuss krachte. Der Mann schrie auf. »Au, verfluchte Scheiße!«

Dechamp rappelte sich auf, eilte auf den schmalen Gang

zwischen den Gebäuden auf der anderen Seite des Hofes zu, wo ein Mündungsfeuer aufflammte. Die Kugel ging über seinen Kopf hinweg und wurde oben am Fenster erneut mit einem nicht salonfähigen Fluch quittiert.

»Kommen Sie, Herr Leutnant, wir müssen unter Vollzeug ablaufen, hier wird der Boden jetzt zu heiß für uns!«, begrüßte ihn »Snake« Taylor.

»Verdammt!«, keuchte Dechamp. »Ich habe den alten, schweren Sack nicht schnell genug aus dem Fenster wuchten können. Turner wird mich zur Schnecke machen!«

Die beiden Trapper glucksten unterdrückt, dann zogen sie ihn mit sich fort.

Im Westen der Stadt schien ein heftiges Feuergefecht entbrannt zu sein. Rote und weiße Raketen stiegen in den Himmel, explodierten und tauchten den Ort in ein gleißendes, gespenstisches Licht. Sie beleuchteten die in kleinen Gruppen zum Klang aufreizender Dudelsackmusik vorgehenden britischen Seesoldaten mit gefällten Bajonetten. Amerikanische Milizionäre hasteten ohne Ordnung aus ihren Stellungen auf den Straßen zurück. Dann war es wieder stockdunkel. Beim Licht der nächsten Raketensalve quollen Seesoldaten aus einer Nebenstraße heraus, formierten sich zu einer Linie und gingen im Gleichschritt vor. Wieder Finsternis, dann wieder rote und weiße unwirkliche Helligkeit. Seesoldaten in zwei Reihen, die erste niedergekniet, die zweite stehend, alle mit den Musketen im Anschlag, warteten auf das Feuerkommando. Dunkelheit. Panik breitete sich in den Reihen der Miliz aus. Ein ganzes Bataillon Marineinfanterie griff die Stadt von Westen her an! Mindestens ein Bataillon!

Jetzt stiegen auch im Osten Raketen in den Himmel, sie verbreiteten blaues Licht, was die Szenerie noch phantastischer machte. Am Stadtrand im Norden blitzte Mündungsfeuer auf, rollende Salven peitschten vom Waldrand herüber, aber auch aus den Gassen im Osten, hinter den Hausecken hervor, aus den Ställen und Gehöften fielen Schüsse. Eine groß angelegte nächtliche Invasion der Engländer hatte die unglückliche Stadt überrascht. Aber die Verteidiger sammelten sich, und irgendwie musste es ihnen auch gelungen sein, die Seesoldaten zurückzuschlagen, denn als Steuben mit einem weißen Verband um den schmerzenden Kopf im Gefechtsstand des Obersten in einem massiven Steinhaus eintraf, konnte der ihm melden, dass im Westen Ruhe eingekehrt war.

»Meine Männer haben die verdammten Limies aus der Stadt gejagt, Sir!«, meldete Oberst Lightfoot stolz. »Ein Bataillon Marineinfanterie!«

Steuben hörte sich die Übersetzung an und blickte dann ungläubig den Oberst an. »Nun, wenn Sie das sagen, *mon Colonel.*« Er zuckte die Schultern, denn im Westen war tatsächlich alles ruhig.

»Die Kerle im Wald dort oben im Norden haben wir auch schon niedergekämpft, da rührt sich auch nichts mehr, jetzt müssen wir nur noch die Hundesöhne im Osten aus der Stadt werfen. Und wirklich, im Osten tobte noch immer ein heftiger Feuerkampf. Ätzender Pulverqualm zog durch die Gassen, Kugeln schlugen laut klatschend in Holzwände ein, Glasscheiben gingen klirrend zu Bruch, Querschläger jaulten durch die Luft. Laute Flüche hallten durch die Straßen, Befehle wurden gebrüllt, die aber niemand befolgte, Verwundete schrien schmerzerfüllt auf, die Kirchenglocken läuteten Sturm, von irgendwoher erklang indianisches Kriegsgeschrei. Vielen Milizionären lief dabei ein eisiger Schauer den Rücken hinunter, sie wussten, was das bedeutete, dort wurden Skalps genommen. Es wurde nicht mit Pulver und Blei gespart, allerdings versuchte keine der beiden Parteien, durch einen energisch vorgetragenen Sturmangriff einen Geländegewinn zu verbuchen. Alle schienen damit zufrieden zu sein, den Gegner aus einer halbwegs sicheren Deckung heraus niederzuhalten.

Steuben kam das seltsam vor. Die Engländer mussten auf Biegen oder Brechen die Stadt vor dem Morgen besetzen, oder die Milizen aus den umliegenden Städten würden sie bei Tageslicht durch den Fleischwolf drehen. »Wo sind eigentlich die Schützen aus Easthaven, Herr Oberst?«

»Die halten den östlichen Stadtrand, würde ich meinen …«, begann Lightfoot voller Überschwang und verstummte dann. Peinliches Schweigen breitete sich aus.

⚓

Im Fort Black Rock waren die Soldaten der neunzehnköpfigen Besatzung schon seit den ersten Schüssen auf ihren Stationen. Die Männer standen mit ihren Waffen an den Schießscharten und starrten in die Dunkelheit. Der Kommandierende Leutnant hatte sein Teleskop auf die Stadt gerichtet und verfolgte zuerst das Spektakel der explodierenden weißen, roten und blauen Leuchtkugeln. Aber jetzt hörte auch er nur noch das Peitschen der Musketenschüsse, das der Nordwind herübertrug.

Er zuckte zusammen, als der Soldat Hailey aufgeregt stotterte: »Leu… Leu… Leutnant! Sch… sch… schau mal da!«

»Verdammt, Hailey, wohin soll ich gucken? Bekommst du das nicht in deinen hinterwäldlerischen Kopf, dass du die Peilung und die Entfernung melden musst?«

»N… n… nee, Sir! B… bei s… s… so wa… wa… was nich …« Er trat zur Seite und wies dem Leutnant die Richtung. Der hob abschätzend schnaubend sein Fernglas. Nichts. Er wollte Hailey schon wütend anfahren, als plötzlich eine

Erscheinung in sein Blickfeld kam, die ihm die Haare zu Berge stehen ließ. Zwei Fuß über dem Eis segelte ein Schiff auf einer Wolke aus Eiskristallen! Es mochte ein Kutter sein, das schwache Licht des Mondes ließ seine beiden Segel bläulich leuchten, sie waren vor dem ablandigen Nordwind in Schmetterlingsstellung getrimmt. Das unheimliche Boot war schnell, verdammt schnell. Jetzt hatte es schon drüben die Huk von Sandy Point passiert und hielt hinaus auf den Sund. Deutlich konnte man eine große, dunkle Gestalt ausmachen, die hoch aufgerichtet im Bug stand und mit einem Arm nach Süden zeigte. Im Heck stand unbeweglich ein zweiter Schatten, der eine lange, mittelalterliche Lanze in der Hand zu halten schien, die in den Himmel ragte. Eine Pinne oder ein Ruderblatt konnte Byrd nicht erkennen. Wozu sollte das auch gut sein, überlegte er, damit konnte man eine Wolke ganz gewiss nicht steuern. Fetzen einer fremdartigen Musik wehten herüber, einerseits klangen die langgezogenen Töne unendlich traurig, andererseits sorgten sie dafür, dass sich seine Nackenhaare angstvoll sträubten.

Leutnant Byrd hörte, dass irgendjemand laut mit den Zähnen klapperte. Es waren seine Zähne. Ein eisiger Schauer lief ihm den Rücken hinunter. Byrd war jung, ihm waren die Geschichten, die sich die Fischer beim Netzeflicken in den Schuppen am Hafen erzählten, wenn das Wetter zu schlecht zum Auslaufen war, noch gut in Erinnerung. Atemlos hatte er als kleiner Junge danebengehockt und den feuchten, kalten Atem der Meergeister gespürt, die im Dunklen hinter den Fischkisten und Netzen darauf lauerten, den Menschen Übles zuzufügen. Kalter Schweiß trat ihm auf die Stirn. Papperlapapp, das da draußen musste eine Halluzination sein. Sicherlich hatte er heute aus purer Langeweile nach dem Essen ein paar Gläser heißen Punsch zu viel getrunken. Er setzte das Fernrohr ab, schüttelte sich wie ein Hund, der nach einem Bad aus dem eisigen Wasser kommt, und blickte den Soldaten neben sich an.

»Was soll da sein, Hailey?«

»Wa... wa... was da s... s... sein s... soll, Leu... Leutnant? Gei... Gei... Geister, na... na... natürlich!«

»Ein für allemal, Hailey, trink nicht so viel! Da ist nichts, und da war auch nichts!«

»Da ist nichts, da war nichts?«, fragte Hailey sichtlich aufgebracht, aber ohne zu stottern, »dann bin ich verrückt!« Er schaute wieder durch die Schießscharte, lange und angestrengt, schließlich murmelte er verstört: »Da ist wirklich nichts! Oh, verdammt! Nun ja, dann bin ich eben verrückt ...«

»Kopf hoch, Hailey, das kommt von der Aufregung. Unsere Nerven sind durch den Feuerzauber da drüben etwas gereizt, mein Junge. Morgen früh ist alles wieder in Ordnung.«

Niemand konnte sich später erklären, warum der Soldat Hailey seit der Nacht, in der jener nächtliche Feuerzauber von New Haven stattgefunden hatte, nie wieder gestottert hatte.

⚓

Als am nächsten Vormittag im engsten Kreis Bilanz gezogen wurde, empfahl Baron Steuben Oberst Lightfoot, den nächtlichen Zwischenfall in seinen Berichten als sehr realitätsnahes Manöver zu deklarieren. Zwar hatte es ein Dutzend Verwundete, aber glücklicherweise keine Toten gegeben. »Und, Herr Oberst, ich wäre Ihnen wirklich außerordentlich verbunden, wenn Sie meinen Namen in Ihrem Bericht nicht erwähnen würden. Ich überlasse Ihnen gerne die Ehre, so ein einzigartig an der Realität ausgerichtetes Manöver ersonnen und durchgeführt zu haben, schließlich war ich ja wirklich überhaupt nicht beteiligt.« Als der Oberst ihn misstrauisch anblickte, fuhr er fort: »Sie wollen doch den Briten bestimmt nicht die Genugtuung verschaffen, dass sie behaupten können, mit einem kleinen Schiffchen, das, wie Sie mir geschildert haben, sich schon seit Tagen draußen vor der Küste herumtreibt, jederzeit und überall jede amerikanische Ansiedlung an der See nach Belieben angreifen zu können, oder, Monsieur?«

Lightfoot schnaufte und nickte dann heftig. Major Hunter blickte stoisch aus dem Fenster und grunzte dabei geringschätzig vor sich hin. Was seine Missbilligung erregte, blieb sein Geheimnis. Steuben wäre sehr überrascht gewesen, wenn er die Gedanken des Majors hätte lesen können, denn der verfasste gerade im Geiste seinen Bericht an einen gewissen Pelzhändler in New York, in dem die Kopfverletzung des Barons und der raffiniert durchgeführte Überfall im Vordergrund standen, aber auch der desaströse Zustand der Miliz von New Haven geschildert wurde.

Bei der Besichtigung des Schlachtfelds war Steuben bewundernd zur Überzeugung gelangt, dass er es mit einem äußerst trickreichen und einfallsreichen Gegner zu tun gehabt hatte. Die Spuren im Westen hatten zweifelsfrei ergeben, dass hier kaum mehr als ein gutes Dutzend Soldaten im Einsatz gewesen war. Im Schnee war zu erkennen gewesen, wo sie im Licht der Leuchtkugeln bestimmte Formationen eingenommen und in langen Sätzen in der darauffolgenden Dunkelheit Ortsveränderungen vorgenommen hatten. Im Norden am Waldrand zeugten schwarze Flecken und die Reste von Tauwerk davon, dass man hier eine große Anzahl kleiner Sprengkörper, die ein heftiges Schützenfeuer simuliert hatten, über Zündschnüre nach einem genauen Plan zur Explosion gebracht hatte. Alles hatte nur den Zweck gehabt, den Abzug der kleinen Truppe zu decken, die ihn zum Schiff bringen sollte, gleichgültig, ob freiwillig oder als Gefangener. Im Übrigen hatten seine Nachforschungen unter dem Personal zu keinem Ergebnis geführt, wer ihn auf wessen Weisung nach oben auf das Zimmer gelockt hatte. Er überlegte, ob der Leutnant ihn wohl erschossen hätte, wenn er noch eine Gelegenheit dazu gehabt hätte. Er war sich dessen fast sicher, die erste Kugel hatte ihn nur um Haaresbreite verfehlt.

Später, bei der Weiterfahrt auf dem Schlitten, vergatterte er Duponceau und seinen Adjutanten, Louis de Pontierre, den Aufenthalt in New Haven nirgends schriftlich festzuhalten oder darüber zu sprechen. »Wir haben uns da nicht mit Ruhm bekleckert, meine Herren, decken wir den Mantel des Schweigens darüber.« Sein eigentlicher Beweggrund war aber, dass er keine unangenehmen Fragen über seine Kontakte zu den Briten beantworten wollte. Außer ihm selbst wusste niemand, wer in seinem Zimmer gewesen war und was hinter dem Überfall gesteckt hatte. Er wollte keine schlafenden Hunde wecken. Steuben zog den dicken Mantel fest um sich, schob den Hut über die Augen, lehnte sich zurück und kuschelte sich, so gut es ging, in die Ecke.

Der junge Duponceau blickte sinnend vor sich und murmelte schließlich: »Ich wüsste zu gerne, was die Roastbeefs mit diesem Überfall erreichen wollten.«

Das wirst du niemals erfahren, mein Jungchen, dachte Steuben und stellte sich schlafend.

»Und dann auch noch dieser Einbruch bei dem Herrn General! Wenn der Baron nicht zufällig nach oben auf sein Zimmer gegangen wäre, hätten diese Gauner in dem allgemeinen Durcheinander in aller Ruhe unsere Zimmer ausgeräumt. Vielleicht hat man geheime Korrespondenz bei ihm vermutet?«

De Pontierre rieb sich die Nase und bemerkte: »Ja, das

war schon ein seltsamer Zufall.« Er zuckte nach mediterraner Manier mit den Achseln und setzte dann lakonisch hinzu: »*Mais c'est la vie, mon ami*, das Leben schreibt die kuriosesten Geschichten. Aber was den Überfall der Briten angeht, nun, wie der Herr General schon richtig festgestellt hat, wollten sie wahrscheinlich demonstrieren, dass sie überall nach Belieben zuschlagen können.«

»Idiot«, dachte Steuben. »Die wollten mich, und wenn ich ehrlich bin, dann haben sie mir ein verdammt gutes Angebot gemacht. Was mag so ein britischer Oberst an Bezügen haben? Oder ein Brigadier bei der Ostindischen Kompanie? Jedenfalls bekommen die ihr Geld in blanken Pfund Sterling und nicht als Papierlappen, die schneller an Wert verlieren, als ein Rennpferd galoppieren kann. Und eine verdammt gute Armee haben die Engländer auch, gut gedrillte Männer, die ihren Beruf verstehen. Denen hätte ich nur noch den letzten Schliff beibringen müssen. Na ja, sehen wir es positiv, bei den Amis kann ich den Ton noch selbst formen, die rohen Edelsteine mit eigener Hand zu funkelnden Diamanten schleifen! Schleifen ist gut, ist sehr gut!«, dachte er und grinste in sich hinein. »Darauf wird es hinauslaufen, mein Lieber, auf harten Schliff, bis den Rohdiamanten der Schweiß in der Kimme kocht!«

Kapitel 10

Februar 1778, New York

Die mit Kanonen gespickten Wälle von Manhattan lagen vor dem Bug. Breitbeinig stand Turner auf seinem Achterdeck und starrte missmutig mit zusammengekniffenen Augen nach vorne. Auf der Rückfahrt nach New York war die *Shark* von einem heftigen Blizzard weit nach draußen auf den Atlantik hinausgetrieben worden, anschließend hatten sie gegen den Wind aufkreuzen müssen, wodurch sich ihre Ankunft um mehrere Tage verzögert hatte. Aber William Turner erinnerte sich noch gut an die Nacht vor New Haven, als er sorgenvoll auf den Lichtschein der Raketen über der Stadt geschaut und dem Knattern des Musketenfeuers gelauscht hatte. Wie viel lieber wäre er dort drüben mitten im Geschehen gewesen, als an Bord den indifferenten Zuschauer zu spielen, der noch dazu überlegene Ruhe ausstrahlen musste. Dabei hatte die erzwungene Untätigkeit an seinen Nerven gezerrt, am liebsten wäre er in den Masttop aufgeentert, nur um wenigstens irgendetwas zu tun. Aber das war mit seiner Stellung als Kommandant nicht vereinbar gewesen. Ihm war bewusst, dass die Augen seiner Männer stets auf ihm ruhten, daher durfte er keine Anzeichen von Besorgnis zeigen. Finster hatte er darüber gebrütet, ob er, wäre er denn an der Stelle von Dechamp, es fertig bringen würde, den Baron kaltblütig niederzuschießen, falls der sich weigerte, an Bord der *Shark* zu gehen. Er kam zu keiner Entscheidung. Sollte ihm dagegen Lord Dunbar vor die Mündung kommen, würde er keine Sekunde zögern und den Verräter abknallen wie einen tollwütigen Hund. Der Kerl hatte mit seinen verräterischen Aktivitäten zu viele ehrliche Teerjacken das Leben gekostet. Aber einen waffenlosen Offizier zu liquidieren, der noch gar nicht aktiv in den Kampf eingegriffen hatte, war eine andere Geschichte.

Als endlich das verabredete Lichtsignal von der Eisfläche herüberblitzte, war ihm ein Stein vom Herzen gefallen. Gespannt hatte er darauf gewartet, dass der Kutter längsseits kam. Aber schon bald hatte er durch das schwere Nachtglas festgestellt, dass kein Fremder achtern neben Dechamp saß. Missmutig hatte er einen ellenlangen Fluch ausgestoßen. Seine Befürchtungen hatten sich bestätigt, nachdem ihm der Erste Leutnant Bericht erstattet hatte. Der ganze sorgfältig ausgetüftelte Plan hatte hervorragend geklappt, nur leider war die Maus, die man mit so großem Aufwand in der Falle hatte fangen wollen, um Haaresbreite entwischt. Wahrscheinlich würde dem Baron arg der Kopf brummen, Turner hatte sich bei dem Gedanken unbewusst über den Hinterkopf gestrichen, aber er kam mit leeren Händen nach New York zurück, und Saul Hinkie würde ihm die Haut abziehen. Der Teufel sollte ihn holen und Steuben gleich mit.

Kaum war der Anker gefallen und das Schiff hatte am Kabel eingetörnt, meldete Midshipman Starke: »Signal von Flagge, Sir, ›Kommandant an Bord melden!‹«

»Oh, da hat es ja jemand sehr eilig«, brummte Turner. Aber er war nicht überrascht, denn die Nachrichten von dem Überfall waren auf dem Landweg sicher schon vor ein paar Tagen hier eingetroffen. Vizeadmiral Richard Howe würde auf seine Version der Ereignisse warten. William Turner stand in seiner besten Uniform bereit, der Report steckte in der Innentasche seines dicken Bootsmantels.

Auf dem Flaggschiff erwartete ihn Flaggleutnant Edward Augustus Rullingston an der Eingangspforte. Er salutierte zackig.

»Ich freue mich aufrichtig, Sie gesund wieder an Bord begrüßen zu dürfen, Sir. Der Admiral wird Sie gleich empfangen. Wenn Sie mir bitte folgen wollen.«

Nach Turners Gefühl legten sie Meilen auf halbdunklen Decks zurück, stiegen über zahllose Niedergänge, bis sie vor der Staatskabine des Admirals standen. Der Posten präsentierte mit unbewegtem Gesicht die Muskete, meldete sie aber nicht lautstark an. Offensichtlich wollte sich Howe dieses Gebrüll ersparen, wenn sein Flaggleutnant einen der zahllosen Gäste hereingeleitete.

Howe kam um seinen Schreibtisch herum und schüttelte Turner die Hand. »Sie scheinen in New Haven eine ganz beeindruckende Schau abgeliefert zu haben, mein lieber Turner. So steht es jedenfalls in dem Bericht, den ihr besonderer Freund Hinkie von dort erhalten hat.« Admiral Howe lächelte grimmig, als er Turners säuerliche Grimasse sah. »Ich musste ihm ernsthaft ins Gewissen reden, bis er mir den Bericht zugänglich gemacht hat, nicht wahr, Rullingston?«

»Aye, Sir! Wenn ich mich richtig erinnere, war sogar vage vom Aufhängen an der Rahnock wegen Befehlsverweigerung die Rede, ersatzweise vom Auspeitschen durch die Flotte.«

»Ach ja? Das ist mir völlig entfallen, aber man hat ja auch so viel um die Ohren. Um auf den Bericht zurückzukommen, dieser Gewährsmann in New Haven war voll des Lobes über ihre listige Aktion und beschrieb die Verteidigungsanstrengungen der Yankees als völlig unzureichend. Er verstieg sich sogar zu der Vermutung, dass sie die Stadt mit Ihrem Landungskommando hätten einnehmen können, wenn Sie das ernsthaft gewollt hätten. Das muss man sich für die Zukunft merken. Wie dem auch sei, der Baron ist Ihnen jedenfalls knapp entkommen, wurde aber anscheinend verwundet. Was sagen Sie dazu?«

Turner reichte ihm seinen Report, den Howe an seinen Sekretär weiterreichte. »Danke für das Kompliment, Sir. Aber das Verdienst gebührt meinem Ersten Leutnant Dechamp und seinen Männern, die das Landungsunternehmen durchgeführt haben. Ich muss besonders die Leistung meiner amerikanischen Loyalisten und der beiden Shawnee-Indianer hervorheben. Ich habe nur untätig an Bord herumgestanden und mir Sorgen gemacht.«

»Stellen Sie Ihr Licht nicht unter den Scheffel, das kann ich nicht dulden!« Howe lächelte kurz. »Denn was machen wir Admirale denn anderes, als genau das, was Sie eben so treffend beschrieben haben. Wir schicken andere Männer in den Kampf und zittern dann die ganze Zeit, ob alles so abläuft, wie wir uns das am Schreibtisch ausgedacht haben. Hinterher mimen wir die großen Helden und streichen die Lorbeeren ein.«

»Nun ja, Sir, wenn Sie das so sehen. Leider muss ich bestätigen, dass wir den Hauptzweck des Unternehmens nicht erreicht haben: Steuben ist uns entkommen! Leutnant Dechamp hat mit ihm verhandelt, aber die beiden wurden vorzeitig gestört.« Er stockte, schluckte, fuhr dann aber fort. »Es kam zu einem Kampf. Eine Kugel hat Steuben nur knapp verfehlt, man kann mit Fug und Recht von der berühmt-berüchtigten Haaresbreite sprechen, denn das Projektil flog durch seine Perücke. Während des anschließenden Handgemenges hat Dechamp den Mann mit einem Schlag betäubt und wollte ihn zum Fenster ziehen.« Turner hörte, wie Rullingston hinter ihm bei der Schilderung heftig aufschnaufte. »Unten im Hof warteten Männer, die den Bewusstlosen dann an Bord geschafft hätten, aber leider wurde in diesem Moment die Tür aufgebrochen, und Dechamp konnte sich gerade noch selbst mit einem Sprung auf den Hof in Sicherheit bringen.« Er machte eine kurze Pause, blickte dem Admiral gerade in die Augen und fuhr dann fort: »Aber mein Erster hat sein Äußerstes versucht, das Unternehmen zu einem erfolgreichen Abschluss zu bringen, ihm kann man keinen Vorwurf machen. Dass der Schuss nicht getroffen hat ...« Er zuckte mit den Achseln. »Nun, der Herr Baron war nicht bereit, seinen Kopf ohne Gegenwehr als Schießscheibe zur Verfügung zu stellen. Immerhin haben wir bei dem Unternehmen keine Verluste erlitten, obwohl die geographische Lage von New Haven für so ein Kommandounternehmen keineswegs ideal ist. Ich möchte bei dieser Gelegenheit noch erwähnen – es könnte vielleicht auch irgendwann einmal bei winterlichen Aktionen für andere Kommandanten von Vorteil sein, das zu wissen –, dass meine Männer auf die Idee gekommen sind, den Kutter auf Kufen zu setzen. Das erleichtert den Transport über Eisflächen erheblich, und in unserem Fall war bei achterlichem Wind sogar ein überaus schneller Rückzug unter Segeln möglich. Die Einzelheiten stehen in meinem Bericht.«

Der Admiral hatte zuerst die Stirn gerunzelt, dann aber nachdenklich genickt. »Wie wird dieses Gebilde gesteuert, Leutnant?«

»Der Schmied hat einen überdimensionierten Beschlag hergestellt, etwa von der Art wie er oben auf einem Bootshaken zu finden ist. Und den haben wir auf einer massiven Stange befestigt. Wird eine kleinere Kursänderung nötig, dann drückt man den Haken an der entsprechenden Seite auf das Eis. Bei raumen Kursen kann man unterstützend zusätzlich mit den Segeln steuern. Allerdings schralt beim Anluven der scheinbare Wind bedingt durch den starken Fahrtwind sehr schnell, und das Gefährt ist dann kaum noch beherrschbar. Ja, ich weiß, das ist alles nicht optimal, aber bei günstigen Eis- und Windverhältnissen erreicht dieses Gefährt eine unglaubliche Geschwindigkeit, was allerdings auch eine Menge Gefahren bei plötzlich im Weg liegenden Eisbarrieren oder offenen Wasserrinnen mit sich bringt, deshalb sollten sich alle Männer an Bord, mit Ausnahme des Ausgucks und des Steuerers möglichst tief ins Boot ducken ...«

Howe nickte. »Sehr interessant, Leutnant Turner. Nur schade, dass Sie diesen Steuben nicht mitbringen konnten. Wir haben inzwischen erfahren, dass er am 28. Januar bei Fishkill über den Hudson gesetzt hat, inzwischen dürfte er schon Mannheim erreicht und bei Robert Morris, einem der wichtigsten Finanziers und Strippenzieher im Hintergrund der Rebellen, Unterschlupf gefunden haben. Damit ist er uns wohl endgültig durch die Maschen gerutscht. Möge ihn möglichst bald auf dem Feld der Ehre eine saubere Kugel treffen, bevor er den Yankees zu viel preußische Disziplin beibringt.«

»Ihr Wort in Gottes Ohr, Sir.«

»Der ehrenwerte Mister Hinkie hat sich noch etwas besonders Perfides ausgedacht. Nachdem uns dieser Steuben nun mal durch die Maschen geschlüpft ist, will Hinkie infame Gerüchte über ihn in Umlauf bringen. Unstrittig scheint es ja zu sein, dass sein Ordonnanzoffizier ein noch sehr junger, hübscher Bursche ist, und aus dem Bericht von Hinkies Gewährsmann geht auch hervor, dass Steuben offensichtlich von dem jungen, attraktiven Dirigenten des Begrüßungschors sehr angetan war. Kurz gesagt, Hinkie wird über seine dubiosen Quellen verbreiten lassen, dass Baron Steuben ein verdammter Sodomit ist. Damit hofft er zu erreichen, dass die Abgeordneten und General Washington ihn nicht in den

Dienst aufnehmen. Mir persönlich ist so ein ehrabschneidendes Vorgehen zuwider, Sir!«

»Das sieht dieser miesen Filzlaus Hinkie ähnlich. Oh, verzeihen Sie bitte, Herr Admiral.«

»Sie haben ja völlig recht, der Kerl ist wirklich eine Plage. Aber nun zu etwas anderem, Leutnant. Heute am frühen Morgen ist eine Fregatte aus England hier eingetroffen. Wegen der Brisanz der Meldung hat sie die gefährliche, aber sehr viel kürzere Nordroute von Schottland nach Halifax gewählt. Sie hatte Glück mit dem Wind und hat eine schnelle Reise gemacht. Nachdem sie ihre Depesche dort abgeliefert hatte, hat sie sich sofort wieder auf den Weg gemacht, um auch mir die wichtigen Neuigkeiten zukommen zu lassen. Aber jetzt muss das Schiff erst wieder ausgerüstet werden, und für die Passage auf dem Delaware ist die Fregatte bei diesen Eisbedingungen nicht geeignet. Da Sie jetzt ohnehin wieder nach Süden segeln werden, können Sie die Briefe für meinen Bruder William in Philadelphia und die Kommandierenden Offiziere auf Jamaika und Antigua befördern.« Howe musterte ihn scharf unter seinen dunklen, buschigen Augenbrauen hervor.

Turner verzog keine Miene, obwohl er vor Neugierde bald platzte. Höflich desinteressiert erwiderte er: »Es ist mir eine Ehre, Sir.«

Howe schmunzelte wieder. »Bevor es Ihnen der Schiffsjunge ins Ohr flüstert, sage ich es Ihnen lieber freiwillig. Die Franzosen werden die Unabhängigkeit der Kolonien anerkennen, und was das bedeutet, muss ich Ihnen sicher nicht klarmachen, nicht wahr, Sir?

»Krieg, Sir!«

»Richtig. Man rechnet in London damit, dass diese dubiose Anerkennung noch in diesem Monat erfolgen wird.« Nachdenklich schwieg Howe einen Moment. »Da geschieht etwas ganz Außergewöhnliches, Leutnant Turner. Bisher hat eine fremde Regierung immer nur den Herrschaftsanspruch einer Dynastie oder eines Regenten – ganz gleich, wie der auf den Thron gekommen sein mag – anerkannt oder auch nicht. Was aber geschieht hier? Man spricht unserem König seinen legitimen Herrschaftsanspruch über die Kolonien einfach ab. Wessen Herrschaftsanspruch wird stattdessen konstituiert? Der eines Fetzen Papiers – der so genannten Unabhängigkeitserklärung –, die sich ein Sklavenhalter aus den Fingern gesaugt hat? Der des Volkes? Pfui! Hat denn das Volk in seiner Gesamtheit darüber abgestimmt? Der einiger führender Politiker? Dreimal Pfui! Ich habe nie einen Hehl daraus gemacht, dass ich für viele Forderungen der Amerikaner durchaus Verständnis habe und sie unterstütze. Ich schätze den ehrenwerten Gentleman Benjamin Franklin persönlich sehr. Dasselbe gilt übrigens für meinen Bruder, aber mit diesen überspannten Fanatikern, die mit uns verhandelt haben, kann man nicht vernünftig reden. Das sind hinterhältige Winkeladvokaten und Journailleschmierer, nichts anderes als Brunnenvergifter. Sie wissen vielleicht, dass mein Verhältnis zu Politikern nicht besonders herzlich ist, besonders nicht zu Lord North, der uns immer wieder zu sinnlosen Verhandlungen drängt, uns aber nicht genug Spielraum lässt, um einen Kompromiss erreichen zu können. Auf der anderen Seite gewährt er uns nicht die notwendigen militärischen Mittel, damit wir auf die Rebellen den notwendigen Druck ausüben können, aber im Parlament schwingt er große Reden. Ich bin wegen dieses unfähigen Trottels schon bei Lord Sandwich, dem Ersten Lord der Admiralität, um meine Entlassung von meinem Posten eingekommen. Ich erwarte täglich meine Ablösung. Politiker – pah! Aber jetzt werden die Karten nochmals frisch gemischt, Sir. Wir müssen die Kontinentalarmee schlagen, bevor die Franzosen massiv mit ihrer Flotte und Armee eingreifen.« Er schnaubte aufgebracht und schlug mit der Faust auf die Schreibtischplatte. Ruhiger fuhr er dann fort: »Ergänzen Sie Ihren Proviant, und machen Sie sich dann auf den Weg. Grüßen Sie bitte meinen kleinen Bruder von mir und bestellen Sie ihm, dass er von jetzt ab nicht mehr mit einem auf dem Rücken festgebundenen Arm kämpfen soll. Warten Sie mit Rullingston draußen auf ihre Befehle, die gerade ausgefertigt werden. Mein Steward wird Ihnen einen Drink servieren, ich habe leider im Augenblick zu viel Arbeit auf dem Tisch, um in Ruhe ein Glas mit Ihnen zu trinken. Leben Sie wohl, Kapitän Turner. Falls Sie mal eine Koje auf einem Schiff suchen oder ein Problem haben, wenden Sie sich an mich. Sollte es in meiner Macht liegen, werde ich Ihnen behilflich sein.«

Turner hörte Rullingston vor Erstaunen erneut tief Luft holen, anscheinend war er solche Worte von seinem Chef nicht gewohnt.

»Danke, Sir. Es war mir eine Ehre, Sir.«

Als sie draußen bei einem Sherry wartend zusammensaßen, bemerkte Rullingston, noch immer beeindruckt: »Das war ein Ritterschlag, Sir. So ein Anerbieten habe ich von Black Dick, diesen Spitznamen trägt er ja nicht umsonst, noch nie gehört. Sie haben beim Alten einen mächtigen Stein im Brett, ich gratuliere.«

Turner räusperte sich umständlich. »Ahem, nun ja, aber wahrscheinlich treffe ich ihn nie wieder.«

»Die Navy ist eine große Familie, wie Sie wissen, Sir, da trifft man sich immer wieder.« Rullingston grinste und wechselte das Thema. »Hat mein guter Freund James alles gut überstanden, Sir? Der führt wirklich ein aufregendes Leben bei Ihnen an Bord: Erster Leutnant, Eissegler, Spion, Killer.«

Turner kniff die Lippen zusammen. Er musste daran denken, wie ihm Dechamp gebeichtet hatte, dass sich der Schuss, der Steuben beinahe das Leben kostete, ungezielt gelöst hatte. »Bei Gott, Sir, ich wollte ihn doch nicht kaltblütig ermorden! Mir wird immer noch ganz schlecht, wenn ich daran denke!«, hatte Dechamp gestöhnt und traurig an seiner langen Nase entlanggeguckt.

Der Flaggleutnant plauderte unbekümmert weiter. »Wenn Sie mal Ersatz für den alten ›Stud‹ brauchen oder eine Fregatte kommandieren, denken Sie an mich. Ich werde Himmel und Hölle in Bewegung setzen, um unter Ihrem Kommando dienen zu können.«

»Ich werde Sie jeden Abend in mein Nachtgebet einschließen, Leutnant«, meinte Turner ironisch.

Rullingston war keineswegs beleidigt, sondern feixte jungenhaft und gluckste fröhlich. »Kennen Sie eigentlich den Unterschied zwischen der Offiziersmesse der Gardekavallerie und deren Pferdestall?«

»Rullingston, ich bitte Sie, nicht schon wieder!«

Der junge Mann blieb ungerührt, er grinste breit, dann trompete er triumphierend: »Im Stall finden Sie die klügeren Köpfe!«

Gegen seinen Willen musste William lächeln, der Witz war nicht schlecht. Die Tür zu den Räumen des Admirals öffnete sich, und ein Sekretär übergab ihm gegen Quittung einen Packen versiegelter Umschläge. Nachdem Turner die Unversehrtheit der Siegel kontrolliert hatte, wurden die Depeschen in einem mit Bleikugeln beschwerten Postsack verstaut.

An der Pforte in der Bordwand verabschiedete sich Turner von dem jungen Offizier und kletterte in seine Gig hinab. Tom, sein Bootssteuerer, warf einen kurzen Blick auf den an einer Leine herabschwebenden Postsack und nickte dann wissend. Als sich Turner auf die Achterducht gesetzt hatte, flüsterte er verschwörerisch: »Auslaufen morgen früh, Sir. Richtung Süden, Sir. Habe ich recht?«

»Wie immer, Tom, wie immer!«

Kapitel 11

Februar 1778, Philadelphia

Der Schlag nach Philadelphia war fast eine Erholungsreise, denn ausnahmsweise war ihnen der Wettergott diesmal gnädig gestimmt und schickte ihnen günstige Winde. Sie brachten die *Shark* auf dem Delaware trotz des zeitweise sehr hinderlichen Eisgangs – Turner verstand jetzt, was Howe mit den ungünstigen Eisverhältnissen auf dem Delaware gemeint hatte – bis südlich des Schuylkill River und der vorgelagerten Inseln fast unter die Kanonen der vorgeschobenen britischen Stellungen. Dort ließ Turner sein Schiff unter dem Befehl seines Ersten Leutnants zurück, nachdem er ihn mit umfangreichen Anweisungen und Ratschlägen genervt hatte. Midshipman George Starke und Bootssteuerer Thomas Brown begleiteten ihn an Land.

Sie wurden am Anleger von Soldaten in abgetragenen, oft geflickten mittelblauen Uniformen mit roten Aufschlägen in Empfang genommen und in gebrochenem Englisch nach ihrem Begehr befragt. Die Wörter »Depeschen, New York, Howe« waren die Zauberformeln, die ihnen Einlass verschafften. Ein deutscher Offizier, der sich als Hauptmann von Ellrodt vorstellte, empfing sie innerhalb der Schanzen und führte sie zu einem britischen Offizier.

Der Kommandeur des Vorpostens, Major Frank Bowler

von der Artillerie, ein jovialer, stämmiger Mann mit einer verdächtig geröteten Nase, begrüßte sie freundlich.

»Endlich passiert hier mal etwas in diesem lausigen, kalten Loch, Herr Leutnant. Selbst den verdammten Yanks ist es zum Kämpfen zu kalt! Aber, sagen Sie, womit kann ich Ihnen dienen?«

»Wir müssen so schnell wie möglich zu General Howe, Sir. Ich habe dringende Nachrichten für ihn aus London und von Admiral Howe für ihn bei mir. Wenn Sie uns Pferde für den Weg in die Stadt zur Verfügung stellen könnten, wäre ich Ihnen wirklich sehr verbunden, Herr Major.«

Der Major nickte. »Das lässt sich machen, Sir. Aber zuerst müssen wir einen Willkommenstrunk nehmen.« Als Turner abwehrend die Hand hob, winkte er energisch ab. »Keine Widerrede, Sir. Ein Schlückchen in Ehren kann niemand verwehren, so sagt man doch, nicht wahr?«

»So sagt man«, brummte Turner verstimmt, aber was sollte er machen? Der Mann hatte hier die Mütze auf, ohne sein Einverständnis würden sie keinen Gaul bekommen, und nach einem langen Fußmarsch durch Eis und Schnee stand Turner keineswegs der Sinn. »Kann sich mein Bursche schon mal um die Pferde kümmern, Sir? Die Nachrichten sind wirklich von großer Wichtigkeit ...«

Major Bowler musterte Tom Brown schief unter seinen buschigen sandfarbenen Augenbrauen hervor. »In Ordnung. Er soll sich bei Sergeant Hill melden.«

In der Wachstube bullerte ein eiserner Ofen, es war heiß wie im Vorhof der Hölle. Die beiden Seeleute mussten sofort ihre Pelzjacken öffnen, um keinen Hitzestau zu erleiden.

»Legen Sie ruhig ab, Gentlemen«, forderte sie der Major auf, der seiner Ordonnanz ein Zeichen machte. Der Mann spreizte den Daumen und den kleinen Finger der rechten Hand von der geballten Faust ab und führte sie dann zum

Mund, der Daumen berührte die Lippen. Bowler nickte und rieb sich die Hände. »Bitte, nehmen Sie doch Platz.« Er machte eine einladende Handbewegung zu ein paar Holzkisten, auf denen als Polster Pferdecken lagen. »Etwas spartanisch hier, Gentlemen, aber es ist unser *home, sweet home*. Wir sind schließlich nur bei der ärmlichen Artillerie und nicht bei den reichen Pinkels von den Horse Guards.«

Der Soldat nahm einen brodelnden Topf von der Ofenplatte und goss das kochende Wasser in verbeulte Zinnbecher mit einem Fassungsvermögen von einem Pint, in die er vorher etwas aus einer bauchigen Tonkruke geschüttet hatte, die in einem dampfenden Wasserbad stand. Im Raum breitete sich sofort ein intensives Rumaroma aus. Bowler hob witternd die Nase wie ein Spürhund, der den Geruch des Fuchses einsaugt, und leckte sich erwartungsvoll die Lippen. Die Becher wurden verteilt, ein Kännchen mit Melasse wurde herumgereicht. Turner und Starke konnten die Becher kaum in der Hand halten, denn selbst die Henkel waren glühend heiß.

»Na dann, auf die Navy, Gentlemen!«

»Auf die Navy, Sir.«

Der Inhalt der Becher war nicht nur heiß, er musste auch zu mehr als zur Hälfte aus Rum bestehen. Midshipman Starke hustete heftig. Selbst Turner traten die Tränen in die Augen. Nur Bowler war nichts anzumerken. Er schien an diese arktische Mischung gewöhnt zu sein. Aufgekratzt fragte er: »Apropos, Horse Guards, Sir. Kennen Sie den Unterschied zwischen der Offiziersmesse der Gardekavallerie und deren Pferdestall?«

Jetzt musste Turner doch husten. Himmel, nein, jetzt fängt der auch schon damit an, dachte er. Er war völlig verblüfft, als sich Starke mit der Faust auf die Brust klopfte, noch einmal hustete, aber dann krächzend antwortete: »Im Stall findet man die klügeren Köpfe!«

»Ha! Gut der Mann!«, lachte Bowler dröhnend. »Trinken Sie aus, mein Junge. Bis die Pferde bereit sind, gönnen wir uns noch einen.«

»Danke, Sir, aber mein Becher ist noch fast voll. Bei uns an Bord werden für gewöhnlich nur die Geschützrohre so heiß wie bei Ihnen die Getränke.«

»Das ist gut, sehr gut. Der junge Mann ist wirklich in Ordnung. Ja, das ist unser Spezialtee, das Zielwasser der Artillerie.«

Turner kam der boshafte Gedanke, dass daher wohl die Trefferquote der Artillerie so schlecht war. Aber bevor er diesen ketzerischen Gedanken äußern konnte, klopfte es. Tom trat ein und meldete, die Pferde stünden bereit. Turner trank seinen Becher mit kleinen Schlucken zur Hälfte aus, wehrte jeden Versuch des Gastgebers ab, noch einen Nachschlag zu nehmen, denn er spürte schon die Wirkung des Grogs. Er zog seinen Pelz über und marschierte bemüht kerzengrade zur Tür.

»Vielen Dank, Herr Major. Wir werden unsere Teestunde nach meiner Rückkehr bei mir an Bord fortsetzen, aber jetzt brennt mir die Zeit unter den Nägeln.« Und der Rum im Magen, dachte er. Das ist ja vielleicht ein Fusel gewesen.

Es ging auf Mittag zu, als sie in Philadelphia ankamen und nach Überprüfung durch die Posten eingelassen wurden. Sie wunderten sich über die schachbrettartig angelegte Stadt mit ihrem streng rechtwinkligen Straßennetz zwischen den beiden Flüssen Schuylkill und Delaware. Vor dem Hauptquartier von General Howe überließ Turner die Pferde seinen beiden Begleitern und wollte in das Gebäude marschieren. Ein Posten hielt ihn auf, was nicht so überraschend war, denn in seiner winterlichen Bekleidung war Turner wahrlich nicht ohne Weiteres als Marineoffizier zu erkennen. Schließlich drang er bis zum Sekretär von Howe vor, der ihm die

Depeschen abnehmen wollte, aber William bestand darauf, sie dem General direkt zu übergeben, da er persönliche Grüße auszurichten habe.

Schmollend trollte sich der Sekretär und schlug die Tür hinter sich zu. Da er den Verdacht hatte, dass ihn der Kerl zur Strafe bis zum Sankt-Nimmerleins-Tag im Vorzimmer schmoren lassen würde, hielt Turner auf dem Flur einen Leutnant an und wedelte mit dem versiegelten braunen Umschlag vor dessen Nase herum.

»Wo finde ich den General, Leutnant? Es ist dringend! Er wartet auf diese Nachricht.«

Der Mann blickte ihn kurz an, zog eine Augenbraue in die Höhe und deutete dann mit dem Kopf den Gang hinunter. »Die kleine Tür gleich da hinten rechts, Sir. Ich hoffe, dass Sie wirklich einen wichtigen Grund haben, um ihn jetzt zu stören.« Er grinste wissend und hastete weiter.

Turner zuckte mit den Schultern, marschierte zu der besagten Tür und klopfte. Von drinnen ertönte ein gereiztes Knurren. William interpretierte es als Aufforderung zum Eintreten und öffnete die Tür. General Howe lag lang ausgestreckt unter einem Reiseplaid auf einem Kanapee und funkelte den Eindringling wütend an.

»Wer sind Sie? Wie zum Teufel kommen Sie hier herein? Jeder weiß doch …!«

»Entschuldigen Sie, Sir, Leutnant zur See William Turner, Kommandant Seiner Majestät Kriegsslup *Shark*, mit dringenden Depeschen aus New York beziehungsweise London und persönlichen Grüßen von Ihrem Herrn Bruder. Ich bedaure aufrichtig, Sie gestört zu haben, Sir.«

Howe richtete sich auf, erhob sich ächzend und angelte nach seinen Schuhen mit den schweren Silberschnallen. Er schlüpfte seufzend hinein, band sich sorgfältig das mit Spitzen besetzte Halstuch um, zupfte an seiner Weste herum, zog seinen roten Uniformrock mit den goldenen Litzen an und strich ihn glatt. Zuletzt setzte er sich die Perücke auf. Dann streckte er missgestimmt die Hand aus und grummelte übellaunig. »Nun geben Sie schon her! Was gibt es denn so Wichtiges? Ich hoffe sehr für Sie, dass der Inhalt die Störung rechtfertigt.«

»Krieg mit Frankreich, Sir!« Das stimmte zwar nicht ganz, denn offiziell hatte es noch keine Kriegserklärung gegeben, aber de facto war ein neuerlicher Waffengang mit dem alten Feind unvermeidlich geworden, und auf jeden Fall hatte Turner mit dieser kühnen Behauptung sein unbotmäßiges Eindringen mehr als nur entschuldigt.

Die Hand des Generals blieb in der Luft hängen. Er sah aus, als wäre neben ihm eine Grante explodiert. Schließlich packte er den Umschlag, den ihm Turner hinhielt.

»Das ist eine unschöne Überraschung, die Sie mir da bereiten, Herr Leutnant.«

Turner wollte schon abwehrend die Achseln in die Höhe ziehen, besann sich aber eines Besseren. »Jawohl, Sir!« Was konnte er anderes darauf antworten? »Ich soll Ihnen von Admiral Howe ausrichten, dass Sie von jetzt ab nicht mehr mit einem auf dem Rücken festgebundenen Arm kämpfen sollen, Sir.«

Der General, der damit beschäftigt war, den Umschlag aufzuschneiden, knurrte etwas vor sich hin, was sich wie ›Klugscheißer‹ anhörte. Zwar war sich Turner dessen nicht sicher, hätte jedoch wetten können, dass es keine Schmeichelei war.

»Wenn Sie mir bitte noch den Empfang bestätigen wollen, Sir, dann ist der Überbringer der schlechten Nachricht sofort verschwunden.«

General Howe schaute auf und musterte ihn aufmerksam. »Entschuldigen Sie, Herr Leutnant, oder heißt es richtig, Herr Kapitän? Ich war unhöflich. Machen Sie mir bitte die

Freude und kommen Sie zu dem Empfang heute Abend.« Er deutete auf eine Tür. »Mein Adjutant wird die Quittung unterschreiben und sich um Ihre sonstigen Bedürfnisse kümmern.« Er brüllte plötzlich los: »Masterson!«

Die Tür flog auf, und ein etwas derangiert aussehender Major, der wohl auch Siesta gehalten hatte, erschien im Blickfeld. Er war mit einer Hand damit beschäftigt, seine schief sitzende Perücke zurechtzurücken, mit der anderen versuchte er seinen zerknautschten Waffenrock zuzuknöpfen.

»Sir?« Er glotzte Turner böse an. »Soll ich den Kerl rausschmeißen lassen, Sir?«, fragte er erwartungsvoll.

»Nein, Masterson! Sie kümmern sich um das Wohlergehen von Kapitän, äh, Turner.« Er schaute William fragend an, der den Blick richtig deutete, nickte und zwei Finger hob. »Und das seiner beiden Begleiter. Er ist bei der heutigen Soirée mein Ehrengast.«

Der Adjutant musterte Turner ziemlich unfroh, wenn auch nicht gerade feindselig. »Wenn Sie mir bitte folgen wollen – Sir.«

⚓

Das Abendessen war gut und schmackhaft gewesen, aber weder übertrieben reichhaltig und noch sonderlich vielfältig. Keinesfalls konnte es mit den opulenten variantenreichen Köstlichkeiten mithalten, die auf den Empfängen der Pflanzer in der Karibik gereicht wurden. Der Wein war zuerst eine in jeder Beziehung herbe Enttäuschung gewesen, bis Turner auf einen ausgezeichneten deutschen Weißwein aus Franken stieß, an den er sich den Rest des Abends hielt.

Er stand zusammen mit einem jungen Hauptmann aus dem Stab von General Howe, der ihm allerhand Interessantes über die Situation in Philadelphia erzählte. Der junge Mann hatte ein sehr einnehmendes, freundliches Wesen. Er sah gut aus, mochte 27 oder 28 Jahre alt sein und sprach mit einem kaum hörbaren französischen Akzent. Als Turner ihn daraufhin ansprach, erklärte ihm Hauptmann John André, er sei als Kind von Hugenotten zwar in London geboren, aber in Genf, der Heimat seines Vaters, zur Schule gegangen, außerdem sei seine Mutter eine gebürtige Französin.

»Herr Hauptmann, bei meiner Fahrt den Delaware hinauf, habe ich mich gefragt, wie es der Flotte wohl gelungen ist, die Invasionsstreitkräfte unbeschadet so weit ins Binnenland zu transportieren und anzulanden.«

»Diese Klippe haben wir elegant umschifft, Herr Kapitän. Wir haben die Yankees ganz schön an der Nase herumgeführt, als wir im Herbst an der Mündung des Elk in Maryland oben in der Chesapeake Bay gelandet sind. Wir sind sozusagen durch die Hintertür nach Philadelphia vorgestoßen. Allerdings hatten wir nicht damit gerechnet, dass wir mit unserer Flotte von 265 Schiffen vierunddreißig Tage von New York auf See unterwegs sein würden. Entsprechend schlecht war der Zustand unserer 17000 Soldaten, von denen viele unter Seekrankheit litten. Wie es den Pferden ergangen ist, davon wollen wir nicht reden. Außerdem hatten wir damit gerechnet, dass uns während der Landung starke Einheiten der Loyalisten den Rücken freihalten würden. Das war ehrlich gesagt nur sehr unvollkommen der Fall. Nachdem wir wegen des seichten und sumpfigen Flussufers unter großen Schwierigkeiten die Truppen, Pferde, Kanonen und Vorräte an Land geschafft hatten, stießen wir über Land auf Philadelphia vor. Am Flüsschen Brandywine erwartete uns Washington. Er vermutete, wir würden der Straße von Baltimore nach Philadelphia folgen und bei Chad's Ford über den Fluss gehen. Er wollte eine Entscheidung in einer offenen

Feldschlacht erzwingen. General Howe schickte aber einen Teil unserer Kräfte nach Norden, wo sie eine andere Furt benutzten, die Washington zu besetzen vergessen hatte, und den Amerikanern in die Flanke fallen konnten. Das traf die Rebellen völlig unerwartet. Mir persönlich ist es unverständlich, warum der General den Sieg nicht gnadenlos genutzt, nachgesetzt und die Yankee-Armee aufgerieben hat«, seufzte der Hauptmann. »Dann hätten wir jetzt Ruhe. Nun ja, das hat er ja schon einmal nach dem Sieg bei White Plains versäumt. *Vincere scis, Hannibal, victoria ubi nescis.*«* John André lächelte gewinnend, als hätte er einen großartigen Witz gemacht. »Jedenfalls konnten wir nach ein paar für uns sehr erfolgreichen Treffen, wie etwa bei Paoli und Germantown, Philadelphia einnehmen, das die Kongressmitglieder fluchtartig verlassen hatten. Auch bei Germantown hat unsere Führung es nicht geschafft, die Konfusion, die der Niederlage der Amerikaner folgte, durch Nachstoßen entscheidend auszunutzen. Es gibt da noch eine nette Anekdote«, schmunzelte André. »Nach dem Gefecht wurde der Yankeegeneral Adam Stephen völlig betrunken angetroffen. Er konnte das Elend wohl auch nur im Suff ertragen, dass sich seine Soldaten im Nebel unter *friendly fire* fluchtartig zurückzogen. Seine Vorgesetzten scheinen dafür aber nur wenig Verständnis gehabt zu haben – er wurde abgesetzt und von diesem französischen Bübchen Lafayette abgelöst.

Aber, wie Sie völlig richtig erkannt haben, ist jetzt unser größtes Problem der lange, stets gefährdete Versorgungsweg über den Delaware. Die Yanks hatten ihn etwas unterhalb der Einmündung des Schuylkill River durch das Versenken

---

* »Du verstehst zu siegen, Hannibal, den Sieg zu nutzen aber verstehst du nicht!« Der Ausspruch wird Maharbal, einem Reitergeneral Hannibals zugeschrieben, als dieser nach dem Sieg bei Cannae nicht auf Rom marschierte.

von *cheveaux de frise*, oder wie man an Land sagen würde, Spanische Reiter, die mit Metallspitzen versehen bis knapp unter die Wasserfläche ragten, unpassierbar gemacht. Wenn es um das Ersinnen von Teufeleien geht, sind diese Kerle unglaublich erfinderisch. So haben sie beispielsweise die vor Anker liegende Unterstützungs- und Versorgungsflotte mit treibenden Pulverfässern, in denen Lunten mit einer genau berechneten Brenndauer steckten, angegriffen. Es hat zwar keine Schäden gegeben, aber stellen Sie sich das mal vor!« Hauptmann John André klang ehrlich entrüstet.

»Lieber nicht«, erwiderte Turner, der besorgt an sein schönes Schiff dachte. »Hauptmann André, ich sehe hier so viele fremde Uniformen. Sind das die berühmt-berüchtigten Hessen?«

»Ganz recht, Herr Kapitän, wir bezeichnen sie der Einfachheit halber alle so, obwohl sie sich das energisch verbitten. Es sind tapfere Burschen. Die Besatzung der Feldbefestigung, bei der Sie an Land gegangen sind, stammt aus Ansbach-Bayreuth.« Er sprach es wie *Enzbeck-Bayroith* aus, was aber für Turner keine Rolle spielte, da er ohnehin keine Ahnung hatte, wo dieses Fleckchen Erde liegen sollte, außer, dass es irgendwo in den finsteren Wäldern Germaniens sein musste. »Wenn ich mir vorstelle, dass sich die Kerle hier für eine Sache, die sie nichts angeht, zuhauf für einen jährlichen Sold von drei Pfund und zehn Pence abknallen lassen, kann ich mich nur wundern. Das Handgeld von zehn bis sechzehn Gulden richtete sich übrigens nach der Körpergröße. Und was die Hessen angeht, um unseren Nachschub zu sichern, mussten wir unbedingt die Forts Mercer und Mifflin am Delaware in unsere Hand bekommen. Das Fort Mercer auf der anderen Seite des Flusses stand unter dem Kommando von Oberst Christopher Green, einem Cousin des bekannten Rebellengenerals Nathanael Green. Die Hessen sollten es im

Oktober ohne vorbereitendes Artilleriefeuer erstürmen. Ihr Befehlshaber, Oberst Carl Emil Kurt von Donop, hat wegen des fehlenden Bombardements getobt, aber dann geschworen, das das Fort nach der Erstürmung seinen Namen tragen würde, oder er wäre tot. Und so kam es denn auch.«

»Das Fort ist nach ihm benannt worden?«

»Nein, der Oberst wurde vor den Wällen an der Spitze seiner Männer verwundet und ist elendig verblutet, als der Angriff im Feuer der amerikanischen Scharfschützen stecken blieb. Die Hessen haben einen hohen Blutzoll gezahlt, man schätzt, dass sie vierhundert Tote und Verwundete zu beklagen hatten. Erst General Cornwallis hat das Fort dann später im November mit zweitausend Soldaten erobert, aber da hatten die Rebellen schon alles Brauchbare in Flammen gesetzt und sich in die Büsche geschlagen.«

William Turner hatte ihm aufmerksam zugehört, aber seine Augen waren immer wieder zu der sehr jungen, sehr attraktiven Frau hinübergewandert, die ständig von einer Gruppe balzender britischer Offiziere umlagert wurde. Die bezaubernde junge Lady kam jetzt geradewegs auf sie zugeschwebt.

»Hauptmann André, wollen Sie mir bitte den Ehrengast des heutigen Abends vorstellen. Die Navy hat sich ja in den letzten Monaten sehr rar gemacht.«

Der Hauptmann verbeugte sich höflich. »Selbstverständlich, Miss Shippen, mit dem größten Vergnügen. Darf ich Ihnen Leutnant William Turner, Kommandant der Kriegsslup *Shark*, vorstellen? Herr Kapitän, Miss Margaret Shippen, die Tochter des Richters Edward Shippen.«

Ihre Augen trafen sich, William hatte das Gefühl, dass ihm das Herz stehen blieb. Sie blickte ihn unter halb gesenkten Lidern mit langen Wimpern halb verschämt, halb kokett an. Ihr volles, langes Haar war kunstvoll frisiert, die Flügel der kleinen, kecken Nase bebten, die vollen roten Lippen waren leicht geöffnet. Er beugte sich über ihre Hand.

»Ich bin entzückt, Ihre Bekanntschaft zu machen, Miss Shippen.«

»Ich hoffe, dass Sie noch einige Zeit in unserem schönen Städtchen bleiben werden, Herr ... Kapitän, so sagt man wohl korrekt?«

»Leutnant tut es auch, Peggy«, mischte sich Hauptmann André ein, in seiner Stimme schwang ein leicht gereizter Unterton mit.

Das Mädchen lachte. »John, täusche ich mich, oder sind Sie etwa eifersüchtig?« Sie musterte William Turner absichtlich so prüfend, wie ein Bauer auf dem Markt einen Stier vor dem Kauf abschätzen würde, dann lachte sie gurrend. »Wenn ich es mir recht überlege, dann haben Sie dazu auch allen Grund.«

Die beiden Offiziere schwiegen einen Augenblick indigniert.

Peggy Shippen hielt sich den Fächer vors Gesicht und prustete dahinter los. »Sie müssten mal Ihre Gesichter sehen, Gentlemen, nein, ist das komisch. Sie sehen aus, als ob Sie Essig getrunken hätten.«

Hauptmann André hatte sich schnell wieder gefangen. »Sie sind ein vorlautes, verzogenes Gör, meine liebe Peggy, aber irgendwie macht Sie gerade das so einmalig und liebenswert.«

»Sind Sie auch dieser Meinung, Kapitän Turner?«

»Ich werde mich doch nicht leichtfertig auf vermintes Gelände begeben ... Miss ...«

»Nennen Sie mich ruhig Peggy, dann sind Sie mit John auf einer Höhe«, kicherte sie. »Und ich werde Sie William nennen, wenn ich darf.«

»Selbstverständlich, äh, Miss Peggy.«

»Ich würde mich freuen, wenn Sie morgen zum Tee zu uns kommen würden. Mein Vater würde sich geehrt fühlen, und meine teure Mutter wäre entzückt. Sie liebt die blauen Uniformen so, die roten sind ihr zu aufdringlich.« Sie kicherte wieder und lächelte spitzbübisch hinter ihrem Fächer hervor.

»Falls es mir meine dienstlichen Pflichten erlauben, komme ich selbstverständlich gerne, Miss Peggy. Aber ich fürchte, dass ich morgen schon wieder an Bord gehen und nach … nun, absegeln werde.«

»Das glaube ich nicht, Herr Kapitän«, mischte sich André eloquent ein, der zu seiner charmanten Art zurückgefunden hatte. »Der General bereitet noch umfängliche Schreiben an die Gouverneure vor. Übrigens weiß hier jedes Kind, dass Sie nach Jamaika und Antigua segeln werden, mein Freund.«

»Nun, dann haben Sie keine Ausrede, William. Ich erwarte Sie daher morgen zum Tee!« Energisch klappte sie ihren Fächer zusammen, deutete einen Knicks an und schwebte zu den wartenden Offizieren zurück.

Die beiden Offiziere verbeugten sich. »Eine sehr kapriziöse junge Dame«, meinte Turner. Er zog seine Taschenuhr aus der Weste und klappte den hübsch ziselierten Deckel auf.

»Das kann man wohl sagen. Sie ist erst siebzehn, hat aber das gesamte Repertoire drauf. Sie erlaubt mir, ihr den Hof zu machen, liebt es aber, mich am Angelhaken zappeln zu sehen. Sie ist eine kleine, verwöhnte Hexe und weiß genau, was sie will.« Er seufzte. »Und was sie haben will, das nimmt sie sich, auch wenn das nicht immer ganz den Regeln der feinen Gesellschaft entspricht. Sie ist sehr … wie soll ich es ausdrücken? Nun, sagen wir mal, etwas exzentrisch und sehr selbstbewusst!« Er seufzte wieder und schüttelte den Kopf, dann wechselte er das Thema. »Eine schöne Uhr haben Sie da.«

»Ja. Ich darf mich jetzt verabschieden, Sir. Ich habe einen langen, anstrengenden Tag hinter mir. Ich werde meinen Midshipman einfangen und dann werden wir mal ausnahmsweise in weichen Betten auf festem Land schlafen.«

»Sie haben es gut, Herr Kapitän. Ich werde auf Wunsch einer einzelnen jungen Dame bestimmt noch ein paar meiner Gedichte deklamieren oder die Flöte spielen müssen ...«

»Ich weiß wirklich nicht, ob es klug war, dass Sie darauf bestanden haben, mich in der Kutsche Ihres Herrn Vaters hinaus zur vorgeschobenen Stellung am Schuylkill zu bringen, Miss Peggy. Es ist zwar schon seit einiger Zeit nicht mehr zu Kampfhandlungen gekommen, und die Männer auf dem Bock sind bewaffnet und mein Middy und Tom reiten hinter uns, aber trotzdem ...« Turner runzelte besorgt die Stirn. Unruhig rutschte er auf der weich gepolsterten Bank hin und her. Er wusste nicht so recht, wohin mit seinen Händen.

Sie drängte sich unter der dicken, wärmenden Decke, die sie ganz selbstverständlich über sie beide gebreitet hatte, nachdem sich die Kutsche in Bewegung gesetzt hatte, eng an ihn. Zielbewusst nahm sie seinen Arm, legte ihn sich über die Schultern und kuschelte sich noch dichter an ihn. Ihre Pelzkappe war neben ihr auf die Bank gefallen, sodass sich ihre wohlriechende Haarpracht über seine Schulter ergoss. Ein leichter Duft nach süßem Maiglöckchenparfum stieg ihm in die Nase. »Ist Ihnen meine Begleitung unangenehm, William? Würden Sie lieber mit Ihren beiden Kameraden zu Pferde über das Land traben und mit Ihren Eroberungen in der Damenwelt Philadelphias prahlen?«

»Natürlich nicht! Und was heißt hier Eroberungen ...?«

»Ach, geben Sie nicht das Unschuldslamm. Die dummen Gänse waren doch alle wie wild hinter Ihnen her. Ich kenne mindestens ein halbes Dutzend Zicken, die nur zu gerne ihre Unterröcke für sie in die Höhe gezogen hätten, wenn …«

»Wenn Sie meine Tugend nicht standhaft verteidigt hätten!«, spottete William. Das hätte er nicht tun sollen. Peggy schlang ihren linken Arm um seinen Hals und zog seinen Kopf zu sich hinunter. Ihre kleinen Zähne bissen ihn schmerzhaft in die Unterlippe, dann spürte er, wie ihre flinke Zunge in seinen Mund auf Erkundung ging. Wie hatte John André so richtig gesagt? Sie hat das ganze Repertoire drauf. Und da gab es kein Vertun, das hatte sie wahrhaftig. William wusste später nicht, wie es in dem heillosen Durcheinander von Decken, Mänteln, Jacken und sonstigen Bekleidungsstücken möglich gewesen war, aber jedenfalls hatte er plötzlich eine volle, feste, warme Brust in der Hand. Als er sanft mit den Fingerkuppen den Hof der Brustwarze streichelte, stieß sie einen kleinen Schrei aus und saugte sich an seinem Hals fest. Sie küssten und karessierten einander, dass es eine Art hatte, dabei vergaßen sie die Welt um sich herum. Aber plötzlich schreckte William aus dem süßen Taumel hoch. Er lauschte. Da war es wieder. Wildes Musketenfeuer drang an sein Ohr. Auch klopfte jemand heftig an der linken Scheibe der Kutsche. Zum Glück war sie so beschlagen, dass man von draußen nicht ins Innere schauen konnte. Sein bester Freund, der eben noch stolz seinen Kopf in die Höhe gestreckt hatte, fiel in sich zusammen und verkroch sich feige, was Peggy ein bedauerndes »Oh, nein!« entlockte.

»Verdammt, Peggy, da draußen braut sich etwas zusammen. Mach dich respektabel!« Er ordnete seine derangierte Kleidung, so gut es in der heftig schwankenden Kutsche möglich war. Es klopfte wieder dringlich am Fenster, und die Stimme von Midshipman Starke fragte: »Sir, Sir, hören Sie mich?« Nach einem kurzen Blick auf die zerzauste Peggy, die sich gerade die Kostümjacke zuknöpfte, antwortete Turner scheinbar verschlafen: »Ja, Mister Starke, was gibt es denn?« Starke würde keine Sekunde glauben, dass er geschlafen hatte, aber es galt, den Schein zu wahren.

»Heftiges Musketenfeuer vor uns, Sir!«

Noch ein Blick nach hinten – jetzt hüllte sie sich bereits in den weiten Mantel ein und griff nach der Decke –, dann zog Turner an dem Ledergurt, mit dem er das Fenster herunterlassen konnte. Ein Schwall eisiger Luft schlug ihm ins Gesicht. Er beugte sich aus dem Fenster und starrte nach vorne. Sie befanden sich etwa eine Meile vor den Wällen des Forts, Qualmwolken stiegen über der Befestigung auf. Der Kutscher gab den vier Pferden die Peitsche und feuerte sie mit lauten Rufen an. Es war besser, durchzuhalten und zu versuchen, das rettende Fort zu erreichen, als jetzt umzudrehen. Wer konnte wissen, ob sich nicht bereits durchgebrochene Einheiten der Yankees in ihrem Rücken befanden.

»Bullenkacke!«, fluchte Turner unfein und schloss das Fenster wieder. Er drehte sich um. Peggy blickte ihn aus großen, aber nicht sonderlich ängstlichen Augen an. »Dass sie unser kleines Tête-à-tête so brutal gestört haben, nehme ich den Yankees nun aber persönlich übel«, versuchte er zu scherzen.

Sie lächelte furchtlos. »Eines Tages werden diese verfluchten Rebellen dafür bezahlen, und wenn ich persönlich dafür sorgen muss!«, fauchte sie wie eine verärgerte Wildkatze. Dann richtete sie ihr Haar, so gut das in der hüpfenden und wild schaukelnden Kutsche ging, und setzte die Pelzkappe auf.

Nachdem sie die kleine Festung erreicht hatten, wurde Peggy in einem Bunker aus Baumstämmen und Erdaufschüttungen untergebracht. Turner, der von seinen beiden Schatten

Starke und Tom begleitet wurde, ging in die Feuerstellung, wo er Hauptmann von Ellrodt vorfand, der durch ein Fernglas den flüchtenden Amerikanern hinterherschaute.

Der Deutsche begrüßte ihn breit grinsend mit einem festen Handschlag. »Den Rebellen ziehen wir heute richtig die Hosen stramm, Herr Kamerad! Zwei Mal haben sie schon angegriffen und sich blutige Nasen geholt.«

»Wie viele sind es Ihrer Meinung nach, Sir?«

»Etwa vier Kompanien, also mehr als vierhundert Mann.«

»Und wie stark ist Ihre Garnison?«

»Alles in allem sind wir sechzig Ansbacher, Herr Kapitän.«

Major Bowler von der Artillerie trat zu ihnen und klopfte Turner jovial tröstend auf die Schulter. »Wenn Sie mich fragen, dann wollen die uns aus dieser Stellung werfen, um den Rücken für einen Angriff auf Ihr Schiff frei zu haben, Sir.«

Turner nickte nachdenklich, es war durchaus denkbar, dass Bowler recht hatte. »Na, da werden sie ihr blaues Wunder erleben. Schade, dass die *Shark* nicht in den Kampf eingreifen kann, weil diese langgestreckten Inseln dort hinten zwischen ihrem Ankerplatz und dem Fort liegen.«

Bowler sah ihn fragend an. »Können Sie die Inseln nicht überschießen, Herr Kapitän?«

»Nicht effektiv, Sir. Mein Schiff ist mit Kanonen für den Nahkampf auf See ausgerüstet. Nun zu etwas anderem, haben Sie noch drei gute Musketen mit Pulver und Blei übrig? Ich würde mich gerne mit meinen beiden Begleitern nützlich machen.«

Bowler strahlte. »Und in den Feuerpausen nehmen wir einen Becher Zielwasser, nicht wahr, alter Junge!«

»Zuerst die Musketen!«

»Sollen Sie bekommen, Sir. Vielleicht überlässt Ihnen der

Herr Hauptmann sein Jagdgewehr, eine vorzügliche Waffe, kann ich Ihnen sagen.«

Kaum hatten sie die Waffen in Empfang genommen, als ein Trompetensignal sie wieder in die Stellung rief. Die drei Seeleute suchten sich einen Platz an den Schießscharten. Der Feind näherte sich in einer aufgelösten Schützenlinie, was den Einsatz der Feldschlangen mit Kugeln uneffektiv machte und die Verteidiger zwang, sehr genau auf einzelne Ziele zu feuern. Bei einem Angriff in geschlossener Schützenlinie brauchte man nur irgendwo in die farbige Kette aus Uniformen hineinzuhalten, dann würde man schon irgendeinen Gegner treffen. Das war hier nicht möglich. Zum Glück für die Verteidiger mussten die Angreifer sich über eine deckungslose Ebene an die Festung heranarbeiten. Der ersten Schützenkette folgten eine zweite und eine dritte. Das Abwehrfeuer knatterte gleichmäßig und war allem Anschein nach auch erfolgreich. Immer wieder stürzte eine der sich hüpfend nähernden Figuren in den Schnee, blieb liegen oder stand nach einiger Zeit unsicher auf, um dann allein oder gestützt auf einen Kameraden schwankend zurückzuwanken. Nach einigen Schüssen hatte sich William Turner an die unbekannte Waffe gewöhnt. Er stellte fest, dass es sich tatsächlich um ein außergewöhnliches Stück handelte. Beinahe jeder Schuss traf sein Ziel, aber auch die Deutschen waren nicht faul. Die Fläche vor dem Wall füllte sich mit bewegungslosen, dunklen Bündeln und laut brüllenden, gestikulierenden Verwundeten. Dann war es vorbei. Wie ein schlechter Spuk verschwanden die Angreifer. Ihre Verwundeten nahmen sie mit, die Toten ließen sie zurück. Die rote Sonne berührte den Horizont.

»Feuer einstellen!«, kommandierte Hauptmann von Ellrodt.

Turner nahm seine Pelzmütze ab, wischte sich die Stirn und rieb sich dann gedankenverloren den Hinterkopf. »Ein ausgezeichnetes Gewehr, Herr Hauptmann.« Er deutete auf die Waffe in seiner Rechten.

»Ja, die Flinte stammt aus Suhl, dort sind hervorragende Büchsenmacher zu Hause. Wie ich sehen konnte, haben Sie es verstanden, davon den richtigen Gebrauch zu machen. Sie sind ein Scharfschütze, mein Herr, das hätte ich ehrlich gesagt einem Seeoffizier nicht zugetraut.«

Turner zuckte mit den Schultern. »Man tut, was man kann, Sir. Was glauben Sie, kommen die Mistkerle heute nochmal wieder?«

Hauptmann von Ellrodt verschränkte die Hände auf dem Rücken, wippte auf den Ballen und starrte auf den Boden. Schließlich antwortete er langsam und seine Worte sorgfältig abwägend: »Wir haben zunehmenden Dreiviertelmond, das bedeutet, dass wir fast die ganze Nacht über gutes Büchsenlicht haben. Das wird den Amerikanern die Lust nehmen, anzugreifen, solange die Laterne da oben Licht spendet. Am wahrscheinlichsten ist ein Angriff in den frühen Morgenstunden. Das dürfte auch der letzte Versuch sein, denn sobald es hell wird, können wir mit Verstärkung aus der Stadt rechnen. Während der Nacht wird sich in dieser Beziehung nichts tun, weil man da mit einem Hinterhalt oder Minen rechnen muss. Diese Hinterwäldler sind auf dem Gebiet der Heimtücke sehr erfinderisch.«

»Das hat man mir schon mehrfach berichtet«, bestätigte Turner und nickte. »Bleiben wir trotzdem in voller Alarmbereitschaft, Sir?«

»Nein. Ich belasse ein Drittel meiner Männer in der Stellung und sorge dafür, dass sie alle Stunde abgelöst werden, dann können die anderen sich aufwärmen, essen und ein Auge voll Schlaf nehmen. Sie sind ja bei Alarm genauso schnell wieder auf ihren Posten, wie das bei Ihnen an Bord der Fall sein wird, Herr Kapitän.«

»Das ist eine kluge Regelung, Herr Hauptmann. Ich werde auch sehen, dass ich etwas zum Beißen zwischen die Zähne bekomme.«

»Und etwas heißes Zielwasser dazu …!«

»Puh! Das ist pures Feuerwasser, da ist Vorsicht geboten.«

»Sehr richtig, Herr Kapitän, aber es wärmt prächtig durch!«

Nach einem frugalen Abendessen in der Gesellschaft von Major Bowler als Gastgeber, Miss Shippen und Midshipman Starke, der die junge Frau so intensiv anstarrte, dass Turner befürchtete, der Junge würde einen dauerhaften Sehfehler davontragen, tranken sie noch mit Bowler einen seiner berüchtigten Becher mit Zielwasser. Peggy Shippen schüttete heimlich den größten Teil ihres Getränks in den Becher des hoffnungslos verliebten Starke, der im Zustand geistiger Umnachtung nicht darauf achtete, was und wie viel er trank, und prompt am Tisch einschlief. Turner und Bowler deponierten ihn auf einem Feldbett, wo er seinen Rausch bis zum Alarm ausschlafen konnte. Auch Peggy zog sich bald darauf zurück. William erkundigte sich noch bei Major Bowler, ob man etwas von der *Shark* gehört hätte, Kanonendonner oder so etwas, was der aber verneinte. Nach dieser beruhigenden Nachricht überließ er Bowler seinem Spezialgetränk und warf sich auf das roh zusammengezimmerte Bett in der spartanischen, aber gut geheizten Klause des Artillerieleutnants, der draußen an den Feldschlangen Wache schob. Er meinte, nur eine Minute geschlafen zu haben, als sich jemand neben und auf ihn drängte. Erschrocken wollte er hochfahren, aber sein Mund wurde durch einen leidenschaftlichen Kuss verschlossen, ein Haarvorhang umhüllte seinen Kopf, und nackte Arme umschlangen ihn. Geschickte Finger zogen ihm das Hemd und die Hose aus.

Sein Versuch, sich zu wehren, war zwecklos. Sich ergebend, flüsterte er nur noch: »Ich dachte, du bist mit Hauptmann John André verlobt?« Ein abschätziges Schnaufen war die Antwort. »Ich erlaube ihm, mir den Hof zu machen. John ist ein toller Gesellschafter, charmant, intelligent, er schreibt mir süße Liebesgedichte, zeichnet wundervoll und spielt anrührend Flöte, aber ihm fehlt der wilde Raubtierblick in den Augen. Du hast ihn, mein Liebling, und der macht mich ganz rasend. Ich will dich, mein Tiger!«

»Wild Bull, so viel Zeit muss sein«, protestierte William schwach, dann ergab er sich in sein Schicksal. Nun ja, es gab sicher Schlimmeres ...

⚓

Wie von Hauptmann von Ellrodt vorausgesagt, erfolgte der Angriff gegen sieben Uhr in der Früh. Aber die Verteidiger waren auf dem Posten und feuerten aus allen Rohren in die anstürmenden Gegner. Blaufeuer wurden abgebrannt und erhellten die Szenerie genug, um die Ziele über Kimme und Korn zu bekommen. Diesmal brach der Angriff erst knapp zehn bis zwanzig Yards vor dem Festungswall in sich zusammen. Neben Turner schrie ein Deutscher auf: »Jesus und Maria! Oh, Mutter, hilf!« Seine Muskete fiel klappernd auf den Boden, dann sank er auf die Knie und sackte zur Seite weg. Die Yankees griffen noch zweimal an, wurden aber jedes Mal blutig abgewiesen und gaben endlich auf, als sich über der dunklen Wand des Waldes auf der anderen Flussseite der erste schwache Schein der Morgendämmerung ankündigte. Als die große Feuerkugel der Sonne aus den Nebelfetzen aufstieg, war die Ebene am Fuß der kleinen Festung leer. Noch im Schutz der Dunkelheit hatten die Gegner ihre Toten geborgen. Eine halbe Stunde später sprengte eine Schwadron der 16. Leichten Dragoner heran, ihre roten Röcke leuchteten in der Morgensonne. Nach einem kurzen Halt machten sich die Reiter daran, das Gelände aufzuklären, das Krachen ihrer Karabiner zeigte an, wenn sie auf versprengte Yankees trafen.

Ein Kutter mit einer Drehbasse im Bug und schussbereiten Seesoldaten an Bord näherte sich dem Anleger. Midshipman Armstrong sprang an Land und begrüßte seinen Kommandanten erleichtert. Es wurde Zeit, sich zu verabschieden.

»Major Bowler, ich werde Ihre Gastfreundschaft nicht vergessen, besonders nicht Ihr exzellentes Zielwasser. Ich vermute, dass es zusammen mit der ausgezeichneten Waffe des Hauptmanns einige Aufständische das Leben gekostet haben dürfte.«

»Freut mich, Ihre Bekanntschaft gemacht zu haben, Sie alter Schlawiner. Sie müssen heute Nacht schlecht geträumt haben, denn Ihr Bett hat ganz mordsmäßig geknarrt, so unruhig haben Sie sich hin- und hergeworfen.«

Turner musterte ihn scharf, aber der Mann hielt seinem Blick stand. Vielleicht war die Andeutung eines spöttischen Funkelns in seinen Augen zu entdecken. Turner schüttelte ihm wortlos die Hand und wandte sich dann an Hauptmann von Ellrodt.

»Wie viele Verluste hatten Sie zu beklagen, Sir?«

»Zwei Tote, Herr Kapitän, und ein paar Leichtverletzte.«

»Eine bravouröse Leistung, Sir, mit sechzig Mann haben Sie mit minimalen eigenen Verlusten vierhundert Gegner zurückgeworfen, mein Kompliment! Und vielen Dank für die leihweise Überlassung Ihres wunderbaren Gewehrs. Ich bin leider nicht dazu gekommen, es zu reinigen.«

»Danke für das Kompliment, Herr Kapitän, wir werden Ihre Schießkünste vermissen.«

Turner stieg in das wartende Boot, und Thomas Brown gab als Bootssteuerer die notwendigen Befehle zum Ablegen. Rasch entfernte sich das Boot vom Ufer und hielt auf den Ankerplatz der *Shark* hinter den Inseln zu.

Von Peggy Shippen war weit und breit nichts zu sehen.

Kapitel 12

Auf See und in English Harbour, März 1778

Turner reckte und streckte sich in der warmen tropischen Sonne, dann ließ er sich in den Korbstuhl fallen, der achtern zwischen den Heckkanonen festgelascht war. Er trug wieder sein rotes Kopftuch, ein leichtes, offenes Hemd und eine bequeme Arbeitshose, deren Beine er in die hessischen Stiefel gestopft hatte. Auch seine Männer hatten ihre Wintersachen weggestaut und turnten halbnackt und barfuß in der Takelage herum oder gingen an Deck ihren Arbeiten nach. Nicht wenige hatten nach den langen Monaten im kalten Norden wieder mit einem heftigen Sonnenbrand zu kämpfen gehabt. Achteraus versanken die blauen Berge und grünen Hügel Jamaikas langsam hinter der Kimm. Noch etwa achthundert Seemeilen, na ja, es konnten auch zweihundert mehr werden, wenn sie den einen oder anderen Schlag nach Norden machen mussten, um sich die nötige Höhe zu holen, dachte Turner, dann konnte er seine liebe Elizabeth wieder in die Arme schließen. Seine Miene verdüsterte sich. Aber erst, nachdem er sich seinen Anschiss bei Smith abgeholt hatte. Wie hatte sich dieser Sesselpuper das Unternehmen eigentlich vorgestellt, dachte er missmutig: Hatte er etwa naiv geglaubt, der Baron Friedrich von Steuben würde sich vor Freude über das großherzige Angebot der Briten gar nicht wieder einkriegen und mit fliegenden Fahnen die Seiten wechseln? Oder er würde sich voller Verständnis für die Nöte eines kleinen Leutnants zur See, der seine Befehle ausführen wollte, bereitwillig erschießen lassen? Schiete in der Kuchenform! Eigentlich war es schon ein Wunder, dass sie mit der *Shark* vor Portsmouth und später Dechamp in New Haven so nahe an ihn herangekommen waren. Saul Hinkie und seine hochgelobten fanatischen Loyalisten hatten dem Preußen während seiner langen Reise über Land durch ihr Gebiet kein Haar gekrümmt. Leutnant Dechamp hatte ihm wenigstens – wenn auch versehentlich – die Perücke versengt und – keineswegs aus Versehen – eine schmerzhafte Beule verpasst. Es ist schon eigenartig, sinnierte Turner vor sich hin, meine Männer und ich geben uns alle erdenkliche Mühe, aber der Hauptgewinn geht uns wieder und wieder um Haaresbreite durch die Lappen. Das letzte Mal war es Lord Dunbar gewesen, der ihnen auf Kuba das Nachsehen gegeben hatte, und diesmal der preußische Drillmeister. Dass er Janine und ihre Spießgesellen auf der *Medusa* hatte entkommen lassen, als er sie quasi beim Vorbeisegeln hätte einsacken können, verdrängte er lieber. Das war er ihr schuldig gewesen, denn auch sie hatte ihm nach dem Auslaufen aus Puerto Santo das Entkommen von dem Piratenschiff ermöglicht. Seine Gedanken drifteten ab. Er leckte sich versonnen die Lippen und meinte wieder die wilden Küsse der jungen, ungestümen Wildkatze Peggy zu spüren. Wie hatte John André doch so richtig festgestellt: »Sie ist eine kleine, verwöhnte Hexe und weiß genau, was sie will! Und was sie haben will, das nimmt sie sich auch!« William konnte das nur bestätigen. Zum Glück hatte die dicke Winterbekleidung während der ersten Tage auf See die Andenken, die sie ihm beigebracht hatte, verdeckt. Allerdings war er der festen Überzeugung, dass sich sein Abenteuer trotzdem an

Bord herumgesprochen hatte. George Starke musste gepetzt haben, denn ganz gewiss hatte er trotz seines dicken Kopfes etwas mitbekommen oder die geschwätzigen Artilleristen hatten ihm am Morgen etwas gesteckt. Dass Tom, der die Knutschflecken und Bissmale bei der morgendlichen Rasur natürlich entdeckt hatte, diskret geschwiegen hatte, wusste er. Tom hatte wissend gegrinst, beim Schaumschlagen hatte er sich äußerst lobend über die Gastfreundschaft der weiblichen Bediensteten Philadelphias geäußert und ihm nach der Rasur stolz seinen Rücken gezeigt, der lange, frisch verschorfte Kratzer von spitzen Fingernägeln aufwies. »Eine Tigerin, Zur! Ich habe lange gebraucht, um sie müde zu spielen, Zur. Oh yeah!«

William Turner hatte gedankenverloren genickt und nur gemurmelt: »Auf dem Feld der Ehre sollte man sich seine Verwundungen eigentlich an der Brust holen, beim Kopfkissenkampf scheinen andere Regeln zu gelten …« Wildkatze oder Tigerweibchen, was spielte das schon für eine Rolle? Jedenfalls hätte er so viel Feuer und Entgegenkommen im puritanischen Philadelphia nicht erwartet. Vielleicht war es ja gerade das, überlegte er. Sie waren wie unstete Zugvögel nur kurzzeitig zu Gast gewesen. Da konnte sich die rotglühende Leidenschaft, die unter der dicken Ascheschicht der Wohlanständigkeit brodelte, kurz und heftig austoben, ohne lange Beziehungsdramen und heftige Familienkräche befürchten zu müssen. Hatten die Graugänse wieder ihre Schwingen ausgebreitet und glitten mit dem Wind davon, hieß es: Aus den Augen, aus dem Sinn. Er vermeinte den Maiglöckchenduft ihres Parfums zu riechen, oder war es der frische Wohlgeruch nach Lavendel, der Janine begleitet hatte? Er spürte, dass sich sein Glied in der Hose zu regen begann. Nein, Ende, aus! Wie dem auch sei, das war Schnee von gestern. Wenn er es recht bedachte, dann konnte er eigentlich gar nichts für das nächtliche Intermezzo. Er hatte es wahrlich nicht darauf angelegt! Nur, dass ihm Elisabeth das niemals glauben würde. Folglich musste die Parole lauten: Schweigen!

Die *Shark* legte bei leicht wechselnden Winden jeden Tag ein Etmal von zweihundert bis zweihundertvierzig Seemeilen zurück, und Dechamp überwachte mit dem Bootsmann schon die letzten Verschönerungsarbeiten vor dem Einlaufen. Die Stimmung an Bord war prächtig, alle freuten sich auf die Liegezeit in English Harbour. Nur Turner hatte mindestens zwei Gründe, ein mulmiges Gefühl in der Magengegend zu haben.

Wie immer waren zu vier Glasen auf der Morgenwache alle Mann an Deck gepfiffen worden, um wie üblich Reinschiff zu machen. Auch Turner war an Deck, um in der frischen Morgenluft nochmals seine Argumente zu überdenken, mit denen er Smith zu überzeugen hoffte. Mit auf dem Rücken verschränkten Händen lief er mit gesenktem Kopf auf der Luvseite auf und ab: von der Heckreling vorbei am Ruder, dem Kompasshäuschen und den achteren Karronaden bis auf die Höhe des Großmasts, eine Kehrtwendung, die mit einem kurzen Heben des Kopfes und einem Schnüffeln im Wind verbunden war, dann wieder denselben Weg zurück. Es war, wie immer in den Tropen, auch vor dem Sonnenaufgang stockfinster. Mit einem Ohr hörte er Segelmeister Lennon rufen: »Ausgucksleute in die Toppen!« Es war mehr zu ahnen als zu sehen, dass sich zwei Matrosen auf der Luvseite in die Wanten schwangen und aufenterten. Ein erster feiner, heller Streifen zeigte sich im Osten. Von der Back kam ein lauter erschrockener Aufschrei: »Segel an Steuerbord!«

Turner zuckte zusammen und sprang mit ein paar langen Sätzen auf die Leeseite hinüber. Vor dem dunklen Hintergrund des Nachthimmels im Westen schimmerten graue Segel im diffusen Licht der einsetzenden Dämmerung. Knapp vier Strich an Steuerbord. Und sie waren nah, verdammt nah, zu nah! Lennon rief: »Ein Kutter mit Steuerbordhalsen, Sir, am Wind! Kollisionsgefahr!«

Die *Shark* lief ebenfalls am Wind, aber mit Backbordhalsen.

»Abfallen, Mister Lennon! Hinter dem Heck passieren!«

»Aye, Sir! Deck: Achtung! Klar zum Auffieren der Schoten! Ruder: Achtung! Klar zum Abfallen! Wir wollen den Kutter hinter dem Heck passieren, Quartermaster!«

»Ruder ist klar, Sir. Hinter dem Heck, aye!«

An Deck polterten die schweren Bunsche der Schoten auf das Deck und wurden klar zum Laufen ausgelegt. In Grüppchen standen Matrosen an den Belegnägeln und lösten die Leinen bis auf einen Kreuzschlag. Andere packten in die Taljen-Parten der Schoten des Schoner- und Großsegels, um das Durchlaufen der Schoten zu beschleunigen. Auf dem Kurs am Wind hatten sie darauf verzichtet, Bullenstander zu setzen, mit deren Hilfe man die Bäume hätte herausziehen können. Das andere Schiff blieb in derselben Peilung und schien wie ein Raubvogel auf sie herabzustoßen.

»Vorsegelschoten sind klar! Schonersegelschot ist klar! Großsegelschot ist klar!«, riefen die Vorleute der Gangs.

»Ruder! Abfallen! Ruder hart über! Deck! Die Schoten willig mitfieren!«

Die Rudergänger ließen die Speichen durch die Hände sausen.

»Ruder liegt hart über! Fallen ab!«

Die Scheiben ratterten in den Blöcken, hornige Fäuste fielen in die Taljen ein und rissen an dem steifen Tauwerk. Die langen Bäume schwangen langsam aus.

»Schoten werden gefiert!«

Das Schiff drehte an, das Deck richtete sich auf, das Pfeifen des Windes nahm ab, das Rauschen des Wassers an der Bordwand ließ nach, über den Backbordbug stiegen keine Spritzwasserwolken mehr in die Höhe.

»Verdammte Bullenscheiße!«, heulte Turner auf. »Dieser Idiot fällt auch ab! Da haben wir die flambierten Schafsködel im Rosinenkuchen! Weiter abfallen! Klar zur Halse!« Aber er wusste, dass es zu spät war, sie würden es nicht schaffen. Die beiden Schiffe rasten aufeinander zu. Es schien nur eine Frage von Sekunden zu sein, bis sich ihre Klüverbäume berührten. Was dann folgen würde, war der Albtraum eines jeden Schiffsführers. Bei einer Annäherungsgeschwindigkeit von nicht viel weniger als zwanzig Knoten würde bei dem folgenden Zusammenstoß kein Mast stehen bleiben, alles würde mit einem donnernden Schlag von oben kommen. Durch die Wucht des Aufpralls würden beide Schiffe im Vorschiffbereich großflächige Leckagen erleiden, wahrscheinlich würden sie innerhalb kürzester Zeit sinken. Wenn sie ineinander verkeilt liegen blieben, würde der Untergang hinausgezögert werden, schoss es Turner durch den Kopf, vielleicht konnten sie dann noch die Boote aufschwimmen lassen – falls diese noch benutzbar waren. Er hatte die Verschanzung mit beiden Fäusten umklammert, die Knöchel traten weiß hervor. Von drüben klangen Schreckensschreie herüber. Sie waren einander inzwischen so nah, dass Turner mühelos verstehen konnte, was die Männer auf dem Vorschiff des anderen Schiffes riefen: »*Merde! Quel catastrophe! Sauve qui peu!*«

Auch noch verfluchte Froschfresser, dachte Turner, der sich plötzlich unendlich müde fühlte. Es gab nichts mehr zu tun. In ein paar Sekunden oder auch Minuten – was spielte das noch für eine Rolle – würde er tot sein, daran würden auch seine neu erworbenen Schwimmkünste nichts ändern. Bis Antigua war es einfach zu verdammt weit.

Der handliche kleinere Kutter drehte etwas schneller als die *Shark*, sein Klüverbaum zeigte schon nach Lee.

Turner hörte Lennon röhren: »Los die Großschot! Vorsegel! Festfieren!« Was sollte das noch ... Aber dann kehrten seine Lebensgeister zurück. Es war eine Chance, eine kleine, verzweifelte Chance, aber sie mussten sie nutzen. Lennons Manöver mochte das Abfallen beschleunigen. Turner eilte mit langen Sätzen auf die Backbordseite hinüber. Der Klüverbaum der *Shark* zeigte auf den Mast des Kutters, wanderte quälend langsam voraus zu den Vorsegeln. Der Abstand schrumpfte rapide. Der Großmast mit dem schlagenden Segel rüttelte heftig. Der schäumende Wasserstrom zwischen den Bordwänden wurde schmaler, kochendes Wasser schien durch den Spalt hindurchzuschießen.

»Klar zum Entern, Männer!« Der Befehl kam wie von selbst über Turners Lippen. Diese Worte schienen ein Zauberspruch gewesen zu sein, die einen magischen Bann gebrochen hatten, denn plötzlich kam wieder Leben in die wie versteinert an Deck stehenden Seeleute. Sie eilten zu den Waffenkisten und versorgten sich eilig mit Entermessern. Äxten und Piken.

»Festhalten!«

Mit dem Backbordbug etwa auf der Höhe des Kranbalkens rammte die *Shark* den Kutter in dessen Vorschiffbereich. Es krachte und knirschte. Etliche Männer stürzten auf das Deck und rappelten sich fluchend wieder auf. Die Masten wippten, das Rigg ächzte und stöhnte. Der Klüverbaum der *Shark* durchbohrte den Außenklüver des Gegners. Krachend und polternd klappten die Bordwände aneinander.

»Bootsmann! Längsseits festlaschen!«

Jemand drückte William Turner ein Entermesser in die Hand. Es war – wie konnte es anders sein – sein guter Geist, Tom. Drüben auf dem Franzosen knackte und splitterte etwas, die Maststenge kam polternd von oben, der Gaffelbaum folgte. Vorne war das Stag des Außenklüvers gebrochen, das Segel hing zerfetzt an der langen Spiere, ein Teil schwebte ins Wasser hinunter.

Turner heulte wie ein Derwisch: »Auf sie, Jungs!«

Wie eine Brandungswelle stürzte die Entermannschaft über die Verschanzung, brach sich an den Hindernissen und Niedergängen und verteilte sich über das Deck. Sie trafen kaum auf Widerstand, zu groß war ihre Übermacht, und zu tief saß der Schreck den überraschten Franzosen in den Knochen. Turner war auf das niedrigere Deck gesprungen und eilte zum Ruder. Die beiden Rudergänger hoben die Hände weit über den Kopf.

»*Nous rendons à merci!*«

»*Où est votre Capitaine?*«

Die Männer zuckten mit den Schultern. Turner holte mit dem Entermesser aus. Sein Gesichtsausdruck musste furchteinflößend gewesen sein, denn der jüngere Mann fuhr erschrocken zurück und machte eine Bewegung mit dem Kopf zum Niedergang. Turner sprang hinüber zum Schiebeluk, sprang über das Süll, flog in einem Satz den Niedergang hinunter und raste wie aus einer Kanone abgeschossen in die kleine Achterkabine. Ein junger Mann in einem blauen Uniformrock kniete vor dem Schreibtisch und machte sich an der untersten Schublade zu schaffen. Die Klinge von Turners Entermesser knallte mit der flachen Seite auf die Tischplatte. Das wirkte überzeugender als viele Worte. Der junge Offizier wurde aschfahl, starrte ihn mit weit aufgerissenen Augen an, langsam hob er die Hände.

»Ich ergebe mich, Monsieur«, krächzte er in passablem Englisch.

»Stehen Sie auf, Kapitän.«

»Lieutenant Mondal.« Der Offizier löste seinen Degen aus

dem Wehrgehänge und reichte Turner die Waffe. Mit großen Augen blickte er an William Turner vorbei, der hinter sich ein erleichtertes Aufatmen hörte. Tom, »Shark« Taylor, Brokenwing und Thunderingwater drängten sich in die kleine Kabine. Der Anblick dieser gemischten Truppe konnte einen simplen Seeoffizier schon in Erstaunen versetzen.

»Bringt den Herrn Leutnant rüber auf die *Shark*. Haltet ihn auf dem Achterdeck unter Bewachung. Er darf keinen Kontakt mehr zu seinen Männern aufnehmen!«

»Aye, aye, Sir.«

»Tom, du bleibst hier und hilfst mir beim Durchsuchen der Kabine. Mal sehen, was für goldene Eier die Glucke in dieses Nest gelegt hat!«

⚓

Am Abend desselben Tages machten sich die *Shark* und die *Loriot* auf den Weg nach Antigua. Den ganzen Tag über hatten sie die Schäden an den Schiffen repariert, wobei es auf der *Loriot* deutlich mehr zu tun gegeben hatte.

Gleich nachdem Turner wieder auf die *Shark* zurückgekehrt war, hatte Lieutenant Mondal leidenschaftlich, aber vergebens dagegen protestiert, dass Turner sein Schiff in Friedenszeiten geentert hatte und als Prise betrachtete.

Turner hatte ihn finster angestarrt und böse geknurrt: »Ich wollte Ihrem Schiff ausweichen, aber Sie haben versucht, mich zu rammen, Monsieur, das ist ein kriegerischer Akt!« Er schlug mit der rechten Faust in die linke Handfläche. »Nach dieser aggressiven Handlung hatte ich jedes Recht der Welt, Ihr Schiff zu nehmen! Und ob wir noch Frieden haben, steht in den Sternen!«

Turner wusste selbst, dass seine Begründung an den Haaren herbeigezogen war, aber eine bessere war ihm nicht eingefallen. Der unglückliche Leutnant hatte gestottert: »Aber ich wollte doch auch ausweichen, *merde alors*!« Turner hatte mit den Achseln gezuckt und hatte ihn stehen lassen. Er war unter Deck gegangen, um das Material zu sichten, das er von der *Loriot* mitgenommen hatte. In der Schublade hatte eine lederne Kuriertasche gelegen, die er geöffnet hatte. Ein dicker versiegelter Umschlag war zum Vorschein gekommen. Daneben war außer den obligatorischen Bleikugeln noch ein Bündel Briefe, das mit einer versiegelten Kordel zusammengehalten wurde, auf der Tischplatte gelandet. Die Kugeln, die die Tasche im Wasser schneller nach unten ziehen sollten, hatte Turner wieder in die Tasche geworfen, das Briefbündel und den mysteriösen Umschlag hatte er nachdenklich betrachtet, aber dann ungeöffnet zu seinen Geheimpapieren gelegt. Anschließend war er wieder an Deck gegangen, um nachzusehen, welche Fortschritte die Reparaturarbeiten machten.

Am Abend, nachdem Lennon die Wache übernommen hatte, war Turner in seiner Kabine verschwunden, hatte das von seinem Aufklarer vorbereitete Abendessen – geräucherten Wildschweinschinken mit in Alkohol eingelegten Cranberries, französischem Senf und in Öl geröstetem Schiffszwieback – eingenommen und sich dazu zwei Gläser Frankenwein gegönnt, von dem er in Philadelphia zwei Kisten zu einem unverschämten Preis hatte erstehen können. Mit dem Glas in der Hand lehnte er sich in seinem Sessel zurück und schloss die Augen. Das war heute Morgen ein verdammt knappes Ding gewesen. Das Glas in seiner Hand zitterte leicht. Er könnte jetzt schon seit zwölf Stunden tot sein! Erschlagen von einem herabfallenden Block, zermalmt von einer geborstenen Spiere. Das Glas zitterte stärker. Zerrissen von einem hungrigen Hai. Ersäuft unter einem treibenden Segel. Vielleicht wäre es ihm geglückt – soweit man in diesem Fall von Glück reden konnte –, sich auf treibende Planken zu retten. Dann würde spätestens jetzt der quälende Durst einsetzen. Er würde versuchen, den nächtlichen Tau vom Holz abzulecken, aber auch der würde salzig schmecken. Morgen würde ihn die unbarmherzige Sonne Stunde um Stunde grillen und ihn langsam um den Verstand bringen, die Zunge würde anschwellen und wie ein dicker Kloß in seinem Mund liegen, bis er der Versuchung nicht länger widerstehen und gierig das Seewasser saufen würde. Dann würde er langsam im Wahnsinn versinken. Der kühle, erdig schmeckende Wein schwappte aus dem Glas. Er schüttete den Rest schnell hinunter und stellte das Glas ab. Ein anderer Gedanke schoss ihm durch den Kopf. Wenn die Kräfteverhältnisse umgekehrt gewesen wären, die *Loriot* sich als französische Fregatte entpuppt hätte, dann wäre er jetzt vermutlich ein Gefangener und die *Shark* würde, nach Lee versetzt, vor dem Franzosen herlaufen. Auch kein angenehmer Gedanke. Wie er bei seinem Gespräch mit Leutnant Mondal herausgefunden hatte, genossen die *Shark* und ihr Kommandant einen ausnehmend schlechten Ruf bei den Franzosen – und bei den Yankees sowieso. Wahrscheinlich hätte man ihn in Virginia kurzerhand als Piraten aufgehängt. Keine sehr erquickliche Vorstellung und kein Stoff für entspannende erbauliche Träume, wenn man in wenigen Stunden wieder ausgeruht auf Wache an Deck musste. Er knurrte gereizt vor sich hin, sprang auf und holte den dicken Umschlag aus dem Geheimversteck. Mit seinem Federmesser durchtrennte er die Verschlusskordel, zerbrach die Siegel und zog den Inhalt in den Lichtschein der Lampe. Bestes Pergament, ein zweisprachiger Text in English und Französisch, der von einem ausgezeichneten Kanzleischreiber schwungvoll mit meisterlicher Hand niedergeschrieben worden war. Turner stockte der Atem, als er die Überschrift las:

Treaty of Alliance Between
The United States and France

> The most Christian King and the Unites States of North America, to wit, New Hampshire, Massachusetts Bay, Rhodes Island, Connecticut, New York, New Jersey, Pennsylvania, Delaware, Maryland, Virginia, North Carolina, South Carolina, and Georgia, having this Day concluded a Treaty of Amity and Commerce, for the reciprocal advantage of their Subjects and Citizens …

Hastig überflog er die dreizehn Artikel. Immer wieder hielt er an besonders interessanten Stellen inne und fluchte leise vor sich hin. So hieß es im Artikel Eins explizit: *Falls während der Dauer des jetzigen Krieges zwischen den Vereinigten Staaten und England ein Krieg zwischen Frankreich und Großbritannien ausbrechen sollte, werden Seine Majestät und die besagten Vereinigten Staaten ihn zu ihrer gemeinsamen Sache machen und werden einander mit ihren guten Diensten, Ratschlägen und ihren Streitkräften helfen, wie es die Umstände des Falles erfordern, um gute und zuverlässige Verbündete zu werden.*

Als Ziel des Vertrages wurden die Erlangung der Freiheit, der Souveränität und der vollständigen Unabhängigkeit der Vereinigten Staaten in allen Fragen der Regierung und des Handels genannt. In den Artikeln Fünf bis Sieben wurde das Fell des Bären verteilt. Frankreich verzichtete zu Gunsten der Vereinigten Staaten auf die Bermudas und Kanada, ließ sich aber den Besitz der britischen Inseln in der Karibik garantieren. Niedergeschrieben und gesiegelt hatte man den Text am 6. Februar 1778 in Paris.

Grübelnd saß Turner über dem Text und las sich verschiedene Passagen noch mehrfach durch. Eine offene Kriegserklärung an England enthielt er zwar nicht, aber viel weniger auch nicht. Er rieb sich nachdenklich den Hinterkopf. Ich möchte doch mal annehmen, dass Smith nach Erhalt und Studium dieses Vertrags wieder seine heiße Liebe für mich entdecken wird. Irgendwie wird er schon die nicht ganz legale Enterung der *Loriot* rechtfertigen können. Dem schlauen Kerlchen, diesem Kronanwalt Peach in English Harbour, wird bestimmt ein hinterfotziger juristischer Trick einfallen. Von Leutnant Mondal hatte er erfahren, dass eine Fregatte mehrere Exemplare des Vertrags nach Martinique gebracht hatte, denn der Vertrag musste so schnell wie möglich vom amerikanischen Kongress ratifiziert werden, um Gültigkeit zu erlangen. Eine Kopie lagerte zur Sicherheit beim Gouverneur in Fort de France, eine war an Bord der Fregatte nach Amerika unterwegs, und die dritte lag auf seinem Schreibtisch. Er grinste plötzlich etwas mitleidig und murmelte leise: »Der arme Leutnant Mondal hat aber auch ein unglaubliches Pech: Er kommt schon in Kriegsgefangenschaft, ehe der Krieg beginnt, denn ihn und seine Besatzung dürfen wir auf keinen Fall frei herumlaufen lassen, oder wir bekommen den Krieg, den wir vermeiden wollen. Wenn wir morgen einlaufen, werde ich Dechamp die britische Flagge über der amerikanischen setzen lassen, das fällt weniger auf. Und ein Yankeekutter sieht aus wie der andere.«

⚓

Beim Einlaufen mussten sie gar keine Flagge setzen, denn bedingt durch die Launen des Windes schlichen sie sich erst nach Einbruch der Dunkelheit in die Bucht und ankerten wie immer weit entfernt vom Land. Turner verließ das Schiff, kaum dass der Anker gefallen war. Nachdem ihn die Gig am Anleger abgesetzt hatte, verschwand er in den dunklen Gassen, um Smith in seinem Fuchsbau in der Green Lane Nr. 10 aufzusuchen. Hoffentlich war der Agentenführer nicht auf irgendeinem Empfang, um seiner liebsten Beschäftigung nachzugehen, Informationen über die Schwächen seiner Mitmenschen zu sammeln, die er irgendwann benutzen konnte, um sie zu erpressen. Mit Unbehagen dachte Turner daran, dass Smith auch ihn in der Hand hatte, denn von seiner Liebesnacht mit Janine in Puerto Santo durfte Elizabeth nichts erfahren. Ehe er es sich versah, stand er vor der Tür der Firma *Hermes Worldwide Enterprises*. Vorsichtig blickte er die Gasse hinauf und hinunter. Keine Menschenseele war zu dieser Zeit hier unterwegs. Er betätigte energisch den massiven Türklopfer. Nach kurzer Zeit schwang die Tür weit auf, und Loftus, der großgewachsene schwarze Butler, lächelte ihn erfreut an.

»Guten Abend, Sir. Treten Sie ein, Sie haben uns lange nicht mit Ihrer Anwesenheit beehrt.«

»Guten Abend. Wie Sie sich denken können, Loftus, lag das keineswegs in meiner Absicht, aber Sie wissen ja …«

»Die Pflicht, Sir, ja, ich weiß. Mister Smith ist nicht im Haus, aber er dürfte jeden Moment zurückkommen. Ich nehme an, Ihr Anliegen ist sehr wichtig, denn sonst wären Sie kaum gleich nach dem Einlaufen noch am Abend zu uns gekommen. Es gibt schließlich in diesem schönen Hafen auch noch andere gastfreundliche Adressen!« Loftus grinste breit, und seine weißen Zähne blitzten im Kerzenlicht. »Wenn Sie wollen, können Sie oben auf der Terrasse auf den Chef warten. Was wollen Sie trinken, Sir? Die Sonne steht weit unterhalb der Rahnock, da muss es keine Zitronenlimonade sein«, scherzte er.

»Was können Sie mir denn empfehlen, Loftus? Ein guter, trockener Weißwein käme mir recht. Wenn ich schon auf den großen Meister warten muss, möchte ich ihn auch gebührend schädigen.«

»Da habe ich genau das Richtige für Sie, Sir. Gehen Sie nach oben und machen Sie es sich bequem.«

Auf der geräumigen Terrasse standen unter dem jetzt überflüssigen Sonnensegel ein paar bequeme Korbsessel und ein großer, runder Tisch. Im Innenhof wuchsen ein paar kleine Palmen. Die Gebäude, die die drei anderen Seiten des Hofes bildeten, verfügten nur über wenige Fenster, und die waren auch noch fest mit Fensterläden verschlossen. Von der Terrasse führten zwei Türen in benachbarte Häuser und eine geschnitzte Treppe hinunter in den Garten. Der vorsichtige alte Fuchs hatte natürlich mehrere Ausgänge für seinen Bau vorgesehen. William grinste vor sich hin. Der Wein war in der Tat exzellent. William hatte schon das zweite Glas geleert, als er die Stimme von Smith hörte. Der wie immer ganz in Weiß gekleidete Agent kam mit schnellen, energischen Schritten auf die Terrasse gestürmt. Turner erhob sich, und sie schüttelten sich die Hände. Smith machte eine einladende Handbewegung und ließ sich dann selber auch schwer in einen der Korbsessel fallen. Loftus goss ihm ein Glas Wein ein. Smith probierte ihn, zog die Stirn kraus, meinte dann aber leutselig: »Womit haben Sie Loftus bestochen, dass er Ihnen meinen besten Kaiserstühler kredenzt hat? Aber nun zur Sache, Sir, geben Sie mir einen kurzen Überblick.« Er sah schnell die Depeschen und Berichte durch, die ihm Turner gereicht hatte, um die Absender festzustellen.

Als Turner schilderte, wie ihm die *Flamand* durch die Lappen gegangen war, stierte ihn Smith finster dräuend an. Bei dem Bericht von dem Überfall auf New Haven heiterte sich seine Miene wieder etwas auf. Über seinen Aufenthalt in

Philadelphia ging Turner schnell hinweg. Die Nachricht von der Enterung der *Loriot* ließ den Agenten wieder düster blicken, aber als ihm Turner von seinem Fund des Abkommens zwischen Frankreich und den Vereinigten Staaten berichtete, leuchteten seine Augen auf.

»Gut gemacht, Leutnant! Jetzt wissen wir wenigstens genau, woran wir sind. Sie haben auch Depeschen für den Gouverneur und Admiral Sir Samuel Blake? Natürlich. Die werden Sie morgen ausliefern, aber kein Wort von dem Vertrag. Dass etwas im Busch ist, steht sicher in den Depeschen von den beiden Howes, das reicht.«

»Aye, aye, Sir.«

»Wie sind Sie übrigens mit meinem Kollegen in New York klar gekommen, Turner? Wie heißt er doch gleich?«

»Saul Hinkie, Sir. Der Umgang mit ihm ist etwas mühsam, Sir, ich fürchte, dass seine Manieren nicht die besten sind, mit Verlaub zu sagen.«

»Sie wollen sagen, dass er ein Riesenarschloch ist, Mister Turner, und dem ist nichts hinzuzufügen. Ich bin gespannt, wie sein Bericht über Sie aussieht.« Smith lächelte maliziös. »Ich wusste, dass Sie mit Hinkie Ihre Schwierigkeiten haben würden, hi, hi hi.«

»Der Kerl ist doch völlig unfähig. Steuben ist tagelang durch seinen Hinterhof gereist, ohne dass ihm ein Härchen gekrümmt worden ist. Da muss erst die Navy kommen, sich den Hintern bis zum Stehkragen aufreißen, um ihn zumindest heftig zu erschrecken.« Turner zuckte mit den Achseln. »Mehr war leider nicht drin, Sir. Jetzt verbreitet er Gerüchte über die angeblichen homosexuellen Neigungen des Barons, um ihn gesellschaftlich unmöglich zu machen.« Turner schnaubte empört.

Smith ging nicht darauf ein, sondern schaute blicklos auf einen imaginären Punkt auf der Wand. »Ich werde Ihren Bericht und den Brief von Admiral Howe sorgfältig lesen, verlassen Sie sich darauf, Turner.«

William wusste nicht, ob er das als Drohung auffassen sollte. Etwas brannte ihm noch auf der Seele. »Was machen wir mit den gefangenen Franzosen, Sir? Ich möchte sie möglichst schnell von Bord haben.«

Smith erwachte aus seinen Träumen. »Sie haben recht, die müssen von hier verschwinden.« Er überlegte. »Wie viele sind es?«

»Rund vierzig Mann, Sir.«

Smith rieb sich überlegend das Kinn. »Bringen Sie die Kerle rüber nach St. Nevis, da sind sie erst mal aus dem Weg. Ich werde Ihnen einen Brief an den Kommandeur von Fort Charles mitgeben.« Er rieb sich die Hände, wie ein Kaufmann, der ein gutes Geschäft gemacht hatte, und rief nach dem Butler: »Loftus, bring mir bitte einen Blankobriefbogen mit der Unterschrift des Gouverneurs ins Büro!« Als er Turners erstaunten Blick sah, lächelte er kühl. »Manchmal muss man sich etwas außerhalb der Legalität bewegen, um Erfolg zu haben.« Jetzt wurde sein Lächeln spöttisch. »Aber wem sage ich das? Hi, hi, hi!« Er stand auf und ging zu einer der Türen hinüber. »Es dauert nicht lange, Herr Kapitän, trinken Sie noch ein Glas.«

Tatsächlich war er schon nach kurzer Zeit zurück und übergab Turner einen Brief mit dem Siegel des Gouverneurs. »Schicken Sie Ihren Leutnant mit dem Kutter und den Gefangenen nach St. Nevis hinüber – noch heute Nacht, Sir! Haben Sie das verstanden, Mister Turner?« Er musterte ihn scharf. »Heute kein Besuch bei der reizenden Mistress Parker, Sir!«

Turner schluckte. Verdammt! Konnte der Mistkerl Gedanken lesen? »Ich habe alles vollständig verstanden, Sir. Mister Dechamp wird unverzüglich auslaufen.«

»Gut. Weisen Sie den Schiffszimmermann an, dass er den Schiffsnamen in *Loretta* ändern soll. Heimathafen ist Newport, Rhode Island. Guten Abend, Sir.«

Turner eilte zum Hafen zurück, er beglückwünschte sich, dass er Tom befohlen hatte, zu warten, und so kam es, dass der Kutter *Loriot* schon drei Stunden später wieder den Anker hievte und bei Tagesanbruch schon weit draußen auf See stand.

⚓

William streckte die Beine von sich, er fühlte sich matt und müde. Daran hatte sicher das ausgezeichnete Dinner einen großen Anteil, das er zusammen mit Elizabeth genossen hatte. Aber der vergangene Tag war auch sehr anstrengend gewesen. Gleich am frühen Morgen hatte er Konteradmiral Sir Samuel Blake seine Aufwartung gemacht und die Depeschen abgeliefert. Sein eigener Bericht war sehr kurz und unverfänglich ausgefallen, sodass sich der Admiral diesmal nicht aufregen musste. Flaggleutnant Forthingworth schien darüber etwas enttäuscht gewesen zu sein, konnte er doch in der Offiziersmesse nicht wie bei früheren Gelegenheiten mit einer Persiflage des Zusammentreffens glänzen.

Anschließend hatte Turner dann den Gouverneur in seiner Residenz aufgesucht. Der hohe Herr war mit wichtigen Staatsgeschäften beschäftigt gewesen und hatte ihn zwei Stunden warten lassen, ehe er ihn gnädigst empfangen und die Depeschen entgegengenommen hatte. Warte nur ab, dachte Turner, bis du die Sache mit der Anerkennung der Vereinigten Staaten durch Frankreich gelesen hast und dir dein Kronjurist die möglichen Konsequenzen erklärt hat, dann wird dir dein Arsch schnell auf Grundeis gehen. Dann wirst du im Geiste schon eine große französische Flotte über dem Horizont auftauchen sehen, die dich zum Teufel jagen will. Aber vorläufig hatte Lord Worthington, Earl of Souchester, noch auf einem hohen Ross gesessen. »Na, Herr Leutnant, haben Sie mal wieder einen französischen Kaperer geentert, damit wir uns den Kopf zerbrechen müssen, wie wir die Angelegenheit diplomatisch wieder geregelt kriegen?« Er hatte sich hinter vorgehaltener Hand mit einem dezenten, aber lang anhaltenden Rülpser erleichtert, der Turner in eine Wolke von Portweindunst gehüllt hatte.

Turner hatte innerlich gefeixt und bei sich gedacht: Nein, keinen Kaperer, aber ein Kurierfahrzeug, an dessen explosiver Ladung eine glimmende Lunte zischt. Aber das wirst du noch rechtzeitig erfahren, mein lieber Lord. Und laut hatte er gesagt: »Nein, Exzellenz, die Gewässer sind viel sicherer geworden, seit Ihr ehemaliger Sekretär, der ehrenwerte Lord Dunbar, hier nicht mehr sein Unwesen treibt.«

Das war ein Volltreffer gewesen. Der Lord hatte sich verschluckt, heftig gehustet und eine entlassende Handbewegung gemacht. Turner hatte sich getrollt und draußen vor der Tür zufrieden breit gegrinst. »Quäle nie einen Wild Bull zum Scherz, denn er könnte geladen sein!«, hatte er leise vor sich hin gemurmelt.

Nachdem er dann noch an Bord mit dem Zahlmeister den üblichen Verwaltungskram – Bestellungen, Anforderungen, Listen, Reparaturen – geregelt hatte, war er am Abend Elizabeths Einladung gefolgt, die sie ihm durch einen Boten übermittelt hatte. Und jetzt waren sie zum ersten Mal allein und ungestört.

Er hatte ihr in großen Umrissen erzählt, was sich in den letzten Monaten ereignet hatte. Einzelheiten waren für sie ohnehin uninteressant, und diejenigen, die spannend gewesen wären, verschwieg er wohlweislich. Sein Geschenk, die

Stola aus weißem Fuchspelz, hatte sie zuerst etwas verwundert betrachtet, aber nachdem sie den feinen, dichten Pelz gestreichelt und sich wohlig hineingekuschelt hatte, war sie ihm mit stürmisch dankbaren Küssen um den Hals gefallen.

»Die Stola werde ich am Wochenende beim Empfang der Sevilles tragen. Die anderen Damen werden vor Neid grün werden. So etwas hat hier noch keine gesehen, geschweige denn getragen.« Sie kicherte voll kindlicher Freude. »Weißt du, warum es ›Ehemann‹ heißt?«

»Nein. Glücklicherweise fragst du mich nicht irgendetwas über die Blue Guards und ihre schlauen Pferde.«

Sie blickte ihn verwundert an, weil sie nicht verstand, was er mit dieser Bemerkung meinte. Sie machte eine wegwerfende Handbewegung und erklärte dann: »Ganz einfach, mein Lieber, beim Tee wird danach so manche Dame sagen: ›Ehe man mir nicht so einen weißen Fuchs schenkt, kommt mir der Kerl nicht ins Ehebett.‹ Ist doch komisch, nicht wahr!«

Na ja, dachte er, stärker als der über die Horse Guards war dieser Witz auch nicht. Er lächelte amüsiert. »Ja, mein Liebling. War das eine Aufforderung?«

Sie sah ihn mit großen Augen sibyllinisch an, ihre grünen Augen waren unergründlich und schimmerten geheimnisvoll. »Ich muss dir erst noch etwas sagen, mein lieber William.«

Er nahm ihre Hand. »Na, dann mal raus damit! Ich wollte dich auch schon fragen, was die mysteriöse Andeutung in deinem Brief bedeuten sollte.«

»William Turner, du wirst Vater.«

Er hatte das Gefühl, dass sich alles um ihn herum wild im Kreis drehte, wenn er nicht schon gesessen hätte, dann hätte es ihm die Beine weggeschlagen. Er wurde Vater! Er hatte an alles Mögliche gedacht, aber damit hatte er nun wirklich nicht gerechnet … Er atmete langsam tief durch. Seine Gedanken überstürzten sich: Heirat … Karriere … Sklavenhalter ... Gutsherr ... Babygebrüll ... Schwarze Ammen mit dicken Möpsen ... Krieg mit Frankreich ... Abschied aus dem Dienst der Navy ... Verzweifelt überlegte er, was jetzt die richtigen Worte waren. Alles klang wie hohle Phrasen, abgedroschene Platitüden, süßliche Koseworte, schwachsinniges Freudengestammel. Er drückte fest ihre Hand, blickte ihr in die Augen und flüsterte schließlich stockend: »Ich liebe dich, Elizabeth!«